KB044051

애거서 크리스티 전집 51

애거서 크리스티 전집 51

# 헤라클레스의 모험

*The Labours of Hercules* · 원은주 옮김

황금가지

# THE LABOURS OF HERCULES

*by Agatha Christie Mallowan*

# 정식 한국어 판 출간에 부쳐

    나는 한국에서 우리 할머니의 작품을 정식으로 출간한다는 소식을 듣고 무척 기뻤다. 할머니가 1920년부터 1970년 무렵까지 오랜 세월에 걸쳐 집필한 작품들은 21세기인 지금 읽어도 신선하고 재미있다. 등장 인물들이 워낙 자연스러워서 요즘 사람들과 다를 바 없고 이들이 등장하는 상황과 장소가 전 세계 사람들의 애정과 향수를 자극하기 때문이다. 한국 독자들은 이번에 새로 나온 정식 한국어 판을 통해 그 동안 접하지 못했던 애거서 크리스티의 일부 작품들을 읽을 수 있을 것이다. 덕분에 한국에 새로운 세대의 애거서 크리스티 팬들이 탄생할지도 모르겠다는 생각을 하면 가슴이 벅차다.

    애거서 크리스티는 대표적인 두 명의 주인공으로 기억되는 작가이다. 14권의 작품에 등장하는 마플 양은 영국의 작은 시골 마을에서 평온한 나날을 보내며 뜨개질과 수다로 소일하는 미혼의 할머니이지만, 놀라운 기억력과 날카로운 두뇌 회전으로 주변에서 벌어진 살인 사건을 해결한다.

그리고 마플 양과 상반되는 성격을 지닌 에르퀼 푸아로는 자신만만하고 콧수염을 포함한 자신의 외모와 벨기에라는 국적에 대한 자부심이 상당하다. 그는 이집트와 이라크(할머니가 재혼한 남편과 함께 여행했던 곳이다.)를 비롯한 세계 각지에서 수수께끼를 해결하며 『오리엔트 특급 살인 *Murder On The Orient Express*』, 『나일 강의 죽음 *Death On The Nile*』, 『애크로이드 살인 사건 *The Murder Of Roger Ackroyd*』 등 애거서 크리스티의 여러 대표작에 모습을 드러낸다.

황금가지의 대담하고 참신한 표지와 전반적인 디자인 덕분에 작품의 성격이 잘 살아난 것 같아 기쁘다. 또한 한국 독자들이 할머니의 원작이 지닌 참된 묘미를 느낄 수 있도록 충실한 번역을 위해 애써 준 점도 높이 사고 싶다.

할머니의 작품이 20세기의 그 어떤 작가들보다 많이 팔리고 있는 이유는 나이와 국적에 상관없이 읽을 수 있는 재미와 감동을 갖추었기 때문이다. 모쪼록 한국 독자들도 황금가지에서 선보이는 『애거서 크리스티 전집』을 즐겁게 감상하기를 바란다.

매튜 프리처드
애거서 크리스티의 손자
ACL 이사장

# 차례

에드먼드 코크에게
에르퀼 푸아로를 대신해 그의 노고를 치하하며
애정을 담아 이 책을 바친다

# 서장

에르퀼 푸아로의 아파트에 있는 가구들은 지극히 현대적이었다. 사방이 크롬으로 번쩍이며 빛났다. 안락의자들은 푹신한 쿠션이 대어져 있었지만, 외관 자체는 네모나고 각이 져 있었다. 에르퀼 푸아로는 말쑥한 모습으로 이 안락의자들 중 하나의 정중앙에 앉아 있었다. 그의 맞은편에 있는 또 다른 의자에는 옥스퍼드 올소울스 대학의 특별 연구원인 버튼 박사가 앉아, 푸아로가 내온 샤토 무통 로칠드(프랑스의 최고급 와인 —— 옮긴이)의 풍미를 음미하며 홀짝이고 있었다. 버튼 박사에게선 말쑥한 모습이라고는 전혀 찾아볼 수가 없었다. 퉁퉁한 체격에 단정치 못한 옷차림, 덥수룩하고 하얗게 센 머리카락 아래로는 불그스레한 혈색을 띤 얼굴이 인자한 미소를 짓고 있었다. 박사가 웃을 때면 가래 끓는 소리가 요란했으며, 담배를 달고 살아 늘 여기저기 담뱃재를 흘리고 다녔다. 공연한 짓이지만, 푸아로는 박사 주변으로 재떨이를 죽 늘어놓았다.

버튼 박사가 질문을 던졌다.

"어서 말해 보게. 왜 에르퀼인가?"

"내 세례명 말인가?"

"세례명이라고 할 순 없지. 확실히 이교도적인 이름이야. 그런데 이유가 뭔가? 난 그게 궁금해. 아버지의 환상? 어머니의 변덕? 아니면 집안 사정? 내가 제대로 기억하고 있다면……. 물론 내 기억력이 예전 같진 않아……. 자네에게는 '아킬'이라는 이름의 형제(『빅 포』에서 등장한 푸아로의 쌍둥이 형제. 참고로 아킬은 아킬레스, 에르퀼은 헤라클레스를 뜻한다 ── 옮긴이)가 있었지, 그렇지 않은가?"

푸아로는 아킬 푸아로의 생애를 하나하나 되짚어 보았다. 마치 꿈결처럼 느껴졌다.

"잠깐 동안은 그랬지."

푸아로가 대답했다.

버튼 박사는 재빨리 화제를 돌렸다.

"아이들 이름을 지을 때는 좀 더 신중해야 해."

버튼 박사는 곰곰이 생각에 잠긴 모습이었다.

"나에겐 대녀가 여러 명 있다네. 그중 한 명이 블랑슈 (blanche, 흰색이라는 뜻 ── 옮긴이)야……. 집시처럼 까만데 말이야! 그리고 또 한 명은 디어드리라네, 「슬픔에 빠진 디어드리(아일랜드의 신화, 전설을 기반으로 한 사랑 이야기 ── 옮긴이)」에 나오는 그 디어드리 말이야……. 그런데 알고 보니 어찌나 개구지고 활달하던지. 그리고 꼬마 페이션스는 차라리 임페이션스(페이션스patience는 인내, 임페이션스impatience는 조급함 ── 옮긴이)라고 이름을 짓는 게 훨씬 더 어울렸을 거야! 그리고 다이애나……. 그래, 다이애나……."

12

나이 든 고전 학자는 어깨를 으쓱하며 말을 이었다.

"벌써 76킬로그램이나 나가지……. 고작 열다섯 살인데 말이야! 다들 그저 젖살일 뿐이라고 하지만, 내가 보기엔 천만의 말씀이지. 그런 아이한테 다이애나라니! 처음에는 헬렌이라는 이름을 붙이고 싶어 했지만, 내가 단호하게 막아섰다네. 그 부모들이 어떻게 생겼는지 뻔히 아니까! 게다가 할머니까지 말이야! 난 마사나 도커스 같은 좀 더 어울리는 이름을 짓게 하려고 애썼지만……. 헛수고였어. 괜히 내 입만 아팠지. 부모들이란. 정말 이상해……."

박사는 입을 다물고 조용히 씨근거렸다……. 작고 통통한 얼굴에 주름이 잡혔다.

푸아로는 궁금한 눈길로 박사를 바라보았다.

"뭘 좀 상상하느라고. 자네 어머니와 고(故) 홈즈 부인이 나란히 앉아 뜨개질을 하면서 아이들을 부르는 거야. '아킬레스, 에르퀼, 셜록, 마이크로프트(셜록 홈즈의 친형 —— 옮긴이)…….'"

푸아로는 친구의 즐거움에 동참할 수가 없었다.

"그러니까 자네가 하고 싶은 말은, 내 외모가 헤라클레스와 닮지 않았다 이건가?"

버튼 박사의 눈길이 푸아로에게 향했다. 줄무늬 바지, 반듯하게 각이 잡힌 검은색 재킷을 입고 산뜻한 나비 넥타이를 맨 자그마한 체구의 푸아로. 달걀 모양의 머리와 윗입술을 장식하고 있는 풍성한 콧수염부터 에나멜 구두까지, 박사는 친구의 모습을 내리훑었다.

"푸아로, 솔직히 말하자면 그렇다네!"

그러고는 이렇게 덧붙였다.

"자네는 고전 문학을 공부할 기회가 별로 없었지?"

"그렇다네."

"쯧쯧. 자네는 귀중한 걸 놓친 셈이야. 내 생각 같아선 모든 사람들이 고전 문학을 배우게 해야 하는데."

푸아로는 어깨를 으쓱했다.

"에 비엥(뭐), 나는 고전을 공부하지 않았어도 여태껏 잘 살아왔어."

"잘 살아 왔다고? 잘 살아 왔다고? 잘 사느냐의 문제가 아니야. 그건 완전히 잘못된 관점이야. 고전은 최근에 보는 통신 교육처럼 빠른 성공으로 이끌어주는 사다리가 아니란 말일세! 중요한 것은 일하는 시간이 아니라 쉬는 시간이야. 우리 모두가 저지르는 실수가 바로 그거지. 자넨 어떤가? 지금은 잘 살고 있지만 언젠가는 일에서 벗어나 편하게 살고 싶을 때가 올 걸세……. 그때가 되면 자넨 무얼 할 겐가?"

푸아로는 선뜻 대답했다.

"난 페포호박(달걀꼴의 야채용 호박 —— 옮긴이)을 기를 걸세."

버튼 박사가 기가 막힌 표정을 지었다.

"페포호박이라니? 그게 무슨 소리야? 아무 맛도 안 나는 그 커다랗고 불룩한 호박 말인가?"

"그게 중요한 부분이야. 아무 맛도 안 나면 나게 만들어야지."

푸아로는 열성적으로 설명했다.

"아! 알겠어……. 치즈나 잘게 다진 양파 또는 화이트소스를 뿌리는 거지."

"아니야, 아닐세……. 그런 게 아니야. 내 말은 호박 자체의 맛을 향상시킬 수 있다는 거야. 그러니까……."

푸아로는 눈에서 빛이 났다.

"부케 향이 나게 할 수도 있어."

"세상에, 이봐. 호박이 무슨 클라레(프랑스 보르도 산 적포도 주 ── 옮긴이)도 아니고."

부케라는 단어를 들은 버튼 박사는 팔꿈치에 놓인 잔을 떠올렸다. 잔을 들어 한 모금 마시고는 맛을 음미했다.

"정말 훌륭한 와인이야. 아주 깊은 맛이군그래."

박사는 흐뭇하게 고개를 끄덕였다.

"하지만 페포호박이라니 그게 뭔가……. 자네 설마 진심은 아니겠지? 설마 (박사는 끔찍하다는 듯 몸서리를 치며 말했다.) 구부리고 앉아 단순노동이나 하겠다는 건 아니겠지? (박사는 다시금 끔찍하다는 듯 몸을 떨며 통통한 배 위에 손을 내려놓았다.) 땅바닥에 구부리고 앉아 거름을 주고 물을 주고 그런 일을 하겠다는 겐가?"

"자네, 호박 재배에 대해 아주 잘 아는 것 같군."

"시골에 머물 때 정원사들이 하는 걸 봤지. 하지만 푸아로, 그게 무슨 취미 생활인가! (갑자기 박사의 목소리는 황홀경에 빠진 듯 낮게 으르렁거렸다.) 책이 가득 꽂힌 기다란 방의 벽난로 앞 안락의자에 앉는 것과 비교해 보게! 반드시 네모난 방이 아니라 기다란 방이어야 해. 온 사방이 책으로 둘러싸여 있는지. 포트와인 한 잔과 책 한 권……. 그러면 시간은 과거로 되돌아가겠지."

박사는 낭랑한 목소리로 한 구절을 읊었다.

$$\text{"}\text{Μήτ' δ' αὖτε κυβερνήτης ἐνὶ οἴνοπι πόντῳ}$$
$$\text{νῆα θοὴν ἰθύνει ἐρεχθομένην ἀνέμοισι"}$$

그러더니 바로 해석해 주었다.

"'다시 한 번 재주를 부려 키잡이는 검은 와인 빛 바다 위에서 몸을 세우고, 빠른 배는 바람에 흔들리노니.' 물론 자넨 원문에서 배어나오는 영혼은 절대 느낄 수가 없을 걸세."

고전에 대한 열정에 사로잡힌 박사는 잠시 푸아로를 잊었다. 박사를 바라보던 푸아로는 마음 한 구석에서 갑작스레 의혹……. 어떤 불편한 통증이 솟아오르는 것을 느꼈다. 그가 놓친 것이 있던가? 영혼의 풍요로움? 갑자기 슬픔이 물밀듯 밀려왔다. 그래, 고전을 익혀둬야 했어. 오래 전에. 이제는……. 이런, 너무 늦어버렸어…….

버튼 박사는 우울한 상념에 빠져 있던 푸아로에게 불쑥 말을 걸었다.

"정말로 은퇴할 생각을 하고 있다는 말인가?"

"그래."

박사는 킬킬거리며 웃었다.

"자넨 절대 그렇게 못할 걸!"

"하지만 난 자네가……."

"이봐, 절대 그런 일은 없을 거야. 자넨 그 일을 아주 좋아하잖아."

"아닐세. 사실 난 수많은 갖가지 사건들을 다 다뤄 봤어. 그러니 앞으로 몇 가지 사건만 더……. 의뢰받는 사건 전부가 아니라 특별히 선별한 사건, 구미가 당기는 사건만 다뤄 볼 작정이네."

버튼 박사가 씩 웃었다.

"그게 문제지. 딱 한 사건만 더, 딱 이번 사건까지만……. 이러다 보면 끝이 없는 거야. 자네에게서 프리마돈나의 고별 무대는 기대할 수 없겠군, 푸아로!"

붙임성 있는 백발의 난쟁이는 낄낄거리며 천천히 자리에서 일어섰다.

"자네가 하는 일은 헤라클레스의 모험이 아닐세. 사랑의 모험도 아니야. 두고 보면 알 걸세. 지금부터 일 년 뒤에도 자넨 여전히 여기 있을 테고, 페포호박은 (박사는 어깨를 으쓱했다.) 여전히 호박에 불과할 거야. 내 장담하네."

주인의 배웅을 받으며 버튼 박사는 정사각형의 방을 나섰다.

그렇게 박사는 횅하니 사라졌지만, 그가 뒤에 남겨둔 것이 있었다. 그건 하나의 아이디어였다. 박사가 떠난 후, 에르퀼 푸아로는 꿈을 꾸는 사람처럼 멍하니 의자에 앉아 중얼거렸다.

"헤라클레스의 모험이라……. 메위 쎄튄느 이데 싸(그것 참 좋은 생각일세)……."

다음 날, 에르퀼 푸아로는 송아지 가죽으로 양장이 된 커다란 책과 또 다른 얇은 책들을 주의 깊게 읽으며, 주변에 늘어놓은 서류들에 간간히 시선을 주었다. 푸아로의 비서인 레몬 양이 헤라클레스에 대한 자료를 수집해 책상 앞에 가져다 놓은 것이다.

레몬 양은 무심하면서도 (그녀는 호기심이 많은 타입이 아니었다!) 아주 완벽하게 자신의 임무를 수행했다.

에르퀼 푸아로는 먼저 '헤라클레스, 칭송받는 영웅이자 사후에 신의 반열에 들어 성스러운 명예를 얻은 자'라는 구절부터 시작해 고전의 바다에서 헤매기 시작했다.

지금까지는 괜찮다……. 하지만 곧 평범한 항해와는 동떨어진 모험담이 펼쳐지기 시작했다. 두 시간 동안, 푸아로는 열심히 읽으며 따로 적어두기도 하고, 얼굴을 찌푸리며 다른 자료를 찾아보기도 했다. 마침내 푸아로는 의자에 등을 털썩 기대며 고개를 설레설레 저었다. 지난 저녁에 느꼈던 기분은 싹 사라지고 말았다. 이게 다 뭐야!

이 헤라클레스라는 영웅만 해도 그렇다! 영웅은 무슨 영웅! 어리석고 덩치 큰 근육 덩어리에 범죄자 성향만 가득하지 않은가! 푸아로는 문득 1895년 리옹에서 재판을 받은 푸줏간 주인 아돌프 듀랜드가 떠올렸다……. 황소처럼 힘이 센 남자로 서너 명의 아이들을 살해한 인물이었다. 그 남자는 간질을 앓고 있었는데, 그게 대발작인지 가벼운 발작인지를 놓고 며칠동안이나 토론이 벌어졌었다. 아마 고대의 헤라클레스는 대발작을 앓았을 것이다. 아니야, 푸아로는 고개를 저었다. 만약 영웅에 대한 그리스인들의 생각이 그러했다면, 현대의 기준으로 판단하는 것은 옳지 않을 것이다. 푸아로는 고전 문학에 등장하는 인물들에 충격을 받았다. 신이며 여신들……. 이들은 현대의 범죄자들처럼 수많은 별명들을 가지고 있었으며, 범죄 성향도 다분했다. 음주에 방탕한 생활, 근친상간, 강간, 약탈, 살인, 속임수까지. 예심판사가 한숨 돌리지도 못할 정도로 말이다. 평범한 가정생활 따윈 조금도 찾아볼 수가 없었다. 질서도 체계도 없었다. 그들이 저지르는 범죄에서도 질서나 체계는 눈곱만큼도 찾아볼 수 없었다!

"헤라클레스는 무슨!"

고전에 환멸을 느낀 에르퀼 푸아로는 자리에서 일어났다.

그리고는 만족스러운 눈길로 주변을 둘러보았다. 네모난 방에 네모난 현대 가구들……. 진열되어 있는 조각 작품조차도 하나의 정육면체 위에 또 하나의 정육면체가 올라 있고, 그 위에는 구리줄로 기하학적인 배치가 되어 있는 현대적인 작품이었다. 이렇게 훌륭하고 질서정연한 방의 한 가운데 에르퀼 푸아로는 서 있었다. 그는 거울에 비친 자신의 모습을 바라보았다. 그가 바로 현대판 헤라클레스였다……. 물론 울퉁불퉁한 근육질에 방망이를 휘두르는 불쾌한 벌거숭이와는 전혀 달랐다. 그와 반대로 화려하면서도 섬세한 콧수염(헤라클레스라면 그렇게 기를 생각은 꿈에도 하지 않았을)에 단정하고 세련된 차림을 한 자그마한 체구의 남자였다.

하지만 에르퀼 푸아로와 고전에 나오는 헤라클레스에게는 한 가지 닮은 점이 있었다. 둘 다 이 세상의 악을 없애는 데 일조했다는 점이다……. 둘 다 자신이 살고 있는 사회에 공헌을 했다고 표현할 수 있을 것이다.

버튼 박사가 어젯밤 떠나면서 뭐라고 말했던가.

"자네가 하는 일은 헤라클레스의 모험이 아닐세……."

아, 그 친구가 틀렸다. 다시 한 번 헤라클레스의 모험이 부활할 것이다……. 현대판 헤라클레스의 모험이라니 정말 기발하고 즐거운 착상이 아닌가! 은퇴를 하기 전에 열두 개, 그 이상도 그 이하도 아닌 딱 열두 개의 사건만을 맡을 것이다. 그리고 그 열두 개의 사건은 고대 헤라클레스의 열두 가지 모험과 유사점이 있는 것으로만 선별하는 것이다. 그래, 이건 재미있을 뿐 아니라 예술적이고, 영적인 모험이 될 것이다.

푸아로는 고전 문학 사전을 집어 들고 다시 한 번 고전 문학에 빠져들었다. 헤라클레스라는 원형과 너무 똑같이 따라할 생각은 없었다. 여자도 없을 테고, 네소스(헤라클레스의 아내를 범하려다 독화살을 맞은 켄타우로스 — 옮긴이)의 셔츠도 없을 것이다……. 오로지 모험, 모험뿐일 것이다.

그렇다면 헤라클레스의 첫 번째 모험은 바로 네메아의 사자.

"네메아의 사자라."

푸아로는 가만히 입속으로 되뇌었다.

물론 실제 살아 있는 사자와 관련한 사건 의뢰를 받게 될 거라는 기대는 하지 않았다. 동물원의 관리자에게 살아 있는 사자와 관련된 문제를 해결해달라는 부탁을 받는다는 건 있을 수 없는 일일 것이다.

그래, 상징적인 것이라야 해. 첫 번째 사건은 유명인사와 관련된 사건, 센세이셔널하고 아주 중요한 사건이라야 해! 어마어마한 범죄자……. 또는 대중들의 눈에 사자와 같은 존재로 비춰지는 사람. 유명한 작가나 정치가, 또는 화가……. 또는 왕족?

푸아로는 왕족이 마음에 들었다. 하지만 서두르지는 않을 셈이였다. 첫 번째 모험이 될 아주 중요한 사건이 나타나길 기다릴 것이다.

# 네메아의 사자

"오늘 아침에는 뭐 흥미로운 일이 있나요, 레몬 양?"

다음 날 아침, 방에 들어서며 푸아로가 물었다.

푸아로는 레몬 양을 신뢰했다. 상상력은 없는 여자였지만 감 하나는 좋았다. 그녀가 고려해 볼 가치가 있다고 말하는 것들은 대개 고려해 볼 가치가 있는 것들이었다. 타고난 비서였다.

"별 것 없긴 하지만, 무슈 푸아로께서 흥미로워하실 만한 편지가 한 통 있어요. 파일 꼭대기에 올려놓았어요."

"무슨 사건이죠?"

푸아로는 신이 나 앞으로 한 발짝 내딛으려 했다.

"아내의 애완견이 사라진 걸 조사해 달라는 남자에게서 온 편지예요."

순간 푸아로는 한쪽 발이 공중에 뜬 채로 얼어붙고 말았다. 그러고는 레몬 양에게 힐난의 눈길을 보냈다. 그 눈길을 눈치 채지 못한 레몬 양은 타자를 치기 시작했다. 속사포처럼 빠르고 정확한 손놀림이었다.

푸아로는 화가 나 몸을 부들부들 떨었다. 레몬 양이, 유능하던 레몬 양이 나를 이렇게 실망시키다니! 애완견. 애완견이라고! 아침에 조지가 핫 초콜릿을 가지고 들어 왔을 때만 해도 버킹엄 궁에서 감사패를 받고 나오는 꿈을 꾸고 있었는데!

푸아로는 입속으로 신랄한 말들을 웅얼거렸다. 하지만 레몬 양은 신속하고 정확하게 타자를 치느라 듣지 못할 게 뻔했으므로 입 밖으로 내지는 않았다.

푸아로는 툴툴거리며 책상 옆에 쌓여 있는 파일 중 제일 꼭대기에 있는 편지를 집어 들었다.

그래, 이것이 레몬 양이 말한 그 편지였다. 주소는 시내. 간략하고 사무적이며 세련된 구석이라고는 없는 글이었다. 요는 페키니즈 종 개가 납치되었다는 것이었다. 부유한 여자들이 애지중지하는, 눈이 툭 튀어나온 그 애완견이 말이다. 그 편지를 읽으며 에르퀼 푸아로는 입술을 일그러뜨렸다.

특이한 점이라곤 없었다. 이상한 점도 없었다……. 하지만 그래, 그래, 레몬 양이 옳았다. 아주 작은 한 부분에 특이한 구석이 있었다.

에르퀼 푸아로는 의자에 앉아 그 편지를 천천히 신중하게 읽었다. 이건 그가 원하는 종류의 사건이 아니었고, 그가 스스로에게 약속한 종류의 사건도 아니었다. 중요한 사건이라고 보기에는 무리인, 극도로 사소한 사건이었다. 게다가 헤라클레스의 모험이라 칭하기엔 적절치가 않았다. 그것이 바로 가장 꺼림칙한 부분이기도 했다. 하지만 불행히도 푸아로는 궁금증을 느꼈다. 그래, 그의 호기심이 생겨난 것이다…….

푸아로는 정신없이 타자를 치는 레몬 양을 부르기 위해 목소리를 높였다.

"조지프 호긴 경에게 전화해서 편한대로 약속 시간을 잡으라고 하세요."

언제나 그렇듯, 레몬 양의 판단이 옳았다.


"나는 평범한 남자요, 푸아로 씨."

조지프 호긴 경이 말했다.

에르퀼 푸아로는 오른손을 들어 애매한 제스처를 취했다. 그건 조지프 경에 대한 존경, 그리고 그가 자신을 그렇게 표현하는 겸손함에 대해 경의를 표현하는 행동이라 볼 수 있었다. 또한 조지프 경의 발언에 대한 공손한 반대의 의미를 전달하기도 했다. 어떤 경우든 에르퀼 푸아로의 머릿속에 가장 먼저 떠오른 생각, 즉 조지프 경이 지극히 평범한 사람일 거라는 생각은 조금도 상대편이 알아차리지 못할 만한 제스처였다. 에르퀼 푸아로는 상대의 거만한 턱, 작고 쑥 들어간 눈, 주먹 코, 꾹 다문 입을 유심히 바라보았다. 전체적인 인상이 누군가, 혹은 무언가를 떠올리게 했다……. 하지만 누군지, 혹은 무엇이었는지는 기억이 나지 않았다. 희미하게 기억의 저편에서 무언가가 떠올랐다. 아주 오래전 벨기에에서……. 무언가, 그래, 분명 비누와 어떤 관련이 있는 거였는데…….

조지프 경은 계속했다.

"단도직입적으로 말씀드리죠. 푸아로 씨, 다른 사람들이라면 이런 일은 그저 잊고 말 겁니다. 받을 수 없는 빚을 탕감해 준다 치고 잊어버릴 거요. 하지만 그건 내 방식이 아닙니다. 나는 부유한 사람입니다……. 그리고 200파운드는 내게 하찮은 돈에 불과해요."

푸아로가 재빨리 끼어들었다.

"축하드립니다."

"네?"

조지프 경은 잠시 아무 말 하지 않았다. 안 그래도 작은 두 눈이 한 층 더 오그라들었다. 그러던 그가 날카롭게 말했다.

"내가 아무 데나 돈을 낭비하는 버릇이 있다는 뜻은 아닙니다. 내가 원하는 곳에는 돈을 지불하오만, 어디까지나 시세에 따라 지불할 겁니다…… 그 이상은 안 되겠소."

"제 수임료가 비싸다고 생각하시나요?"

"그렇습니다. 이 사건은 아주 사소한 문제니까 더 그렇죠."

조지프 경은 푸아로를 교활한 눈빛으로 바라보았다.

에르퀼 푸아로는 어깨를 으쓱했다.

"전 흥정은 하지 않습니다. 저는 전문가이니까요. 전문가의 서비스에 대한 대가는 지불하셔야 합니다."

그러자 조지프 경은 솔직하게 털어놓았다.

"당신이 이 분야에서는 최고라는 걸 알고 있습니다. 나름대로 알아본 결과 당신이 최고라고 하더군요. 나는 이 문제를 해결하고 싶고, 비용은 얼마가 되든 상관없습니다. 그래서 당신을 찾아온 겁니다."

"운이 좋으시군요."

"네?"

조지프 경은 다시 한 번 의아한 듯 반문했다.

"정말이지 운이 좋으십니다."

에르퀼 푸아로는 아주 단호하게 말했다.

"과도하게 겸손을 떨지 않고 말씀드리자면, 저는 현재 경력의 최정점에 올라 있다고 할 수 있습니다. 머지않아 은퇴할 작정이죠. 시골에 살면서 가끔씩 여행도 다니고……. 어쩌면 채소도 기를지 모릅니다. 특히 페포호박의 품종 개량에 힘쓰면서 말이죠. 정말 훌륭한 채소지만 맛과 향이 부족하죠. 물론 중요한 건 그게 아닙니다. 저는 은퇴하기 전, 제 스스로에게 특별한 임무를 부과할 작정입니다. 더도 덜도 말고 딱 열두 개의 사건만 받아들이기로 결심했죠. 일명 '헤라클레스의 모험'이란 걸 해 보기로 한 겁니다. 이렇게 말해도 될지 모르겠습니다만, 조지프 경께서 의뢰하신 사건은 그 열두 개 사건 중 첫 번째가 될 겁니다. 그 사건에 구미가 당겼으니까요."

푸아로는 한숨을 쉬며 덧붙였다.

"그 사소함에 말이죠."

"네?"

"사소함이라고 말씀드렸습니다. 저는 그 동안 다양한 사건들을 맡았죠. 살인 사건부터 의문의 죽음, 강도, 보석 강도 등을 조사해달라는 의뢰를 받았습니다. 그런 제가 처음으로 제 재능을 납치당한 페키니즈 사건에 사용해 보려는 거예요."

조지프 경은 못마땅한 듯 목을 가다듬었다.

"정말이지 날 여러 번 놀라게 하시는군요! 분명 강아지를 찾아달라는 부인들의 요청이 끊이지 않는 걸로 알고 있습니다만."

"그건 사실입니다. 하지만 남편 분께 의뢰를 받은 것은 처음이지요."

조지프 경의 작은 눈이 더 작아졌다.

"왜 사람들이 내게 당신을 추천했는지 그 이유를 이제야 알겠소. 아주 예리한 분이시군요, 푸아로 씨."

"이제 사건의 정황을 말씀해 주셔야죠. 개가 사라진 게 언제인가요?"

"정확히 일주일 전이오."

"부인께서 지금쯤이면 굉장히 예민하시겠군요?"

조지프 경이 푸아로를 뚫어지게 바라보며 대답했다.

"내 말을 이해 못하시는군요. 그 개는 돌아왔습니다."

"돌아왔다고요? 그렇다면, 제가 뭘 도와 드려야 할지 여쭤
봐도 되겠습니까?"

조지프 경의 얼굴이 시뻘겋게 달아올랐다.

"빌어먹을, 내가 사기를 당했단 말이오! 푸아로 씨, 이제 모
든 걸 다 말씀 드리죠. 일주일 전에 개를 잃어버렸습니다…….
아내의 말벗이 그놈을 데리고 켄싱턴 가든으로 산책을 나갔을
때 누군가 훔쳐간 거요. 그 다음 날 내 아내는 200파운드를 요
구하는 협박장을 받았습니다. 200파운드라니! 매일 발밑에서
알짱거리는 그 빌어먹을 강아지 몸값이 200파운드라니요!"

"물론 조지프 경께서는 몸값 지불을 허락하지 않으셨겠죠?"

"물론이오……. 아니, 알았더라면 절대 허락하지 않았을 거
요! 밀리(내 아내입니다.)는 그걸 잘 알았죠. 그 여자는 내겐 아
무 말도 없이 정해진 주소로 돈을 보내버렸습니다. 요구대로 1
파운드짜리 지폐로 말입니다."

"그리고 개가 돌아왔나요?"

"그렇소. 그날 저녁 초인종이 울려 나가보니, 그 빌어먹을 개
가 현관 앞에 앉아 있더군요. 사람의 기척은 전혀 없었습니다."

"그렇군요. 계속 하시지요."

"그렇게 밀리는 사실대로 고백했고 난 화를 냈습니다. 하지
만 곧 마음을 가라앉혔어요……. 이미 벌어진 일인데다 여자들
은 원래 이성적이지 않은 종자들이니까. 클럽에서 새뮤얼슨을

26

만나지 않았더라면 그 모든 일을 그냥 잊어버릴 수 있었을 겁니다."

"네?"

"젠장, 이건 조직적인 사기 행각이 분명해요! 똑같은 일이 새뮤얼슨에게도 일어났답니다. 그에겐 300파운드를 요구했다고 하더군요! 뭐, 그건 좀 심했죠. 이 일이 다시는 일어나지 않도록 해야겠다고 결심했습니다. 그래서 푸아로 씨께 편지를 보냈죠."

"조지프 경, 경찰에 신고하는 편이 더 적절하고 저렴한 방법이 아닐까요?"

조지프 경은 코를 문질렀다.

"결혼하셨습니까, 푸아로 씨?"

"아아, 제게 그런 복은 없더군요."

"음, 그걸 복이라고 해야 할지. 어쨌든 결혼을 하셨더라면 여자들이란 존재가 얼마나 이상한 존재인지 알 수 있을 겁니다. 내 아내는 경찰 얘기만 꺼내도 히스테리를 부리지 뭡니까……. 경찰에게 가면 소중한 샨 퉁에게 무슨 일이 일어날 거라고 생각하는 게 분명해요. 아예 들으려고 하지도 않습니다. 푸아로 씨에게 부탁드리는 것도 그리 달가운 눈치는 아니었지요. 하지만 내가 단호하게 버티니까 결국엔 물러서더군요. 그래도 명심해 두시오. 내 아내는 그쪽엔 반대입니다."

"세심하게 다뤄야겠군요. 조지프 경의 부인과 이야기를 나눠 본다면 자세한 정황을 듣는 동시에 앞으로 개의 안전을 보장해 드릴 수 있을 것 같습니다만?"

조지프 경은 고개를 끄덕이고는 자리에서 일어섰다.

"지금 바로 우리 집으로 안내하겠소."

커다랗고 공기가 후끈하며 화려하게 치장된 응접실에는 여자 두 명이 앉아 있었다.

조지프 경과 에르퀼 푸아로가 안으로 들어가자 조그마한 페키니즈 한 마리가 앞으로 달려 나와 사납게 짖어대며, 푸아로의 발꿈치를 위협적인 자세로 빙빙 돌았다.

"샨……. 샨, 이리 와. 엄마한테 와야지, 우리 귀염둥이……. 카너비 양, 이리로 데려 와요."

다른 여자가 서둘러 앞으로 나왔고, 에르퀼 푸아로는 중얼거렸다.

"정말 사자군, 사자야."

샨 통을 두 손에 안은 여자가 약간 숨을 헐떡이며 대꾸했다.

"네, 정말 그래요. 아주 훌륭한 경비원이죠. 사람을 절대 무서워하지 않아요. 얼마나 사랑스러운데요."

조지프 경은 적절히 서로를 소개시켜 준 다음 이렇게 말했다.

"자, 푸아로 씨, 저는 이만 나가 보겠습니다."

그러고는 살짝 고개를 숙이고 응접실을 나섰다.

레이디 호긴은 머리를 빨갛게 염색했고, 땅딸막한 키에 성격은 까다로워 보였다. 그녀의 말벗이자 안절부절못하고 있는 카너비 양은 둥그스름하고 상냥한 얼굴이었고, 40~50세 정도 되어 보였다. 극진히 위하는 말투도 그렇고 쩔쩔매는 모양새가 레이디 호긴을 무서워하는 게 분명했다.

"자, 레이디 호긴. 이 끔찍한 범죄의 모든 정황들을 말씀해주시지요."

레이디 호긴의 얼굴이 발갛게 달아올랐다.

"푸아로 씨, 그렇게 말씀해주셔서 정말 기뻐요. 정말 이번 일은 범죄라고 할 만했어요. 페키니즈는 극도로 예민해요…….

아이들처럼 예민하죠. 하마터면 우리 불쌍한 샨 퉁은 겁에 질려 죽었을 지도 몰라요."

카너비 양이 더듬대며 맞장구를 쳤다.

"네, 정말 악랄해요……. 악랄한 일이죠!"

"어떻게 된 일인지 말씀해 주시겠어요?"

"네, 이렇게 된 일이에요. 샨 퉁은 카너비 양과 함께 공원으로 산책을 나갔었죠……."

"오, 이런. 네, 그건 모두 제 잘못이에요."

말벗이 끼어들었다.

"어쩜 이렇게 멍청한 짓을 했는지……. 제가 너무 경솔했어요……."

레이디 호긴이 매섭게 쏘아붙였다.

"카너비 양, 당신을 탓할 생각은 없어요. 하지만 좀 더 신중했어야죠."

푸아로는 말벗에게 눈을 돌렸다.

"무슨 일이 있었습니까?"

카너비 양은 약간 숨을 헐떡이면서도 유창하게 말을 쏟아냈다.

"정말 이상한 일이었어요! 우린 꽃길을 따라 걷고 있었고……. 물론 샨 퉁에겐 목줄을 채워놓은 상태로요. 잔디밭에서 뛰어다니니까요. 그리고 전 돌아서서 집으로 돌아가려고 했는데, 그때 유모차에 탄 아기가 눈에 들어오더라고요. 얼마나 귀엽던지……. 절 보고 미소를 짓지 뭐예요……. 사랑스러운 장밋빛 뺨에 귀여운 곱슬머리를 하고요. 전 저도 모르게 아이를 돌보던 유모에게 말을 걸어서 아기가 몇 살인지 물어 보았어요. 17개월 됐다고 하더군요……. 이야기를 나눈 시간은 분명

1, 2분정도밖에 되지 않았는데, 아래를 내려다보니 샨이 사라
져버린 거예요. 목줄은 잘려 있고요……."

레이디 호긴이 끼어들었다.

"당신이 맡은 일에 제대로 신경만 썼다면, 누군가 몰래 다가
가 목줄을 자르지는 못했을 거예요."

카너비 양은 눈물을 터뜨리기 일보 직전인 것 같았다. 푸아
로는 서둘러 질문을 던졌다.

"그러고 나서 어떻게 하셨나요?"

"물론 사방을 다 찾아봤어요. 이름을 부르면서요! 공원 관
리인에게 혹시 페키니즈를 데려가는 남자를 본 적이 있냐고
물었지만, 그런 사람은 전혀 보지 못했다고 하더군요……. 전
어떻게 해야 할지 몰라서 계속해서 찾아 헤맸지만, 결국엔 집
으로 돌아와야 했죠……."

카너비 양은 쥐죽은 듯 가만히 침묵했다. 그 다음에 어떤 일
이 벌어졌을지는 훤히 알 수 있었다. 푸아로는 다시 질문을 던
졌다.

"그러고 나서 편지를 받으셨습니까?"

레이디 호긴이 입을 열었다.

"그 다음 날 아침에 첫 배달로 왔어요. 샨 퉁이 살아 있는
모습을 보고 싶다면 블룸스버리 가 광장 38번지의 커티스 대
위에게 인편으로 1파운드짜리 지폐 200장을 보내라고 쓰여 있
었어요. 만약 돈에 표시를 해 두거나 경찰에게 이 사실을 알린
다면……. 알린다면……. 샨 퉁의 귀와 꼬리를……. 잘라 버리
겠다고 쓰여 있었어요!"

카너비 양이 훌쩍거리기 시작했다.

"너무 끔찍해요. 어떻게 강아지한테 그럴 수가 있죠!"

레이디 호긴이 계속했다.

"돈을 보내 준다면 바로 그날 저녁에 샨 퉁을 무사히 되돌려 보내 주겠다는 얘기였죠. 하지만 만약…… 만약 그 후에도 제가 경찰을 찾아간다면 그에 대한 대가는 샨 퉁이 치르게 될 거라고……."

카너비 양이 울음기 어린 목소리로 중얼거렸다.

"오, 이런. 지금도 너무 무서워요……. 물론 푸아로 씨는 경찰은 아니시죠……?"

레이디 호긴이 초조하게 말했다.

"아시겠죠, 푸아로 씨. 아주 조심하셔야 해요."

에르퀼 푸아로는 레이디 호긴의 불안감을 덜어주기 위해 재빨리 입을 열었다.

"저는 경찰이 아닙니다. 그리고 조사를 하더라도 아주 은밀하게, 아주 조용히 할 겁니다. 레이디 호긴, 샨 퉁은 반드시 무사할 겁니다. 제가 보장해 드리죠."

두 여자 모두 그 마법의 단어에 한시름 놓은 듯 보였다. 푸아로는 다시 질문을 던졌다.

"그 편지는 아직 가지고 계십니까?"

레이디 호긴은 고개를 저었다.

"아니요, 돈과 함께 그 편지도 넣으라고 지시했어요."

"그래서 그렇게 하셨나요?"

"네."

"음, 그것 참 안타깝군요."

카너비 양이 밝은 목소리로 끼어들었다.

"하지만 개 목줄은 아직 가지고 있어요. 가져올까요?"

카너비 양이 응접실을 나섰다. 에르퀼 푸아로는 이 기회를 이용해 몇 가지 질문을 던졌다.

"에이미 카너비요? 오! 그 여자는 절대 그럴 리가 없어요. 착한 여자죠, 물론 바보스럽긴 하지만요. 그 동안 말벗을 여러 명 두었었지만, 다들 끔찍한 바보였죠. 하지만 에이미는 샨 통에게도 헌신적이고, 이 일로 아주 충격을 받았어요. 물론 어쩔 수 없었긴 해요……. 유모차에 매달려 있느라 우리 귀염둥이가 없어지는 줄도 몰랐으니! 나이든 하녀들은 다 똑같아요. 아기들만 보면 정신을 못 차리죠! 아니에요. 확실히 그 여잔 어떻게든 이 일과는 아무런 연관이 없을 거예요."

"물론 그럴 것 같진 않습니다. 하지만 그분이 돌보고 있는 사이에 개가 사라졌다면, 그분이 얼마나 정직한 사람인지는 확인을 해봐야 하니까요. 그분은 이 집에 오래 계셨나요?"

"거의 1년이 다 돼가요. 카너비 양은 추천서도 아주 훌륭했어요. 이 집에 오기 전에는·레이디 하팅필드께서 돌아가실 때까지……. 한 10년 정도 될 거예요……. 그때까지 그 집에 있었죠. 그 후로는 한동안 병약한 여동생을 돌봤다죠. 아주 훌륭한 사람이에요. 아까도 말씀드렸듯이 멍청하지만요."

순간 에이미 카너비가 응접실로 되돌아 왔다. 아까보다 더 숨을 헉헉대며 잘려진 목줄을 아주 엄숙하게 건넸다. 그러고는 기대하는 눈길로 푸아로를 바라보았다.

푸아로는 신중하게 그 줄을 살펴보았다.

"메 위(그렇군요). 확실히 줄이 잘려 나갔군요."

두 여자가 기대에 찬 표정으로 바라보자, 푸아로가 다시 입을 열었다.

"이건 제가 가져가도록 하겠습니다."

푸아로는 엄숙하게 목줄을 주머니에 넣었다. 두 여자는 안도의 한숨을 쉬었다. 푸아로가 두 여자의 기대에 부응하는 행동을 한 게 분명했다.

에르퀼 푸아로는 아무리 사소한 것이라도 직접 확인해 봐야 직성이 풀리는 성격이었다. 카너비 양은 겉으로 보기에 그저 약간 모자라고 어리석은, 평범한 여자인 것 같았지만, 그럼에도 푸아로는 고(故) 레이디 하팅필드의 조카인 다소 험악한 인상의 여자와 이야기를 나눠보기로 했다.

"에이미 카너비요?"

맬트래버스 양이 놀란 표정으로 되물었다.

"물론 기억하고 있죠. 착한 사람이에요. 줄리아 이모와는 아주 죽이 잘 맞았지요. 개들도 아주 잘 돌봐 주는데다 책도 잘 읽어 줬고요. 병자의 말에 거스르는 일도 없이 아주 능숙하게 대처했어요. 혹시 카너비 양에게 무슨 일이라도 생긴 거예요? 큰일은 아니었으면 좋겠네요. 1년 전에 어떤 호…… 뭐라는 여자에게 추천장을 써 줬는데……."

푸아로는 서둘러 카너비 양은 여전히 그 집에서 잘 지내고 있다고 설명했다. 단지 잃어버린 개 때문에 약간의 문제가 있었다는 말을 덧붙였다.

"에이미 카너비는 개를 아주 좋아했어요. 제 이모께서도 페키니즈를 기르셨죠. 이모가 돌아가시면서 그 개를 물려주자 카너비 양은 정말 애지중지 키웠어요. 그 개가 죽었을 때는 정말 마음이 아팠을 거예요. 오, 그래요. 카너비 양은 정말 착한 사람이에요. 물론 지적인 사람은 아니지만요."

에르퀼 푸아로 또한 카너비 양을 지적인 사람이라고 표현하긴 힘들다는 데 동의했다.

이제 푸아로가 다음으로 할 일은 사건이 일어나던 날 오후, 카너비 양이 말을 걸었다는 공원 관리인을 찾아내는 것이었다. 그건 별로 어렵지 않았다. 공원 관리인은 그날 일을 기억하고 있었다.

"좀 통통한 중년 여자 분께서 당황한 기색으로 페키니즈를 잃어버렸다고 하시더군요. 낯이 많이 익은 분이었습니다……. 매일 오후만 되면 공원에서 개를 산책시키시거든요. 그날도 그분이 개를 데리고 공원에 들어서는 모습을 봤습니다. 개를 잃어버리고는 흥분해서 어쩔 줄 모르더군요. 달려 와서 하는 말이 페키니즈를 데리고 가는 사람을 보지 못했냐고 한다지 뭡니까! 참 내! 말씀드리지만, 이 공원에는 개들로 가득합니다……. 테리어부터 페키니즈, 독일산 소시지 개, 보르조이에 이르기까지 온갖 종류의 개들이 있어요. 그러니 제가 그중에서 유독 페키니즈 한 마리만 눈여겨봤을 리가 없지 않습니까."

에르퀼 푸아로는 생각에 잠긴 채 고개를 끄덕였다. 그는 이번엔 블룸스버리 가 광장 38번지로 향했다.

38, 39, 40번지는 모두 발라클라바 프라이빗 호텔(개인이 운영하는 작은 호텔 — 옮긴이)에 통합되어 있었다. 푸아로는 계단을 올라가 현관문을 열었다. 실내는 어두컴컴했으며 아침 식사로 먹은 청어 냄새와 양배추 요리하는 냄새가 났다. 왼편의 마호가니 테이블 위에는 처량해 보이는 국화꽃이 꽂혀 있었다. 테이블 위쪽 벽에 달린 커다란 선반은 올이 거친 천으로 쓰여 있었으며, 그 안에는 편지들이 꽂혀 있었다. 푸아로는 한동안 곰곰이 게시판을 바라보았다. 그리고 오른편에 있는 문을 열자 그곳은 작은 테이블들과 칙칙한 덮개가 씌워진 소위 안락

의자들이 놓여 있는 라운지로 이어졌다. 노부인 셋과 무섭게 생긴 노신사 한 명이 고개를 들더니 험악한 눈초리로 침입자를 노려보았다. 얼굴이 달아오른 에르퀼 푸아로는 재빨리 그곳을 빠져나왔다.

복도를 따라 조금 더 걷자 계단이 나왔다. 복도는 오른쪽으로 꺾어졌으며, 그 끝은 식당이 분명했다. 복도를 따라 조금 더 가자 '사무실'이라는 표지가 붙은 문이 하나 나왔다.

푸아로는 문을 두드렸다. 안에서 아무런 대답이 없자, 푸아로는 문을 열고 안을 들여다보았다. 방 안에는 서류들이 어지럽게 놓인 커다란 책상 하나가 있었지만 사람의 모습은 보이지 않았다. 푸아로는 뒤로 물러나 문을 닫았다. 그리고 식당으로 향했다.

지저분한 앞치마를 맨 소녀가 우울한 얼굴로 테이블에 놓을 나이프와 포크가 가득 담긴 바구니를 들고 발을 질질 끌며 걸어가고 있었다.

에르퀼 푸아로는 조심스럽게 말을 걸었다.

"실례합니다만, 사장님을 만날 뵐 수 있을까요?"

소녀는 흐리멍덩한 눈으로 푸아로를 바라보았다.

"저는 어디 계신지 몰라요."

"사무실에는 아무도 안 계시던데요."

"글쎄요, 어디 계신지는 저도 몰라요. 정말이에요."

"좀 알아봐 주시겠습니까?"

에르퀼 푸아로는 다시 한 번 고집스럽게 물었다.

소녀는 한숨을 쉬었다. 안 그래도 할 일이 산더미인데, 이제 새로운 짐까지 생겨난 것이다. 소녀는 우울하게 대꾸했다.

"뭐, 일단 찾아는 볼게요."

푸아로는 감사를 표한 후, 다시 한 번 홀로 나와 기다렸다. 라운지를 차지하고 있는 사람들의 험악한 눈초리를 감당할 엄두가 나지 않았던 것이다. 천으로 씌운 선반을 올려다보더라니, 강한 데번서 제비꽃 향을 뿜어내며 호텔의 여주인이 다가왔다.

하트 부인은 너무나 상냥했다.

"제가 사무실을 비우는 바람에 오래 기다리셨죠? 너무 죄송해요. 방이 필요하신가요?"

"그렇지는 않습니다. 그저 제 친구가 최근 이곳에 머물렀는지 알아보려고 왔습니다. 커티스 대령이요."

"커티스요? 커티스 대령이요? 내가 그 이름을 어디서 들었더라?"

푸아로는 아무 말 하지 않았다. 하트 부인은 잘 생각이 나지 않는 듯 고개를 저었다.

"그렇다면 커티스 대령이 이곳에 머물지 않았습니까?"

"글쎄요, 최근에는 분명 아니에요. 하지만 왠지 그 이름이 낯설지 않네요. 그분 생김새를 설명해 주시겠어요?"

"그건 어려울 것 같습니다. 혹시 이곳에 머물지 않는 사람 앞으로 편지가 오는 일이 종종 있나요?"

"물론이죠."

"그런 편지들은 어떻게 하시죠?"

"글쎄요, 한동안은 보관해 둬요. 어쩌면 편지를 받을 사람이 조만간에 이 호텔로 올 수도 있으니까요. 물론 오랫동안 편지나 소포의 임자가 나타나지 않으면, 우체국으로 되돌려 보내죠."

에르퀼 푸아로는 생각에 잠긴 채 고개를 끄덕였다.

"그렇군요. 어떻게 된 건지 알 것 같습니다. 제가 이곳에 있는 친구에게 편지를 썼거든요."

그의 말에 하트 부인의 얼굴이 밝아졌다.

"그렇게 된 거였군요. 제가 봉투 위에 쓴 이름을 잘 확인했어야 했는데. 하지만 정말이지 이곳에 머물거나 잠시 머물다 떠나는 퇴직 군인 친구들이 너무 많아서요…… . 제가 한 번 확인해 보죠."

푸아로는 편지가 담긴 선반을 확인했다.

"여기엔 없네요."

"우체부에게 되돌려준 게 분명해요. 정말 죄송해요. 중요한 편지가 아니었으면 좋겠는데요."

"네, 네. 중요한 편지는 아니었습니다."

푸아로가 현관문 쪽으로 다가가자, 하트 부인은 강한 제비꽃 향을 풍기며 그의 뒤를 쫓았다.

"혹시라도 친구 분이 이리로 오시면…… ."

"그럴 것 같지는 않군요. 제가 실수를 한 게 분명합니다…… ."

"저희 호텔은 요금이 아주 저렴하답니다. 저녁 식사 후의 커피도 요금에 포함되고요. 저희 방을 한번 보셨으면 좋겠어요…… ."

에르퀼 푸아로는 어렵사리 호텔을 빠져나왔다.


새뮤얼슨 부인의 응접실은 레이디 호긴의 응접실보다 더 크고 더 사치스러운 가구들로 가득했으며, 중앙난방을 한껏 틀어놓아 한층 더 후끈했다. 에르퀼 푸아로는 금박을 입힌 벽고정 테이블들과 커다란 조각상들 사이를 아슬아슬하게 지나갔다.

새뮤얼슨 부인은 레이디 호긴보다 키가 더 컸으며, 머리카락은 과산화수소로 탈색한 모양이었다. 그녀가 키우는 페키니즈의 이름은 낸키 푸였다. 그 강아지는 불쑥 튀어나온 눈으로 거만하게 에르퀼 푸아로를 훑어보았다. 새뮤얼슨 부인의 말벗인 키블 양은 통통한 카너비 양과는 달리 마르고 앙상했지만, 그녀 또한 약간 숨을 헐떡이면서도 수다스럽게 이야기를 늘어놓았다. 그리고 키블 양 또한 낸키 푸의 납치에 대한 원망을 듣고 있었다.

"하지만 푸아로 씨, 정말 이상한 일이었어요. 눈 깜짝할 새에 일어났다니까요. 전 해러즈(런던에 있는 유명 백화점 — 옮긴이) 밖에 서 있었더랬죠. 그런데 어떤 유모가 와서 제게 시간을 묻길래……."

푸아로가 끼어들었다.

"유모라고요?"

"네……. 아이들을 돌보는 유모요. 정말 사랑스러운 아기였어요! 어찌나 조그맣고 귀엽던지. 사랑스러운 장밋빛 뺨을 하고 있었죠. 런던 아이들은 건강해 보이지 않는다고들 하지만, 저는……."

"엘렌."

새뮤얼슨 부인이 꾸짖듯 말벗의 이름을 불렀다.

얼굴이 발갛게 달아오른 키블 양은 말을 더듬거리며 목소리가 점차 줄어들더니 아예 말을 멈추어 버렸다. 그러자 새뮤얼슨 부인이 신랄한 말투로 이어나갔다.

"키블 양이 자기와 아무런 상관도 없는 아기를 들여다보는 동안에, 파렴치한 악당이 낸키 푸의 목줄을 자르고 납치해 간 거죠."

키블 양은 울음이 섞인 목소리로 중얼거렸다.

"정말 순식간이었어요. 제가 뒤를 돌아보니 귀여운 강아지가 사라졌지 뭐에요……. 제 손에는 끊어진 목줄만 남아 있고요.

그 목줄을 보여드릴까요, 푸아로 씨?"

"됐습니다."

푸아로는 서둘러 대꾸했다. 잘린 개 목줄을 수집하고 싶은 생각은 조금도 없었다.

"그 직후에 편지를 한 통 받으셨다고요?"

이어지는 이야기는 똑같았다……. 편지……. 낸키 푸의 귀와 꼬리를 잘라버리겠다는 협박. 단 두 가지만 달랐다……. 요구한 돈의 액수(300파운드), 그리고 돈을 보내는 주소였다. 이번에는 켄싱턴 클론멜 가든 76번지 해링턴 호텔, 블래클리 중령 앞으로 되어 있었다.

새뮤얼슨 부인이 계속 말을 이었다.

"낸키 푸가 무사히 집으로 돌아왔을 때, 제가 직접 그곳으로 가 봤어요. 아무리 그래도 300파운드나 되는 돈이었으니까요."

"물론입니다."

"처음으로 발견한 것은 제가 돈을 넣어 보낸 편지봉투가 홀의 선반에 있는 모습이었어요. 지배인을 기다리는 동안 몰래 그 봉투를 제 가방에 넣었죠. 하지만 어이없게도……."

"하지만 어이없게도 봉투를 열었을 때는 흰 종이들만 들어 있었다, 이 말씀이시죠?"

"어떻게 아셨어요?"

새뮤얼슨 부인은 감탄의 눈길로 푸아로를 바라보았다.

푸아로는 어깨를 으쓱했다.

"뻔한 일이지요, 셰르 마담(친애하는 마담). 그 도둑은 개를 되돌려놓기 전에 먼저 돈을 회수했을 겁니다. 그러고 나서 편지가 사라진 걸 누군가 눈치 챌 경우를 대비해 백지로 봉투

안을 채워 다시 선반 위에 되돌려 놓은 거지요."

"블래클리 중령이란 사람은 그곳에 머문 적도 없대요."

푸아로가 미소를 지었다.

"그리고 제 남편도 이 일로 아주 화를 냈고요. 솔직히 말씀
드리자면 노발대발 했죠······. 아주 노발대발했어요!"

푸아로는 조심스럽게 낮은 목소리로 입을 열었다.

"돈을 보내는 문제를 남편 분과······. 음······. 그러니까 의논
을 하지 않으셨습니까?"

"그럼요."

새뮤얼슨 부인은 당연하다는 듯 대꾸했다.

푸아로가 의아한 눈길로 바라보자, 새뮤얼슨 부인이 설명했다.

"그런 생각은 엄두도 못 냈어요. 남자들은 돈 문제에는 워낙
유별나게 굴잖아요. 제이콥에게 얘기했다면 경찰에 신고하자고
했겠지요. 그런 부담 또한 지고 싶지 않았죠. 그러다 우리 불
쌍한 낸키 푸에게 무슨 일이라도 생기면 어떡해요! 물론 그 후
에는 남편에게 털어놔야 했지만요. 은행에서 무슨 돈을 그렇게
많이 찾았는지 그 이유를 설명해야 했으니까요."

"그렇고말고요······. 그렇고말고요."

"그리고 정말이지 그이가 그렇게 화를 내는 모습은 처음 봤
어요. 남자들이란······."

새뮤얼슨 부인은 근사한 다이아몬드 팔찌의 매무새를 만지
고 손가락의 반지를 돌리며 말했다.

"돈 생각밖에 안 하죠."

에르퀼 푸아로는 엘리베이터를 타고 조지프 호긴 경의 사무
실로 올라갔다. 명함을 보여 주었지만 조지프 경이 현재 다른

용무 중이라는 말이 돌아왔다. 곧 조지프 경의 사무실에서 오만해 보이는 금발 머리 아가씨가 양손 가득 서류를 들고 빠져나왔다. 그 아가씨는 푸아로를 지나치며 그 기이한 생김새의 작은 남자에게 무시하는 눈길을 보냈다.

조지프 경은 거대한 마호가니 책상 앞에 앉아 있었으며, 턱에는 립스틱 자국이 묻어 있었다.

"푸아로 씨? 어서 앉으시지요. 새로운 소식이라도 있으십니까?"

"이번 사건은 기분 좋을 정도로 간단하더군요. 매번 범인은 청소부나 홀을 지키는 직원이 없는 곳, 그러면서 수많은 손님들, 특히 퇴역한 군인들이 많이 드나드는 하숙집이나 프라이빗 호텔로 돈을 보내라고 했습니다. 그 후 안으로 들어가 선반에서 편지를 꺼내 가져가거나 돈을 꺼내고 흰 종이로 안을 채워 넣어 다시 선반에 편지를 되돌려 놓는 건 누구라도 손쉽게 할 수 있는 일이죠. 따라서 모든 사건의 실마리는 거기서 벽에 부딪혀 끝나버립니다."

"그렇다면 누가 범인인지는 전혀 모른다는 말씀이십니까?"

"물론 어느 정도는 알고 있습니다. 하지만 범인을 추적하는 데는 며칠이 더 걸릴 겁니다."

조지프 경은 호기심 어린 눈길로 푸아로를 바라보았다.

"좋습니다. 그리고 제게 보고할 것이 있으시다면……."

"댁으로 직접 찾아뵙지요."

"이 문제를 완벽하게 해결한다면, 정말 대단한 일을 하시는 겁니다."

"실패의 여지는 없습니다. 에르퀼 푸아로의 사전에 실패란 없으니까요."

조지프 호긴은 이 자그마한 남자를 바라보며 씩 미소를 지었다.

"정말 자신감이 넘치시는군요?"

"그럴 만한 이유가 있으니까요."

"오, 이런."

조지프 호긴 경은 의자에 기대어 앉았다.

"교만한 자는 오래 못 간다지 않습니까."


전기 라디에이터(푸아로는 라디에이터의 깔끔한 기하학적 패턴이 만족스러웠다) 앞에 앉은 에르퀼 푸아로는 시종에게 지시를 내리고 있었다.

"알아들었나, 조르주?"

"예, 주인님."

"아파트나 공동 주택일 가능성이 높아. 그리고 지역도 분명 한정되어 있지. 공원의 남쪽, 켄싱턴 교회의 동쪽, 나이츠브리지 주택가의 서쪽, 그리고 풀햄 로의 북쪽이야."

"무슨 말씀이신지 잘 알겠습니다, 주인님."

푸아로는 낮은 목소리로 중얼댔다.

"정말 흥미로운 사건이야. 분명 조직적인 성향이 보여. 그리고 물론 그 가운데는 눈에 보이지 않는 주역도 있지……. 네메아의 사자 말이야, 그렇게 불러도 될지 모르겠지만. 그래, 아주 흥미로운 사건일세. 그나저나 내 의뢰인이 조금만 더 매력적이었다면 좋았을 텐데……. 그 사람은 예전에 금발머리 비서와 결혼하기 위해 아내를 독살한 리에주의 비누 공장 사장과 닮은 데가 있단 말이야. 내가 초기에 맡은 사건 중 하나지."

조지는 고개를 설레설레 저으며 진지하게 대답했다.

"주인님, 언제나 금발이 말썽이죠."

푸아로에게 아주 귀중한 존재, 즉 조지가 보고를 한 것은 그로부터 사흘 뒤였다.

"여기가 그 주소입니다, 주인님."

에르퀼 푸아로는 조지가 건넨 쪽지를 받아 들었다.

"훌륭해, 역시 자네밖에 없어. 그리고 무슨 요일이던가?"

"목요일입니다, 주인님."

"목요일이라. 운 좋게도 오늘이 목요일이야. 그러니 지체할 필요도 없지."

20분 후, 에르퀼 푸아로는 번화가의 뒤쪽으로 숨어 있는 작은 골목에 위치한 어두침침한 아파트의 계단을 올랐다. 로숄름 맨션 10호는 4층 꼭대기에 위치하고 있었는데 엘리베이터가 없었다. 푸아로는 나선 모양으로 빙빙 돌아나 있는 좁은 계단을 오르고 또 올랐다.

꼭대기 층에 도달한 푸아로가 잠시 멈춰서 숨을 고르는 사이, 10호 문 앞쪽에서는 침묵을 깨고 날카로운 개 짖는 소리가 들렸다.

에르퀼 푸아로는 살짝 미소를 지으며 고개를 끄덕였다. 그리고 10호의 초인종을 눌렀다.

개 짖는 소리가 더욱 더 커졌다. 현관문으로 다가오는 발소리가 들리고 문이 열렸다…….

에이미 카너비 양은 뒤로 멈칫 물러서며 풍성한 가슴 위에 손을 얹었다.

"들어가도 되겠습니까?"

에르퀼 푸아로는 대답을 기다리지도 않고 성큼 안으로 들어섰다.

오른편의 응접실 문이 열려 있는 걸 발견한 푸아로는 그 안으로 들어섰다. 카너비 양은 멍하니 그 뒤를 따랐다.

응접실 안은 매우 좁았으며, 지나치게 꽉 들어찬 느낌이었다. 가구들 가운데로 사람이 보였다. 가스 난로 옆으로 끌어다 놓은 소파 위에 한 노부인이 누워 있었다. 푸아로가 응접실 안으로 들어서자 페키니즈 한 마리가 소파 위에서 뛰어내리며 앞으로 나와 날카롭게 짖어댔다.

"아하. 우리의 주연 배우로군! 안녕하신가, 작은 친구."

푸아로는 무릎을 굽혀 손을 내밀었다. 개는 킁킁거리며 냄새를 맡고, 영리한 눈으로 푸아로의 얼굴을 바라보았다.

카너비 양이 힘없이 속삭였다.

"알아내신 거예요?"

에르퀼 푸아로는 고개를 끄덕였다.

"네, 알아냈습니다."

푸아로는 소파위에 누워 있는 여자를 바라보았다.

"언니 분이신가요?"

카너비 양은 멍하니 대꾸했다.

"네. 에밀리 언니, 이분은 푸아로 씨야."

에밀리 카너비가 숨을 급하게 들이마시며 외쳤다.

"오!"

에이미 카너비가 다시 입을 열었다.

"오거스터스······."

그러자 페키니즈가 그녀를 바라보았다. 개는 꼬리를 흔들고 다시 푸아로의 손을 유심히 살폈다. 그러고 다시 살짝 꼬리를 흔들었다.

푸아로는 조심스럽게 작은 개를 안아들어 자신의 무릎에 앉혔다.

"자, 이제 네메아의 사자를 잡았으니, 제 임무는 마친 셈입니다."

"정말로 모든 걸 다 알아내셨어요?"

에이미 카너비가 무뚝뚝하게 물었다.

푸아로가 고개를 끄덕였다.

"그런 것 같습니다. 마드무아젤께서 이 모든 일을 꾸몄죠…….
오거스터스의 도움도 받아서요. 마드무아젤께서는 평소처럼
고용주의 개를 산책을 시키러 데리고 나가서는, 이 아파트에
데려다 놓고 다시 여기 있는 오거스터스와 함께 공원에 나간
겁니다. 공원 관리인은 평소처럼 마드무아젤께서 페키니즈와
함께 있는 걸 봤고요. 만약 우리가 찾아낼 수만 있었다면 거
기서 만난 유모 또한 마드무아젤께서 페키니즈와 함께 있었다
고 증언했을 겁니다. 그리고 마드무아젤께서는 이야기를 나누
는 동안 오거스터스의 목줄을 잘랐죠. 오거스터스는 훈련받은
대로 재빨리 공원을 빠져나가 집으로 돌아갔을 겁니다. 그리고
몇 분 후에, 마드무아젤께서는 개를 도둑맞았다고 알렸죠."

침묵이 흘렀다. 카너비 양은 애처로우면서도 품위를 갖추어
입을 열었다.

"네. 모두 맞아요. 저는……. 저는 더 이상 할 말이 없네요."

소파 위에 누워 있던 병든 여인이 조용히 흐느끼기 시작했다.

"전혀 없으십니까, 마드무아젤?"

"전혀요. 저는 도둑질을 했고……. 이제 발각이 난 거니까요."

"자신을 변호하기 위해서는. 전혀 하실 말씀이 없으시다는
건가요?"

순간 에이미 카너비의 창백하게 질린 뺨이 발갛게 달아올랐다.

"저는……. 저는 제가 한 짓을 후회하지 않아요. 저는 푸아로 선생님을 친절한 분이라고 생각해요……. 그리고 어쩌면 이해해 주실 지도 모른다고 말이죠. 아시겠지만, 저는 정말 너무 두려웠어요."

"두려우셨다고요?"

"네, 선생님은 이해하기 힘드시겠죠. 아시겠지만, 저는 절대 똑똑한 여자가 아니에요. 딱히 할 줄 아는 것도 없지, 점점 나이는 들어가지……. 그래서 앞날이 너무 두려웠어요. 모아 놓은 돈도 없고……. 그러니 어떻게 에밀리 언니를 보살피며 살 수 있겠어요? 게다가 점점 나이가 들어 기력이 약해지면 절 고용하는 사람도 없을 거예요. 다들 젊고 팔팔한 사람을 원할 테니까요. 저는……. 저는 저 같은 사람을 많이 봐 왔어요……. 찾는 사람은 아무도 없이 홀로 단칸방에서 살면서, 불도 제대로 못 때고 제대로 먹지도 못하다가 결국엔 방값도 제때 못 내는 지경에 이르죠……. 물론 시설도 있지만, 그곳엔 영향력 있는 친구들이 없으면 들어가기도 힘들어요. 저와 같은 처지에 있는 사람들이 아주 많아요. 불쌍한 말벗들……. 할 줄 아는 거라곤 아무것도 없는 쓸모없는 여자들, 앞을 내다 봐도 끔찍한 두려움밖에 없는 여자들이요……."

카너비 양의 목소리가 떨렸다.

"그래서 저와 같은 처지에 있는 사람들이 몇 명 모였고……. 그래서 제가 이 일을 생각해 내게 됐어요. 그 생각을 하게 된 건 오거스터스 덕분이에요. 사람들은 페키니즈라면 그저 똑같은 페키니즈라고 생각하죠. 우리가 중국인들을 다 똑같이 생겼다고 생각하는 것처럼 말이에요. 정말 웃기죠. 낸키 푸나 샨 퉁을 오거스터스와 착각하다니. 우리 오거스터스가 훨씬 더 똑똑하고, 훨씬 더 잘 생겼어요. 조금 전에도 말했듯이 사람들의 눈에는 다 똑같은 페키니즈일 뿐이지만요. 오거스터스 생각이 떠오르면서……. 부유한 여자들이 페키니즈를 키운다는 사실도 깨달았어요."

푸아로는 입가에 희미한 미소를 띤 채 입을 열었다.

"정말 굉장한 돈벌이였겠군요! 그 모임에는……. 몇 명이나 계십니까? 아니, 그 일이 몇 번이나 성공했는지 묻는 게 더 낫겠군요."

카너비 양은 아주 간단하게 대답했다.

"샨 퉁이 열여섯 번째였어요."

에르퀼 푸아로의 눈썹이 치켜 올라갔다.

"정말 대단하십니다. 조직이 아주 훌륭하게 짜여 있는 모양입니다."

그때 에밀리 카너비가 끼어들었다.

"에이미는 언제나 계획을 짜는 데 뛰어났어요. 저희 아버지께서 에섹스 주 켈링턴 교회 목사님이셨는데, 언제나 에이미가 계획을 짜는 데 천재적이라고 말씀하셨죠. 친목회와 자선 바자회에 앞장서는 것도 늘 에이미였고요."

푸아로는 고개를 살짝 숙였다.

"저도 그렇게 생각합니다. 마드무아젤께서는 범죄자로서 일류급이세요."

에이미 카너비가 외쳤다.

"범죄자라니. 오, 이런. 제가 범죄자군요. 하지만……. 하지만 그런 생각은 한 번도 안 해 봤어요."

"그러면 어떻게 생각하셨습니까?"

"물론 푸아로 씨 말씀이 옳아요. 전 법을 어겼죠. 하지만…….
이걸 어떻게 설명 드려야 할지……. 저희를 고용하는 여자들은
대부분 아주 무례하고 불쾌한 사람들이에요. 예를 들어 레이
디 호긴은 제게 아무런 말이나 마음대로 퍼부어요. 한 번은 토
닉 맛이 이상하다고 하면서, 저더러 그 토닉에다 뭘 집어넣은
게 아니냐고 다그치더군요. 항상 그런 식이에요."

카너비 양의 얼굴이 붉게 달아올랐다.

"정말 불쾌한 일이에요. 뭐라고 말할 수도 없고, 말대꾸를
해 봐야 더 비참해지기만 하죠. 무슨 말인지 아시겠어요?"

"무슨 말씀이신지 알겠습니다.

"그리고 쓸데없이 돈을 낭비하는 걸 보는 것도 짜증나는 일
이죠. 조지프 경은 자기가 금융업에서 대성공을 거두었다고 말
하곤 하지만……. 그것도 (물론 저는 그저 평범한 여자라 재정적
인 문제는 잘 몰라요.) 전혀 믿음이 안 가는 이야기 같고요. 푸
아로 씨, 이 모든 것들이, 이 모든 것들이 절 뒤흔들어 놨어요.
그렇게 돈이 아쉬울 것 없는 사람들에게서 조금 가져간다고
해서……. 나쁠 것 없다는 생각이 들었어요."

"현대판 로빈 후드군요! 그나저나 카너비 양, 그 편지에 쓰셨
던 협박 내용을 실행에 옮기신 적이 있나요?"

"협박이요?"

"편지에 쓰신 것처럼 강아지의 다리나 꼬리를 자르신 적이
있으신가요?"

카너비 양은 겁에 질린 눈으로 푸아로를 바라보았다.

"전 그런 생각은 꿈에도 하지 않았어요! 그건……. 그건 그
저 엄포를 좀 친 것뿐이에요."

"아주 그럴싸했어요. 그리고 효과도 있었죠."

"물론 그럴 거라고 예상했어요. 저도 오거스터스를 키워봐서 어떤 심정이 들지 잘 알았고, 그 여자들이 돈을 보낸 후에도 남편들에게 절대 말하지 못하도록 만들었어야 했으니까요. 계획은 매번 멋지게 성공했어요. 열에 아홉은 말벗에게 돈 봉투를 부치라고 건네주더라고요. 그러면 우리는 봉투에 증기를 쐬어 연 흔적이 남지 않게 개봉한 다음 지폐를 꺼내고, 백지로 그 안을 채워 넣었어요. 한두 번은 직접 편지를 부친 사람도 있었죠. 물론 그럴 때면 말벗이 호텔로 가서 선반 속의 편지를 꺼냈고요. 그것 역시 아주 쉬운 일이었어요."

"그리고 유모 이야기는요? 정말 모두들 유모와 마주쳤던 건가요?"

"푸아로 씨, 나이 많은 하녀들이 아기들만 보면 정신을 못 차린다는 건 잘 알고 계시죠? 아기를 보느라 정신이 팔려 아무것도 몰랐다고 하는 편이 자연스러울 것 같았어요."

에르퀼 푸아로는 한숨을 쉬었다.

"심리학에도 능통하시고, 조직을 만드는 데도 뛰어나신 데다 아주 훌륭한 여배우시군요. 제가 지난 번 레이디 호긴과 이야기를 나눌 때 보여주셨던 연기는 정말 나무랄 데가 없었습니다. 카너비 양이 범인일 거라고는 절대 생각하지 않았으니까요. 할 줄 아는 것이 없다고 하신 것과는 다르게, 마드무아젤의 두뇌와 용기는 정말 대단하십니다."

카너비 양은 희미하게 미소를 지었다.

"그래도 발각된 걸요, 푸아로 씨."

"이 에르퀼 푸아로가 이 사건을 맡았으니까요. 어쩔 수 없는 일이죠! 새뮤얼슨 부인과 이야기를 나누면서, 샨 퉁의 납치가 여러 개의 연속된 사건 들 중 하나라는 걸 깨달았습니다. 전이미 마드무아젤께서 페키니즈를 한 번 키운 적이 있고, 몸이 아픈 여동생이 있다는 사실도 알았지요. 그래서 저는 제 소중한 하인에게 특정 반경 내에서 페키니즈를 키우는 병든 숙녀분이 살고, 일주일에 한 번 쉬는 날마다 자매가 찾아오는 작은 아파트를 찾아봐달라고 부탁했습니다. 아주 간단하더군요."

에이미 카너비가 자세를 고쳐 앉으며 입을 열었다.

"푸아로 씨는 정말 친절하세요. 그래서 부탁을 하나 드리고 싶어요. 저는 제가 저지른 짓의 죗값을 치러야 한다는 걸 잘 알아요. 아마 감옥에 가게 되겠죠. 하지만 푸아로 씨, 제 이름을 바꿔서 공표해 주실 수 있나요? 언니나……. 우리를 옛날에 알았던 사람들에게는 너무 괴로운 일이 될 거예요. 가명을 써서 감옥에 들어가는 건 안 되나요? 아니면 이런 부탁을 하는 것이 아주 잘못된 일인가요?"

"그보다 더 많은 걸 도와 드릴 수 있을 것 같습니다. 하지만 먼저 한 가지는 확실히 해야 합니다. 납치 일은 그만두셔야 해요. 더 이상 개들이 사라지는 일은 반드시 없어야 합니다. 전부 그만두셔야 해요!"

"네! 물론이에요!"

"그리고 레이디 호긴에게서 빼앗은 돈은 반드시 돌려주셔야 합니다."

그러자 에이미 카너비가 방을 가로질러 가더니 책상 서랍을 열어 지폐 한 다발을 꺼내서는 푸아로에게 건넸다.

"이 돈으로 오늘 연금을 부을 작정이었어요."

푸아로는 지폐를 받아들고는 세어 보았다. 그리고 자리에서 일어섰다.

"카너비 양, 조지프 경이 기소를 하지 않도록 설득할 수 있을 것 같습니다."

"오, 푸아로 씨!"

에이미 카너비는 두 손을 꼭 맞잡았다. 에밀리는 기쁨의 눈물을 터뜨렸다. 오거스터스는 멍멍 짖어대며 꼬리를 흔들었다.

"몬 아미(친구), 자네에게도 부탁이 하나 있어. 자네가 내게 한 가지 주었으면 하는 게 있다네. 바로 자네의 투명 망토야. 이 모든 사건들에서 아무도, 단 한 순간도 또 다른 개가 있다는 걸 눈치 채지 못했으니 말이야. 오거스터스는 사자처럼 투명한 피부를 갖고 있는 모양입니다."

"물론이에요, 푸아로 씨. 전설에 따르면 페키니즈는 한때 사자였대요. 그리고 아직도 사자의 심장을 가지고 있답니다!"

"오거스터스는 레이디 하팅필드께서 마드무아젤께 남겨주신 개이고, 마드무아젤께서는 이 개가 죽었다고 신고하셨죠? 오거스터스가 혼자서 도로를 지나 집으로 오는 게 걱정되지는 않으셨습니까?"

"오, 아니에요, 푸아로 씨. 오거스터스는 아주 영리해요. 그리고 제가 아주 신경 써서 훈련시켰어요. 일방통행로가 어떤 건지도 알고 있는 걸요."

"그렇다면 대부분의 인간들보다 더 뛰어나군요!"

조지프 경은 서재에서 에르퀼 푸아로를 맞이했다.

"자, 푸아로 씨? 호언장담하던 건 어떻게 되셨습니까?"

"먼저 질문 하나 드리죠."

푸아로는 자리에 앉으며 입을 열었다.

"저는 범인이 누군지 알고, 그 범인을 기소할 만큼 충분한 증거도 확보해 드릴 수 있을 것 같습니다. 하지만 그럴 경우에는 조지프 경께서 돈을 되찾으실 수 있을 지가 의문이군요."

"내 돈을 되돌려 받지 못한다고요?"

조지프 경의 얼굴이 벌게졌다.

에르퀼 푸아로가 다시 말을 이었다.

"하지만 저는 경찰이 아닙니다. 전 그저 조지프 경을 위해 이 사건을 조사할 뿐이지요. 소송을 하지 않으신다면, 그 돈을 되찾을 수 있습니다."

"네? 좀 생각해 봐야겠군요."

"전적으로 조지프 경의 결정에 달려 있습니다. 솔직히 말해, 저는 공공의 이익을 위해서는 소송을 해야 한다고 생각합니다. 다른 사람들도 대부분 그렇게 말하겠죠."

"그렇겠죠."

조지프 경이 날카롭게 쏘아붙였다.

"자기들 돈을 잃은 게 아니니까요. 내가 마음에 안 드는 건 사기를 당했다는 겁니다. 나에게 사기를 치고 그냥 빠져나갈 수는 없어요."

"자, 그렇다면 어떻게 하시겠습니다."

조지프 경은 주먹 쥔 손으로 테이블을 내리쳤다.

"돈을 선택하죠! 아무도 내가 200파운드를 갈취 당했다고는 말 못할 테니까요."

에르퀼 푸아로는 자리에서 일어나 테이블로 다가가서는, 200파운드짜리 수표를 써서 조지프 경에게 건넸다.

조지프 경은 힘없는 목소리로 중얼거렸다.

"정말 놀랍군요! 그 범인은 대체 어떤 작자입니까?"

푸아로는 고개를 저었다.

"돈을 선택하셨으니, 그 질문에는 대답해 드릴 수 없습니다."

조지프 경은 수표를 접어 주머니 안에 넣었다.

"안타깝군요. 하지만 중요한 건 돈이죠. 그리고 내가 얼마를 드리면 되겠습니까, 푸아로 씨?"

"제 수임료는 그리 비싸지 않을 겁니다. 전에도 말씀드렸듯이, 이번 사건은 아주 사소한 것이었으니까요."

푸아로는 잠시 입을 다물었다가 덧붙였다.

"요즘 들어 살인 사건 의뢰가 많아요……."

조지프 경은 흠칫 놀란 표정이었다.

"흥미로운 사건들인가요?"

"때로는요. 참 이상한 일이지만 조지프 경을 보면 오래 전 벨기에에서 일어났던 사건이 떠오르는군요……. 그 범인이 조지프 경과 아주 많이 닮았습니다. 아주 부유한 비누 공장 사장이었는데 비서와 결혼하기 위해 아내를 독살했습니다. 네……. 놀라울 정도로 닮았어요……."

조지프 경의 입에서 희미한 신음소리가 새어나왔다……. 입술은 파랗게 질리고 얼굴에서는 핏기가 싹 빠져나갔다. 툭 튀어 나온 눈은 뚫어지게 푸아로를 바라보았다. 조지프 경은 의자에서 살짝 미끄러져 내리듯 주저앉았다.

그러고는 떨리는 손을 들어 주머니 속을 더듬더니 수표를 꺼내어 잘게 찢었다.

"다 찢어버렸습니다……. 보이시죠? 모두 당신 수임료로 치죠."

"오, 조지프 경. 제 수임료는 그렇게 비싸지 않습니다."

"괜찮습니다. 가지세요."

"그렇다면 자선단체에 보내도록 하죠."

"마음대로 하세요."

푸아로는 몸을 앞으로 숙이며 말했다.

"제가 굳이 지적할 필요도 없겠군요. 조지프 경 정도의 지위에 있는 사람이라면 극도로 주의를 기울이실 테니까요."

조지프 경은 거의 들리지 않을 정도로 작은 목소리로 중얼거렸다.

"걱정하실 필요 없습니다. 제가 알아서 주의하죠."

에르퀼 푸아로는 조지프 경의 집을 나섰다. 계단을 내려가며 혼잣말로 중얼거렸다.

"그래……. 내가 옳았어."

레이디 호긴이 남편에게 말했다.

"이상한 일이죠, 이 토닉 맛이 달라졌어요. 더 이상 그 씁쓸한 맛이 안 나네요. 도대체 왜 그럴까?"

조지프 경이 버럭 성을 냈다.

"약사들이 문제야! 매번 약이 달라지니 원."

레이디 호긴은 의아한 듯 대꾸했다.

"아무래도 그런 거겠죠."

"당연하지. 그게 아니면 뭐겠어?"

"참, 그 남자가 샨 퉁에 대해서 뭐 좀 알아냈어요?"

"응. 내 돈을 되찾아 줬어."

"범인이 누구래요?"

"그건 말하지 않았어. 에르퀼 푸아로는 아주 용의주도한 친구야. 하지만 당신은 걱정할 필요 없어."

"아주 희한한 남자죠, 그렇지 않아요?"

조지프 경은 몸을 살짝 떨며, 어딘가에 에르퀼 푸아로가 몰래 숨어 있기라도 한 것처럼 주위를 흘끗흘끗 살폈다. 아무래도 평생 이런 기분을 느끼며 살아가게 될 거라는 생각이 들었다.

"빌어먹을 정도로 영리한 악마지!"

그리고 혼자 생각했다.

'그레타 때문에 교수형을 당할 순 없다고! 암, 그 빌어먹을 금발 머리 때문에 내 목숨을 내놓을 수는 없지!'

"오!"

에이미 카너비는 멍하니 200파운드짜리 수표를 내려다보았다.

"언니! 언니! 좀 들어 봐.

친애하는 카너비 양에게

모든 일을 마무리 짓기 전에 카너비 양이 받아 마땅한 돈을 돌려드리고 싶었습니다.

에르퀼 푸아로로부터

"에이미, 네게 이런 행운이 오다니. 이분이 아니었더라면 어떻게 될 뻔 했어?"

"지금쯤 웜우드 스크럽스 교도소……. 아니면 할로웨이 교도소(둘 다 영국의 여성 교도소 — 옮긴이)에 있었겠지?"

에이미 카너비가 중얼거렸다.

"하지만 이젠 다 끝났어……. 그렇지, 오거스터스? 더 이상 이 엄마나 엄마 친구들과 함께 작은 가위를 들고 공원에 갈 필요가 없어."

문득 그녀의 눈에는 슬픈 빛이 떠올랐다. 한숨을 내쉬며 말했다.

"오거스터스! 너무 안타깝구나. 이렇게나 똑똑한데……. 뭐든 너끈히 배울 텐데……."

# 레르네의 히드라

에르퀼 푸아로는 앞에 앉아 있는 남자를 격려하듯 바라보았다.

찰스 올드필드 박사는 마흔쯤 되어 보이는 남자였다. 관자놀이 부근의 금발이 하얗게 셌으며, 파란 눈에는 걱정이 가득했다. 어깨는 구부정하게 굽었고, 약간 망설이는 듯한 태도를 보였다. 게다가 용건은 말하지 않고 계속 빙빙 둘러댔다.

마침내 그가 약간 더듬으며 입을 열었다.

"푸아로 씨, 저는……. 약간 이상한 요청을 드리러 왔습니다. 그런데 막상 이곳에 오니, 차라리 이 모든 일을 없던 걸로 할 걸 그랬다는 생각이 드는군요. 이제 와 생각하니, 정말 그 누구도 어떻게 해 줄 수 없는 그런 일이라는 생각이 듭니다."

"그건 제가 판단하지요."

올드필드가 다시 중얼거리듯 말했다.

"제가 왜 그런 생각을 했는지 모르겠습니다. 어쩌면……."

올드필드가 말을 뚝 멈추자, 에르퀼 푸아로가 뒤이어 문장을 완성했다.

"어쩌면 제가 도움이 될 수도 있겠다고요? 에 비엥(그렇다면), 정말로 제가 도움이 될 수도 있지 않겠습니까. 문제가 뭔지 말씀해 보시죠."

올드필드는 구부정하던 어깨를 폈다. 푸아로는 이 남자가 얼마나 초췌한 얼굴을 하고 있는지 새삼 깨달았다.

올드필드는 마지못한 듯 이야기를 시작했다.

"아시겠지만, 경찰서에 가 봐야 소용이 없습니다⋯⋯. 경찰은 아무것도 도와주지 못해요. 게다가 하루하루 상황은 더 나빠져만 갑니다. 저는⋯⋯. 저는 어떻게 해야 할지 모르겠어요⋯⋯."

"어떤 상황이 더 나빠진다는 거죠?"

"루머요⋯⋯. 아, 아주 간단한 일입니다, 무슈 푸아로. 1년 전쯤에 제 아내가 죽었습니다. 죽기 몇 년 전부터 많이 아팠죠. 하지만 사람들이, 모든 사람들이 제가 아내를 죽였다고 합니다⋯⋯. 제가 아내를 독살했다고요!"

"아하. 박사님께서 부인을 독살하셨나요?"

"무슈 푸아로!"

올드필드 박사는 자리에서 튕기듯 일어났다.

"진정하시고 자리에 앉으세요. 그렇다면, 박사님께서 부인을 독살하지 않았다고 치죠. 하지만 박사님의 병원은 지방 소도시에 위치해 있다고⋯⋯."

"그렇습니다. 버크셔의 마켓 러프버러입니다. 지방에 있는 소도시라 소문이 많이 떠돈다는 건 알고 있었지만, 이 정도일 줄은 몰랐습니다."

올드필드는 의자를 살짝 앞으로 끌어당겼다.

"무슈 푸아로, 제가 어떤 일을 겪었는지 상상도 못 하실 겁니다. 처음에는 무슨 일이 벌어지고 있는지도 몰랐습니다. 사람들이 예전보다 절 퉁명스럽게 대하고, 절 피하려 한다는 것은 알았지만…… 하지만 그저 제가 최근에 아내와 사별했기 때문이라고만 생각했습니다. 하지만 사람들의 행동이 점점 더 눈에 거슬렸어요. 길거리를 걷다 마주친 사람들은 저와 말을 섞지 않으려고 반대편으로 건너가 버리기도 했습니다. 가는 곳마다 제 뒤에서 수군거리는 소리가 들렸습니다. 사람들이 악의에 찬 혀로 치명적인 독을 내뿜는 걸, 절 따가운 눈초리로 바라보는 걸 느낄 수 있었습니다. 게다가 모욕적이기 짝이 없는 편지를 한두 통 받기도 했죠."

올드필드는 잠시 입을 다물었다가 다시 이야기를 시작했다.

"그러니 전 어떻게 해야 할지 모르겠습니다. 이…… 이 악랄한 소문과 의혹들에 어떻게 맞서야 할지 모르겠어요. 직접 듣지도 않은 말에 어떻게 반박을 할 수 있겠습니까? 저는 무력해요…… 덫에 걸렸습니다…… 그리고 서서히, 처참하게 파멸해 가고 있습니다."

푸아로는 생각에 잠긴 표정으로 고개를 끄덕였다.

"네. 소문이란 머리 하나를 잘라내면 그 자리에서 두 개의 머리가 자라는 레르네의 히드라 같지요. 머리가 아홉 달린."

"바로 그겁니다. 어떻게 할 도리가 없습니다…… 전혀요! 궁여지책으로 무슈 푸아로께 찾아왔습니다만…… 무슈 푸아로께서도 달리 뾰족한 수가 있을 거라는 생각은 하지 않습니다."

에르퀼 푸아로는 잠시 침묵하다 입을 열었다.

"장담할 수는 없지만 이번 일에 구미가 당깁니다, 올드필드 박사님. 이 머리 아홉 달린 괴물을 없애는 데 힘써 보고 싶군요. 먼저, 어쩌다 그런 악의에 찬 소문이 생겨나게 됐는지 당시의 상황을 좀 더 자세히 말씀해 주시겠습니까? 방금 1년 전에 부인께서 돌아가셨다고 하셨죠. 사인은 무엇이었나요?"

"위궤양이었습니다."

"부검은 하셨나요?"

"아니요. 아내는 꽤 오랫동안 위궤양을 앓아왔기 때문에 굳이 그럴 필요는 없었습니다."

푸아로는 고개를 끄덕였다.

"위염과 비소 중독의 증상은 꽤 비슷하죠……. 요즘 사람들은 다 알고 있는 사실입니다. 지난 10년 동안 위궤양 판정을 받고 땅에 묻힌 사람이 알고 보니 비소로 독살당한 거였다는 사건이 적어도 네 건은 있었습니다. 부인께서는 박사님보다 나이가 적으셨나요, 많으셨나요?"

"저보다 다섯 살 더 많았습니다."

"결혼 생활은 얼마나 하셨죠?"

"15년입니다."

"부인께서 혹시 재산을 남기셨나요?"

"네. 아내는 꽤 부유했습니다. 대략 3만 파운드 정도 남겼죠."

"꽤 많은 액수군요. 박사님께 남기셨나요?"

"네."

"부인과는 사이가 좋으셨나요?"

"물론입니다."

"다투거나 소란을 피우신 적도 없고요?"

"글쎄요……."

찰스 올드필드는 머뭇거렸다.

"제 아내는 까다로운 여자였습니다. 몸이 아픈데다 건강에 지나치게 신경을 쓰다 보니, 툭 하면 화를 냈고 뭐든 못마땅해했죠. 제가 하는 일에 일일이 꼬투리를 잡기도 했습니다."

푸아로는 고개를 끄덕였다.

"아, 네. 저도 그런 타입을 잘 알죠. 남편이 자기를 무시한다, 지긋지긋하게 생각한다, 자기가 죽으면 남편이 기뻐할 거다 라며 불평을 늘어놓죠."

푸아로의 말에 올드필드의 얼굴에 놀란 표정이 떠올랐다.

"정확하게 맞추셨습니다!"

"병원 간호사가 옆에서 부인을 돌봐 주셨나요? 아니면 말벗이 있었나요? 아니면 헌신적인 하녀?"

"간호사 겸 말벗이 한 명 붙어 있었습니다. 아주 똑똑하고 유능한 여자입니다. 그 여자가 소문을 퍼뜨렸을 거라고는 생각지 않습니다."

"제아무리 똑똑하고 유능한 사람이라 해도 하느님께서 주신 혀를 가지고 있죠……. 그리고 사람들이 혀를 항상 현명하게 사용하지는 못하는 법입니다. 분명 그 간호사가 수군거리고, 하인들이 수군거리고, 그래서 모든 사람들이 수군거리게 된 게 분명합니다! 박사님께서는 아주 즐거운 수다거리가 될 만한 요소들을 모두 갖추고 계시지 않습니까. 자, 이제 한 가지 더 묻겠습니다. 그 숙녀 분은 누구시죠?"

"무슨 말씀이신지 모르겠군요."

올드필드 박사의 얼굴이 시뻘겋게 달아올랐다.

푸아로가 온화한 목소리로 입을 열었다.

"알고 계실 거라고 생각합니다. 박사님의 이름과 함께 오르내리는 소문 속의 그 숙녀 분이 누구인지를 묻는 겁니다."

올드필드 박사가 자리에서 일어섰다. 얼굴은 딱딱하게 굳어 있었다.

"여자 같은 건 없습니다. 무슈 푸아로, 시간을 너무 많이 빼앗은 것 같군요. 죄송합니다."

올드필드는 문을 향해 다가갔다.

그때 에르퀼 푸아로가 다시 입을 열었다.

"저 또한 유감스럽게 생각합니다. 박사님의 사건에 구미가 당깁니다. 박사님을 돕고 싶지만, 사실대로 이야기해주지 않으시면 아무것도 할 수가 없어요."

"저는 사실대로 말씀드렸습니다."

"아니죠……."

올드필드 박사가 그 자리에 멈춰 섰다. 그러고는 푸아로를 향해 몸을 돌렸다.

"왜 이 일에 여자가 관련되어 있을 거라고 생각하시는 겁니까?"

"몽 셰르 독퇴르(친애하는 박사님)! 제가 여자들의 마음을 모르겠습니까? 마을에 떠도는 소문이란 언제나 남녀 관계에 대한 것이 기본으로 깔려 있습니다. 만약 한 남자가 북극으로 여행을 가거나 독신 생활의 여유를 만끽하기 위해 아내를 독살했다면……. 동네 사람들에게는 단 한 순간도 흥미를 불러일으키지 못했을 겁니다! 사람들이 한 남자가 다른 여자와 결혼하기 위해 살인을 저질렀다고 확신하기 때문에 소문이 커지는 거죠. 그게 바로 심리학의 기본 원리입니다."

올드필드는 짜증스럽게 대꾸했다.

"소문 만들기 좋아하는 사람들이 무슨 생각을 하던 내 책임은 아닙니다!"

"물론입니다. 그러니 이리 앉으셔서, 제가 방금 던진 질문에 대답을 하시는 편이 나으실 겁니다."

올드필드는 내키지 않는 듯 느릿느릿한 걸음으로 제자리에 돌아와 앉았다.

얼굴을 시뻘겋게 물들이고는 입을 열었다.

"사람들이 몬크리프 양을 두고 이런 저런 말을 하는 것도 있을 수 있는 일이라고 생각합니다. 진 몬크리프는 제 병원에서 일하는 약사로, 아주 좋은 아가씨입니다."

"그 병원에서 일한지는 얼마나 됐습니까?"

"3년 됐습니다."

"부인께서는 그녀를 좋아하셨나요?"

"음……. 글쎄요, 아니요. 잘 모르겠습니다."

"부인께서 질투하셨나요?"

"말도 안 됩니다!"

푸아로가 빙그레 미소를 지었다.

"아내들의 질투는 유명하지 않습니까. 하지만 한 가지 더 알려드리죠. 제 경험상, 아무리 말도 안 되고 터무니없는 것 같은 질투도 사실에 근거하고 있는 경우가 대부분입니다. 고객의 말은 항상 옳다는 속담이 있죠? 그렇지 않나요? 질투하는 남편이나 아내의 경우에도 마찬가지입니다. 확실한 물증이 없다 하더라도, 근본적으로는 이들의 생각이 옳거든요."

올드필드 박사가 거칠게 쏘아붙였다.

"말도 안 됩니다. 저는 아내가 근처에 있으면 진 몬크리프에게는 한마디도 하지 않았단 말입니다."

"그럴 수도 있죠. 하지만 그렇다고 해서 제가 한 말의 진실이 변하는 것은 아닙니다."

에르퀼 푸아로는 몸을 앞으로 숙였다. 그의 목소리는 다급하고 호소력이 있었다.

"올드필드 박사님, 전 이 사건에서 최선을 다할 겁니다. 하지만 체면이나 개인적인 감정은 배제하고 최대한 솔직한 이야기를 들어야 합니다. 부인께서 돌아가시기 얼마 전부터 박사님은 부인에 대한 애정이 식은 게 아닙니까?"

올드필드는 한동안 침묵했다.

"정말 이 일이 사람 피를 말리는군요. 어쩐지 무슈 푸아로라면 절 위해서 무언가 해 줄 수 있을 거라는 느낌이 듭니다. 솔직히 말씀드리겠습니다, 무슈 푸아로. 저는 제 아내를 깊이 사랑하지는 않았습니다. 좋은 남편이었다고는 생각하지만, 절대 진심으로 사랑하지는 않았습니다."

"그렇다면 진이라는 아가씨는요?"

박사의 이마에 땀방울이 송글송글 맺혔다.

"저는……. 마을에 떠도는 소문만 없었다면, 그녀에게 청혼을 했을 겁니다."

푸아로는 의자 뒤로 기대앉았다.

"드디어 진실에 도달했군요! 에 비엥(그렇다면), 올드필드 박사님, 그 사건을 맡도록 하죠. 하지만 이거 하나는 명심해 두십시오……. 제가 추구하는 것은 진실이라는 것을 말입니다."

올드필드가 쓸쓸한 목소리로 대답했다.

"제가 두려운 것은 진실이 아닙니다!"

그는 머뭇거리다 다시 입을 열었다.

"저는 명예훼손에 대해 소송을 제기할까도 생각해 봤습니다! 단 한 사람만이라도 확실하게 죄상을 밝힐 수 있다면……. 가끔씩 그런 생각을 했지요. 그렇게 한다면 제 결백함이 밝혀지겠죠? 또 한편으로는 그렇게 해 봐야 상황만 더 악화될 뿐이라는 생각도 들었지요……. 괜한 소란을 일으켜 사람들이 '증거가 없다고 해도 아니 땐 굴뚝에 연기 나겠어?'라고 수군거릴 수도 있으니까요."

올드필드는 푸아로를 바라보았다.

"솔직하게 말해 주십시오. 이 악몽에서 벗어날 길이 있을까요?"

"길은 항상 있기 마련이지요."


"조르주, 우린 시골에 갈 걸세."

"정말이십니까, 주인님?"

조지는 침착하게 대꾸했다.

"그리고 이번 여행의 목표는 머리 아홉 달린 괴물을 퇴치하는 거야."

"정말이십니까, 주인님? 네스 호의 괴물 같은 거 말입니까?"

"그보다는 실체가 없는 괴물이지. 나는 실제 살아 있는 동물을 말하는 게 아니야, 조르주."

"제가 오해했습니다, 주인님."

"차라리 살아 있는 괴물이었다면 더 쉬웠을 거야. 소문의 근원만큼이나 눈에 보이지 않고 찾아내기 어려운 것도 없지."

"네, 지당하신 말씀입니다. 때로는 어떻게 그런 일이 발생하는지 알아내기가 힘들 때도 있죠."

"그래, 바로 그거야."

에르퀼 푸아로는 올드필드 박사의 집에 머무르지 않았다. 그 대신 작은 여인숙으로 갔다. 마을에 도착한 다음 날 아침, 푸아로는 진 몬크리프와 처음으로 이야기를 나눴다.

진 몬크리프는 붉은 갈색 머리카락에 진지한 파란 눈을 한

훤칠한 아가씨였다. 그녀는 감시를 당하는 사람처럼 조심스럽게 주위를 둘러보았다.

"그래서 올드필드 박사님이 당신을 찾아가셨군요……. 박사님이 그런 생각을 하고 계시다는 건 알고 있었어요."

왠지 심드렁한 목소리였다.

"마드무아젤께서는 찬성하지 않으셨습니까?"

진 몬크리프는 푸아로의 눈을 똑바로 마주 봤다. 그리고 차갑게 쏘아붙였다.

"당신이 뭘 할 수 있는데요?"

푸아로는 조용히 대답했다.

"이 상황을 해결할 방법이 있을 지도 모릅니다."

"어떤 방법이죠?"

진은 깔보듯 말을 내뱉었다.

"수군대는 노부인들을 모두 찾아가 '제발 부탁드릴 테니, 이런 이야기는 그만 하세요. 올드필드 박사님이 너무 안되셨잖아요.'라고 사정이라도 하겠다는 말씀인가요? 그러면 사람들은 이렇게 대답하겠죠. '그럼요, 난 그 이야기가 얼토당토않다고 생각해요!' 그게 바로 가장 큰 문제예요. '세상에, 올드필드 부인의 죽음에 뭔가 미심쩍은 구석이 있다는 생각은 안 해 봤어요?'라고는 얘기하지 않아요. 그 대신 이렇게 말하죠. '세상에, 나야 물론 올드필드 박사와 그 부인에 대한 소문은 조금도 믿지 않아요. 박사님이 그런 짓을 할 리가 없죠. 하지만 박사님이 부인을 좀 무시했던 건 사실이고, 그렇게 젊은 아가씨를 약사로 두는 것도 현명한 일은 아니라고 생각해요……. 물론 그 둘 사이에 무슨 일이 있었다는 건 절대 아니에요. 오, 그럼요. 아무 관계도 아니라니까요…….'"

진은 말을 멈추었다. 얼굴은 발갛게 달아올라 있었으며 숨을 빠르게 몰아쉬었다.

"사람들이 어떤 말들을 하는지 아주 잘 알고 계시는 것 같군요."

그 말에 진은 입을 꾹 다물었다. 그리고 쓸쓸한 목소리로 말했다.

"너무나도 잘 알죠!"

"그렇다면 마드무아젤께서는 어떤 해결책을 생각하고 계십니까?"

"박사님을 위한 최우선은 병원을 팔고 다른 도시로 가서 새로 시작하는 거예요."

"그 소문이 꼬리표처럼 붙어 따라다닐 거라고는 생각하지 않으십니까?"

진은 어깨를 으쓱했다.

"그 정도 위험은 감수해야죠."

푸아로는 잠시 침묵했다. 그러다 다시 입을 열었다.

"몬크리프 양, 올드필드 박사님과 결혼하실 건가요?"

진은 그 질문에 전혀 놀라는 기색이 없었다. 그저 간단하게 대꾸했다.

"박사님은 제게 청혼하지 않았어요."

"왜죠?"

그녀의 파란 눈이 푸아로의 눈을 마주보았고, 순간 눈을 깜빡였다.

"제가 못하게 막았으니까요."

"아, 이렇게 솔직한 분을 만나다니 정말 축복이군요!"

"얼마든지 솔직하게 말씀 드리죠. 찰스가 저와 결혼하기 위해 아내를 죽였다는 소문이 돈다는 것을 알았을 때, 우리가 실제로 결혼을 한다면 불길에 기름을 끼얹는 꼴이 될 거라고 생각했어요. 우리 둘이 결혼할 기미가 보이지 않는다면, 그 어리석은 소문도 잠잠해질 거라고 기대했던 거죠."

"하지만 그렇지 않았죠?"

"네, 그렇지 않았어요."

"정말 좀 이상하군요."

진이 쓸쓸하게 말했다.

"이 조그만 마을 사람들에게는 재미있는 일이 많지 않으니까요."

"마드무아젤께서는 찰스 올드필드와 결혼하길 원하십니까?"

그녀는 아주 대담하게 대답했다.

"네, 그러고 싶어요. 그이를 처음 만난 순간부터 원하던 일이에요."

"그렇다면 올드필드 부인의 죽음이 반가우셨겠습니다?"

"올드필드 부인은 유별나게 불쾌한 여자였어요. 솔직히 말씀드리자면, 그 여자가 죽었을 때 전 기뻤어요."

"네, 마드무아젤께선 확실히 솔직한 분이시군요!"

진은 아까와 같은 경멸하는 듯한 미소를 지었다.

푸아로가 다시 입을 열었다.

"한 가지 제안이 있습니다."

"네?"

"이 문제에는 과감한 방법이 필요합니다. 누군가, 어쩌면 몬크리프 양께서 직접……. 내무부에 편지를 써 주셨으면 합니다."

"그게 도대체 무슨 말이에요?"

"이런 소문을 영원히 없애버리는 최선의 방법은 시체를 발굴해 부검을 하는 거라는 말입니다."

진 몬크리프는 한 걸음 뒷걸음질을 쳤다. 멍하니 입을 벌렸다가 다시 다물었다. 푸아로는 그녀를 유심히 살펴보았다.

"어떻습니까, 마드무아젤?"

결국 푸아로가 다시 입을 열었다.

진 몬크리프는 조용히 대답했다.

"저는 그 방법에는 찬성하지 않아요."

"왜죠? 자연사라는 검시 결과가 나오면 사람들이 더 이상 입을 놀리지 않을 텐데요?"

"그런 판정이 나온다면, 그렇겠죠."

"지금 무슨 말씀을 하고 계시는지 아십니까, 마드무아젤?"

진 몬크리프는 성급하게 입을 열었다.

"내가 무슨 얘길 하는지는 나도 잘 알아요. 선생님은 비소 중독을 생각하고 계시겠죠……. 그 여자가 비소 중독이 아니었다는 걸 증명할 수도 있을 테고요. 하지만 비소 말고도 독약은 많아요……. 식물성 알칼로이드 같은 것들이요. 게다가 1년이 지났는데, 혹시 독약 중독이라고 해도 그 흔적을 찾을 수 있을까요? 그리고 경찰 검시관들이 어떤 사람들인지도 잘 알아요. 결국엔 사인을 확정할 증거는 없다면서 애매한 판결을 내리겠죠……. 그러면 사람들은 전보다 더 바쁘게 입을 놀리게 될 걸요!"

에르퀼 푸아로는 잠시 침묵했다. 그리고 입을 열었다.

"마드무아젤께서 생각하시기에 이 마을에서 가장 못 말리는 수다쟁이는 누구죠?"

진은 잠시 생각하더니 마침내 입을 열었다.

"리더런 양이 남의 험담을 가장 심하게 한다고 생각해요."

"아! 절 리더런 양에게 소개시켜주실 수 있나요? 가능한 우연을 가장해서 말입니다."

"그보다 쉬운 일도 없죠. 이 마을의 늙은 수다쟁이들은 오전 이 시간이면 거리를 어슬렁거리며 쇼핑을 하러 다니니까요. 중심가를 걸어가기만 하면 돼요."

진이 말한 대로 그건 조금도 어려운 일이 아니었다. 그녀는 우체국 밖에서 멈춰 서서, 기다란 코에 날카롭고 탐색하는 듯한 눈을 가진 중년의 키 큰 여성과 인사를 나눴다.

"안녕하세요, 리더런 양."

"안녕하세요, 진. 정말 화창한 날씨죠, 그렇지 않아요?"

중년 여성의 날카로운 눈이 진 몬크리프의 동행인을 훑어보았다. 그러자 진이 입을 열었다.

"소개해 드리죠, 이분은 무슈 푸아로세요. 이 마을에 며칠 머무르고 계시죠."

에르퀼 푸아로는 무릎 위에 찻잔을 올려놓고 스콘(속을 넣지 않고 구운 영국의 전통 빵 — 옮긴이)을 조금씩 갉아 먹으며, 집주인과 좀 더 허심탄회하게 이야기를 나누었다. 리더런 양은 친절하게도 푸아로에게 차를 대접하겠다고 했고, 그 이면에는 물론 이 조그만 외국인이 여기서 뭘 하는 건지 알아내야겠다는 속셈이 숨어 있었다.

한동안 푸아로는 교묘하게 이런 저런 이야기를 던져 그녀의 호기심을 자극했다. 그러고 나서 분위기가 어느 정도 무르익었다는 생각이 들자 푸아로는 몸을 앞으로 숙였다.

"아, 리더런 양은 너무 영리하십니다! 이미 제 비밀을 눈치채셨겠죠. 저는 내무부의 명령으로 이 마을에 내려왔습니다.

하지만······.”

푸아로는 목소리를 은밀히 낮췄다.

“이 사실은 마드무아젤께서만 알고 계셔야 합니다.”

“그럼요, 그럼요······.”

리더런 양은 호들갑을 떨었다. 잔뜩 흥분한 목소리였다.

“설마······. 불쌍한 올드필드 부인 때문은 아니겠죠?”

푸아로는 천천히 고개를 끄덕였다.

“어머······나!”

리더런 양은 이 한마디에 즐거운 기색을 여실히 드러냈다.

“아시겠지만 민감한 사안입니다. 저는 시신 발굴의 필요성 여부를 보고해 달라는 명령을 받았습니다.”

리더런 양이 큰 소리로 외쳤다.

“그 불쌍한 여자를 다시 파낸다고요. 정말 끔찍해요!”

‘정말 끔찍해요.’가 아니라 ‘정말 근사해요.’라고 말하는 편이 그녀의 목소리와 더 잘 어울렸을 것이다.

“리더런 양께서는 어떻게 생각하십니까?”

“글쎄요, 무슈 푸아로. 물론 사람들이 이런저런 말을 하긴 해요. 하지만 전 그런 말을 절대 안 듣는답니다. 말도 안 되는 소문들이 너무 많이 떠도니까요. 그 일이 있은 후부터 올드필드 박사의 태도가 아주 이상한 건 사실이지만, 그런 태도를 죄책감 때문이라고 단정 지을 필요는 없다고 생각해요. 그저 슬픔 때문일 수도 있잖아요. 물론 올드필드 박사와 부인 사이가 그리 좋았다는 건 아니에요. 전 알아요······. 직접 옆에서 지켜본 사람에게 들었으니까요. 올드필드 부인이 죽을 때까지 3, 4년을 함께 한 해리슨 간호사가 그렇게 말했는걸요. 그리고 해리슨 간호사 역시 수상쩍게 생각하고 있는 것 같았어요······.

직접 그렇게 말하지는 않았지만 말하는 거나 행동을 보면 알 수가 있잖아요, 그렇죠?"

푸아로가 우울한 목소리로 대꾸했다.

"판단할 단서가 너무나도 적군요."

"네, 저도 알아요. 하지만 시신을 발굴하면 알게 되시잖아요."

"네, 그렇다면 우리 모두 다 알게 되겠죠."

"하긴 전에도 이런 사건들이 있었어요."

리더런 양은 신이 나서 코를 씰룩대며 이야기를 늘어놓았다.

"암스트롱이랑 또 다른 남자가 있었는데……. 그 남자 이름은 기억이 안 나네요. 그리고 크리펜(아내를 독살하고 미국으로 도망치다 선상에서 체포되어 유명해진 의사 — 옮긴이)도 있죠. 크리펜의 비서였던 그 에델 르 니브가 공범이었는지가 항상 궁금했는데……. 물론 진 몬크리프는 아주 착한 아가씨에요, 확실해요. 그 아가씨가 올드필드 박사를 꾀어냈다고 말하고 싶진 않지만……. 남자들은 여자 때문에 어리석은 짓을 하기도 하잖아요, 그렇지 않아요? 그리고 물론 그 둘 모두 똑같이 의심을 받고 있지요!"

푸아로는 아무 말도 하지 않았다. 여자가 더 많은 말을 쏟아내도록 만들기 위해 계산된 순진하고 궁금한 듯한 표정으로 그저 바라보기만 했다. 푸아로는 속으로 '물론'이라는 단어가 얼마나 많이 나오는지 세며 혼자만의 즐거움에 빠졌다.

"그리고 물론, 사후 부검이나 그런 걸 하면 많은 것이 밝혀지겠죠, 그렇죠? 하인들이며 뭐 그런 사람들이요. 하인들은 항상 뭐든 알고 있잖아요, 그렇죠? 그리고 물론, 하인들이 입을 놀리는 걸 막는다는 건 불가능해요, 그렇죠? 올드필드 박사네의 비어트리스는 장례식이 끝나자마자 해고됐어요. 전 그게 아주 수상쩍어요……. 더구나 요즘처럼 하녀 구하기가 힘든 때에 말이에요. 꼭 올드필드 박사가 비어트리스가 뭔가를 알고 있어서 두려워하는 것처럼 보이잖아요."

"확실히 조사를 해볼 만한 필요가 있는 것 같군요."

푸아로가 진지하게 대꾸했다.

리더런 양은 꺼림칙하다는 듯 몸을 살짝 떨었다.

"그런 생각만 해도 너무 끔찍하네요. 우리 작은 마을이……. 신문에 나고……. 여기저기 알려지다니!"

"그게 끔찍하십니까?"

푸아로가 물었다.

"조금은 그래요. 전 구세대니까요."

"리더런 양이 말씀하신 대로 그저 소문에 불과한 것일 수도 있습니다!"

"글쎄요……. 양심상 그렇게 말하고 싶지는 않아요. 저는 그 소문이 사실이라고 생각해요……. 아니 땐 굴뚝에 연기 나랴 라는 속담도 있잖아요."

"저 또한 그렇게 생각합니다."

푸아로는 이렇게 말하고 자리에서 일어났다.

"마드무아젤께서 신중하게 행동하실 거라고 믿어도 되겠습니까?"

"오, 물론이죠! 아무에게도, 단 한 마디도 하지 않을 거예요."

푸아로는 미소를 짓고는 자리에서 떴다.

푸아로는 현관문 앞에서 그에게 모자와 코트를 건네준 어린 하녀에게 말했다.

"저는 올드필드 부인의 죽음과 관련된 정황을 조사하기 위해 이곳에 온 겁니다. 하지만 이 사실은 절대 함구하셔야 합니다."

리더런 양의 하녀인 글래디스는 푸아로의 말에 우산 꽂이대에 걸려 넘어질 뻔 했다. 그녀는 흥분한 듯 숨을 급하게 내쉬었다.

"오, 그렇다면 박사님이 정말 부인을 죽인 거예요?"

"여태껏 그렇게 생각하셨죠, 그렇지 않습니까?"

"글쎄요, 제가 그렇게 생각한 건 아니에요. 비어트리스였죠. 올드필드 부인이 돌아가실 때까지 그 집에 있었거든요."

"그리고 그 비어트리스란 여성은……."

푸아로는 일부러 자극적인 단어를 선택했다.

"'음모'가 있었다고 생각하신 거고요?"

글래디스는 열심히 고개를 끄덕였다.

"네, 그랬어요. 그리고 그곳에 있던 해리슨 간호사도 같은 생각이라고 말했어요. 해리슨 간호사는 올드필드 부인을 너무나 좋아해서 그분이 돌아가셨을 때 굉장히 상심했대요. 비어트리스는 해리슨 간호사가 뭔가를 아는 게 분명하다고 입버릇처럼 말했죠. 해리슨 간호사는 올드필드 부인이 돌아가신 후에 박사님을 극구 피했고요. 뭔가 잘못된 일이 없었다면 그럴 이유가 없지 않겠어요?"

"해리슨 간호사는 지금 어디에 있죠?"

"지금은 마을 아래쪽에 사는 브리스토 양을 돌보고 있어요. 현관에 기둥이 딸린 처마지붕이 있으니까 금방 찾으실 수 있을 거예요."

에르퀼 푸아로는 오래지않아 소문을 유발하게 된 상황에 대해 그 누구보다 더 많이 알고 있는 게 분명한 여자와 마주 보고 앉았다.

해리슨 간호사는 마흔에 가까운 나이에도 여전히 아름다운 외모를 간직한 여자였다. 성모 마리아처럼 온화하고 차분해 보이는 얼굴에 커다랗고 온순한 검은 눈을 하고 있었다. 그녀는 푸아로의 말에 차분하고 끈기 있게 귀를 기울였다. 그녀가 천천히 입을 열었다.

"네. 마을에 불쾌한 소문들이 떠도는 건 저도 알고 있어요. 어떻게 막아보려고 했지만 아무런 소용도 없었어요. 사람들은 남의 얘기 하는 걸 좋아하잖아요."

"하지만 분명 이 소문들이 발생하게 된 원인이 있겠죠?"

푸아로는 그 순간 해리슨 간호사의 얼굴에 고민스러운 표정이 한층 더 심해졌다는 걸 알아차렸다. 하지만 그녀는 도무지 모르겠다는 듯 고개만 저었다.

"어쩌면 올드필드 박사와 부인의 사이가 좋지 않아 그런 소문이 돌게 된 건 아닐까요?"

해리슨 간호사는 단호하게 고개를 저었다.

"오, 아니에요. 올드필드 박사님은 언제나 부인에게 아주 상냥하고 인내심 있게 대하셨는걸요."

"박사님이 부인을 진심으로 사랑하셨나요?"

해리슨 간호사는 머뭇거렸다.

"아니요……. 그렇다고는 말씀드리지 않겠어요. 올드필드 부인은 아주 까다로운 분이셨어요. 모든 걸 다 못마땅해 하셨고, 끊임없이 자신에게 동정과 관심을 쏟아달라고 요구하셨죠."

"부인께서 엄살이 심하셨다는 말씀이신가요?"

간호사는 고개를 끄덕였다.

"네……. 부인의 건강이 안 좋았다는 건 사실 본인이 그렇게 생각한 탓이 커요."

"그런데도,"

푸아로의 말투는 진지했다.

"돌아가셨죠……."

"오, 그렇죠……. 그래요……."

푸아로는 간호사의 얼굴을 잠시 살펴보았다. 곤란하고 당혹스러운 표정……. 명백하게 불안해하는 표정.

푸아로가 다시 입을 열었다.

"마드무아젤께서는 이 모든 소문의 근원을 알고 계실 거라는 생각……, 아니 확신이 드는군요."

해리슨 간호사의 얼굴이 붉게 달아올랐다.

"글쎄요……. 어쩌면 추측은 해 볼 수 있겠죠. 저는 이 모든 소문을 퍼뜨리기 시작한 사람은 하녀인 비어트리스라고 생각해요. 그리고 비어트리스가 왜 그런 생각을 하게 됐는지도 알 것 같아요."

"뭐죠?"

해리슨 간호사는 좀 두서없이 이야기를 늘어놓았다.

"그러니까 우연히 엿듣게 된 이야기가 있어요. 올드필드 박사님과 몬크리프 양이 나누던 이야기를 조금 듣게 됐는데……. 분명 비어트리스도 그 이야기를 엿들었을 거예요. 물론 비어트리스는 엿들었다는 사실을 인정하지 않을 거라고 생각해요."

"어떤 이야기였죠?"

해리슨 간호사는 자신의 기억이 확실한지 점검해 보는 듯 한동안 침묵하다가 입을 열었다.

"올드필드 부인이 돌아가시게 된 마지막 발작이 있기 3주쯤 전이었어요. 둘은 식당에 있었죠. 저는 계단을 내려오다가 진 몬크리프가 이렇게 말하는 소리를 들었어요.

'얼마나 더 오래 걸릴 것 같아요? 더 이상은 못 참겠어요.'

그러자 박사님이 이렇게 대답하셨어요.

'그렇게 오래 걸리지는 않을 거야, 달링, 맹세해.'

그리고 진 몬크리프가 다시 말했죠.

'계속 기다리기만 하는 건 싫어요. 다 잘 되겠죠, 그렇죠?'

그리고 박사님이 말했어요.

'물론이지. 다 잘 될 거야. 내년 이맘때쯤이면 우린 부부가 되 있을 거야.'"

간호사는 말을 멈췄다.

"무슈 푸아로, 전 그때 처음으로 박사님과 몬크리프 양 사이가 심상치 않다는 걸 알아챘어요. 물론 전 박사님이 몬크리프 양을 좋아하고 둘이 아주 친했다는 건 알고 있었지만, 그것뿐이라고 생각했어요. 저는 다시 계단을 올라왔어요……. 그 일은 제게 큰 충격이었죠. 하지만 부엌문이 열려있는 걸 본 순간 전 비어트리스가 그 둘의 대화를 들은 게 분명하다고 생각했지요. 그 둘의 대화가 두 가지로 해석될 수 있다는 걸 아시겠죠? 그저 부인이 너무 아파 그리 오래 살지는 못할 거라는 뜻일 수도 있고……. 전 박사님이 그런 의미로 말씀하긴 거라고 확신해요. 하지만 비어트리스 같은 여자에게는 다르게 들렸을 수도 있겠죠. 마치 박사님과 진 몬크리프가, 그러니까……. 올드필드 부인을 제거할 계획을 꾸미는 것처럼 들릴 수도요."

"하지만 마드무아젤께서는 그렇게 생각하지 않으셨고요?"

"네……. 네, 물론이죠……."

푸아로는 날카로운 눈길로 그녀를 바라보았다.

"해리슨 간호사님, 더 알고 있는 게 있으십니까? 저한테 말씀하지 않은 게 있나요?"

간호사의 얼굴이 빨갛게 달아오르더니 격렬하게 대꾸했다.

"그런 거 없어요. 없어요. 절대 없어요. 또 무슨 이야기가 있겠어요?"

"저야 모르죠. 하지만 어쩌면 무언가가 더 있을 지도 모른다는 생각이 드는군요."

간호사는 고개를 저었다. 얼굴에는 늙고 지친 표정이 다시 떠올랐다.

에르퀼 푸아로가 말했다.

"내무부에서 올드필드 부인의 시신을 발굴하라는 명령을 내릴 수도 있습니다!"

"오, 안 돼요!"

해리슨 간호사는 겁에 질린 얼굴이었다.

"너무 끔찍해요!"

"부당한 일이라고 생각하십니까?"

"무시무시한 일이라고 생각해요! 그로 인해 어떤 소문이 퍼질지 생각해 보세요! 정말 끔찍할 거예요……. 불쌍한 올드필드 박사님의 심정이 어떠시겠어요."

"박사님에게는 오히려 잘된 일이 될 수도 있다고 생각하지 않으십니까?"

"그게 무슨 뜻이죠?"

"만약 박사님이 결백하다면……. 무고함이 입증될 테니까요."

푸아로는 말을 멈췄다. 그리고 해리슨 간호사의 머릿속에 어떤 생각이 뿌리를 내리는지 지켜보며, 그 당황스러운 듯 찡그린 표정을 바라보았다. 그녀의 찡그렸던 눈썹이 펴졌다.

간호사는 심호흡을 하더니 푸아로를 바라보았다.

"그런 생각은 못 했네요."

간호사는 간단하게 대답했다.

"물론 그게 유일한 방법이긴 하죠."

그 순간 위층에서 쿵쿵거리는 소리가 들리자, 해리슨 간호사가 자리에서 벌떡 일어났다.

"제가 돌보는 브리스토 양이에요. 낮잠을 주무시고 계셨는데 이제 깨셨나 보네요. 차를 가져다 드린 후에 산책을 나가야 하니까 이만 가봐야겠어요. 무슈 푸아로, 저는 선생님 말씀이 옳다고 생각해요. 부검을 하면 이 모든 소문들을 확실히 끝낼 수 있을 거예요. 불쌍한 올드필드 박사님에 대한 끔찍한 소문들이 다 가라앉겠죠."

간호사는 푸아로와 악수를 나누고는 서둘러 응접실을 나섰다.


에르퀼 푸아로는 우체국으로 가는 길에 런던으로 전화를 걸었다.

반대편에서 성미 급한 목소리가 흘러 나왔다.

"왜 그런 일들에 쓸데없이 참견하고 다니나, 푸아로? 그게 확인해 볼만한 가치가 있는 사건이라고 확신하는 건가? 시골 마을 소문이 어떤 건지 자네도 잘 알지 않나……. 그런 건 아무것도 아니라고."

"이건 특별한 사건이네."

"뭐……. 그렇게까지 말한다면야. 자네에겐 뭐든지 자기가 옳다고 주장하는 그 지긋지긋한 버릇이 있었지. 별것 아니기만 해 보게."

에르퀼 푸아로는 씩 미소를 지으며 중얼거렸다.

"나에게만 별거면 되는 거네."

"뭐라고 했나? 잘 안 들려."

"아니, 아무것도 아니야."

푸아로는 전화를 끊었다.

우체국 안으로 들어간 그는 카운터로 다가갔다. 그리고 가장 매력적인 목소리로 말했다.

"마담, 혹시 전에 올드필드 박사 댁에 있던 하녀가…….. 그러니까 세례명이 비어트리스입니다만…….. 현재 어디에 살고 있는지 알려주실 수 있나요?"

"비어트리스 킹이요? 그 뒤로 두 집을 거쳤죠. 현재는 강 너머에 사는 말리 부인 댁에 있어요."

푸아로는 감사의 말을 한 다음 엽서 두 장과 우표첩, 그리고 지역산 도자기 한 점을 샀다. 물건을 사는 동안 푸아로는 은근슬쩍 죽은 올드필드 부인의 이야기를 끄집어냈다. 그 즉시 푸아로는 우체국 직원의 얼굴 위로 기이하고 수상쩍은 표정이 스치는 것을 포착했다.

"정말 갑작스러운 일이었어요, 그렇지 않아요? 선생님께서 들으신 대로 이 마을에 소문이 무성하답니다."

질문을 던지는 여자의 눈이 호기심으로 빛났다.

"혹시 그 때문에 비어트리스 킹을 만나려고 하시는 건가요? 모두들 비어트리스가 갑자기 그 집에서 나와 이상하다고 생각했어요. 몇몇 사람들은 그녀가 뭔가 알고 있을 거라고 하더군요……. 어쩌면 그게 사실일 지도 모르죠. 비어트리스가 여기저기 이야기를 흘리고 다녔거든요."

비어트리스 킹은 키가 작고 교활해 보이는 여자로, 편도선염에 걸렸는지 목이 불룩 튀어 나와 있었다. 둔하고 멍청한 얼굴이었지만, 눈만은 유독 영리해 보여 기대를 갖게 했다. 하지만 비어트리스 킹에게서 알아낼 수 있는 건 아무것도 없는 것 같았다. 그녀는 계속해서 같은 말만 반복했다.

"저는 아무것도 몰라요……. 그 집에서 무슨 일이 있었는지 떠들고 다닌 사람은 제가 아니에요. 박사님과 몬크리프 양의 대화를 엿들었다니 그게 무슨 말씀이세요? 저는 문틈에 숨어 남의 대화나 엿듣는 그런 사람이 아니에요. 그리고 선생님은 제가 그랬다고 말씀하실 권리도 없고요. 저는 아무것도 몰라요."

"비소 중독에 대해 들어보신 적이 있나요?"

순간 여자의 부루퉁한 얼굴 위로 기묘하게 흥미로운 기색이 스쳐 지나갔다.

"약병에 들어 있던 게 그거군요?"

"무슨 약병 말씀이십니까?"

"몬크리프 양이 마님께 지어드린 약병 중 하나에 말이에요. 간호사가 엄청 화가 났더군요……. 제가 봤어요. 간호사가 약 맛을 보고, 정말로요, 냄새를 맡더니 약을 싱크대에 쏟고 수돗물로 채워놓더군요. 물처럼 투명한 약이었거든요. 그리고 한 번은 몬크리프 양이 마님께 차를 올려 갔는데 간호사가 차 주전자를 다시 가지고 내려와서는 새로 끓였어요……. 끓는 물로 차를 내리지 않아서 그랬다고 말했지만 제가 보기엔 앞서도 제대로 끓인 것 같던데요. 그저 항상 그렇듯 간호사가 공연히 수선떠는 거라고 생각했죠……. 하지만 잘 모르겠어요……. 어쩌면 뭔가가 더 있었을 수도 있죠."

푸아로는 고개를 끄덕였다.

"몬크리프 양을 좋아했나요, 비어트리스?"

"싫어하진 않았어요……. 좀 무뚝뚝한 편이었죠. 물론 박사님에게는 아주 다정하게 군다는 건 알고 있었죠. 몬크리프 양이 박사님을 바라보는 눈길을 보면 누구나 알 수 있을 거예요."

푸아로는 다시 한 번 고개를 끄덕였다. 그 후 여인숙으로 되돌아간 그는 그곳에서 조지에게 어떤 지시를 내렸다.

내무부의 해부학자 앨런 가르시아 박사는 두 손을 문지르며 반짝이는 눈으로 에르퀼 푸아로를 바라보았다.

"자, 무슈 푸아로, 마음에 드십니까? 이 고집쟁이 양반?"

"정말 감사합니다."

"어쩌다 그 일에 관심을 가지게 되셨소? 소문 때문입니까?"

"말씀하신 대롭니다……. 소문이란 과장되기 마련이지요."

다음 날 푸아로는 다시 한 번 마켓 러프버러로 가는 기차를 탔다.

마켓 러프버러는 벌집에 몰려든 벌떼처럼 사람들로 우글거렸다. 시신 발굴에 맞추어 사람들이 몰려 들기 시작한 것이다.

부검의 결과가 새어나가자, 사람들의 흥분과 열기는 극에 달했다.

푸아로가 한 시간 가량 여인숙에 머물며 스테이크와 콩팥 푸딩으로 이루어진 만족스러운 식사를 마치고 맥주로 입가심을 했을 때였다. 숙녀 한 명이 그를 만나려고 기다린다는 소식이 들어 왔다.

찾아온 숙녀는 해리슨 간호사였다. 그녀는 창백하고 수척한 얼굴로 곧장 푸아로를 향해 다가왔다.

"그게 사실이에요? 정말 사실인가요, 무슈 푸아로?"

푸아로는 친절하게 그녀를 의자에 앉혔다.

"네. 치사량보다 훨씬 많은 양의 비소가 발견되었습니다."

해리슨 간호사가 소리쳤다.

"저는 단 한 번도⋯⋯. 단 한 순간도 그런 생각은 해보지 않았어요⋯⋯."

그녀는 울음을 터뜨렸다.

푸아로가 상냥하게 말을 걸었다.

"진실은 결국 밝혀지기 마련이죠."

간호사는 훌쩍였다.

"박사님이 교수형을 당하실까요?"

"아직 밝혀내야 할 것들이 많습니다. 독약에 접근할 기회, 그리고 독약을 사용한 수단 또한 밝혀내야죠."

"하지만 무슈 푸아로, 만약 박사님이 그 일과 아무런⋯⋯. 아무런 연관이 없다면요?"

"그런 경우라면⋯⋯."

푸아로는 어깨를 으쓱했다.

"무죄로 방면되겠죠."

해리슨 간호사가 느릿느릿하게 말을 꺼냈다.

"선생님께. 드릴 말씀이 있어요. 전에 말씀 드렸어야 했는데⋯⋯. 하지만 그게 큰일이라고는 생각하지 않았어요. 그저 이상하다고만 생각했어요."

"뭔가 있을 줄 알았습니다. 어서 말씀해 보시죠."

"대단한 일은 아니에요. 그냥 어느 날, 제가 뭔가 가지러 갈 게 있어서 약국에 내려갔는데 진 몬크리프가 좀⋯⋯. 이상한 행동을 하고 있었어요."

"뭐죠?"

"좀 바보같이 들릴 거예요. 그냥 핑크색 에나멜로 된 파우더 콤팩트를 채우고 있었거든요⋯⋯."

"네?"

"하지만 그냥 파우더……. 그러니까 얼굴에 바르는 파우더를 채우고 있는 게 아니었어요. 독극물 선반에 있는 약병에서 뭘 꺼내 담고 있었죠. 절 발견하고는 깜짝 놀라며 콤팩트를 닫고 가방 안에 넣어 버리더라고요……. 그 약병은 제가 뭔지 보지 못하도록 재빨리 선반에 치웠고요. 저는 별일 아닐 거라고 생각했어요. 하지만 이제 올드필드 부인이 정말로 독살되었다는 걸 알았으니……."

간호사는 말을 멈추었다.

푸아로가 입을 열었다.

"잠시 실례해도 될까요?"

푸아로는 밖으로 나가 버크셔 경찰서의 그레이 경사에게 전화를 걸었다. 에르퀼 푸아로가 다시 돌아온 뒤 둘은 아무 말 없이 가만히 앉아 있었다. 푸아로는 붉은색 머리카락을 한 아가씨의 얼굴과 '저는 그 방법에 찬성하지 않아요.'라고 말하던 분명하고 단호한 목소리를 떠올렸다. 진 몬크리프는 부검을 원하지 않았다. 그럴싸한 이유를 댔지만, 그래도 그 사실은 변하지 않는다. 유능하고 결단력 있는 아가씨. 매일 짜증만 부리는 아픈 부인에게 매여 사는 한 남자와 사랑에 빠진 아가씨. 해리슨 간호사의 말에 의하면 그 부인의 실제 몸 상태는 그리 나쁘지 않아 몇 년이고 더 살 수 있었을 지도 모른다고 했다.

에르퀼 푸아로는 한숨을 쉬었다.

해리슨 간호사가 입을 열었다.

"무슨 생각을 하고 계세요?"

"유감스럽다는 생각이요……."

"박사님은 그 일에 대해 아무것도 몰랐을 거예요."

"네. 물론 그랬을 겁니다."

그때 문이 열리고 그레이 경사가 들어왔다. 그는 실크 손수건으로 싼 무언가를 손에 들고 있었다. 실크 손수건을 치우더니 조심스럽게 그 물건을 내려놓았다. 밝은 로즈 핑크색의 에나멜이 반짝이는 콤팩트였다.

해리슨 간호사가 말했다.

"제가 본 게 바로 저거예요."

그레이가 말했다.

"몬크리프 양의 장롱 서랍 안 깊숙이 숨겨져 있는 걸 발견했습니다. 안에는 파우더가 들어 있습니다. 지금까지 살펴본바로 지문은 전혀 없었지만, 그래도 조심해야죠."

경사는 손에 손수건을 감고 콤팩트 앞의 버튼을 눌렀다. 케이스가 활짝 열렸다. 경사가 말했다.

"이건 얼굴에 바르는 파우더가 아닙니다."

경사는 손가락으로 찍어 혀끝으로 맛을 보았다.

"특별한 맛은 나지 않습니다."

푸아로가 말했다.

"흰색 비소는 아무런 맛도 나지 않죠."

그레이가 말했다.

"바로 분석해 보겠습니다."

그레이 경사는 해리슨 간호사를 바라보며 질문을 던졌다.

"이게 당신이 본 것과 같은 것이라고 맹세할 수 있습니까?"

"네, 확실해요. 올드필드 부인이 죽기 일주일 전쯤 약국에서 몬크리프 양이 가지고 있던 바로 그거예요."

그레이 경사는 한숨을 쉬고는, 푸아로를 바라보며 고개를 끄덕였다. 푸아로는 벨을 눌렀다.

"내 하인을 이리로 불러 주세요."

완벽한 하인이자 신중하고 조심성 많은 조지가 안으로 들어와 주인을 바라보았다.

에르퀼 푸아로가 입을 열었다.

"해리슨 양, 당신은 이 파우더 콤팩트가 1년도 더 전에 몬크리프 양이 소지하고 있던 것과 같은 것이라고 하셨죠. 이 파우더 콤팩트가 고작 2, 3주 전부터 메서즈 울워스에서만 판매되기 시작했다는 것을 아십니까? 게다가 이런 핑크빛의 콤팩트는 만들어진지 고작 3개월밖에 되지 않았다는 것을 아십니까?"

해리슨 간호사는 숨을 들이마셨다. 커다랗고 검은 눈으로 푸아로를 멍하니 바라보았다. 푸아로가 다시 입을 열었다.

"조르주, 자네는 이 콤팩트를 전에 본 적이 있나?"

조지가 한 걸음 앞으로 나섰다.

"네, 주인님. 저는 18일 금요일에 이분, 해리슨 간호사가 울워스에서 이 콤팩트를 구입하는 광경을 목격했습니다. 주인님의 지시에 따라 이 숙녀 분이 가는 곳마다 따라 다녔습니다. 콤팩트를 구매하신 그날 다닝턴으로 가는 버스를 타시더군요. 콤팩트를 집으로 가지고 가셨습니다. 같은 날 오후, 해리슨 간호사는 몬크리프 양이 머무는 집을 찾아갔습니다. 주인님의 지시대로 저는 이미 그 집 안에 들어가 있었습니다. 저는 해리슨 간호사가 몬크리프 양의 방으로 들어가 이 콤팩트를 장롱 서랍 안에 숨기는 것을 보았습니다. 문틈으로 상세히 말입니다. 그런 후 해리슨 간호사는 아무도 자신을 보지 못한 줄 안 채 그 집을 떠났습니다. 이 동네 사람들은 현관문을 잠그고 다니질 않습니다. 그때는 이미 어둑하게 해가 질 무렵이었습니다."

푸아로는 엄하고 딱딱한 목소리로 해리슨 간호사에게 말했다.

"이 일들을 해명할 수 있으시겠습니까, 해리슨 간호사? 물론 못 하시겠죠. 울워스에서 이 상자를 샀을 때는 비소가 들어 있지 않았지만, 브리스토 양의 집에 있던 상자에서는 비소가 나온 것입니다."

푸아로는 상냥한 목소리로 덧붙였다.

"비소를 아직도 가지고 있다니 현명하지 못하시군요."

해리슨 간호사는 얼굴을 손에 묻었다. 낮고 멍한 목소리로 중얼거렸다.

"사실이에요……. 전부 사실이에요……. 제가 죽였어요. 그런데 돌아온 건 아무것도, 아무것도 없어요……. 제가 미쳤던 거죠."


진 몬크리프가 말했다.

"부디 절 용서해 주세요, 무슈 푸아로. 제가 그렇게……. 그렇게 심하게 화를 냈으니. 전 오히려 선생님 때문에 상황이 악화될 거라고 생각했어요."

푸아로는 미소를 지으며 대답했다.

"처음에는 그랬죠. 마치 옛날 신화에 나오는 레르네의 히드라 같지 않습니까. 매번 머리 하나를 잘라낼 때마다 그 자리에서 머리 두 개가 솟아나오니 말입니다. 그와 마찬가지로 소문도 점차 자라나서 배가 됩니다. 그래서 저는 저와 이름이 같은 헤라클레스를 본받아 첫 번째 머리, 즉 본래의 머리를 자르고자 했습니다. 누가 이 소문을 가장 먼저 퍼뜨리기 시작했느냐 이거죠. 처음으로 이 소문을 퍼뜨린 사람이 해리슨 간호사라는 것을 밝혀내는 데는 그리 오랜 시간이 걸리지 않았습니다. 그래서 그녀를 만나러 갔죠. 아주 착실한 사람처럼 보였습니다.

지적이고 동정심 많은 여자처럼요. 하지만 해리슨 간호사는 커다란 실수를 저질렀습니다……. 제게 당신과 박사가 나눈 대화를 엿들었다며 이야기해 주더군요. 그건 정말 엉터리였습니다. 심리학적으로도 있을 수 없는 대화죠. 만약 당신과 박사님이 올드필드 부인을 죽일 음모를 꿨다면, 당신들처럼 영리한 사람들이 계단이나 주방에서 쉽게 엿들을 수 있도록 방문을 열어 놓고 이야기를 했을까요? 게다가 당신이 했다는 말들은 당신과는 전혀 어울리지 않는 것이었습니다. 훨씬 더 나이 많은 여자, 당신과는 전혀 다른 타입의 여자에게서나 나올 법한 말이었죠. 해리슨 간호사는 자신이라면 그런 상황에서 그렇게 말할 것이라 상상한 겁니다.

그때까지 전 모든 상황이 비교적 단순하다고 생각했습니다. 저는 해리슨 간호사가 나이에 비해 여전히 젊고 아름다운 여성이라는 것을 알게 됐죠. 그녀는 거의 3년간을 올드필드 박사와 가깝게 지냈습니다……. 박사는 해리슨 간호사를 아주 아꼈고 그녀의 도움과 친절을 아주 고맙게 생각했고요. 그래서 해리슨 간호사는 올드필드 부인이 죽으면 박사가 자신에게 청혼할 지도 모른다는 망상을 품게 된 겁니다. 하지만 막상 올드필드 부인이 죽고 나서야 올드필드 박사가 사랑하는 건 당신이라는 사실을 알게 된 거죠. 분노와 질투에 휩싸인 그녀는 올드필드 박사가 아내를 독살했다는 소문을 퍼뜨리기 시작했습니다.

처음에는 이 사건을 이렇게 생각했습니다. 질투심에 휩싸인 여자가 거짓된 소문을 퍼뜨린 사건이라고요. 하지만 '아니 땐 굴뚝에 연기 나랴.'라는 오래되고 케케묵은 속담이 마음에 걸렸습니다. 그래서 저는 해리슨 간호사가 단순히 소문을 퍼뜨린 것 그 이상의 행동을 하지 않았을까 하는 의문을 품게 되었지요. 해리슨 간호사가 한 말에도 수상한 구석이 있었습니다. 해리슨 간호사는 제게 올드필드 부인의 병은 본인이 키워낸 게 대부분이라고 했고…… 심하게 아프지는 않았다고 했습니다. 하지만 박사는 자신의 부인이 아팠다는 데 조금도 의심을 하지 않았습니다. 부인의 죽음도 당연하게 생각했고요. 박사는 부인이 죽기 직전 또 다른 의사를 불렀고, 그 의사는 부인의 상태가 심각하다고 했습니다. 저는 시험 삼아 시신을 발굴하자는 제안을 해 봤습니다. 해리슨 간호사는 처음에 깜짝 놀라며 두려워하더군요. 하지만 바로, 질투심과 증오가 그녀를 사로잡았습니다. 시체에서 비소가 검출되도록 내버려 두자…… 그래봐야 아무도 나를 의심하지는 않을 것이다. 고통을 받게 되는 것은 박사와 진 몬크리프일 것이다.

방법은 한 가지 뿐이었습니다. 해리슨 간호사가 도를 넘도록 만드는 거였죠. 몬크리프 양이 빠져나갈 가능성이 조금이라도 있다면, 해리슨 간호사는 어떻게 해서라도 혐의를 갖다 붙이려 할 거라고 생각했습니다. 그래서 전 제 충직한 하인 조르주에게 지시를 내렸죠…… 조르주는 워낙에 신중한 사람이라 해리슨 간호사는 절대 눈치채지 못했습니다. 조르주가 해리슨 간호사의 뒤를 밟았죠. 그리고…… 모든 것이 잘 끝난 겁니다.”

진 몬크리프가 감탄사를 뱉었다.

“정말 대단하세요.”

올드필드 박사도 맞장구를 쳤다.

“네, 정말입니다. 정말 뭐라고 감사의 말을 드려야 할지 모르겠습니다. 제가 정말 아무것도 모르는 바보였어요!”

푸아로는 궁금한 듯 물었다.

"마드무아젤 역시 아무것도 모르셨나요?"

진 몬크리프는 천천히 대답했다.

"저는 정말 걱정스러웠어요. 독극물 진열장에 놓여 있던 비소 양이 맞지가 않았어요⋯⋯."

올드필드가 외쳤다.

"진⋯⋯. 설마 나를⋯⋯?"

"아니에요, 아니에요⋯⋯. 그런 게 아니에요. 저는 올드필드 부인이 그 약을 손에 넣은 거라고 생각했어요⋯⋯. 아파 보여서 동정을 얻고자 그 약을 먹다가, 그러다 부주의로 한꺼번에 많이 먹게 된 거라고 생각했지요. 하지만 부검이 실시되고 비소가 발견되면, 그런 사정은 무시한 채 바로 당신이 저지른 짓이라는 결론을 내릴까봐 두려웠던 거예요. 그래서 없어진 비소 이야기는 한 마디도 하지 않은 거죠. 독극물 장부까지 조작한 걸요! 하지만 해리슨 간호사가 그랬을 거라고는 생각도 못 했어요."

"나도 그래요. 정말 상냥하고 여성스러운 사람이었는데. 마치 성모 마리아처럼."

올드필드가 말했다.

"네. 어쩌면 좋은 아내, 좋은 엄마가 될 수 있었을 겁니다⋯⋯. 그저 한 순간 자신의 감정을 주체하지 못한 거죠."

푸아로가 안타깝다는 듯 말했다. 그는 한숨을 쉬며 다시 한 번 웅얼거렸다.

"유감스러운 일입니다."

푸아로는 행복한 표정을 짓고 있는 중년의 남자와 열성적인 눈빛을 한 아가씨를 보며 미소를 지었다. 푸아로는 혼잣말로 중얼거렸다.

"드디어 이 두 사람이 어두운 그림자에서 벗어나 밝은 햇살
이 비치는 거리로 나왔군. 그리고 나는……. 나는 헤라클레스
의 모험 그 두 번째를 완수했어."

# 아르카디아의 사슴

에르퀼 푸아로는 잔뜩 언 발을 풀기 위해 발을 동동 구르며, 손을 모아 쥐고 입김을 호호 불었다. 콧수염 끝에 엉겨 붙은 고드름이 녹아서 뚝뚝 떨어져 내렸다.

문 두드리는 소리가 들리더니 객실 담당 하녀가 나타났다. 느릿하고 땅딸막한 이 시골 아가씨는 잔뜩 호기심이 어린 눈으로 에르퀼 푸아로를 뚫어지게 바라보았다. 전에는 이와 같은 사람을 한 번도 본 적이 없는 게 분명했다.

"전화 주신 분이세요?"

"맞습니다. 불 좀 피워 주시면 정말 감사하겠습니다."

하녀는 밖으로 나가더니 즉시 종이와 장작을 잔뜩 들고 돌아 왔다. 그녀가 커다란 빅토리아풍 벽난로 앞에 무릎을 꿇고 앉아 불을 피우기 시작했다.

에르퀼 푸아로는 계속해서 팔을 휘젓고 손가락을 터는 동시에 발을 동동 굴렀다.

푸아로는 짜증이 났다. 그의 차……. 값비싼 메사로 그라츠가 기대했던 것만큼 완벽한 성능을 발휘하지 못했던 것이다. 넉넉한 월급을 받는 푸아로의 젊은 운전수는 차를 제대로 몰아 보지도 못했다. 보조도로로 들어서서 2.5킬로미터를 달렸을 무렵, 눈발이 내리기 시작한 황량한 들판에서 차는 결국 멈춰서고 말았던 것이다. 언제나처럼 멋진 에나멜 구두를 신고 있던 에르퀼 푸아로는 하틀리 딘이라는 강변 마을까지 가기 위해 2.5킬로미터를 걸어야 했다. 하틀리 딘은 여름철이면 활기가 넘치는 곳이었지만 겨울에는 쥐죽은 듯 고요하기만 했다.

그곳에 있는 블랙 스완 여인숙의 주인은 갑작스런 손님에 당황하는 눈치였다. 주인장은 마치 웅변을 하듯 마을 정비공장에서 차를 한 대 빌리면 신사 분께서 여행을 계속하실 수 있을 거라고 열변을 토했다.

에르퀼 푸아로는 그 제안을 거절했다. 그건 가톨릭교도의 절약 정신을 거스르는 일이었다. 차를 빌린다고? 푸아로에게는 이미 차가 있었다……. 그것도 아주 커다랗고 비싼 차가. 다른 차가 아닌 바로 그 차를 타고 여행을 계속할 작정이었다. 하지만 자동차 수리가 빨리 끝난다 해도 당장 이 눈길을 뚫고 갈 수는 없었다. 푸아로는 방 하나를 빌리며 난롯불과 식사를 부탁했다. 여인숙 주인은 한숨을 쉬며 그를 방으로 안내하고 하녀에게는 장작을 가져오라고 시킨 다음, 아내와 식사 문제를 상의하기 위해 자리를 떴다.

한 시간 후, 푸아로는 따뜻한 난롯불에 발을 쬐며 관대한 마음으로 방금 먹은 저녁 식사를 돌이켜 보았다. 스테이크는 딱딱하고 질긴데다 엄청나게 내 온 양배추는 시들시들하고 물컹물컹했으며, 감자에는 딱딱한 심이 박혀 있었다. 뒤이어 나온 익힌 사과와 커스터드 또한 두말할 나위 없었다. 그뿐인가, 치즈는 딱딱했고 비스킷은 눅눅했다. 그럼에도 에나멜 구두를 신고 험한 눈길을 걸어 온 에르퀼 푸아로는, 배를 든든하게 채우고 앞에서 타닥타닥 타오르는 장작불을 흐뭇하게 바라보면서, 커피라고 말하기도 힘든 까만 물이 담긴 컵을 홀짝이며 이렇게 난롯불 앞에 앉아 있는 것이 천국이나 다름없게 느껴졌다!

문을 똑똑 두드리는 소리가 나더니 객실 담당 하녀가 들어왔다.

"자동차 정비 공장에서 사람이 와서 손님을 뵙고 싶다고 합니다."

에르퀼 푸아로는 상냥하게 대답했다.

"들여 보내 주세요."

하녀는 싱글거리며 방을 나갔다. 푸아로는 싱긋 웃으며 하녀 아가씨가 친구들에게 자신에 대한 이야기를 늘어놓는 것이 기나긴 겨울의 재미난 소일거리가 될 거라는 생각을 했다.

다시 문을 똑똑 두드리는 소리가 났다……. 아까와는 다른 소리였다.

"들어오세요."

한 젊은이가 들어오더니 안절부절 못하고 서서 손으로 모자만 만지작거렸다. 푸아로는 그가 여태까지 본 사람 중 가장 잘생긴 젊은이라고 생각했다. 외모만큼은 그리스 신과 같은 젊은이였다. 젊은이는 낮고 허스키한 목소리로 입을 열었다.

"선생님의 차는 저희가 가져왔습니다. 그리고 문제점도 발견했습니다. 한 시간 정도만 작업하면 될 것 같습니다."

"뭐가 문제죠?"

젊은이는 열성적으로 자동차의 기술적인 이야기들을 늘어

놓았다. 푸아로는 점잖게 고개를 끄덕였지만 사실은 젊은이의 말을 듣고 있지 않았다. 푸아로가 감탄하고 있는 것은 젊은이의 완벽한 육체였다. 요즘에는 안경을 쓴 약골들이 너무 많다. 푸아로는 만족스러운 듯 중얼거렸다.

"그래, 그리스의 신이야……. 아르카디아의 젊은 양치기야."

젊은이가 말을 우뚝 멈췄다. 순간 에르퀼 푸아로는 눈살을 찌푸렸다. 처음에는 젊은이의 육체적인 아름다움이 눈길을 끌었지만 이제는 그의 머릿속이 궁금했다. 푸아로는 호기심 어린 눈을 가늘게 뜨고 젊은이를 올려다보았다.

"네, 잘 알겠습니다, 알겠어요."

푸아로는 말을 멈췄다가 다시 덧붙였다.

"제 운전사에게서 이미 같은 얘길 들었죠."

젊은이의 얼굴이 벌겋게 달아오르더니 초조한 듯 손가락으로 모자를 꾸깃거렸다. 그가 더듬거리며 말을 꺼냈다.

"네……. 에……, 그렇군요."

에르퀼 푸아로는 능숙하게 말을 이었다.

"하지만 직접 와서 제게 말해 줘야겠다고 생각하셨군요?"

"네……. 에, 선생님. 그게 더 좋겠다고 생각했습니다."

"그것 참 세심하시군요. 감사합니다."

푸아로의 마지막 말에는 희미하지만 분명히 이만 나가보라는 뜻이 담겨 있었다. 하지만 푸아로는 이 젊은이가 방을 나가지 않을 거라고 생각했고, 그의 생각이 옳았다. 젊은이는 움직이지 않았다.

초조하게 손가락을 움직이며 트위드 모자가 일그러지도록 움켜쥐고는 한층 더 낮고 난처한 목소리로 말을 꺼냈다.

"저……. 실례합니다, 선생님. 혹시 선생님께서 탐정이라는 게 사실입니까……? 선생님께서 '에르퀼 프아릿' 씨가 맞으십니까?"

젊은이는 아주 조심스럽고 또박또박하게 이름을 물었다.

"그렇습니다."

젊은이의 얼굴이 다시 빨갛게 달아올랐다.

"선생님에 대한 기사를 신문에서 봤습니다."

"그래요?"

젊은이의 얼굴은 이제 아주 홍당무가 되어 버렸다. 젊은이의 눈에는 고민하는 기색이 역력했다……. 고민과 호소가 담긴 눈빛. 에르퀼 푸아로는 이 젊은이를 도와주기로 결심했다. 푸아로는 상냥하게 물었다.

"뭐죠? 제게 뭘 부탁하고 싶으신 거죠?"

젊은이의 입에서 말이 물밀듯 쏟아져 나왔다.

"선생님께서 제가 건방지다고 생각하실 지도 모르겠습니다. 하지만 선생님과 이렇게 만나게 됐으니……. 놓치기에는 너무 아까운 기회라는 생각이 들었습니다. 선생님이 그 동안 어떤 일을 해내셨는지 신문에서 읽었으니까요. 그래서 저도 선생님께 부탁해도 되지 않을까 생각했습니다. 부탁이 해가 되는 건 아니겠죠?"

에르퀼 푸아로는 고개를 저었다.

"제 도움이 필요하시다 이건가요?"

젊은이는 고개를 끄덕였다.

"그러니까……. 그러니까 한 아가씨에 대한 일입니다. 혹시……. 혹시 선생님께서 그 아가씨를 찾아주실 수 있나 해서요."

"그 아가씨를 찾는다고요? 그 사람이 사라졌다는 말인가요?"

"그렇습니다, 선생님."

에르퀼 푸아로는 등을 곧게 펴더니 날카롭게 말했다.

"어쩌면 제가 도움이 될 수도 있겠군요. 하지만 경찰을 찾아가는 편이 더 나을 겁니다. 그런 건 경찰이 할 일이고, 저보다 훨씬 더 능숙하게 해결할 수 있을 거예요."

젊은이는 발을 끌어당기며 어색하게 입을 열었다.

"그럴 수는 없습니다. 그런 게 아니에요. 굳이 말씀드리자면 좀 이상한 일이라."

에르퀼 푸아로는 그를 가만히 바라보고는 의자 하나를 가리켰다.

"에 비엥(자), 그렇다면 자리에 앉으시지요……. 이름이 뭐죠?"

"윌리엄슨입니다, 선생님. 테드 윌리엄슨입니다."

"앉아요, 테드. 그리고 무슨 일인지 한 번 들어 봅시다."

"감사합니다, 선생님."

그는 의자를 앞으로 당겨서 조심스럽게 끝에 걸터앉았다. 여전히 그는 강아지처럼 애처롭게 낑낑대며 호소하는 눈으로 푸아로를 바라보았다.

에르퀼 푸아로는 상냥하게 젊은이를 격려했다.

"어서 말해 봐요."

테드 윌리엄슨은 숨을 한 번 깊이 들이 내쉬었다.

"선생님, 이렇게 된 일입니다. 제가 그녀를 본 건 딱 한 번이었습니다. 그녀의 진짜 이름이 뭔지도 전혀 모릅니다. 하지만 정말 이상해요……. 제 편지가 매번 돌아오는 것도 그렇고 모든 게 다요."

"처음부터 시작하세요. 너무 서두르지 말고요. 어떤 일이 일어났는지 차근차근 말하면 됩니다."

"네, 선생님. 혹시 그래스론을 아십니까? 다리를 지나 강 아래쪽에 있는 커다란 저택이요."

"처음 들어보는군요."

"조지 샌더필드 경이 소유하고 있는 저택입니다. 여름철이면 주말 별장으로 쓰거나 그곳에서 파티를 열기도 합니다……. 그분은 올 때마다 항상 화려한 사람들을 한 무리 데려 오십니다. 여배우들이나 뭐 그런 사람들이요. 지난 6월이었습니다……. 그 저택의 라디오가 고장이 나서 저희 정비 공장에 사람을 보냈더군요."

푸아로는 고개를 끄덕였다.

"그래서 제가 그 저택에 갔습니다. 샌더필드 경께서는 손님들과 함께 강가에 나와 계셨고, 하인들이 음료수며 음식들을 서빙하고 있었지요. 저택 안에는 아가씨 한 명만 있었습니다……. 그 저택에 손님으로 온 숙녀 분의 하녀라고 하더군요. 그 아가씨가 절 라디오가 있는 곳으로 안내했고, 제가 수리하는 동안 곁을 지켰습니다. 그래서 이야기를 나누게 됐죠……. 그녀의 이름은 니타라고 합니다. 그 저택에 머물고 있는 러시아 무용수의 하녀라고 하더라고요."

"그 아가씨는 어디 출신이죠? 영국인인가요?"

"아닙니다, 선생님. 아마도 프랑스 인인 것 같네요. 억양이 좀 이상했거든요. 하지만 영어는 아주 잘 했습니다. 그녀는…… 상냥했습니다. 하지만 그날 밤 같이 영화를 보러 가자는 제 말엔 주인을 모셔야 한다며 거절하더군요. 그래도 곧 다들 늦게까지 강가에서 파티를 할 테니 오후에는 시간이 난다고 했죠.

그래서 저는 정비소에 얘기도 하지 않고 (하마터면 잘릴 뻔 했습니다) 그녀와 함께 강으로 산책을 나갔습니다."

윌리엄슨은 말을 멈췄다. 그의 입가에는 희미한 미소가 떠올랐다. 눈은 꿈을 꾸는 듯 몽롱해졌다. 푸아로가 상냥하게 물었다.

"그런데 그 아가씨는 예뻤겠죠, 그렇죠?"

"제가 여태껏 본 중에 가장 아름다운 여자였습니다. 금빛으로 반짝이는 머리카락을……. 마치 날개처럼 양쪽으로 틀어 올렸죠……. 그리고 걸음걸이도 아주 경쾌했습니다. 저는, 저는……. 첫눈에 그녀에게 푹 빠져버렸습니다. 하지만 감히 그런 말을 할 엄두는 나지 않았습니다."

푸아로는 고개를 끄덕였다. 젊은이는 계속해서 말을 이었다.

"그녀는 자신이 모시는 숙녀 분이 2주일 후에 다시 이곳에 올 거라고 했고, 우리는 그때 다시 만나기로 약속했습니다."

젊은이는 말을 멈췄다.

"하지만 돌아오지 않았어요. 그녀가 말한 그 장소에서 기다렸지만 나타나지 않았습니다. 저는 용기를 내어 그 저택으로 찾아가 그녀를 불러달라고 했습니다. 저택에 머무는 러시아 숙녀 분 말씀이 그분의 하녀도 있다고 하더군요. 하지만 나타난 사람은 니타가 아니었어요! 까무잡잡하고 심술궂게 생긴 아가씨였죠……. 아주 뻔뻔스럽고요. 그 아가씨의 이름은 마리라고 했습니다. '절 보자고 하셨다고요?' 그 아가씨가 억지웃음을 지으며 그렇게 말했습니다. 제가 움찔하는 걸 그 아가씨도 분명 봤을 겁니다. 전에 있던 러시아 숙녀 분의 하녀는 어디 갔냐고 하자, 그 아가씨는 깔깔거리며 지난번의 하녀는 갑자기 잘렸다고 했습니다. '잘렸다고요? 왜요?' 제가 묻자 그 아가씨

는 어깨만 으쓱하며 이렇게 말하더군요. '내가 어떻게 알겠어요? 난 모르는 일이에요.'

선생님, 저는 정말 당황하고 말았습니다. 그 순간 뭐라고 말해야 할지 생각도 나지 않았어요. 하지만 그 후에 전 다시 용기를 내서 마리를 찾아가 니타의 주소를 알려달라고 부탁했습니다. 제가 니타의 성도 모른다는 사실은 알리지 않았죠. 저는 제 부탁을 들어준다면 선물을 주겠다고 약속했습니다……. 그 아가씨는 자기에게 득 될 게 없으면 아무것도 해 주지 않을 사람이었거든요. 결국 그 아가씨는 제 부탁을 들어줬습니다……. 저는 전해 받은 북런던 주소로 니타에게 편지를 보냈습니다. 하지만 그 편지는 얼마 후 다시 되돌아왔어요……. '수취인 불명'이라는 도장이 찍혀서요."

테드 윌리엄슨은 말을 멈추고 깊고 푸른 눈으로 푸아로를 건너보았다.

"어떻게 된 일인지 아시겠죠, 선생님? 이건 경찰이 해결할 수 있는 사건이 아니에요. 하지만 전 그녀를 찾고 싶습니다. 하지만 어떻게 해야 할지 모르겠어요. 혹시, 혹시……. 선생님이라면 찾으실 수 있지 않을까요?"

그의 안색이 어두워졌다.

"저는……. 저는 모아둔 돈이 조금 있습니다. 5파운드……. 아니 10파운드까지는 드릴 수 있습니다."

푸아로는 상냥하게 대답했다.

"지금은 돈 문제를 상의할 필요가 없어요. 먼저 이 아가씨, 니타라는 아가씨에 대해 생각해 보도록 합시다……. 그 아가씨가 당신의 이름과 일하는 곳을 알고 있나요?"

"아, 네, 선생님."

"그 아가씨는 원한다면 당신과 연락을 취할 수 있겠군요?"

테드는 한층 더 느릿느릿하게 대꾸했다.

"네, 선생님."

"그렇다면……. 어쩌면……."

테드 윌리엄슨이 재빨리 끼어들었다.

"그러니까 저는 그녀를 사랑하지만 그녀는 절 사랑하지 않는다는 말씀을 하시려는 겁니까? 어쩌면 그럴 수도 있겠군요……. 하지만 그녀는 절 좋아했습니다. 정말 절 좋아했습니다……. 단순한 장난은 아니었어요……. 그리고 저는 어떤 이유가 있을 거라고 생각해 봤습니다. 어쩌면 이상한 패거리들에게 휘말렸을 수도 있고, 어쩌면 말하기 곤란한 문제가 생겼을 수도 있습니다. 제 말이 무슨 뜻인지 아시겠습니까?"

"어쩌면 그 아가씨가 임신이라도 했을지 모른다는 뜻인가요? 당신의 아이를?"

"제 아이는 아닙니다, 선생님."

테드의 얼굴이 빨개졌다.

"그녀와는 아무런 일도 없었으니까요."

푸아로는 곰곰이 그의 얼굴을 바라보았다.

"만약 당신의 걱정이 사실이라고 해도……. 그래도 그 아가씨를 찾고 싶습니까?"

다시 한 번 윌리엄슨의 얼굴이 어두워졌다.

"네, 물론입니다. 그 생각은 변치 않아요! 그녀가 절 받아주기만 한다면 그녀와 결혼하고 싶습니다. 그녀가 어떤 문제에 휘말려 있더라도 상관없습니다. 선생님께서 그녀를 찾아만 주신다면요."

에르퀼 푸아로는 미소를 지으며 혼잣말로 중얼거렸다.

"날개처럼 틀어 올린 금빛 머리카락이라. 그래, 이게 바로 헤라클레스의 세 번째 모험이야……. 내 기억이 맞다면, 그건 아르카디아에서 벌어지지……."

에르퀼 푸아로는 테드 윌리엄슨이 열심히 이름과 주소를 써 놓고 간 종이를 곰곰이 들여다보았다.

'어퍼 렌프류 레인 17번지 15호, 발레타 양'

푸아로는 이 주소에서 무얼 알아낼 수 있을지 의구심이 들었다. 하지만 그건 테드가 그에게 알려줄 수 있는 유일한 정보였다.

어퍼 렌프류 레인은 음울하지만 꽤 위풍당당한 거리였다. 푸아로가 문을 두드리자 땅딸막한 체구에 졸린 눈을 한 여자가 나타났다.

"발레타 양이십니까?"

"오래 전에 떠나고 없어요."

문이 막 닫히려 하자 푸아로는 한 발짝 앞으로 다가섰다.

"그렇다면 그분의 주소를 알려주실 수 있을까요?"

"몰라요 정말. 주소 같은 건 남기지 않았어요."

"그렇다면 언제 떠나셨습니까?"

"작년 여름에요."

"정확히 언제인지 말씀해 주시겠습니까?"

반 크라운짜리 동전 두 개를 쥐고 있는 푸아로의 오른손에서 부드럽게 짤랑거리는 소리가 울려 퍼졌다. 졸린 눈을 한 여자는 마법에 걸린 것처럼 금새 태도가 부드러워졌다. 상냥하기가 이를 데 없었다.

"물론 제가 도와 드려야죠, 선생님. 어디 보자. 8월, 아니 그보다 전이에요……. 7월……. 맞아요, 7월이 분명해요. 7월 첫째 주쯤이었어요. 갑자기 서둘러 떠났죠. 이탈리아로 돌아간 게 분명해요."

"그렇다면 그분은 이탈리아인이셨나요?"

"네, 맞아요."

"그렇다면 그분이 한 때 러시아 출신 발레리나의 하녀로 일한 적이 있나요?"

"맞아요. 마담 세물리나던가 뭐 그런 이름이었어요. 극장에서 춤을 추는 그녀에게 다들 푹 빠져서 난리도 아니었어요. 스타였죠."

"발레타 양이 왜 일을 그만두었는지 아시나요?"

여자는 잠시 머뭇거리더니 대답했다.

"전 몰라요."

"발레타 양은 해고당한 거죠, 그렇지 않나요?"

"글쎄요……. 무슨 소란이 있었던 게 틀림없어요! 하지만 발레타 양은 통 얘길 안했어요. 말 많은 여자가 아니었거든요. 하지만 잔뜩 화가 난 것 같았어요. 성질이 대단했죠……. 진짜 이탈리아 사람답게요. 그 까만 눈으로 노려 보면 얼마나 무섭던지……. 꼭 칼로 사람을 찌르기라도 할 것 같더라니까요. 전 발레타 양의 기분이 그럴 때면 근처에도 가지 않았어요!"

"그러면 발레타 양의 현재 주소는 정말 모르십니까?"

다시 한 번 반 크라운짜리 동전 두 개가 유혹하듯 짤랑거렸다. 여자의 대답은 정말 사실인 듯 했다.

"저도 알았으면 좋겠네요. 선생님께 꼭 알려드릴 수 있으면 좋을 텐데. 하지만……. 발레타 양은 그렇게 서둘러 떠나고는 그대로 사라져 버렸어요!"

푸아로는 곰곰이 생각에 잠긴 채 중얼거렸다.

"네, 그대로 사라져 버렸군요……."

앞으로 있을 발레 공연을 위해 자신이 디자인하던 무대 장치에 대한 이야기를 열정적으로 늘어놓던 앰브로즈 반델은 쉽게 정보를 제공해 주었다.

"샌더필드요? 조지 샌더필드요? 비열한 작자죠. 돈은 좀 굴리지만, 사람들 말로는 사기꾼이라고 하더군요. 알 수 없는 사람이에요! 발레리나와 불륜을 저질렀냐고요? 이런……. 물론 카트리나와 불륜을 저지르긴 했죠. 카트리나 사무셴카요. 그녀를 보셨겠죠? 오, 이런……. 너무 근사한 여자예요. 기술이 끝내주죠.「투오넬라의 백조」는 보셨겠죠? 제 무대 장치도요! 그리고 드뷔시의 작품에서던가 아니면 매닌의 '라 비쉬 오 부아(숲속의 암사슴)'이었던가……, 카트리나가 미하엘 노프긴과 함께 공연을 했죠. 그 사람도 정말 대단하죠, 그렇지 않습니까?"

"카트리나 사무셴카 양이 조지 샌더필드 경의 친구인가요?"

"네, 주말이면 강가에 있는 샌더필드 경의 저택에 가 지내곤 했습니다. 환상적인 파티를 연다죠."

"혹시 절 마드무아젤 사무셴카에게 소개해 주실 수 있으십니까?"

"오, 이런, 그녀는 이제 여기 없어요. 갑자기 파린지 어딘지로 떠나 버렸죠. 아시겠지만, 카트리나가 볼셰비키 스파이라는 둥 뭐라는 둥 하는 소문이 있었어요……. 물론 저는 믿지 않지만요. 사람들은 그런 얘기하는 걸 좋아하죠. 카트리나는 항상 백계 러시아인(보수적이고 반볼셰비키적인 러시아 부르주아 계급 및 그 추종자들 ── 옮긴이)인 척 했어요……. 아버지가 공작이라던가 대공이라던가 그랬다고 했죠! 지금이야 몰락한 가문이겠지만요."

반델은 말을 멈추었다가 다시 사랑하는 무대 디자인 분야의 이야기로 빠져들었다.

"아까도 말씀드렸듯이 밧세바의 영혼을 알려면 유대인의 전통에 흠뻑 매료되어야 하죠. 그래서 전 그걸 이렇게 표현해 보았습니다……."

반델은 신이 나 계속 이야기를 풀어 놓았다.

에르퀼 푸아로와 조지 샌더필드 경과의 만남은 시작이 그리 순조롭진 않았다.

앰브로즈 반델의 말대로 '속을 알 수 없는 사람'인 샌더필드 경은 좀 불안해하는 모습이었다. 조지 경은 키가 작고 어깨가 떡 벌어진 남자로 검고 결이 거친 머리 밑 목덜미에는 살집이 두둑했다.

"자, 무슈 푸아로, 어쩐 일로 날 찾아오셨습니까? 음……. 우린 전에 만난 적이 없죠?"

"네, 전에는 만난 적이 없습니다."

"음, 그렇다면 무슨 일이죠? 솔직히 말씀드리자면 꽤 궁금한데요."

"오, 아주 간단한 일입니다……. 정보를 좀 얻으려 왔죠."

그 말에 조지 경은 불편한 듯 억지웃음을 지었다.

"내 비밀을 알려달라고요? 당신이 재정에 관심이 있는 줄은 미처 몰랐습니다."

"경의 사업에 대한 정보를 알려달라는 게 아닙니다. 한 숙녀

분에 대한 정보를 얻으러 온 거죠."

"아, 여자요."

조지 샌더필드 경은 안락의자에 기대었다. 안심한 눈치였다. 목소리 또한 한층 더 편안해졌다.

"마드무아젤 카트리나 사무셴카를 알고 계시죠?"

샌더필드가 웃음을 터뜨렸다.

"네, 매력적인 여자죠. 그녀가 런던을 떠나서 안타까울 따름입니다."

"그분은 왜 런던을 떠나셨을까요?"

"친애하는 무슈 푸아로, 나는 모릅니다. 기획사와 무슨 마찰이 있었겠죠. 꽤 신경질적인 여자였습니다……. 지극히 러시아인답죠. 도와드리지 못해서 죄송합니다만, 지금 그 여자가 어디에 있는지는 전혀 모릅니다. 아예 연락을 하지 않아요."

자리에서 일어나며 말하는 샌더필드의 목소리에는 그만 나가달라는 기색이 역력했다.

푸아로는 다시 말을 꺼냈다.

"하지만 제가 찾고 싶은 것은 마드무아젤 사무셴카가 아닙니다."

"그래요?"

"네, 그분의 하녀를 찾고 있습니다."

"하녀요?"

샌더필드가 푸아로를 뚫어지게 바라보았다.

"혹시……. 그분의 하녀를 기억하고 계십니까?"

샌더필드는 다시 초조하고 불편한 기색을 드러냈다. 거북하다는 듯 입을 열었다.

"세상에, 그걸 내가 어떻게 기억하겠습니까? 물론 한 명은 기억나요……. 좀 기분 나쁜 여자였죠. 몰래 엿보고 꼬치꼬치 남의 뒤나 캐는 그런 여자였습니다. 그 여자가 하는 말은 절대 믿지 않는 게 좋아요. 아주 타고난 거짓말쟁입니다."

"그렇다면, 조지 경께서는 하녀에 대해 아주 많은 걸 기억하고 계시는군요?"

샌더필드가 서둘러 변명을 늘어놓았다.

"그저 그런 인상을 받았다는 것뿐입니다……. 그 여자의 이름도 기억나지 않아요. 어디 보자, 마리 뭐라던가 뭐 그런 이름이었는데……. 아무래도 그 여자에 관한 문제에는 도움을 드릴 수 없을 것 같군요. 죄송합니다."

푸아로는 다시 상냥하게 말을 꺼냈다.

"이미 극장에서 마리 헬린의 이름과 주소를 입수했습니다. 하지만 조지 경, 저는 마리 헬린 이전에 있던 하녀를 얘기하는 겁니다. 니타 발레타요."

샌더필드는 푸아로를 뚫어지게 바라보았다.

"그런 이름은 전혀 기억에 없습니다. 내가 아는 하녀는 마리뿐입니다. 비열한 눈을 한 조그맣고 까무잡잡한 아가씨 말입니다."

"제가 묻는 건 지난 6월, 조지 경의 저택인 그래스론에 있었던 하녀입니다."

샌더필드는 뚱하게 대꾸했다.

"글쎄요, 내가 할 수 있는 말이라고는 기억나지 않는다는 것뿐입니다. 카트리나가 하녀와 같이 왔던 것 같진 않아요. 아무래도 당신이 잘못 알고 있는 모양입니다."

에르퀼 푸아로는 고개를 저었다. 자신이 잘못 알고 있다는 생각은 들지 않았다.

마리 헬린은 작고 총명한 눈으로 재빨리 푸아로를 흘끗 쳐다보았다. 그녀는 부드럽고 차분한 목소리로 대답했다.

"하지만 저는 정확하게 기억하고 있는 걸요, 무슈. 저는 6월 말에 마담 사무센카에게 고용되었어요. 전에 있던 하녀가 급하게 떠났다고 하셨어요."

"왜 그 하녀가 그만두었는지 들으셨나요?"

"갑자기 떠났다는 것 외엔 몰라요! 어쩌면 병에 걸렸을 지도 모르죠……. 마담께서는 얘기해주지 않으셨어요."

"마담께서는 같이 지내기 편한 분이시던가요?"

아가씨는 어깨를 으쓱했다.

"변덕이 심하시죠. 울다가 웃다가 하세요. 가끔씩 기분이 아주 침울하실 때는 말도 안 하고 먹지도 않으시죠. 그러다 어떨 때는 정신 사나울 정도로 활발하시고요. 무용수들은 원래 그래요. 변덕스럽죠."

"그리고 조지 경은요?"

아가씨가 놀린 듯 올려다보았다. 눈에서 불쾌한 기색이 스며나왔다.

"아, 조지 샌더필드 경이요? 그분에 대해서 알고 싶으신 거예요? 정말 알고 싶으신 게 그거로군요? 다른 건 그냥 핑계고요, 예? 조지 경에 대해서라면 재미있는 일들을 얼마든지 말해 드릴 수 있죠……."

푸아로가 끼어들었다.

"그러실 필요는 없습니다."

마리 헬린은 입을 떡 벌린 채 푸아로를 노려보았다. 그녀의 눈에는 분노와 실망감이 깃들어 있었다.

"알렉시스 파블로비치라면 모르는 게 없는 사람으로 유명하지 않습니까."

에르퀼 푸아로는 최대한 상대방을 치켜세웠다.

세 번째 헤라클레스의 모험은 생각했던 것보다 더 많은 여행과 더 많은 면담이 필요했다. 별것 아닐 것 같던 사라진 하녀 사건이 푸아로가 여태껏 다뤘던 사건들 중에서도 가장 길고 험난한 사건이 되어 버린 것이다. 그가 쫓는 단서는 족족 막다른 골목으로 이어졌다. 그래서 결국 푸아로는 오늘 저녁 파리 사모바르 레스토랑의 소유주인 알렉시스 파블로비치 백작을 만나 예술계의 일이라면 뭐든 알고 있지 않냐며 추켜세우게 된 것이다.

알렉시스 파블로비치는 흡족한 듯 고개를 끄덕였다.

"네, 네, 잘 알죠⋯⋯. 사무셴카, 그 뛰어난 무용수가 어디로 갔냐고 물으셨죠? 아! 사무셴카는 진짜배기였죠."

그는 손끝에 키스를 했다.

"그 정열⋯⋯. 그 창의성! 그녀는 거칠 게 없었어요⋯⋯. 그녀는 이 시대 최고의 발레리나였습니다. 그런데 갑작스레 한 순간에 모든 게 끝나버렸죠. 멀리 떠났습니다⋯⋯. 이 세상의 끝으로요⋯⋯. 그리고 머지않아, 아! 머지않아 사람들은 그녀를 잊어버리겠죠."

"그렇다면 그분은 지금 어디 계시는 겁니까?"

푸아로가 물었다.

"스위스에 있습니다. 알프스의 요양소요. 마른기침을 하고 점점 더 몸이 마르는 사람들이 가는 그런 곳이죠. 그녀는 죽을 겁니다, 네, 죽을 거예요! 그녀는 그런 운명을 타고난 겁니다. 분명 죽을 거예요."

푸아로는 헛기침을 해 파블로비치의 비극적인 주문을 깼다. 푸아로가 원하는 것은 정보였다.

"혹시 그분이 데리고 있던 하녀를 기억하십니까? 니타 발레타라는 이름의 하녀요."

"발레타? 발레타? 한 번 본 기억이 나는 군요……. 런던에 가는 카트리나를 배웅하러 기차역에 나갔을 때 봤습니다. 이탈리아의 피사 출신이었죠, 아닌가요? 네, 이탈리아 피사 출신이 확실합니다."

에르퀼 푸아로는 한숨을 쉬며 말했다.

"그렇다면 피사로 가봐야겠군요."


에르퀼 푸아로는 피사의 캄포 산토에 서서 한 무덤을 내려다보았다.

그의 발걸음은 바로 이곳, 초라한 흙무덤에서 멈췄다. 그 아래에는 순진한 영국 정비사의 마음을 온통 뒤흔들어 놓은 유쾌한 아가씨가 누워 있었다.

이것이 하룻밤 꿈같은 로맨스가 가질 수 있는 최선의 결말이지 않을까? 이제 이 아가씨는 어느 6월의 오후에 잠시 만난 한 젊은이의 기억 속에 영원히 살게 될 것이다. 서로 다른 국적, 서로 다른 성격으로 인한 충돌이나 환멸의 고통은 앞으로도 영원히 없을 것이다.

에르퀼 푸아로는 슬프게 고개를 저었다. 그는 발레타의 가족들과 나눈 대화를 떠올려 보았다. 널찍한 시골 아낙의 얼굴을 한 그녀의 어머니, 슬픔에 잠긴 아버지, 입을 꾹 다물고 있던 까무잡잡한 여동생.

"갑작스러운 일이었어요, 시뇨르. 너무 갑작스러웠죠. 오랫동안 통증이 있었다 없었다 하긴 했지만……. 의사는 우리에게 선택의 여지도 주지 않았어요……. 맹장염 때문에 당장 수술을 해야 한다고 했죠. 그리고 우리 애는 병원으로 실려가서는……. 씨, 씨(네, 네). 마취 상태에서 죽었어요. 의식을 회복하지 못하고요."

어머니는 훌쩍거리며 말했다.

"비앙카는 정말 똑똑한 애였어요. 이렇게 어린 나이에 죽다니 너무 끔찍해요……."

에르퀼 푸아로는 혼자 중얼거렸다.

"어린 나이에 죽다……."

그것이 바로 푸아로에게 애절하게 도움을 요청한 젊은이에게 가지고 돌아가야 할 메시지였다.

'그 아가씨는 자네 짝이 아니었어. 어린 나이에 죽었다네.'

푸아로의 임무는 끝이 났다……. 푸르른 하늘을 배경으로 기울어진 탑의 실루엣이 드러나며, 다가올 인생과 기쁨에 대한 기대로 어슴푸레한 빛을 발하며 봄꽃들이 보드라운 몽우리를 막 피우기 시작한 이곳에서 말이다. 푸아로가 이 마지막 선고를 받아들이기 힘든 것은 피어나는 봄 때문이었을까? 아니면 다른 무엇 때문이었을까? 뭔가가 그의 마음 한 구석에 걸렸다……. 단어……? 문장……? 이름? 모든 것이 너무 깔끔하게 끝나지 않았는가? 지나치게 딱 맞아 떨어지지 않는가?

에르퀼 푸아로는 한숨을 쉬었다. 조금이라도 의심의 여지를 남기지 않으려면 한 번 더 여행을 떠나야 했다. 알프스의 요양소로.

그곳은 정말 세상의 끝을 보고 있는 것 같았다. 두껍게 쌓인 눈⋯⋯. 드문드문 흩어져 있는 수용 시설에는 스멀스멀 다가오는 죽음의 그림자와 싸우는 인간들이 조용히 누워 있었다.

마침내 푸아로는 카트리나 사무셴카와 만났다. 한때 생기가 넘치고 발그레했지만 지금은 움푹 들어간 뺨, 침대보 위에 올라가 있는 기다랗고 수척한 손을 본 푸아로는 머릿속을 더듬었다. 이름은 기억나지 않았지만 그녀의 춤을 본 적이 있었다⋯⋯. 예술이라는 것을 망각할 정도로 관객들의 혼을 빼놓는 최고의 예술이었다.

앰브로즈 반델이 연출한 환상적인 숲에서 도약하고 회전하던 사냥꾼, 미하엘 노프긴도 기억이 났다. 끊임없이 추격 받으면서도 영원한 매력을 뿜내던 사랑스러운 사슴도 기억이 났다⋯⋯. 뿔이 달린 아름다운 금발 머리에 경쾌하게 움직이는 갈색 다리. 마지막으로 그녀가 총에 맞아 상처를 입고 쓰러지자, 미하엘 노프긴이 날씬한 사슴의 시체를 팔에 안고 당황한 모습으로 멍하니 서 있던 모습도 기억이 났다.

카트리나 사무셴카는 약간 호기심 어린 눈길로 푸아로를 바라보고 있었다.

"처음 뵙는 분이시죠? 저를 무슨 일로 찾아오셨죠?"

에르퀼 푸아로는 살짝 고개를 숙였다.

"마담, 먼저 감사의 말씀을 드리고 싶습니다⋯⋯. 제게 아름다운 저녁을 선사해 준 마담의 뛰어난 예술성에 경의를 표합니다."

카트리나는 희미하게 미소를 지었다.

"하지만 제가 여기에 온 건 일 때문입니다. 마담, 저는 오랫동안 마담의 하녀 중 한 명을 찾고 있습니다⋯⋯. 니타라는 이름의 하녀죠."

"니타요?"

카트리나는 푸아로를 뚫어지게 바라보았다. 두 눈이 커다래지며 놀란 기색이 역력했다.

"니타……에 대해서 뭘 알고 계시는 거죠?"

"제가 말씀드리죠."

푸아로는 차가 고장 나던 날의 저녁, 모자를 만지작거리며 사랑과 고통에 대해 털어놓던 테드 윌리엄슨의 이야기를 했다. 카트리나는 주의 깊게 푸아로의 말을 경청했다.

푸아로의 이야기가 끝나자 카트리나가 입을 열었다.

"감동적이군요……. 네, 감동적이에요……."

에르퀼 푸아로는 고개를 끄덕였다.

"네. 아르카디아의 전설이죠, 그렇지 않나요? 마담께선 그 아가씨에 대해 제게 어떤 이야기를 해 주시겠습니까?"

카트리나 사무셴카는 한숨을 쉬었다.

"저에게는 주아니타……라는 하녀가 한 명 있었어요. 사랑스럽고, 네……. 밝고 쾌활한 아가씨였죠. 신께서 사랑하시는 사람들에게 너무나도 자주 일어나는 일이 그 아가씨에게도 일어났죠. 어린 나이에 죽었어요."

그 마지막 말……. 되돌릴 수 없는 그 말……. 푸아로는 그 말을 다시 한 번 들었다……. 하지만 그래도 푸아로는 다시 한 번 물었다.

"그 아가씨가 죽었나요?"

"네, 죽었어요."

에르퀼 푸아로는 잠시 침묵하다 다시 입을 열었다.

"한 가지 정말 이해할 수 없는 것이 있습니다. 제가 조지 샌더필드 경에게 마담의 하녀에 대해 물었더니 겁을 내시는 것 같았습니다. 왜 그러신 거죠?"

무용수의 얼굴에는 희미하게 혐오스러운 표정이 떠올랐다.

"제 하녀라고 하셨죠? 샌더필드 경은 마리를 말하는 줄 알았을 거예요……. 주아니타가 떠난 후에 고용한 아가씨예요. 마리는 샌더필드 경에 대해 알아낸 무언가로 그 사람을 협박하려 했던 것 같아요. 마리는 밉살스러운 아가씨였어요……. 여기저기 꼬치꼬치 캐묻고 편지를 훔쳐보거나 서랍을 뒤져보기도 했죠."

"그렇다면 이해가 가는군요."

푸아로는 잠시 멈췄다가 다시 고집스럽게 물었다.

"주아니타의 다른 이름이 발레타였고, 그녀는 피사에서 맹장염 수술을 받다가 죽었죠. 맞습니까?"

푸아로는 카트리나가 고개를 끄덕이기 전에 아주 희미하지만 망설이는 걸 포착했다.

"네, 맞아요……."

푸아로는 생각에 잠긴 듯 말을 이었다.

"하지만……. 아직 의문이 한 가지 남습니다……. 그 아가씨의 가족들은 그 아가씨를 부를 때 주아니타가 아니라 비앙카라고 부르더군요."

카트리나는 야윈 어깨를 으쓱했다.

"비앙카나 주아니타나, 그게 중요한가요? 그 애의 진짜 이름은 비앙카지만 어쩌면 그 애가 주아니타라는 이름이 더 로맨틱하다고 생각해서 그렇게 불러달라고 한 걸 수도 있죠."

"아, 그렇게 생각하십니까?"

푸아로는 잠시 멈췄다가 입을 열었다. 이번엔 목소리가 달라져 있었다.

"제가 보기에는 다른 해석도 가능할 것 같습니다."

"뭐죠?"

푸아로는 몸을 앞으로 숙이며 입을 열었다.

"테드 윌리엄슨이 만났다는 그 아가씨는 금색 날개 같은 머리카락을 하고 있다고 했습니다."

푸아로는 조금 더 몸을 앞으로 숙였다. 손가락을 들어 반가르마를 한 양쪽으로 웨이브가 솟아오른 머리카락을 만졌다.

"금색 날개, 아니면 금색 뿔인가요? 그건 보는 사람 나름이겠죠. 마담을 악마로 보는 사람도 있고 천사로 보는 사람도 있는 것처럼 말입니다! 그 둘 중 하나겠죠. 아니면 총에 맞은 사슴의 금색 뿔일 뿐인가요?"

카트리나는 중얼거렸다.

"총에 맞은 사슴……."

그녀의 목소리는 희망이라곤 없는 사람의 목소리였다.

"테드 윌리엄슨의 설명이 마음에 걸리더군요……. 무언가가 마음이 걸렸어요……. 경쾌한 갈색 발을 하고 숲을 뛰어다니던 당신의 모습 말입니다. 제 생각을 말씀드려도 될까요, 마드무아젤? 마드무아젤께서 그래스론에 내려갔을 때는 하녀가 없으셨을 겁니다. 비앙카 발레타가 이탈리아로 돌아가고 아직 새하녀를 구하지 못해서 말입니다. 그때도 이미 병세가 나빠지고 있다는 걸 느끼셨을 테고요. 모두 강가로 소풍을 나간 어느 날, 마드무아젤께서는 혼자 저택에 남아 계셨죠. 그때 초인종이 울려 나가보니……. 마드무아젤께서 보신 걸 제가 말씀드려 볼까요? 마드무아젤께서는 어린아이처럼 순수하고 그리스 신처럼 잘생긴 젊은이를 보셨던 겁니다! 그래서 마드무아젤께서는 주아니타……. 아니 존재하지 않는 하녀의 이름을 대셨습니다……. 그리고 몇 시간 동안 마드무아젤께서는 그 젊은이와 함께 아르카디아를 산책하셨죠……."

긴 침묵이 이어졌다. 카트리나는 마침내 낮고 쉰 목소리로 입을 열었다.

"적어도 한 가지는 사실대로 말씀드렸어요. 이야기의 결말 말이죠. 니타는 어린나이에 죽게 될 거예요."

"아, 농(아닙니다)!"

에르퀼 푸아로의 태도가 변했다. 테이블 위를 주먹으로 쾅 내리치더니 갑자기 지극히 현실적인 태도를 보였다.

"반드시 그런 일이 일어나지는 않습니다! 마드무아젤께서는 죽을 필요가 없어요. 인생을 위해 싸워 이기셔야죠, 그러실 수 있으시죠?"

카트리나는 슬프게, 절망적으로 고개를 저었다…….

"저에게 어떤 인생이 기다리고 있단 말이죠?"

"무대 위에서의 인생은 아니겠죠, 비엥 앙탕뒤(물론)! 하지만 생각해 보세요, 이 세상에는 다른 인생도 있습니다. 자, 마드무아젤, 솔직히 말씀해 보시죠. 마드무아젤의 아버지께서 정말로 공작이나 대공, 혹은 장군이셨습니까?"

카트리나는 느닷없이 웃음을 터뜨렸다.

"레닌그라드에서 화물차를 운전하셨어요!"

"좋습니다! 그렇다면 시골 정비사 아내가 되지 말라는 법도 없지 않습니까? 그리고 그리스 신처럼 아름다운 아이들, 마드무아젤께서 춤추셨던 그런 발을 가진 아이들을 낳아 키우는 겁니다."

카트리나는 숨을 죽였다.

"하지만 그건 너무 비현실적인 이야기예요!"

"그렇지만,"

에르퀼 푸아로는 대단한 자신감을 드러내며 단언했다.

"곧 현실이 될 걸로 믿습니다!"

# 에리만토스의 멧돼지

헤라클레스의 모험 그 세 번째를 수행하느라 스위스로 온 에르퀼 푸아로는, 그곳에 머물며 그때까지 가보지 못한 새로운 곳들을 여행하겠다는 마음을 먹었다.

샤모니에서 이틀 동안 즐거운 시간을 보낸 후, 몽트뢰에서 이틀 정도 머물다가 많은 친구들이 최고라고 극찬한 안데르마트로 향했다.

하지만 안데르마트는 푸아로의 마음에 들지 않았다. 그곳은 계곡의 끝이 눈으로 덮인 산들이 둘러싸고 있었다. 푸아로는 왠지 숨쉬기가 힘들다는 느낌이 들었다.

"계속 여기 머물기는 힘들겠어."

에르퀼 푸아로는 혼잣말로 중얼거렸다. 그 순간 케이블카가 눈에 들어왔다.

'그래, 산 위로 올라가는 거야.'

레자빈과 코루셰를 거쳐, 마지막으로 해발 3000미터에 위치한 로셰 네주에 도착하는 케이블카였다.

푸아로는 그렇게 높이까지 올라갈 생각은 아니었다. 레자빈 정도면 충분하리라고 생각했다. 하지만 그도 이곳에서 자기 인생의 중요한 기회가 찾아오리라는 예상은 꿈에도 하지 못했다. 케이블카가 막 출발할 때 차장이 푸아로에게 다가와 표를 요구한 것이다. 차장은 그 표를 살펴보고 무시무시하게 생긴 검표 가위로 찍은 다음, 고개를 살짝 숙이며 푸아로에게 표를 돌려주었다. 손에 닿는 표 밑에는 작은 쪽지가 끼워져 있었다.

에르퀼 푸아로는 눈썹을 살짝 치켜 올렸다. 그는 서두르지 않고 조용히 쪽지를 펼쳐 보았다. 연필로 서둘러 휘갈겨 쓴 글씨였다.

어떻게 내가 자네 콧수염을 못 알아 볼 수가 있겠나. 안녕하셨나, 친구. 자네라면 나에게 큰 도움이 될 수 있을 것 같네. 샐리 사건에 대한 소식은 신문을 통해 읽어 봤겠지? 살인자 마레스코가 로셰 네주에서 일당들 몇 명과 만나기로 했다는 정보를 입수했네…… . 이 넓은 세상의 하고 많은 곳 중에서 하필이면 그곳에서 말이야! 물론 엉터리일 수도 있겠지만, 우리의 정보망은 믿을 만하다네…… . 항상 밀고하는 놈은 있기 마련이잖은가, 그렇지 않나? 그러니 자네가 두 눈으로 똑똑히 살펴봐 주게. 먼저 그곳에 있는 드루에 경위와 접촉하게. 착실한 사람이네만…… . 자네의 뛰어난 두뇌에 비할 수는 없지. 이보게 친구, 우린 반드시 마레스코를 반드시 산 채로 잡아야 하네. 그놈은 인간이 아니야…… . 야생 멧돼지나 다름없어. 현재 가장 위험한 살인자 중 한 명이지. 내가 미행을 당할 수도 있고, 자네는 단순한 여행자로 보여야 하기에 안데르마트에서 자네에게 말을

걸지 않은 걸세. 그럼 사냥을 즐기게나! 오랜 친구 르망퇴이유
로부터.

에르퀼 푸아로는 생각에 잠긴 채 콧수염을 쓰다듬었다. 그래,
확실히 에르퀼 푸아로의 콧수염을 알아보지 못하는 사람은 없
을 것이다. 그런데 이게 다 무슨 일일까? 푸아로는 샐리 사건에
대한 자세한 정보를 신문에서 읽은 바 있었다. 파리 출신의 유
명한 출판업자가 잔혹하게 살해당한 사건이었다. 범인의 정체
는 이미 알려져 있었다. 유명한 경마장 건달패의 일원 마레스
코였다. 그는 다른 수십 건의 살인 사건을 저질렀다는 혐의도
받고 있었던 만큼 이번에야말로 그의 죄상이 낱낱이 밝혀졌다.
프랑스를 떠나 외국으로 도망친 그를 유럽 모든 국가의 경찰들
이 찾아내기 위해 애쓰는 중이었다.
　그 마레스코가 로셰 네주에서 일당들과 만난다…….
　에르퀼 푸아로는 천천히 고개를 저었다. 당혹스러웠다. 로셰
네주는 설산의 꼭대기에 있었기 때문이다. 그곳에도 호텔이 있
긴 했지만, 지상으로 연결되는 길은 까마득한 계곡에 달린 좁
다랗고 긴 다리 같은 케이블카밖에 없었다. 호텔은 6월부터 문
을 열지만 7, 8월까지는 손님도 거의 없을 것이다. 들어가기도
나가기도 힘든 곳이었다……. 만약 한 남자가 쫓겨 그리로 간
다면 덫에 걸린 것이나 마찬가지일 것이다. 범죄자 무리가 회
합을 갖는 장소로는 아주 부적절한 곳인 것 같았다.
　하지만 르망퇴이유가 그 정보가 믿을 만하다고 했다면, 그
정보가 맞는 것이다. 에르퀼 푸아로는 스위스의 르망퇴이유 경
정을 존경했다. 푸아로는 그가 성실하며 믿을만한 남자라는 걸
알고 있었다. 알 수 없는 어떤 이유로 인해 마레스코가 문명

세계에서 완전히 고립된 그 장소로 오는 것이다.

에르퀼 푸아로는 한숨을 쉬었다. 잔혹한 살인범을 쫓는 것은 즐거운 휴가 계획에 없는 일이었다. 그에겐 안락의자에 앉아 머리를 쓰는 일이 어울렸다. 산기슭에서 야생 멧돼지를 잡는 것이 아니라.

야생 멧돼지……. 르망퇴이유는 살인자를 이렇게 표현했다. 정말이지 이상한 우연의 일치였다. 푸아로는 혼잣말로 중얼거렸다.

"헤라클레스의 네 번째 모험. 에리만토스의 멧돼지?"

푸아로는 조용하고 조심스럽게 같은 케이블카에 타고 있는 승객들을 하나하나 뜯어보았다. 그의 맞은편에는 미국인 관광객이 앉아 있었다. 입고 있는 옷과 코트의 무늬, 풍경에 푹 빠진 순진한 눈빛, 손에 들고 있는 가이드북까지 이 모든 것이 그가 처음으로 유럽 관광을 온 조그만 시골 출신의 미국인이라는 사실을 여실히 드러내주고 있었다. 푸아로는 머지않아 이 미국인이 말을 걸어 올 것으로 판단했다. 고개를 갸우뚱거리며 고민하는 저 표정을 보면 뻔했다.

다른 쪽에는 회색 머리칼에 매부리코를 한 키 크고 기품 있어 보이는 한 남자가 독일어 책을 읽고 있었다. 그는 음악가나 외과 의사처럼 손가락이 강하고 유연했다.

더 멀리에는 비슷비슷한 타입의 세 남자가 앉아 있었다. 다들 다리가 구부정했고 설명할 수는 없지만 왠지 말과 연관이 있을 것 같았다. 세 남자는 카드 게임을 하고 있었다. 어쩌면 곧 다른 사람들을 게임에 끌어들일 지도 모른다는 생각이 들었다. 처음에는 다른 사람이 이기게 해 주고, 그 다음부터는 이 세 사람이 판을 휩쓸겠지…….

이 세 남자에게서는 눈에 띄게 이상한 점이 없었다. 단 하나 이상한 점이 있다면 현재 그들이 있는 장소였다. 세 명은 경마 대회로 가는 열차, 또는 배 안에서나 볼 수 있는 사람들이었다. 절대 텅 빈 케이블카에 탈만한 사람들은 아니었다!

그리고 케이블카의 다른 한 쪽엔 여성 한 명이 앉아 있었다. 키가 크고 까무잡잡한 여자였다. 그 어떤 표정이라도 어울릴 것 같은, 아주 아름다운 얼굴을 하고 있었지만, 여자의 표정은 이상할 정도로 무표정하게 굳어 있었다. 여자는 아무도 바라보지 않고, 그저 아래의 계곡만 뚫어져라 내다보고 있었다.

푸아로가 짐작했던 대로 그 미국인이 입을 열었다. 자신의 이름은 슈워츠라고 소개했다. 역시나 유럽 여행은 처음이었다. 그는 이곳의 풍경이 정말 웅장하다며 감탄했다. 시용 성에 깊은 인상을 받았으며, 파리는 생각보다 별로였다고, 지나치게 기대를 많이 한 모양이라고 말했다……. 그는 폴리 베르제르(파리 몽마르트에 있는 뮤직 홀 — 옮긴이)와 루브르 박물관, 노트르담에 가 본 모양이었다. 프랑스의 레스토랑과 카페에서는 재즈를 제대로 연주하지 못한다는 불평도 했다. 샹젤리제는 꽤 멋있다고, 조명을 받은 밤의 분수들이 좋았다는 말도 했다.

레자빈과 코루셰에서는 아무도 내리지 않았다. 케이블카에 탄 사람들 모두가 로셰 네주로 가는 게 분명했다.

슈워츠는 자신이 그곳에 가는 이유를 설명했다. 언제나 설산의 가장 높은 곳에 가보길 소망했다고 했다. 3000미터는 꽤 높은 높이이고, 그 정도 높이에서는 달걀도 제대로 삶을 수 없다는 소릴 들었다고 했다.

슈워츠는 그저 순수한 마음에 맞은편에 앉은 키 큰 회색 머리 남자를 대화에 끌어들이려고 했지만, 그 남자는 코안경 위로 그저 차갑게 노려보기만 할 뿐, 다시 책 삼매경에 빠져들었다.

그러자 슈워츠는 이번에는 까무잡잡한 숙녀에게 자리를 바꾸자고 제안했다. 자신의 자리에 앉으면 더 풍경이 잘 보일 거라면서.

그녀가 영어를 알아들었는지가 의문이었다. 어쨌든 그녀는 고개를 젓고는 코트 깃 안으로 얼굴을 더 숨겼다.

슈워츠는 작은 목소리로 푸아로에게 속삭였다.

"돌봐줄 사람도 없이 여자 혼자 여행하는 건 잘못된 일인 것 같아요. 여자는 여행할 때 곁에서 살펴줘야 할 것들이 많잖아요."

유럽에서 만난 한 미국 여자를 떠올리며, 에르퀼 푸아로도 그 말에 동의했다.

슈워츠는 한숨을 쉬었다. 세상은 너무 불친절하다고 생각하는 모양이었다. 그리고 그의 갈색 눈은 조금만 더 친절해져도 해될 건 없지 않냐고 항변하는 듯 했다.


문명 사회에서 벗어난, 아니 문명 사회의 위쪽에 있는 이곳에서는 깔끔한 프록코트와 가죽 구두를 신은 호텔 지배인의 인사를 받는 것이 이상한 일인 모양이었다.

지배인은 체구가 크고 잘생긴 남자로, 태도는 정중했으며 계속해서 사과를 했다. 아직 시즌이 시작되기도 전이다······. 온수가 고장 났다······. 정상적인 운영이 아직은 힘들다······. 물론 할 수 있는 한은 최선을 다해 보겠다······. 아직 직원들이 다 나오지 않았다······. 그는 이런 상황을 예상치 못한 것처럼 손님들의 수조차 헷갈려했다.

호텔 지배인은 애써 전문적인 평정심을 가장하고 있었지만,

푸아로는 그 이면에 불안감이 꿈틀거리고 있는 것을 알아차렸다. 이 남자는 겉보기에는 태평스러워도 속마음은 그렇지가 않았다. 무언가를 걱정하는 눈치였다.

점심 식사는 계곡 아래가 까마득히 내려다보이는 긴 방에 준비되었다. 자신을 구스타브라고 소개한 호텔 유일의 웨이터는 능숙하고 민첩했다. 이 테이블 저 테이블 돌아다니며 메뉴를 설명하고, 와인 리스트를 건넸다. 말을 좋아할 것 같은 세 남자는 한 테이블에 함께 앉았다. 불어로 웃고 떠드는 그들의 목소리가 방안에 울려 퍼졌다.

'조지프가 좋지!……. 꼬맹이 데니스는 어때?……. 오퇴이유에서 우리를 실망시켰던 그 빌어먹을 말 기억나?'

아주 활달하고 개성이 강한 사람들이었지만, 이곳과는 너무나도 어울리지 않았다!

얼굴이 아름다웠던 여자는 구석 테이블에 홀로 앉아 있었다. 역시나 다른 사람들에게는 눈길도 주지 않았다.

식사를 마친 후 라운지에 앉아 있는 푸아로에게 지배인이 다가와 속내를 털어 놓았다.

"무슈께서 저희 호텔을 너무 나쁘게 생각하지 않으셨으면 좋겠습니다. 지금은 시즌이 아니라 어쩔 수가 없습니다. 7월까지는 손님이 아예 없으니까요. 아까 그 숙녀 분 보셨죠? 그분은 매년 이맘때 이곳에 오시죠. 남편이 3년 전 이 산을 등반하다가 사고로 죽었다고 하더군요. 정말 슬픈 일이죠. 부부 사이가 아주 좋았답니다. 그 숙녀 분은 항상 시즌이 시작되기 전에 오시죠……. 조용하니까요. 성스러운 순례인 셈입니다. 나이가 지긋하신 신사 분은 비엔나에서 오신 유명한 의사죠. 칼 루츠 박사님입니다. 박사님 또한 이곳이 조용하고 평화로워서 자주

124

찾는다고 하시더군요."

"네, 정말 평화로운 곳이에요. 저 쪽에 있는 분들은요?"

푸아로는 말을 좋아하는 세 남자를 가리켰다.

"저분들도 평화를 찾아서 왔을까요?"

지배인은 어깨를 으쓱했다. 그의 눈에는 다시 불안한 표정이 나타났다. 그는 에둘러 말했다.

"아, 관광객들이란 항상 새로운 경험을 바라죠……. 높은 산, 그것만으로도 충분히 새로운 경험이니까요."

푸아로는 그리 즐거운 경험은 아니라고 생각했다. 푸아로는 심장이 빠르게 벌렁거리는 게 느껴졌다. 갑자기 바보처럼 동요 가락이 떠올랐다.

'이렇게 높은 세상에서, 하늘에 걸린 쟁반처럼.'

슈워츠가 라운지로 왔다. 푸아로를 발견하고는 얼굴이 환해졌다. 그는 바로 푸아로 곁으로 다가와 앉았다.

"저 의사 선생님이랑 이야기를 나눴어요. 영어는 그런대로 하던데요. 유대인이랍니다……. 나치 때문에 오스트리아에서 쫓겨났대요. 정말 나치들은 제정신이 아니죠! 그분, 루츠 박사 님은 정말 대단한 사람이에요. 신경정신과 전문의라나, 정신분 석 전문의라나……. 여하튼 그런 일을 한다지요."

슈워츠의 눈은 냉혹한 산을 내다보고 있는 키 큰 여자에게 향했다. 그는 목소리를 낮춰 소곤거렸다.

"웨이터에게서 저 여자 이름을 알아냈어요. 마담 그랑디에랍 니다. 남편이 등반을 하다가 사고로 죽었다죠. 그래서 여길 온 거예요. 우리가 어떻게 해 줘야 하지 않을까요? 그러니까……. 슬픔에서 벗어날 수 있도록 말이에요."

"나라면 그런 시도는 하지 않을 겁니다."

하지만 슈워츠의 친절함은 지칠 줄을 몰랐다.

푸아로는 슈워츠가 여자에게 다가가 가차 없이 퇴짜 맞는 모습을 지켜봤다. 잠시 창가에 나란히 선 둘의 윤곽이 빛으로 드러났다. 여자의 키가 슈워츠보다 더 컸다. 여자는 머리를 뒤로 제끼고 있었으며 표정은 차갑고 사나웠다. 푸아로는 그녀가 무슨 말을 하는지 듣지 못했으나, 슈워츠는 풀이 죽은 모습으로 되돌아왔다.

"괜한 짓 했네요."

곰곰이 생각하는 듯하더니 이렇게 덧붙였다.

"우리 모두는 같은 인간이니까 서로에게 친절하게 대하지 말아야 할 이유는 전혀 없다고 생각해요. 그렇게 생각하지 않으세요? 아, 제가 아직까지 성함도 물어보지 않았네요."

"제 이름은 푸리에입니다. 리옹에서 온 실크 상인이죠."

"제 명함 한 장 드리겠습니다, 무슈 푸리에. 파운틴 스프링스에 오신다면 언제든 환영입니다."

푸아로는 명함을 받아 주머니에 넣으며 중얼거렸다.

"이런, 제 명함은 깜빡하고 안 가져왔네요……."

그날 밤 푸아로는 잠자리에 들기 전 르망퇴이유의 편지를 다시 한 번 주의 깊게 읽어 본 후, 깔끔하게 접어 지갑에 넣었다. 침대에 누우며 푸아로는 중얼거렸다.

"흥미로워……. 혹시……."


웨이터 구스타브는 아침 식사로 에르퀼 푸아로에게 커피와 롤빵을 가져다주었다. 그는 커피에 대해 양해를 구했다.

"무슈, 이 정도 고도에서는 커피를 뜨겁게 끓이기가 불가능하다는 것은 알고 계신가요? 유감스럽게도 물이 너무 빨리 끓

126

어버립니다."

"자연의 섭리는 받아들여야죠."

"무슈께선 철학자시군요."

구스타브는 문으로 다가갔지만 방을 나가지는 않고 재빨리 바깥을 살펴보고는 다시 문을 닫은 후, 침대 곁으로 다가왔다.

"무슈 에르퀼 푸아로? 저는 드루에 경위입니다."

"아, 그럴 줄 알았습니다."

드루에는 목소리를 낮췄다.

"무슈 푸아로, 심상치 않은 일이 일어났습니다. 케이블카에 사고가 일어났어요!"

"사고라고요?"

푸아로가 침대에서 몸을 일으켰다.

"무슨 사고죠?"

"다친 사람은 없습니다. 밤에 일어났으니까요. 어쩌면 자연적인 원인 때문에 발생한 것일 수도 있습니다……. 눈사태로 돌이 쏟아져 내렸을 수도 있고요. 하지만 누군가가 사고를 조작했을 가능성도 있죠. 확실히 알 수는 없습니다. 어쨌든 그 결과 케이블카를 수리하는 데 며칠은 걸릴 데고, 그 동안 우리는 이 위에 갇히게 되었습니다. 아직 시즌 전인데다 눈도 많이 쌓여 있어 계곡 아래와 연락하는 것은 불가능합니다."

에르퀼 푸아로는 침대에 일어나 앉으며, 부드럽게 말했다.

"그것 참 흥미롭군요."

경위가 고개를 끄덕였다.

"네. 저희 정보가 옳았던 겁니다. 마레스코의 일당이 이곳에 있고, 그 일당이 방해를 받지 않으려고 케이블카를 고장 낸 겁니다."

에르퀼 푸아로는 성급하게 외쳤다.

"하지만 그건 있을 수 없는 일이에요!"

"저도 그렇게 생각합니다."

드루에 경위는 손을 쭉 펼쳤다.

"전혀 이치에 맞지가 않습니다……. 하지만 사실이에요. 이 마레스코란 인물 자체가 있을 수 없는 인간이니까요! 저는……."

경위는 고개를 끄덕이며 말을 이었다.

"그가 미쳤다고 생각합니다."

"미치광이에다 살인자라!"

"재밌지는 않지만, 그렇게 생각합니다."

드루에 경위는 냉랭하게 대꾸했다. 푸아로가 천천히 입을 열었다.

"만약 그 일당이 이 눈 덮인 산꼭대기에 있다면, 마레스코 또한 이미 여기에 있겠죠. 연락망이 끊겨버렸으니까요."

드루에가 조용히 대답했다.

"저도 알고 있습니다."

두 사람 다 잠시 침묵했다. 그러다 푸아로가 다시 질문을 던졌다.

"루츠 박사는요? 그 사람이 마레스코일 가능성이 있을까요?"

드루에는 고개를 저었다.

"그렇지는 않을 겁니다. 루츠 박사는 실존하는 인물이고……. 신문에서 그 사람의 사진을 본 적이 있습니다……. 유명한 사람입니다. 그리고 이 호텔에 묵고 있는 남자는 사진과 아주 흡사합니다."

"만약 마레스코가 변장에 능하다면, 자신이 맡은 역할을 훌률하게 연기해 낼 수도 있죠."

"네, 하지만 과연 그럴까요? 저는 마레스코가 변장에 능하다는 말은 들어본 적이 없습니다. 교활한 음모를 꾸미는 타입은 아닙니다. 오히려 야생 멧돼지처럼 흉폭하고 사나워서 앞뒤 분간 못하고 화를 내는 유형입니다."

"결국 다 마찬가집니다……."

드루에가 재빨리 맞장구를 쳤다.

"네, 법망에서 달아났으니 변장을 하는 수밖에 없을 겁니다. 어쩌면……. 아니 분명히 어느 정도는 변장을 했을 겁니다."

"그자의 인상착의를 아시나요?"

경위는 어깨를 으쓱했다.

"대강만 알고 있습니다. 제가 오늘 베르티용 감식(프랑스 경찰이었던 베르티용이 만들어낸 최초의 근대적 범죄 인식 체계. 범죄자의 세밀한 신체 치수 측정, 신체 특징 묘사, 사진 등을 결합한 통계 시스템 ─ 옮긴이) 결과를 받기로 했습니다만 이렇게 통신이 두절되어 버려서요. 제가 아는 건 서른 살 가량의 남성으로 평균이 약간 넘는 키에 얼굴이 까무잡잡하다는 것뿐입니다. 별다른 특징은 없답니다."

푸아로는 어깨를 으쓱했다.

"그 정도라면 누구라도 범인이 될 수 있겠군요. 그 미국인은 어떻습니까?"

"안 그래도 무슈 푸아로께 여쭤 보려고 했습니다. 무슈 푸아로께서는 그 남자와 이야기를 나눠 보셨고, 영국인과 미국인들을 많이 만나 보셨죠. 겉보기에는 그저 평범한 관광객으로밖에 보이지 않습니다. 여권도 정상이었고요. 관광객이 이런 곳을 온다는 게 좀 이상할지 모르지만……. 미국인 관광객들은 예측할 수 없는 곳도 찾아다니니까요. 무슈 푸아로께서는 어떻게 생각하십니까?"

에르퀼 푸아로는 모르겠다는 듯 고개를 설레설레 저었다.

"어쨌든 겉보기에는 아무런 해 될 것 없는, 단지 약간 오지랖이 넓은 남자 같아요. 좀 귀찮을지는 몰라도, 위험하다고 보기엔 어려울 것 같군요."

푸아로는 다시 덧붙였다.

"하지만 이곳에는 세 명의 손님이 더 있죠."

경위는 고개를 끄덕이더니 갑자기 열성적인 얼굴을 했다.

"네, 그리고 그 사람들이 딱 우리가 찾는 타입이죠. 무슈 푸아로, 그 세 남자가 마레스코의 일당이라는 것을 맹세라도 할 수 있습니다. 그냥 봐도 경마장 건달들이 분명합니다! 그리고 그중 한 명이 마레스코일 수도 있겠죠."

에르퀼 푸아로는 곰곰이 생각해 보았다. 세 남자의 얼굴을 떠올려 보았다.

널찍한 얼굴에 불쑥 튀어나온 눈썹, 두툼한 턱……. 탐욕스럽고 짐승 같은 얼굴을 한 남자. 마르고 호리호리한 몸에 가느다랗고 날카로운 얼굴과 차가운 눈을 한 남자. 창백한 얼굴에 멋쟁이 같은 분위기가 나는 세 번째 남자까지.

그래, 이 셋 중 하나가 마레스코일 가능성은 충분했다. 그럼에도만 의문이 사라지지가 않았다. 도대체 왜? 왜 마레스코는 일당 두 명과 함께 산기슭의 쥐덫으로 올라온 것일까? 회합은 더 안전하고 더 현실적인 장소에서 이루어질 수 있었을 텐데……. 카페나 기차역, 사람이 붐비는 영화관이나 공원 등 빠져나갈 수 있는 출구가 많은 곳 말이다. 눈발만 날리는 황량하고 높은 이곳이 아니라.

푸아로는 이러한 생각을 드루에 경위에게 전달하려 했고, 경위는 선선히 동의했다.

"네, 비현실적이죠. 말이 안 되는 일입니다."

"그게 사실이라 하더라도 왜 일당과 함께 온 걸까요? 네, 이건 정말 말이 안 되죠."

드루에는 걱정스러운 표정으로 말을 꺼냈다.

"그렇다면 두 번째 가능성을 검토해 봐야 합니다. 이 세 남자가 모두 마레스코의 일당이고 이곳에 마레스코를 만나러 온 겁니다. 그렇다면 마레스코는 도대체 누굴까요?"

"이 호텔의 직원은 어떻습니까?"

드루에는 어깨를 으쓱했다.

"의심해 볼만한 직원은 없습니다. 요리를 하는 노부인과 그 부인의 남편인 자크가 있습니다. 이 호텔에 50년 동안 있었답니다. 그리고 제가 대신한 웨이터가 한 명, 이게 전붑니다."

"호텔 지배인은 물론 당신의 정체를 알고 있겠죠?"

"물론입니다. 그 사람의 협조가 필요했으니까요."

"당신이 보기에도 그 사람이 좀 불안해하는 것처럼 보이던가요?"

에르퀼 푸아로가 물었다.

그 말에 드루에는 놀란 모양이었다. 곰곰이 생각해 보더니 대답했다.

"네, 그런 것 같았습니다."

"어쩌면 경찰 일에 휘말린 것 때문에 불안해 한 것일 수도 있겠군요."

"하지만 무슈 푸아로께서는 뭔가 더 있을 지도 모른다고 생각하시죠? 어쩌면 지배인이……. 뭔가를 알고 있을 지도 모른다고 생각하십니까?"

"그저 그런 생각이 떠올랐을 뿐입니다."

"궁금하군요."

드루에는 침울하게 중얼거렸다.

잠시 말을 멈췄던 드루에는 다시 입을 열었다.

"지배인에게서 뭔가를 알아낼 수 있을까요? 어떻게 생각하십니까?"

푸아로는 고개를 저었다.

"제 생각에는 우리가 자길 의심하고 있다는 것을 그에게 들키지 않는 편이 나을 것 같습니다. 계속 주시하는 게 좋겠어요."

드루에는 고개를 끄덕였다. 그리고 문을 향해 다가갔다.

"무슈 푸아로, 혹시 달리 생각하고 계시는 건 없으십니까? 저는……. 저는 무슈 푸아로의 명성에 대해 익히 들어 알고 있습니다. 이 나라에서도 아주 유명하거든요."

푸아로는 난처한 표정으로 대답했다.

"지금으로서는 아무것도 드릴 말씀이 없군요. 이유를 도무지 알 수가 없어요……. 일당들이 이곳에 온 이유 말입니다. 녀석들이 모인 이유가 있기나 한 걸까요?"

"돈이죠."

드루에가 간단하게 대답했다.

"샐리라는 불쌍한 남자가 강도 살인을 당했다죠?"

"네, 사라질 당시 꽤 많은 액수의 현금을 소지하고 있었습니다."

"그렇다면 일당들이 모인 이유가 돈을 나누기 위해서라고 생각하시나요?"

"그럴 가능성이 높죠."

푸아로는 만족스럽지 못하다는 듯 고개를 저었다.

"네, 하지만 왜 이곳일까요?"

푸아로는 천천히 말을 꺼냈다.

"범죄자 일당이 모이기에는 최악의 장소가 아닙니까. 이곳은 여자를 만나러 오기 위한 그런 장소죠……."

드루에의 눈빛이 밝아지며 앞으로 한 발짝 내딛었다. 그가 흥분에 찬 목소리로 말했다.

"그렇다면……?"

"저는 마담 그랑디에가 아주 아름다운 여성이라고 생각합니다. 그녀를 위해서라면 3000미터나 되는 높은 산을 오를 수도 있겠죠……. 다시 말해, 만약 그녀가 그런 제안을 했다면 말입니다."

"정말 흥미롭습니다. 저는 마담 그랑디에가 이 사건과 연관이 있을 거라는 생각은 못 했습니다. 이 호텔에 최근 3, 4년 간 매년 다녀갔으니까요."

푸아로는 상냥하게 말했다.

"네……. 그 덕분에 그녀의 존재는 아무런 문제도 되지 않겠죠. 그게 바로 로셰 네주를 선택한 이유가 될 수도 있지 않을까요?"

드루에는 흥분한 듯 대답했다.

"정말 대단하십니다, 무슈 푸아로. 그 쪽으로 조사해 보겠습니다."

아무런 사건 없이 하루가 지나갔다. 다행히 호텔은 식량을 넉넉히 준비해 두고 있었다. 지배인은 모든 물품이 넉넉하게 준비되어 있으므로 걱정할 필요는 없다고 설명했다.

에르퀼 푸아로는 칼 루츠 박사와 이야기를 나눠 보려고 했지만, 거절당하고 말았다. 박사는 심리학은 자신의 전문 분야이니 아마추어와 그 분야에 대해 논의하고 싶은 생각은 없다며 잘라 말했다. 그는 구석에 앉아 무의식에 관한 두꺼운 독일어 학술서를 읽으며 따로 노트에 적기도 하고 주석을 달기도 했다.

에르퀼 푸아로는 밖으로 나가 주방 건물 주변을 하릴없이 어슬렁거렸다. 그는 그곳에서 미심쩍은 눈초리를 보내는 자크라는 무뚝뚝한 노인과 이야기를 나누게 되었다. 그의 아내인 요리사는 남편보다는 더 나긋나긋했다. 그녀는 푸아로에게 통조림 음식이 아주 많이 저장되어 있어 다행이라고 했다. 하지만 그녀 자신은 통조림 음식을 좋게 생각하지 않는다며, 지독하게 비싸기만 한 데다 그 깡통 안에 무슨 영양가가 있겠냐고 말을 이었다. 하느님은 절대 통조림을 먹고 살도록 인간을 창조하신 게 아니라며 열변을 토하기까지 했다.

대화는 호텔 직원의 이야기로 흘러갔다. 7월초면 객실 담당 하녀와 웨이터들이 도착하겠지만, 앞으로의 3주 동안은 아무도 없을 거라고 여자는 설명했다. 이리로 올라오는 대부분의 사람들은 점심만 먹고 다시 내려가니, 그녀와 자크, 웨이터 한 명이면 충분하다는 말이었다.

푸아로가 물었다.

"구스타브가 오기 전에 이미 웨이터가 한 명 와 있었죠, 그렇지 않나요?"

"네, 그랬어요. 하지만 좀 불쌍한 사람이었죠. 기술도 경험도 없었어요. 품위도 없었죠."

"구스타브가 오기 전에 얼마나 이곳에 있었죠?"

"며칠밖에 안 있었어요……. 이번 주 초요. 물론 구스타브가 온 후에는 바로 잘렸어요. 당연한 일이었죠. 언젠가는 그렇게 될 일이었고요."

"화를 내진 않았습니까?"

"오, 아니요. 아주 조용히 떠난 걸요. 안 그러면 어쩌겠어요? 이 호텔은 아주 품위 있는 호텔이에요. 이런 곳에서는 격에 걸맞는 서비스를 제공해야 하니까요."

푸아로는 고개를 끄덕이고 다시 질문을 던졌다.

"그 사람은 어디로 떠났죠?"

"로버트 말씀이세요?"

요리사는 어깨를 으쓱했다.

"전에 일하던 시골 카페로 되돌아갔겠죠."

"케이블카를 타고 내려갔나요?"

요리사는 호기심어린 눈으로 푸아로를 바라보았다.

"물론이에요, 무슈. 그게 아니면 어떻게 내려갔겠어요?"

푸아로는 다시 질문을 던졌다.

"그 사람이 내려가는 걸 본 사람이 있나요?"

요리사와 그 남편 모두 푸아로를 뚫어지게 바라보았다.

"아! 그런 인간이 가는 걸 배웅이라도 했을 거라고 생각하세요? 그 인간에게 대단한 환송회라도 해줬을까 봐요? 우리도 해야 할 일이 바쁜 사람들이에요."

"지당하신 말씀입니다."

에르퀼 푸아로가 대답했다.

푸아로는 둘과 헤어져 천천히 걸으며 위로 높이 솟은 건물을 올려다보았다. 커다란 호텔……. 현재는 부속 건물 중 하나만 개방되어 있다. 다른 부속 건물에는 숙소가 있었으며, 문이

굳게 닫혀 있어 아무도 들어갈 수 있을 것 같지가 않았다…….

푸아로는 호텔의 코너를 빙 돌아가다 카드놀이를 하던 세 남자 중 한 명과 하마터면 부딪힐 뻔 했다. 창백한 얼굴에 차가운 눈을 한 남자였다. 남자의 눈은 아무런 표정 없이 푸아로를 바라보았다. 입술만이 위로 말려 올라가 이를 살짝 드러내 주었으며, 그건 마치 성질이 광폭한 말을 보는 것 같았다.

푸아로는 그를 지나쳐 계속 걸었다. 앞쪽으로 사람의 형체가 하나 보였다……. 호리호리하고 우아한 마담 그랑디에였다.

푸아로는 발걸음을 재촉해 그녀를 따라잡았다.

"케이블카가 고장이 나 정말 걱정이네요. 마담께서는 불편하지 않으신가요?"

"저와는 상관없는 일이에요."

그녀의 목소리는 아주 깊었다……. 마치 콘트랄토 가수처럼 낮고 깊은 목소리였다. 그녀는 푸아로를 쳐다보지 않고, 자리를 비켜 호텔의 작은 옆문으로 들어갔다.


에르퀼 푸아로는 일찍 잠자리에 들었고 자정이 좀 지나서 잠에서 깼다. 누군가 잠긴 문을 달그락거리고 있었다.

푸아로는 침대에서 일어나 불을 켰다. 그와 동시에 잠긴 문이 열렸다. 문 앞에는 카드놀이를 하던 세 남자가 서 있었다. 약간 취한 듯 했다. 다들 멍청한 얼굴이었지만 동시에 악랄한 표정을 하고 있었다. 푸아로는 면도날이 번쩍이는 걸 보았다.

퉁퉁하고 땅딸막한 남자가 앞으로 나왔다. 그리고 으르렁대는 목소리로 말했다.

"빌어먹을 짭새같으니! 쳇!"

남자는 욕설을 지껄였다. 세 남자는 분명한 목적을 가지고 침대에 무방비하게 누워 있는 남자에게 다가갔다.

"저 놈을 칼로 조각해 주자고. 음, 조랑말은 어때? 경찰 나리의 얼굴을 난도질하는 거야. 어차피 오늘 밤에만 벌써 두 번째잖아."

세 남자는 확고하게 앞으로 발걸음을 옮겼다……. 면도날이 어둠속에서 빛났다…….

그 순간 갑자기 미국인의 목소리가 날카롭게 울려 퍼졌다.

"손 들어."

세 남자는 뒤를 돌았다. 눈에 띄는 밝은 색상의 줄무늬 파자마를 입은 슈워츠가 문 앞에 서 있었다. 손에는 자동권총을 들고 있었다.

"어서 손 들어. 난 사격을 꽤 잘 하니까."

슈워츠가 방아쇠를 당겼다……. 총알은 퉁퉁한 남자의 귀를 스쳐지나 나무 창틀에 박혔다. 세 남자가 즉각 손을 들었다.

슈워츠가 다시 입을 열었다.

"좀 도와주시겠습니까, 무슈 푸리에?"

에르퀼 푸아로는 잽싸게 침대에서 빠져나왔다. 남자에게서 면도칼을 빼앗은 다음, 다른 무기는 더 없는지 세 남자의 몸을 수색했다.

슈워츠가 말했다.

"자, 이제 앞으로 걸어! 복도 끝에 커다란 벽장이 하나 있지. 창문도 없으니 안성맞춤이군."

슈워츠는 세 남자를 데려가 벽장에 넣은 후 문을 잠가 버렸다. 그리고 푸아로를 바라보며 즐거운 목소리로 말했다.

"역시나 가져오길 잘 했죠? 무슈 푸리에, 제가 해외 여행에 총을 가져간다고 했더니 파운틴 스프링스에 있는 가족들이 어이없어 하더군요. '지금 어딜 간다고 생각하는 거야? 정글?' 이러면서요. 뭐, 마음껏 비웃으라고 하세요. 저렇게 흉악한 놈들과 맞닥뜨리지 않았습니까."

"친애하는 슈워츠 씨, 정말 기가 막힌 타이밍이었습니다. 마치 영화의 한 장면 같았어요! 이거 제가 큰 신세를 졌네요."

"아유, 별 거 아닙니다. 그나저나 이제 어떻게 하죠? 저 놈들을 경찰에게 넘겨야 하지만 지금은 그럴 수가 없잖아요! 정말 곤란하네요. 지배인과 이야기를 나눠보는 게 좋을 것 같아요."

"아, 지배인요. 먼저 웨이터인 구스타브…… 아니 드루에 경위와 이야기를 나눠보는 게 좋을 것 같습니다. 그러니까……. 웨이터 구스타브는 진짜로 경찰이니까요."

슈워츠는 푸아로를 뚫어지게 바라보았다.

"그래서 놈들이 그런 짓을 한 거군요!"

"놈들이 무슨 짓을 했다는 거죠?"

"이 나쁜 놈들이 무슈 푸리에를 두 번째 목표물로 삼고 있었습니다. 구스타브는 이미 칼에 맞았어요."

"뭐라고요?"

"저와 함께 가시죠. 의사 선생님이 그분을 치료하고 있어요."

드루에의 방은 꼭대기 층에 있는 작은 방이었다. 가운을 걸친 루츠 박사는 부상당한 남자의 얼굴에 붕대를 감느라 여념이 없었다.

푸아로와 슈워츠가 방에 들어서자 박사가 고개를 돌렸다.

"아! 슈워츠 씨? 정말 끔찍한 일이군요. 몹쓸 놈들! 정말 잔인한 악당들입니다!"

드루에는 희미한 신임을 흘리며 가만히 누워 있었다. 슈워츠가 물었다.

"위험한 상태인가요?"

"생명에는 지장이 없습니다. 하지만 말을 해선 안 되고……. 절대 안정이 필요합니다. 상처 부위는 처치해 뒀으니. 패혈증에 걸릴 위험은 없을 겁니다."

세 남자는 그 방 안에 남았다. 슈워츠가 푸아로에게 물었다.

"구스타브가 경찰이라고 하셨죠?"

에르퀼 푸아로가 고개를 끄덕였다.

"그런데 경찰이 로셰 네주에서 뭘 하고 있었던 겁니까?"

"아주 위험한 범죄자를 쫓고 있었습니다."

푸아로는 간단하게 상황을 설명했다.

루츠 박사가 입을 열었다.

"마레스코요? 신문에서 그 사건에 대해 읽었습니다. 전 꼭 그 남자를 만나보고 싶었습니다. 그 남자의 행동에는 아주 비정상적인 면이 있습니다! 만난다면 어린 시절을 어떻게 보냈는지 들어보고 싶었죠."

"저는 지금 그가 정확히 어디 있는지를 알고 싶습니다."

슈워츠가 끼어들었다.

"우리가 벽장에 가둔 세 명 중 한 명이지 않을까요?"

푸아로는 마땅치 않은 목소리로 대꾸했다.

"그럴 수도 있죠……. 네, 하지만 확신이 들지 않아요……. 저는……."

푸아로는 말을 뚝 멈추고 바닥에 깔린 카펫을 뚫어지게 바라보았다. 밝은 황갈색의 카펫 위에는 진한 갈색 얼굴들이 남아 있었다.

에르퀼 푸아로는 다시 입을 열었다.

"발자국……. 피가 묻은 발자국 같습니다. 그리고 발자국은

이 호텔의 사용하지 않는 부속 건물에서 시작된 것 같아요. 어서 갑시다……. 서둘러야 해요!"

두 남자는 푸아로의 뒤를 따랐다. 흔들문을 지나 어두침침하고 먼지가 가득 내려앉은 복도를 따라 갔다. 카펫 위에 찍힌 자국들은 모서리에서 방향을 꺾었고, 반쯤 열린 방문 앞까지 이어졌다.

푸아로는 그 문을 열고 안으로 들어갔다.

순간 푸아로는 외마디 비명을 질렀다.

그 방은 침실이었다. 침대에는 누군가 잠을 잔 흔적이 있었고 테이블 위에는 음식이 담긴 쟁반이 놓여 있었다.

바닥의 중간에는 한 남자의 시신이 놓여 있었다. 중간보다 약간 더 큰 키의 남자는 믿을 수 없을 정도로 잔혹하게 살해당한 모습이었다. 남자의 양 팔과 가슴에는 찔린 자국이 수십 군데였으며, 머리와 얼굴은 두들겨 맞아 형태를 알아볼 수 없을 정도로 일그러져 있었다.

슈워츠는 숨을 헉 들이마시고는 구역질이 나는지 고개를 돌려버렸다.

루츠 박사는 독일어로 공포에 질린 비명을 쏟아냈다.

슈워츠가 작은 목소리로 물었다.

"이 남자는 누구죠? 누구 아시는 분 있습니까?"

"제가 생각하기로는."

푸아로가 입을 열었다.

"이 호텔에서 로버트라는 이름으로 어설픈 웨이터 노릇을 했던 사람 같습니다만……."

루츠 박사는 앞으로 조금 더 나가 무릎을 꿇고 시체를 살펴보았다. 그리고 손가락으로 무언가를 가리켰다. 죽은 남자의

가슴 위에 종이 한 장이 꽂혀 있었다. 종이에는 잉크로 갈겨
쓴 글씨가 있었다.

마레스코는 이제 아무도 죽이지 못할 것이다……. 친구의 돈
을 강탈하지도 못할 것이다!

슈워츠가 갑자기 외쳤다.
"마레스코? 그렇다면 이 사람이 마레스코군요! 하지만 어째
서 이 사람이 이런 곳에 온 걸까요? 그리고 왜 이 사람 이름이
로버트라는 거예요?"
푸아로가 대답했다.
"이 사람은 웨이터로 가장해 이 호텔에 왔습니다……. 사람
들의 말을 들으니 아주 형편없는 웨이터였다고 하네요. 너무
형편없어서 잘리는 게 당연하다고 생각할 정도로 말입니다. 그
래서 이 사람은 호텔을 떠났습니다……. 안데르마트로 돌아갔
을 거라고 추정해 볼 수 있죠. 하지만 이 남자가 떠나는 걸 본
사람은 아무도 없었습니다."
루츠 박사는 낮은 목소리로 물었다.
"그렇군요……. 그러면 어떻게 된 일이라고 생각하십니까?"
푸아로가 대답했다.
"호텔 지배인의 불안한 표정에서 그 해답을 찾을 수 있을
것 같습니다. 마레스코는 호텔 지배인에게 막대한 뇌물을 주며
호텔에서 사용하지 않는 숨겨진 곳에 머물게 해 달라고 했겠
죠……."
그리고 곰곰이 생각해보며 덧붙였다.
"하지만 지배인은 그게 마음에 들지 않았어요. 네, 절대 마

음에 들지 않았을 겁니다."

"그렇다면 마레스코가 지배인 빼고 아무도 모르는 상태에서 이곳에 계속 남아 있었다는 겁니까?"

"그런 것 같습니다. 꽤 그럴싸한 일이죠."

루츠 박사가 물었다.

"그렇다면 왜 살해당한 거죠? 그리고 누가 죽였을까요?"

슈워츠가 입을 열었다.

"그건 간단해요. 이 남자는 일당과 돈을 나누기로 약속했지만, 그 약속을 지키지 않았죠. 일당을 배신하고 당분간 몸을 숨기기 위해 이 외딴 곳으로 왔어요. 일당들이 절대 알아내지 못할 거라고 생각한 거죠. 하지만 그 생각이 틀렸습니다. 어떻게 알아냈는지는 모르겠지만 어쨌든 일당이 남자가 숨어 있는 곳을 알아내 쫓아 온 거지요."

슈워츠는 죽은 남자를 발끝으로 건드렸다.

"그리고 일당은 일을 해결한 겁니다……. 이렇게요."

"네, 우리가 생각했던 그런 모임이 아니었군요."

에르퀼 푸아로가 낮은 목소리로 중얼거렸다.

루츠 박사가 초조한 듯 입을 열었다.

"사건의 정황이 어떻게 된 건지도 아주 흥미로운 일이지만, 저는 현재 우리가 처한 상황이 걱정스럽습니다. 한 남자는 죽었고, 환자도 한 명 있는데다 의료품도 부족해요. 게다가 아래 세상과 연락이 두절되지 않았습니까! 도대체 얼마나 이러고 있어야 하죠?"

슈워츠가 덧붙였다.

"그리고 벽장에 갇힌 살인자 세 명도 있네요! 아주 흥미진진한데요."

루츠 박사가 다시 물었다.

"어떻게 해야 하죠?"

푸아로가 입을 열었다.

"먼저 지배인을 불러야 합니다. 그 사람은 돈을 밝히긴 하지만 범죄자는 아닙니다. 또한 겁쟁이이기도 하죠. 우리가 시키는 일은 뭐든 다 할 겁니다. 그리고 자크나 그 부인에게서 밧줄을 좀 얻어야겠죠. 세 명의 악한들은 케이블카의 수리가 끝날 때까지 안전하게 감시할 수 있는 곳에 두어야 하니까요. 슈워츠의 자동권총이 계획을 수행하는 데 도움이 될 것 같습니다."

루츠 박사가 다시 물었다.

"저는요? 저는 뭘 해야 하죠?"

"박사님께서는,"

푸아로는 진지하게 대답했다.

"환자에게 최선을 다해 주세요. 나머지 사람들은 악당들을 감시하고 기다려야죠. 우리가 할 수 있는 일은 이게 전붑니다."


이른 아침 사람들이 호텔 앞에 모습을 드러낸 것은 그로부터 사흘 후였다. 푸아로는 부산스럽게 나와 현관문을 열고 사람들을 맞이했다.

"어서 오십시오, 몽 비유(여러분)."

르망퇴이유 경정은 두 손으로 푸아로의 손을 꼭 잡았다.

"아, 친구, 내가 어떻게 감사의 말을 해야 할지 모르겠군! 정말 끔찍한 사건이야. 자네도 정말 괴로웠겠지! 아래에 있던 우리도 얼마나 불안하고 초조하던지……. 아무것도 알 수 없으니까 말이야. 전화선은 끊겼지……. 연락할 수단이 없지 않은가.

일광 반사 신호기를 사용하다니, 자네는 정말 천재야."

"아니야, 아닐세."

푸아로는 겸손하게 대꾸했다.

"만일 인간이 만들어낸 물건이 작동하지 않는다면, 자연을 이용해야 하지 않겠나. 하늘에는 언제나 태양이 뜨니까."

경찰 몇 명이 호텔 안으로 들어섰다. 르망퇴이유가 입을 열었다.

"우리가 너무 불쑥 찾아왔나?"

그는 다소 음산한 미소를 지었다.

푸아로 또한 미소를 지어 보이며 대답했다.

"아닐세! 케이블카 수리가 아직 끝나지 않은 줄 알았지."

르망퇴이유는 감격한 듯 말했다.

"아, 정말 멋진 날이야. 확실하지? 정말 마레스코지?"

"마레스코가 맞네. 같이 가 보세나."

둘은 함께 계단을 올랐다. 방문이 열리며 슈워츠가 가운 차림으로 나왔다. 푸아로와 함께 있는 남자들을 보고는 깜짝 놀란 표정이었다.

"목소리가 들리길래 나와 봤어요. 이게 다 무슨 일이죠?"

에르퀼 푸아로는 과장된 목소리로 외쳤다.

"드디어 경찰이 왔습니다! 저희와 함께 가시죠. 정말 위대한 순간이 될 겁니다."

푸아로는 다음 계단을 오르기 시작했다.

슈워츠가 물었다.

"드루에에게 가시는 겁니까? 그나저나 그분 상태는 좀 어떻대요?"

"루츠 박사님 말로는 어젯밤에 상태가 호전되었다고 하더군요."

드루에의 방문 앞에 도달했다. 푸아로는 방문을 활짝 열며 외쳤다.

"자, 야생 멧돼지 대령입니다. 산채로 잡아가서 사형대에 올리시기 바랍니다."

얼굴에 붕대를 감고 침대에 누워 있던 남자가 깜짝 놀라 일어났다. 하지만 남자가 움직이기도 전에 경찰이 나서 재빨리 남자의 팔을 움켜잡았다.

슈워츠는 어리둥절한 얼굴로 입을 열었다.

"하지만 저 사람은 웨이터 구스타브……. 아니 드루에 경위님이잖아요."

"네, 구스타브는 맞죠……. 하지만 드루에는 아닙니다. 드루에는 첫 번째 웨이터, 즉 호텔의 부속 건물에 갇혀있다 제가 공격을 당한 그날 밤 마레스코에게 살해당한 웨이터 로버트였습니다."


아침 식사를 하며, 푸아로는 아직도 어리둥절해 있는 미국인에게 상냥하게 설명해 주었다.

"이런 일에 종사하는 사람이라면 보기만 해도 알 수 있는 것들이 있습니다. 이를 테면 경찰관과 살인자의 차이점 같은 것 말입니다! 구스타브는 웨이터가 아니었습니다……. 보는 즉시 알아챘죠. 하지만 동시에 경찰도 아니었습니다. 저는 평생을 경찰들과 함께 일해 봐서 잘 알아요. 일반인들에게는 형사 행세를 할 수 있을지 몰라도……. 경찰이었던 사람에게는 통하지가 않죠.

그래서 저는 보는 즉시 그를 의심했습니다. 그래서 그날 저녁 커피를 마시지 않고 쏟아버렸고, 제가 옳았습니다. 그리고 그날 밤늦게 한 남자가 제 방에 숨어들었습니다. 방 주인이 약에 취해 골아 떨어져 있을 거라 자신한 거죠. 남자는 제 물건들을 뒤졌고 제 지갑에 들어 있던 편지를 발견했습니다……. 그 남자가 찾을 수 있도록 제가 보란 듯이 놔 둔 그걸 말이죠! 다음 날 아침, 구스타브는 커피를 들고 제 방에 찾아왔습니다. 아주 자신감 넘치게 제 이름을 부르며 연기를 했죠. 하지만 그는 불안해했습니다……. 끔찍하게 불안해했죠. 경찰이 자신의 행방을 알고 있으니까요! 경찰이 그가 있는 곳을 알고 있으니 그에게는 끔찍한 시간이었을 겁니다. 모든 계획이 틀어져버렸죠. 그는 덫에 갇힌 쥐처럼 이곳에 갇힌 겁니다."

슈워츠가 입을 열었다.

"이곳에 올라오다니 어리석은 짓을 한 거군요! 왜 그랬을까요?"

푸아로는 진지하게 대답했다.

"생각하시는 것만큼 어리석은 행동은 아니었습니다. 그에게는 세상에서 동떨어진 조용한 곳, 특정한 인물을 만날 수 있는 곳, 특정한 행위를 할 수 있는 곳이 절실하게 필요했습니다."

"특정 인물이라니, 누구 말씀입니까?"

"루츠 박사요."

"루츠 박사요? 그렇다면 그 사람도 일당인가요?"

"루츠 박사는 진짜 루츠 박사입니다……. 하지만 신경 전문의는 아니죠……. 정신 분석학자도 아닙니다. 그 사람은 외과의, 그것도 안면 성형 수술을 전문으로 하는 외과의입니다. 그 때문에 박사는 마레스코를 여기서 만나기로 한 거죠. 박사는 조국에서 추방되어 가난한 신세입니다. 그런데 이곳에서 그가 가지고 있는 모든 기술을 동원해 누군가의 외모를 바꾸어 준다면 막대한 액수의 돈을 주겠다는 제안을 받은 거고요. 박사는 그 남자가 범죄자일 거라고 예상했을 수도 있지만, 그렇다고 해도 그 사실을 외면하기로 했습니다. 마레스코는 외국의 병원에 갈 생각은 엄두도 내지 못했을 겁니다. 절대 아니죠. 시즌 초기에는 찾아오는 사람도 없고, 지배인은 돈에 굶주려 뇌물이 통하는 사람이니 이상적인 곳인 셈입니다.

하지만 아까도 말씀드렸듯이 일이 잘못되었습니다. 마레스코는 배신을 당했죠. 이곳에 와서 그를 지켜주기로 한 보디가드 세 명이 도착하지 않은 겁니다. 하지만 마레스코는 즉시 조치를 취하죠. 웨이터로 위장한 경찰관을 납치하고 그 자리를 차지한 겁니다. 그 다음 그는 늦게 도착한 보디가드들을 시켜 케이블카를 고장 냈습니다. 시간을 벌기 위해서죠. 다음 날 밤, 마레스코는 드루에를 살해한 다음 그의 시신 위에 종이 한 장을 꽂아 놓았습니다. 시간이 지나 케이블카가 고쳐졌을 때쯤 드루에의 시신이 마레스코의 시신이라고 알려지길 바란 거죠. 루츠 박사는 지체 없이 수술을 시행했습니다. 하지만 한 남자를 침묵시켜야 했죠……. 에르퀼 푸아로 말입니다. 그래서 보디가드를 보내 절 공격하도록 한 겁니다. 다시 한 번 감사드립니다……."

에르퀼 푸아로는 슈워츠에게 공손히 고개를 숙였다.

"그렇다면 당신이 정말로 에르퀼 푸아로란 말입니까?"

"그렇습니다."

"그러면 시체를 봤을 때도 다 알고 계셨던 겁니까? 마레스코가 아니라는 걸 알고 계셨던 거고요?"

"물론입니다."

"왜 사실대로 말씀해 주지 않으셨어요?"

갑자기 에르퀼 푸아로의 얼굴이 험악해졌다.

"진짜 마레스코를 경찰에 확실히 넘기고 싶었으니까요."

푸아로는 다시 작은 목소리로 중얼거렸다.

"에리만토스의 멧돼지를 산 채로 잡아야 하니까 말입니다……."

# 아우게이아스 왕의 외양간

"아주 난감한 상황입니다, 무슈 푸아로."

에르퀼 푸아로의 입가로 희미한 미소가 스쳤다. 그는 하마터면 이렇게 말할 뻔 했다.

"다들 그렇게 말하죠!"

그 대신 푸아로는 극히 신중하고 능란한 사람처럼 보이는 표정을 지었다.

조지 콘웨이 경은 계속해서 심각한 말을 이어나갔다. 정부의 미묘한 입장……. 국민의 이익……. 정당의 연대……. 공동 전선의 필요……. 언론의 권력……. 국가의 복지……. 이러한 문구가 그의 입에서 술술 흘러나왔다.

듣기에는 근사했지만 아무런 의미도 없는 말이었다. 에르퀼 푸아로는 너무나도 하품을 하고 싶지만 예의상 참을 때의 그 익숙한 턱의 통증을 느꼈다. 신문에서 의회의 토론 내용을 읽을 때도 가끔 그런 통증을 느끼곤 했다. 그럴 때는 굳이 하품을 참을 필요가 없었지만.

푸아로는 인내심을 가지고 꿋꿋이 참았다. 그는 턱의 통증과 함께 조지 콘웨이 경이 안쓰럽다는 생각이 들었다. 이 남자는 무언가 하고 싶은 말이 있는 게 분명했다……. 그와 동시에 간단하게 설명하는 재주가 없는 게 분명했다. 그가 쏟아내는 말들은 상황을 명료하게 해 주는 것이 아니라 오히려 상황을 모호하게 만들고 있었다. 그는 '유용한' 문구를 사용하는 데는 능했다. 다시 말해 듣기엔 좋지만 아무런 의미도 없는 문구들을 말이다.

계속해서 이야기는 이어졌다. 불쌍한 조지 경은 이제 얼굴이 다 빨개졌다. 조지 경이 테이블 위쪽에 앉아있던 다른 남자에게 절망적인 눈길을 보내자, 다른 남자가 입을 열었다. 그 남자, 에드워드 페리어가 입을 열었다.

"좋아요, 조지. 내가 말하죠."

에르퀼 푸아로는 내무부 장관에서 총리에게로 눈길을 돌렸다. 에드워드 페리어에게 강한 흥미를 느낀 것이다. 여든 두 살의 노인에게서 우연히 들은 말 때문이었다. 퍼거스 매클라우드 교수는 살인자의 유죄 여부를 판단하는 데 있어서 약품 분석이 가지고 있는 어려움에 대해 설명한 뒤, 잠시 정치 이야기를 꺼낸 적이 있었다. 영국의 명사이자 국민들의 사랑을 받던 존 해밋(이제는 콘웨이 경)이 은퇴를 앞두고 사위인 에드워드 페리어에게 총리직을 맡아 달라고 부탁 한 것이다. 에드워드 페리어는 아직 쉰이 안 된 만큼 정치가로서는 어린 나이였다. 매클라우드 교수는 이렇게 말했다.

"페리어는 한 때 내 학생이었지. 착실한 사람이야."

그것뿐이었지만, 에르퀼 푸아로는 그 말에 많은 의미가 숨어 있음을 깨달았다. 매클라우드 교수가 착실하다고 말한다면 그 사람은 대중의 인기나 언론의 흥미를 끌지 못하는 사람일 것이다.

그건 대중들의 생각과 일치했다. 에드워드 페리어는 착실한 사람…… 영리하지도 위대하지도, 감동적인 연설을 할 수 있지도, 학식이 깊지도 않은, 그저 착실한 사람으로 간주되고 있었다. 그는 전통적인 교육을 받고, 존 해밋의 딸과 결혼하고, 존 해밋의 오른팔로 존 해밋의 뜻에 따라 정부를 이끌 수 있는 착실한 사람이었다.

존 해밋은 영국 국민들과 언론의 사랑을 한 몸에 받은 사람이었다. 그는 영국인이 좋아하는 특징을 모두 갖추고 있었다. 사람들은 그를 두고 이렇게 말하곤 했다.

'해밋은 소탈한 사람 같아.'

그의 소박한 가정생활과 정원 가꾸기에 대한 애정은 유명했다. 볼드윈에게 파이프, 체임벌린에게는 우산이 트레이드 마크였다면 존 해밋은 레인코트였다. 그는 비바람에 낡은 레인코트를 항상 지니고 다녔다. 그건 영국 특유의 기후와 영국 국민의 철저한 준비 정신, 오래된 소유물에 대한 영국인들의 애착을 나타내는 상징이었다. 게다가 존 해밋은 지극히 영국인다운 연설가이기도 했다. 그는 자국민들의 마음에 깊이 뿌리내리고 있는 향수를 자극하는 단어들을 능란하게 구사해 조용하고 진실한 연설을 할 줄 알았다. 외국인들은 때때로 그런 문구들이 위선적이면서 참기 힘들 정도로 귀족적이라고 비판하곤 했다. 하지만 존 해밋은 조금도 귀족적인 사람이 아니었다. 스포츠를 즐겼고 공립학교를 다녔으며 패션에는 관심도 없었다.

또한 존 해밋은 키가 크고 늘씬한 몸매에 흰 피부, 아주 밝은 파란색의 눈을 한 근사한 외모의 소유자였다. 그의 어머니는 덴마크 사람이었고 그 자신은 오랫동안 해군 장관직을 역임해 '바이킹'이라는 별명을 얻기도 했다. 그러다 결국 건강이 악화되어 사임을 해야 했을 때 그는 깊은 걱정에 빠지게 된 것이다. 누구를 후임으로 삼을 것인가? 뛰어난 찰스 델러필드 경? (너무 뛰어나다……. 영국에는 뛰어난 사람이 필요 없다.) 에번 휘틀러? (영리하지만 조금 파렴치한 인간이다.) 존 포터? (자기가 절대 권력자인 줄 착각할 타입이다. 그리고 이 나라는 아주 다행스럽게도 더 이상의 절대 권력자를 원치 않는다.) 그리고 생각이 에드워드 페리어에게 미쳤을 때 그는 안도의 한숨을 쉬었다. 페리어라면 안심이었다. 그는 자신에게 훈련받고 자신의 딸과 결혼하지 않았는가. 페리어라면 영국의 전통을 '이어나갈' 수 있을 것이다.

에르퀼 푸아로는 낮고 싹싹한 목소리로 말하는 이 조용하고 어두운 얼굴의 남자를 유심히 살펴보았다. 야위고 어두우며 피곤해 보이는 얼굴이었다.

에드워드 페리어는 계속 말을 하고 있었다.

"무슈 푸아로, 혹시 《엑스레이 뉴스》라는 주간지를 알고 계십니까?"

"얼핏 본 적이 있습니다."

푸아로는 얼굴을 살짝 붉히며 수긍했다.

총리가 말했다.

"그렇다면 그 주간지에 어떤 내용의 기사가 실리는 지도 알고 계시겠군요. 중상모략이 대부분입니다. 특종이 될 만한 남의 사생활을 기사로 만든 거죠. 그중에는 사실도 있고, 아무런 해도 안 되는 기사들도 있지만 모두 신랄하기 이를 데 없죠.

가끔씩은……."

그는 잠시 말을 멈췄다가 다시 이어나갔다. 목소리가 약간 달라져 있었다.

"가끔씩은 그 이상일 때가 있습니다."

에르퀼 푸아로는 아무 말 하지 않았다. 페리어는 말을 이었다.

"이 주간지에서 지난 2주 동안 '정계 최고위층'의 일급 스캔들을 폭로하겠다는 예고편을 보내더군요. '부정부패를 밝히다.'라는 제목으로요."

에르퀼 푸아로는 어깨를 으쓱하며 입을 열었다.

"흔히 사용하는 속임수죠. 막상 뚜껑을 열어보면 별 것 아니어서 독자들을 실망시키는 경우가 대부분입니다."

"이번에는 그렇지 않을 겁니다."

페리어는 냉담하게 대꾸했다.

에르퀼 푸아로가 물었다.

"그렇다면 어떤 내용이 폭로될지 알고 계시는 건가요?"

"그것도 꽤 정확히 알고 있죠."

에드워드 페리어는 잠시 침묵하다가 다시 입을 열어 신중하게 체계적으로 이야기를 해 나갔다.

교훈적인 이야기는 아니었다. 뻔뻔스러운 속임수, 주가 조작, 당 기금 횡령에 관한 이야기였다. 비난의 화살은 전 총리였던 존 해밋에게 돌아갔다. 존 해밋은 자신의 지위를 이용해 어마어마한 사유재산을 축적한 부정한 악당, 뻔뻔스러운 사기꾼이라는 이야기였다.

마침내 총리의 목소리가 멈췄다. 내무부 장관은 신음소리를 내더니 침을 튀기며 외쳤다.

"터무니없는 소립니다……. 터무니없는 소리예요! 그 허접 쓰레기의 편집장인 페리라는 작자는 총살을 시켜야 해요!"

에르퀼 푸아로가 입을 열었다.

"그 폭로라는 게 《엑스레이 뉴스》지에 실린다는 건가요?"

"그렇습니다."

"그렇다면 그 일에 대해 어떤 조치를 취하실 겁니까?"

페리어가 천천히 대답했다.

"그 주간지는 존 해밋에 대한 인신공격을 감행할 겁니다. 그러니 중상모략으로 그 주간지를 고소해야죠."

"그분이 그렇게 하신답니까?"

"아니요."

"왜죠?"

페리어가 대답했다.

"그것만큼 《엑스레이 뉴스》가 바라는 일은 없을 겁니다. 그 주간지에 대중들의 관심이 어마어마하게 쏟아질 테니까요. 잡지 측에서는 자기들이 실은 내용이 사실이라고 반박하겠죠. 그러면 이 모든 일이 엄청난 조명을 받 될 겁니다."

"하지만 주간지 측에게 불리하게 돌아갈 경우 그들이 받게 될 피해도 만만치 않을 텐데요."

페리어는 느릿느릿하게 대답했다.

"그렇지는 않을 겁니다."

"왜죠?"

조지 경이 새침하게 끼어들었다.

"저는 그렇게 생각하지……."

하지만 에드워드 페리어가 빨랐다.

"《엑스레이 뉴스》에서 내려고 하는 기사는……. 사실이니까요."

정치가답지 않게 솔직한 페리어의 말에 조지 콘웨이 경의 입에서는 탄식이 튀어나왔다.

"에드워드, 이봐. 우리는 인정하지 않아, 분명……."

에드워드 페리어의 얼굴 위로 희미한 미소가 스쳤다.

"조지, 불행히도 진실을 말해야 할 때가 있어. 지금이 바로 그때라네."

조지 경이 항변했다.

"무슈 푸아로. 이 모든 일은 반드시 함구해 주셔야 합니다. 단 한 마디라도……."

페리어가 끼어들었다.

"무슈 푸아로도 그 점을 잘 알고 계시네."

그리고 천천히 말을 이었다.

"무슈 푸아로께서는 국민당의 미래가 위기에 처해 있다는 점을 유념해 주시기 바랍니다. 존 해밋은 바로 국민당 그 자체였습니다. 그는 영국 국민들을 대표했고……. 청렴함과 정직함의 표상이었습니다. 우릴 뛰어나다고 생각하는 사람은 아무도 없었습니다. 우리는 항상 실수투성이였죠. 하지만 우리는 최선을 다하자는 전통을 지켜왔고……. 근본적인 정직함을 지켜왔습니다. 그런데 우리의 대표이자, 정직한 사람의 표상으로 칭송받던 사람이……. 이 시대 최악의 사기꾼이라는 사실이 밝혀진 겁니다."

다시 한 번 조지 경의 입에서 탄식이 새어나왔다.

푸아로는 질문을 던졌다.

"총리께서는 이 사실을 전혀 모르고 계셨고요?"

다시 한 번 피로한 얼굴 위로 희미한 미소가 스쳤다. 페리어가 입을 열었다.

"무슈 푸아로께선 절 믿지 않으실지 모르지만, 저 또한 다른 사람들과 마찬가지로 완전히 속았습니다. 저는 제 아내가 왜 아버지에게 뭔가를 숨기는 듯 이상한 태도를 보이는지 여태껏 몰랐습니다. 아내는 아버지의 본래 모습을 알았던 겁니다."

페리어는 잠시 말을 멈췄다가 다시 입을 열었다.

"진실이 밝혀지기 시작했을 때 저는 놀랐고 믿지 않았습니다. 우리는 건강상의 이유로 장인어른께 퇴임을 하시라고 한 다음, 상황을…… 정리라고 할까요? 상황을 정리하는 작업에 착수했습니다."

조지 경이 한숨을 내쉬며 끼어들었다.

"아우게이아스 왕의 외양간이죠!(30년간 한 번도 청소하지 않은 이 외양간을 헤라클레스가 강물을 끌어들여 하루 만에 청소했다고 함 ― 옮긴이)"

그 말에 푸아로는 놀랐다.

페리어가 다시 입을 열었다.

"우리에게 너무 버거운 일이 될까봐 걱정스럽습니다. 이 사실이 대중에게 알려진다면, 온 나라 안이 술렁거리게 될 겁니다. 정부는 무너져 내리겠죠. 총선거가 열리고 에버하드와 그 정당이 권력을 다시 잡을 가능성이 높습니다. 에버하드가 어떤 사람인지는 알고 계시겠죠."

조지 경이 재빨리 끼어들었다.

"선동자죠……. 선동잡니다."

페리어는 진지하게 이야기했다.

"에버하드는 능력은 있지만 무모하고 호전적인데다 지나치게 직설적이죠. 그의 지지자들은 어리석고 우유부단한 자들입니다……. 그가 권력을 잡는다면 독재자가 될 게 분명합니다."

에르퀼 푸아로는 고개를 끄덕였다.

조지 경이 불쑥 내뱉었다.

"이 모든 일을 덮어둘 수만 있다면……."

총리는 천천히 고개를 저었다. 좌절의 몸짓이었다.

푸아로가 입을 열었다.

"이 일을 덮어둘 수 있다고 생각하시는 건 아니겠죠?"

페리어가 입을 열었다.

"무슈 푸아로, 선생이 마지막 희망입니다. 이건 너무나도 큰 문제인데다 너무 많은 사람들이 알고 있어 숨기기는 힘들 거라고 생각합니다. 솔직히 말하자면 이번 일을 해결하는 방법은 딱 두 가지, 공권력을 행사하는 것 또는 뇌물을 먹이는 것밖에 없다고 생각합니다……. 하지만 이것 또한 성공할 가능성은 없겠지요. 내무부 총리는 이 일을 아우게이아스 왕의 외양간을 청소하는 일에 비유했습니다. 정말이지 거대한 자연의 힘을 움직여 물줄기를 바꿔야 해결될 겁니다……. 기적이 필요한 거죠."

"확실히 헤라클레스가 필요한 일이군요."

푸아로는 즐거운 표정으로 고개를 끄덕이다가 덧붙였다.

"제 이름이 에르퀼인 건 알고 계시죠……?"

에드워드 페리어가 입을 열었다.

"기적을 일으키실 수 있나요, 무슈 푸아로?"

"바로 그때문에 절 찾아오신 게 아닙니까? 어쩌면 저라면 할 수도 있다고 생각하셔서요?"

"그렇습니다……. 우리를 구제해 줄 수 있는 것은 비인습적이고 새로운 방법뿐이라는 걸 깨달았습니다."

페리어는 잠시 말을 멈췄다가 다시 입을 열었다.

"하지만 무슈 푸아로께서는 도덕적인 관점에서 이 사건을 보시겠죠? 존 해밋은 사기꾼이었습니다. 존 해밋의 신화는 파괴해야 해요. 부정한 기초 위에서 어떻게 정직한 집을 쌓을 수가 있겠습니까? 저는 모르겠습니다. 하지만 한 번 노력해 보고 싶습니다."

페리어는 갑작스레 씁쓸한 미소를 지었다.

"정치가들은 정치계에 남길 원하죠……. 대게는 고상한 동기 때문입니다."

에르퀼 푸아로는 자리에서 일어나며 말했다.

"무슈, 저는 경찰에 오래 몸을 담아 정치가들에 대해서는 그리 높이 평가하지 않습니다. 만약 존 해밋이 아직 정치계에 남아 있었다면, 전 손가락도…… 새끼손가락 하나도 꼼짝하지 않았을 겁니다. 하지만 당신에 대해서는 조금 알죠. 당신은 이 시대의 위대한, 가장 위대한 과학자이자 가장 위대한 두뇌를 지닌 사람에게서 착실한 사람이라는 이야기를 들은 사람입니다. 한번 해 보도록 하죠."

푸아로는 고개를 숙여 인사를 한 뒤 방을 나섰다.

푸아로가 떠나자 조지 경이 투덜거렸다.

"건방지기 이를 데 없군……."

하지만 에드워드 페리어는 여전히 미소 띤 얼굴로 대답했다.

"저건 칭찬이야."


아래층으로 내려가는 에르퀼 푸아로 앞에 키가 큰 금발 여성이 나타났다.

"제 거실로 함께 가 주세요, 무슈 푸아로."

푸아로는 고개를 숙인 후 그녀의 뒤를 따랐다.

그녀는 문을 닫고 푸아로에게 의자에 앉으라는 손짓을 한 다음, 담배를 한 대 권했다. 그리고 푸아로의 맞은편에 앉아 조용히 입을 열었다.

"방금 제 남편을 만나셨죠……. 그리고 그이가 제 아버지에 대해 이야기했겠고요."

푸아로는 주의 깊게 그녀를 살펴보았다. 큰 키에 여전히 아름다운 외모, 얼굴에서는 개성과 총명함이 느껴졌다. 페리어 부인 또한 유명 인사였다. 총리의 아내로서 자연스럽게 언론의 각광을 받았으며, 존 해밋의 딸로서 더 큰 인기를 얻었다. 다그마 페리어는 이상적인 영국 여성으로 추앙을 받는 존재였다. 그녀는 헌신적인 아내이자 좋은 엄마로, 남편과 마찬가지로 시골 생활을 좋아했다. 여성이 하기에 적절하다고 느껴지는 공공 활동들을 했고, 옷을 잘 입었지만, 그렇다고 해서 지나치게 화려한 치장을 하지는 않았다. 많은 시간을 대규모 자선 단체 활동에 투자했으며, 직장이 없는 남편을 둔 여자들을 위한 특별 구제책을 마련하기도 했다. 온 국민의 존경을 받는 다그마 페리어는 국민당의 가장 중요한 자산이었다.

에르퀼 푸아로는 입을 열었다.

"많이 걱정되시겠습니다, 마담."

"오, 그럼요……. 얼마나 걱정되는지는 아무도 모를 거예요. 전 오랫동안……. 무언가를 두려워했어요."

"실제로 어떤 일이 일어날 지는 전혀 모르셨습니까?"

페리어 부인은 고개를 저었다.

"네……. 조금도 몰랐어요. 그저 제 아버지가 사람들이 생각하는 그런 사람이 아니라는 것만 알고 있었어요. 저는 어릴 때부터 아버지가……. 아버지가 거짓말쟁이라는 걸 알고 있었죠."

그녀의 목소리는 통렬하고 신랄했다.

"저와 결혼한 것 때문에 에드워드는……. 에드워드는 모든 걸 잃게 될 거예요."

푸아로는 조용한 목소리로 질문을 던졌다.

"마담께 혹시 적이 있으신가요?"

그녀는 놀란 듯 푸아로를 올려다보았다.

"적이요? 그런 건 없어요."

푸아로는 곰곰이 생각에 잠긴 표정으로 말했다.

"제 생각에는 있을 것 같은데요……."

푸아로는 계속했다.

"마담께선 용기가 있으신가요? 남편 분과……. 마담께……. 곧 큰 일이 불어 닥칠 겁니다. 스스로를 방어할 준비를 하셔야죠."

페리어 부인이 외쳤다.

"하지만 문제는 제가 아니라 에드워드예요!"

"마찬가집니다. 마담께서는 '시저의 아내(남의 의혹을 살 행위를 해서는 안 될 사람 ─ 옮긴이)'라는 점을 명심하세요."

푸아로는 그녀의 얼굴에서 핏기가 모조리 빠져나가는 것을 보았다. 페리어 부인은 몸을 앞으로 숙이고는 물었다.

"저에게 무슨 이야기를 하시려는 거죠?"


《엑스레이 뉴스》의 편집장인 퍼시 페리는 책상 앞에 앉아 담배를 피우고 있었다. 족제비처럼 교활한 얼굴을 한 체구가 작은 남자였다. 그는 부드럽고 기름진 목소리로 이야기를 하고 있었다.

"이번엔 제대로 한 방 먹여 주는 거야. 좋아……. 아주 좋아!"

그의 직속 부하인 마르고 안경을 낀 젊은이가 불안한 목소리로 물었다.

"편집장님은 긴장되지 않으세요?"

"그쪽에서 압력이라도 넣을까봐? 그럴 일은 없을 거야. 그럴 배짱도 없는 데다, 그래봐야 그쪽도 좋을 건 없으니까 말이야. 여차하면 우리가 영국과 유럽, 미국에까지도 소문을 퍼뜨릴 수 있는데, 감히 어떻게 손을 대겠어."

젊은이가 다시 입을 열었다.

"지금쯤이면 분명 안절부절 못하고 있을 거예요. 무슨 조치라도 취하려 하지 않을까요?"

"사람을 보내 점잖게 이야기를 하려 하겠지⋯⋯."

순간 벨이 울렸다. 퍼시 페리는 수화기를 들었다.

"누구라고? 좋아, 올려보내."

그는 수화기를 내려놓으며 씩 미소를 지었다.

"고매하신 벨기에 친구를 보내셨군. 지금 올라오고 있어. 우리가 협상에 응해 줄 건지 떠볼 작정이겠지."

에르퀼 푸아로가 들어왔다. 단춧구멍에 흰 동백꽃을 꽂은, 어디 하나 흠잡을 데 없는 완벽한 옷차림이었다.

퍼시 페리가 인사말을 건넸다.

"만나서 반갑습니다, 무슈 푸아로. 애스컷의 경마 대회(매해 6월에 열리는 경마 대회로 가장 아름답고 멋진 옷을 차려 입고 나와 사교와 접대를 즐기는 행사 ─ 옮긴이)에서 오시는 길인가요? 아니십니까? 이런, 실례했습니다."

"영광입니다. 그렇게 좋은 모습을 보여주는 게 제 바람이죠. 특히,"

푸아로의 악의 없는 눈길이 편집장의 얼굴과 단정치 못한 차림새로 향했다.

"그로 인해 자연스러운 이득이 따라올 때는 말입니다."

페리는 단도직입적으로 질문을 던졌다.

"절 무슨 일로 보자고 하셨죠?"

푸아로는 몸을 앞으로 숙여 손가락으로 무릎을 톡톡 치며 환한 미소를 지었다.

"협박이요."

"도대체 무슨 소립니까, 협박이라니요?"

"제가 들었습니다. 작은 새가 와서 제게 말해 줬지요……. 당신이 그 고상한 신문에 아주 해로운 기사를 실으신다고요. 그러면 주머니가 좀 두둑해 지시지 않겠습니까? 하지만 아직 그 기사는 신문에 실리지 않았죠."

푸아로는 뒤로 기대어 앉아 만족스럽다는 듯 고개를 까딱까딱 흔들었다.

"지금 무슈 푸아로께서 하시는 말씀이 명예훼손죄에 해당된다는 건 아십니까?"

푸아로는 자신만만하게 미소를 지었다.

"물론 페리 씨께서 화가 나신 건 아니겠죠."

"당연히 화가 나죠! 제가 누군가를 협박했다는 증거는 전혀 없습니다."

"아니죠, 아니죠. 저는 있다고 확신합니다. 제 말을 오해하신 모양인데요, 저는 페리 씨를 협박한 게 아닙니다. 그저 간단한 질문을 던지려고 한 거죠. 얼맙니까?"

"무슨 말씀을 하시는지 통 모르겠군요."

"국가의 중대사가 걸린 문제입니다. 페리 씨."

둘은 의미심장한 눈빛을 교환했다.

퍼시 페리가 입을 열었다.

"저는 개혁가입니다, 무슈 푸아로. 정치계가 깨끗해지는 걸 보고 싶습니다. 저는 부정부패가 지긋지긋합니다. 이 나라의 정계가 어떤지 아십니까? 딱 아우게이아스 왕의 외양간이에요."

"티엥(이런)! 페리 씨도 그렇게 표현하시는군요."

"그리고 그 외양간들을 깨끗이 청소하는 데 필요한 것은 여론이라는 거대한 정화의 물결입니다."

에르퀼 푸아로는 자리에서 일어서며 이렇게 말했다.

"페리 씨의 굳은 신념에 경의를 표합니다."

그리고 다시 덧붙였다.

"돈이 필요하지 않으시다니 안타깝군요."

퍼시 페리는 서둘러 입을 열었다.

"잠시만요, 잠깐만 기다려 주세요……. 그렇게 말하지는 않았습니다……."

하지만 에르퀼 푸아로는 그대로 방을 나섰다. 나중에 다시 퍼시 페리가 연락을 해 온다면 협박범은 싫어한다는 핑계를 댈 작정이었다.


《브랜치》의 기자이자 활기찬 청년인 에버릿 대시우드는 뒤에서 에르퀼 푸아로에게 애정 어린 박수를 보냈다.

"이곳엔 쓰레기들이 많죠. 하지만 제 쓰레기는 깨끗한 쓰레기예요……. 그뿐입니다."

"자네가 퍼시 페리와 똑같다는 말을 하려던 건 아니었어."

"그 빌어먹을 조그만 거머리는 우리 언론계의 수치죠. 할 수만 있다면 몰아내 버리고 싶어요."

"내가 정치 스캔들 해소라는 이 작은 문제에 관여하고 있으니 곧 그렇게 될 걸세."

"아우게이아스 왕의 외양간을 청소하는 것 말이죠? 무슈 푸아로에겐 너무 벅찬 일입니다. 템스 강의 물줄기를 끌어다 국회의사당을 싹 쓸어버리는 것 외에 달리 도리가 없잖습니까."

"자네는 너무 냉소적이군."

에르퀼 푸아로는 고개를 설레설레 저으며 말했다.

"전 세상을 알거든요."

"자네는 딱 내가 찾던 사람인 것 같아. 무모한 성품, 스포츠에 능하고 새로운 것을 좋아하지."

"그래서요?"

"나에게 조그마한 계획이 하나 있네. 만약 내 생각이 옳다면, 어마어마한 음모가 모습을 드러내게 될 거야. 그 전말은 자네 신문에 특종이 되겠지."

"물론입니다."

대시우드는 씩씩하게 대답했다.

"한 여성을 둘러싼 야비한 음모가 될 거야."

"그렇다면 더더욱 좋죠. 섹스 스캔들은 언제나 먹히는 소재니까요."

"그렇다면 앉아서 들어보게."


사람들이 바쁘게 입을 놀렸다. 리틀 윔플링턴의 '구즈 앤드 페더즈'라는 술집이었다.

"글쎄, 난 못 믿겠어. 존 해밋은 정직한 사람이었잖아. 그렇고 그런 정치가들이랑은 달라."

"사기꾼인줄 몰랐을 때는 다들 그렇게 말하지."

"사람들 말로는 그가 팔레스타인 석유 사업으로 수천을 벌었대. 중간에서 돈을 가로챈 거지."

"정치가들은 다 똑같아. 지저분한 사기꾼들이지, 전부 다."

"에버하드라면 그런 일은 없을 거야. 보수주의자잖아."

"음, 설마 존 해밋이 그런 짓을 했을라고. 신문에서 하는 말을 어떻게 다 믿어?"

"페리어의 아내가 그 사람 딸이잖아. 신문에서 그 여자더러 뭐라는지 읽어 봤어?"

사람들은 정신없이 《엑스레이 뉴스》지를 펼쳐보기 시작했다.

시저의 아내? 우리는 이 고귀한 정치가의 부인을 아주 이상한 장소에서 발견했다는 제보를 받았다. 그것도 지골로와 함께. 오, 다그마, 다그마, 그렇게 저속한 행동을 하다니!

순진한 목소리가 느릿느릿 입을 열었다.

"페리어 부인은 그런 사람이 아니야. 지골로라니? 그건 스페인산 스컹크잖아."

또 다른 목소리가 끼어들었다.

"여자는 알 수가 없는 존재야. 내가 보기에는 이 세상 모든 여자가 다 똑같아."

사람들이 바쁘게 입을 놀렸다.

"하지만 여보, 난 이게 사실이라고 생각해요. 나오미는 폴에게 들었고, 폴은 앤디에게 들었대요. 부도덕한 여자가 틀림없어."

"하지만 페리어 부인은 자선 바자회에서 봤을 때 보면 정말 예의 바르고 단정했단 말이지."

"여보, 그건 위장이에요. 그 여자가 글쎄 섹스 중독이라나요.

《엑스레이 뉴스》에 다 나와 있어요. 오, 그렇게 씌여 있지는 않지만 행간에 숨은 뜻을 읽어야죠. 이런 걸 어떻게 알아냈는지 모르겠네."

"이 정치 스캔들에 대해서는 어떻게 생각해요? 페리어 부인 아버지가 정당 기금을 횡령했대요."

사람들은 다시 바쁘게 입을 놀렸다.

"전 정말 생각도 하기 싫어요, 로저스 부인. 그러니까, 전 페리어 부인이 정말 얌전한 사람이라고 생각했거든요."

"이 끔찍한 기사가 전부 사실일까요?"

"말씀드렸듯이 그런 생각은 하고 싶지도 않아요. 세상에, 페리어 부인은 지난 6월에 바자회를 열었었잖아요. 페리어 부인이 지금 저 소파 위치만큼이나 나와가까이 있었는데. 아주 상냥한 미소를 지었더랬죠."

"네, 하지만 아니 땐 굴뚝에 연기가 나진 않겠죠."

"뭐, 그건 사실이에요. 오, 이런. 정말 세상에 믿을 사람 하나 없네요!"

창백하고 긴장된 얼굴을 한 에드워드 페리어가 푸아로에게 말했다.

"제 아내에게 쏟아지는 공격 좀 보십시오! 상스럽기 이를 데 없습니다……. 너무 상스러워요! 이 혐오스러운 쓰레기를 만들어내는 신문사를 고소할 겁니다."

"그러지 않으시는 편이 좋겠습니다."

"하지만 이 말도 안 되는 거짓말은 못하게 해야 하지 않습니까."

"그게 거짓말이라고 확신하시나요?"

"세상에, 물론입니다!"

푸아로는 고개를 갸우뚱하며 질문을 던졌다.

"부인께서는 뭐라고 하시던가요?"

페리어는 잠시 머뭇거렸다.

"아예 신경을 끄는 게 최선이라고 했습니다. 하지만 저는 그럴 수가 없어요……. 다들 그 얘기뿐인데."

"네, 다들 그 얘기뿐이죠."


얼마 후, 온갖 신문들에는 짤막하고 단조로운 기사가 하나 실렸다.


페리어 부인, 신경 쇠약으로 요양차 스코틀랜드 행.


추측과 소문……. 페리어 부인이 스코틀랜드에 있는 것이 아니며, 스코틀랜드는 아예 가 본 적도 없다는 꽤 신빙성 있는 이야기들이 나돌았고, 그녀가 진짜 어디에 있는지에 대한 온갖 추측과 유언비어가 횡행했다. 다시 한 번, 사람들은 바쁘게 입을 놀리기 시작했다.

"정말이야. 앤디가 페리어 부인을 봤다니까. 그런 불쾌한 곳에서 말이야! 라만이니 뭐니 하는 그 아르헨티나 지골로랑 술에 취했는지 약에 취했는지 같이 해롱거리고 있더래!"

소문은 눈덩이처럼 불어났다. 페리어 부인이 아르헨티나 댄서와 함께 떠났다더라, 페리어 부인이 파리에서 약에 취해 있는 걸 봤다더라, 페리어 부인이 오랫동안 약을 했다더라, 페리어 부인이 술꾼이라더라 등등.

처음에는 믿지 않던 영국인들의 마음은 서서히 페리어 부인에게서 떠났다. 뭔가 있는 게 분명한 것 같았다! 총리의 부인이 될 만한 여자가 아니었다.

"이세벨(이스라엘 왕 아합의 방종한 왕비 — 옮긴이)이야. 딱 이세벨이야!"

그리고 얼마 후 사진이 등장했다.

페리어 부인이 파리에서 찍힌 사진……. 나이트클럽에서 까무잡잡한 피부에 천박해 보이는 청년의 어깨를 감싸고 다정하게 앉아 있는 광경이었다.

해변에서 거의 다 벗은 모습으로 지골로의 어깨에 기대어 있는 사진들도 실렸다. 그 밑에는 이런 설명이 붙어 있었다.

'즐거운 시간을 보내는 페리어 부인.'

그로부터 이틀 뒤,《엑스레이 뉴스》는 명예 훼손으로 고소당했다.


모티머 잉글우드 경이 사건의 기소를 담당했다. 그는 기품 있는 사람이었으며, 정의로운 분노에 차 있었다. 페리어 부인은 악랄한 음모……. 알렉상드르 뒤마의 독자라면 친숙할 왕비의 목걸이 사건과 견줄만한 음모의 희생자라는 것이다. 목걸이 사건이 마리 앙트와네트의 위신을 떨어뜨리기 위해 고안된 음모였던 것처럼, 이번 음모 또한 '시저의 아내' 위치에 있는 고상하고 고결한 숙녀의 평판을 떨어뜨리기 위해 획책된 음모라는 주장이었다. 모티머 경은 부당한 음모를 꾸며 민주당을 깎아내리려는 파시스트와 공산당에게 쓴소리를 했다. 그러면서 그는 증인을 내세웠다.

첫 번째 증인은 노섬브리아의 주교였다.

노섬브리아의 주교인 헨더슨 박사는 영국 국교회에서 가장 유명한 인물이며 위대한 성인(聖人)으로 추앙받고 있었다. 그는 포용력 있고 관대했으며, 훌륭한 전도사였다. 그를 아는 사람들은 모두 그를 사랑하고 존경했다.

노섬브리아의 주교가 증인석에 앉아 에드워드 페리어 부인이 며칠부터 며칠까지 자신의 성에서 자신 및 자신의 부인과 함께 보냈는지를 증언했다. 자선 활동에 지친 페리어 부인이 의사에게 휴식을 권고 받고 주교의 성에서 머물렀다고 했다. 언론의 관심을 피하기 위해 페리어 부인의 방문을 비밀에 부쳤다는 것이었다.

주교가 내려간 후 저명한 의사가 증인석에 올라 자신이 페리어 부인에게 조용한 곳에서 안정을 취할 것을 권했다고 주장했다.

다음으로 그 지역의 개업의가 증인석에 올라 페리어 부인이 주교의 성에 머물렀다는 사실을 입증하는 증거를 제시했다.

다음 증인은 테르마 안데르센이었다.

그녀가 증인석에 올라가는 순간 법정 안은 흥분으로 휩싸였다. 그녀가 에드워드 페리어 부인과 놀라울 정도로 닮았다는 것을 다들 알아본 것이다.

"이름이 테르마 안데르센 맞으십니까?"

"네."

"덴마크 분이시고요?"

"네. 제 고향은 코펜하겐이에요."

"전에는 그곳에 있는 카페에서 일하셨습니까?"

"네."

"지난 3월 18일 어떤 일이 있었는지 직접 말씀해 주시겠습니까?"

"한 신사 분이……. 영국 신사 분이 카페로 찾아왔어요. 영국 신문사…….《엑스레이 뉴스》에서 일한다고 했습니다."

"그 신사 분이 정확히 《엑스레이 뉴스》라고 하신 게 사실입니까?"

"네, 확실해요……. 듣는 순간 의학에 관련된 신문이라고 생각했거든요. 하지만 그렇지는 않은 것 같았어요. 그 남자 분은 '대역'을 찾는 영국 여배우가 있다면서, 제가 적격이라고 말했죠. 저는 영화를 잘 보지 않으니 처음 들어 보는 이름이라고 하자, 그 사람은 그 유명한 여배우가 지금 건강이 좋지 않아서 대신 공식 석상에 모습을 드러낼 사람을 찾고 있다고 하더군요. 돈도 아주 많이 지불할 거라고 했어요."

"그 신사 분께서 얼마를 제안했습니까?"

"영국 돈으로 500파운드요. 처음에는 믿지 않았어요……. 사기라고 생각했지만 바로 그 돈의 절반을 제게 주었어요. 그래서 저는 바로 카페를 그만뒀어요."

이야기는 계속 되었다. 그녀는 파리로 가 멋진 옷을 받고, '에스코트'도 받았다고 했다. 아주 멋진 아르헨티나 신사……. 아주 예의 바르고 멋진 신사의 에스코트를.

테르마 안데르센은 그 상황을 맘껏 즐긴 게 분명했다. 그 다음에는 런던으로 날아가 가무잡잡한 파트너와 함께 '나이트클럽'을 갔다고 했다. 파리에서 그 남자와 함께 사진을 찍었고, 간 곳 중에 몇몇 곳은 별로 마음에 들지 않았다고 했다. 찍힌 사진 또한 별로라고 생각했지만 '광고' 때문에 필요하다는 말을 들었으며, 시뇨르 라만은 항상 멋지고 근사했다는 이야기였다.

테르마 안데르센은 질문에 답하면서 자신은 페리어 부인의 이름조차 들어본 적이 없으며, 자신이 누구의 대역을 하는 건지도 전혀 몰랐다고 단언했다. 해를 끼칠 생각은 조금도 없었다는 말과 함께. 그녀는 검사가 제시한 사진을 보고 자신이 파리와 리비에라에 갔을 때 찍힌 사진이라는 것을 확인해 주었다.

테르마 안데르센은 너무나도 정직해 보였다. 쾌활했지만 약간은 멍청한 여자였다. 그녀가 이제야 사실을 알고 얼마나 괴로워하는지 법정에 있는 사람들은 똑똑히 느낄 수 있었다.

피고 측의 주장은 설득력이 없었다. 안데르센이란 여자와 그런 거래를 한 적이 없다며 길길이 날뛰며 부정하더니, 문제의 사진은 누군가 런던의 사무실로 보내온 것이며 진짜인 줄 알았다고 했다. 모티머 경의 최후 변론은 효과 만점이었다. 그는 이 모든 일이 총리와 그의 아내를 모함하기 위한 비열한 정치적 음모라고 주장했다. 이제 모든 사람들은 불쌍한 페리어 부인에게 동정표를 보내게 될 것이다.

이 미증유의 사건에 대해 배심원은 판결을 내렸다. 어마어마한 액수의 피해 보상액을 지불하라는 판결이었다. 페리어 부인과 남편, 그리고 아버지는 법정을 나서는 순간 수많은 군중들의 애정 어린 환호성에 휩싸였다.

에드워드 페리어는 푸아로의 손을 꼭 잡았다.

"고맙습니다, 무슈 푸아로. 몇천 번을 말해도 모자랄 것 같습니다. 덕분에 《엑스레이 뉴스》는 끝장이 났죠. 비열한 쓰레기 신문이 완전히 이 세상에서 사라졌습니다. 야비한 음모를 꾸민 대가를 톡톡히 치른 겁니다. 둘도 없이 착한 다그마를 두고 그런 음모를 꾸미다니. 무슈 푸아로께서 사악한 사기 행각을 낱낱이 밝혀주셔서 정말 다행입니다……. 그 사기꾼들이 대역을 사용한다는 걸 어떻게 아셨습니까?"

"새로운 방법도 아니지요. 잔느 드 라 모트가 마리 앙트와네트 역을 성공적으로 소화하지 않았습니까."

"그렇죠. 「왕비의 목걸이」를 다시 읽어봐야겠습니다. 하지만 신문사에서 고용한 여자는 어떻게 찾아내셨습니까?"

"덴마크를 뒤져서 찾아냈습니다."

"덴마크 인인줄 어떻게 아셨어요?"

"페리어 부인의 할머님께서 덴마크 분이시고, 페리어 부인께서는 덴마크 인의 특징이 두드러지게 나타납니다. 그 외에도 다른 이유가 있죠."

"정말 놀라울 정도로 닮았더군요. 정말 흉악무도한 짓입니다! 그 비열한 인간이 어떻게 그런 생각을 해 낸 걸까요?"

푸아로는 씩 미소를 지었다.

"그 사람이 생각해 낸 게 아닙니다."

푸아로는 자신의 가슴을 톡톡 두드리며 덧붙였다.

"제가 생각해 냈죠!"

에드워드 페리어는 놀란 눈으로 푸아로를 뚫어지게 바라보았다.

"무슨 말씀이신지 모르겠습니다. 그게 무슨 소립니까?"

"아우게이아스 왕의 외양간을 청소하려면……. '여왕의 목걸이'보다 더 오래된 이야기를 살펴봐야 합니다. 헤라클레스가 사용한 것은 강물이었죠……. 즉 자연의 위대한 힘 중 하나입니다. 이걸 현대적으로 해석해 부세요! 자연의 위대한 힘이 무엇일까요? 바로 섹스가 아닐까요? 섹스에 관한 이야기는 뉴스가 되고 잘 팔리죠. 섹스와 관련한 스캔들은 정치 스캔들보다 훨씬 더 사람들의 관심을 끌기 마련입니다.

에 비엥(자), 그게 제 임무였던 겁니다! 저는 먼저 헤라클레스처럼 강줄기를 옮기기 위해 진흙에 손을 집어넣어 댐을 쌓았습니다. 기자로 일하는 친구에게 도움을 받았죠. 그 친구가 덴마크에서 대역을 할 만한 적당한 사람을 찾아냈습니다. 그리고 그 여자에게 접근해서 의도적으로 《엑스레이 뉴스》라는 이름을 흘렸습니다. 그리고 그 여자는 그걸 기억했지요.

그래서 어떻게 됐습니까? 진흙…… 엄청난 진흙이 쏟아졌죠! '시저의 아내'는 진흙으로 범벅이 됐습니다. 사람들은 지금까지의 그 어떤 정치 스캔들보다 훨씬 더 많은 관심을 가졌고요. 그리고 그 결과는 어땠습니까? 아, 효과가 대단했죠! 고결함이 다시 한 번 입증되었습니다! 여인의 도덕성이 다시 한 번 증명된 거지요! 뜬소문이라는 거대란 물결이 아우게이아스 왕의 외양간을 휩쓸고 지나갔습니다.

만약 영국의 온 신문사들이 존 해밋의 횡령에 대한 기사를 싣는다 해도, 아무도 그 사실을 믿지 않을 겁니다. 정부를 깎아내리려는 또 다른 정치 음모로 치부하겠죠."

에드워드 페리어는 깊이 숨을 들이마셨다. 한 순간 에르퀼 푸아로는 난생 처음으로 멱살을 잡힐 위기에 처했다.

"내 아내요! 어떻게 감히 내 아내를 이용할 수가……."

다행스럽게도 그 순간 페리어 부인이 방안으로 들어왔다.

"다 잘 풀렸잖아요."

"다그마, 당신……. 처음부터 알고 있었던 거야?"

"물론이에요, 여보."

헌신적인 아내, 다그마 페리어는 남편에게 부드럽고 상냥한 미소를 지었다.

"그런데 나에겐 왜 한 마디도 안 한 거야?!"

"하지만 에드워드, 당신이라면 무슈 푸아로가 그런 일을 하도록 두지 않았을 거예요."

"당연하지!"

다그마는 미소를 지었다.

"우리도 그럴 거라고 생각했어요."

"우리라니?"

"저와 무슈 푸아로요."

다그마는 에르퀼 푸아로와 남편을 보며 미소를 지었다.

그리고 다시 덧붙였다.

"주교님 댁에서는 아주 편안하게 잘 지냈어요……. 지금은 에너지가 가득한 느낌이에요. 참, 저더러 다음 달 리버풀에서 새 전함에 이름을 붙여달라네요. 그건 사회적 명사만이 할 수 있는 일이겠죠?"

# 스팀팔로스의 새

    호텔 밖의 테라스에 앉아 있던 해럴드 워링은 호수가로 이어진 길을 따라 걸어오는 사람들을 보았다. 처음 보는 사람들이었다. 화창한 날씨에 호수는 푸르고 햇살은 빛났다. 해럴드는 파이프 담배를 피우며 세상은 참 살만한 곳이라는 감상에 빠져 있었다.

    그의 정치 경력은 아주 순탄했다. 서른이라는 젊은 나이에 차관 직에 오른 것은 자랑할 만한 일이었다. 총리가 '젊은 워링은 대성할 만한 인물'이라고 평했다는 보고도 들은 터였다. 해럴드는 당연히 우쭐해 있었다. 그의 앞에는 장밋빛 인생이 펼쳐져 있었다. 그는 젊고 잘생긴 외모에 최고의 지위를 가졌으며, 결혼이라는 속박에서도 자유로운 독신이었다.

    그는 일상에서 벗어나 진정한 휴식을 취하기 위해 헤르초슬로바키아에서 휴가를 보내기로 결정했다. 스템프카 호수 곁에 있는 호텔은 작지만 아늑했고 손님도 많지 않았다. 그나마 있는 손님들도 대부분은 외국인이었다. 지금까지 같은 호텔에 묵고 있는 영국인은 노부인인 라이스 부인과 결혼한 딸 클레이턴 부인 둘 뿐이었다. 해럴드는 그 모녀가 마음에 들었다.

엘시 클레이턴은 고전적인 타입의 미인이었다. 화장기가 거의 없는 얼굴에 상냥하고 다소 숫기가 없는 편이었다. 라이스 부인은 상당한 괴짜였다. 큰 키에 목소리는 낮고 굵으며 태도는 오만했지만, 유머 감각이 있어 함께 있으면 재미있는 말상대가 되었다. 딸에게 아주 헌신적인 게 분명했다.

해럴드는 두 모녀와 함께 즐거운 시간을 보냈지만, 모녀가 굳이 그를 독차지하려 하지도 않은 덕분에 그들과의 관계는 자연스럽고 가벼웠다.

이 호텔에 묵고 있는 다른 사람들은 해럴드의 관심을 끌지 않았다. 대부분은 등산객이거나 버스 여행객들이어서, 하루 이틀만 묵고는 떠나버렸다. 해럴드의 눈에는 별다른 사람이 띄지 않았다……. 오늘 오후까지는.

두 여자가 호수로 이어진 길을 아주 느릿느릿 걸어 올라오고 있었고, 해럴드가 그 둘을 바라본 순간 구름이 해를 가렸다. 해럴드는 살짝 몸을 떨었다. 그는 두 여자를 유심히 바라보았다. 분명 그 여자들에게는 이상한 구석이 있었다. 새처럼 긴 매부리코에 무표정한 얼굴이 신기할 정도로 꼭 닮아 있었다. 어깨에 걸친 헐렁한 망토는 바람에 커다란 새의 날개처럼 펄럭였다.

해럴드는 생각했다.

'꼭 새 같군…….'

그리고 자기도 모르게 생각했다.

'불길한 새.'

두 여자는 테라스로 곧장 걸어와 해럴드 곁을 가까이 지나

처갔다. 두 여자는 젊지 않았다. 마흔보다는 쉰에 더 가까워 보였고 자매처럼 서로 꼭 닮은 얼굴이었다. 표정은 험상궂었다. 곁을 지나쳐가던 두 여자의 눈이 잠시 해럴드에게 머물렀다. 호기심 어린 눈빛, 평가하는 눈빛…… 냉혹해 보이기까지 하는 눈빛이었다.

두 여자에 대한 불길한 인상은 한층 더 짙어졌다. 해럴드는 두 여자의 갈고리 같은 손을 바라보았다. 구름에 가렸던 해가 다시 모습을 드러냈지만 해럴드는 다시 한 번 몸을 떨었다.

'정말 끔찍한 여자들이야. 먹이를 찾는 새처럼……'

마침 호텔에서 나온 라이스 부인 덕에 해럴드는 망상에서 벗어났다. 해럴드는 자리에서 벌떡 일어나 의자를 빼 주었다. 라이스 부인은 감사의 말을 하며 자리에 앉아, 평소처럼 열심히 뜨개질을 하기 시작했다.

해럴드가 물었다.

"방금 호텔로 들어간 두 여자 혹시 보셨어요?"

"망토를 걸친 여자들? 네, 금방 지나쳐 왔어요."

"정말 특이한 사람들이죠, 그렇게 생각하지 않으세요?"

"글쎄요……. 뭐, 좀 이상해 보이긴 하더군요. 어제 막 도착한 것 같아요. 아주 꼭 닮았던데……. 쌍둥이가 분명해요."

"제 생각이 좀 지나친지 몰라도, 왠지 그 여자들에게서 사악한 분위기가 느껴졌어요."

"흥미롭군요. 한번 자세히 살펴봐야겠어요."

그리고 다시 덧붙였다.

"접수계에 가서 누군지 알아보죠. 영국인은 아니겠죠?"

"오, 그럼요."

라이스 부인은 손목시계를 흘끗 보고는 말했다.

"차 마실 시간이네요. 안에 들어가서 벨 좀 울려 주시겠어요, 워링 씨?"

"물론입니다, 라이스 부인."

해럴드는 안으로 들어갔다가 다시 제자리로 돌아와 질문을 던졌다.

"따님은 어디 계세요?"

"엘시요? 나랑 같이 산책을 나갔어요. 호숫가를 한 바퀴 돌고 소나무 숲길로 돌아왔죠. 정말 근사했어요."

웨이터가 나와 차 주문을 받았다. 라이스 부인이 계속 말을 이었고, 뜨개바늘은 격렬하게 움직였다.

"엘시가 남편에게서 편지를 받았어요. 어쩌면 차 마시러 내려오지 않을 수도 있죠."

"남편이요?"

해럴드는 놀란 표정을 지었다.

"전……. 여태껏 그분이 미망인인줄 알았어요."

라이스 부인은 해럴드를 날카로운 눈빛으로 흘끗 바라보고는 냉담하게 대꾸했다.

"오, 아니에요. 엘시는 미망인이 아니죠."

그리고 강한 어조로 덧붙였다.

"불행히도!"

해럴드는 흠칫했다.

라이스 부인은 잔뜩 굳은 얼굴로 고개를 끄덕이며 다시 입을 열었다.

"술은 수많은 불행을 야기한답니다, 워링 씨."

"남편께서 술을 드시나요?"

"네. 그뿐만이 아니죠. 미치광이처럼 질투심이 많은 데다 성질이 난폭해요."

부인은 한숨을 쉬었다.

"참, 세상 살기가 어렵네요, 워링 씨. 엘시는 무남독녀라 애지중지 키웠는데……. 그 애가 불행하게 사는 걸 보기가 힘들어요."

해럴드는 진심을 담아 말을 꺼냈다.

"따님은 성품이 아주 온화하세요."

"어쩌면 너무 온화한 거겠죠."

"그러니까……."

라이스 부인은 느릿느릿 말을 꺼냈다.

"거만한 사람들이 더 행복하게 잘 살죠. 내 생각에 엘시의 온화한 성품은 패배감에서 나오는 것 같아요. 그 애에게는 삶이 너무 버거웠던 거죠."

해럴드는 약간 머뭇거리며 입을 열었다.

"어쩌다……. 그 남편 분과 결혼을 하게 되신 거죠?"

"필립 클레이턴은 아주 매력적인 남자였어요. 지금도 마찬가지지만 사람을 홀리는 매력이 있어요. 재산도 넉넉했죠……. 게다가 우리에게 그 남자의 본성이 어떤지 말해주는 사람도 없었고요. 저는 오래전에 남편을 잃고 혼자서 엘시를 키웠답니다. 여자 단 둘이서만 살았으니 남자의 성격을 제대로 판단할수가 없었어요."

해럴드는 진지하게 대답했다.

"네, 그렇죠."

해럴드는 분노와 연민의 감정이 물밀듯 밀려오는 걸 느꼈다. 엘시 클레이턴은 기껏해야 스물다섯 정도밖에 안 된 나이였다. 해럴드는 그녀의 푸른 눈에 떠오르던 온화함과 부드러운 입매를 떠올렸다. 그 순간 그녀에 대한 관심이 단순한 우정을 넘어서는 것이라는 사실을 깨달았다. 그리고 그녀는 짐승 같은 작자에게 매여 있었다…….

그날 저녁, 해럴드는 저녁 식사 후 모녀와 함께 자리를 했다. 엘시 클레이턴은 연한 분홍색 원피스를 입고 있었다. 해럴드는 그녀의 눈가가 빨간 것을 알아챘다. 운 게 분명했다.

라이스 부인이 경쾌하게 이야기를 꺼냈다.

"그 두 명의 하피(그리스 신화에 나오는, 여자의 얼굴과 새의 몸을 가진 탐욕스러운 괴물 ─ 옮긴이)가 누군지 알아냈어요, 워링 씨. 폴란드 사람이래요……. 아주 훌륭한 가문 사람이라고 접수원이 말해주더군요."

해럴드는 반대편 끝에 앉아 있는 폴란드 숙녀들을 건너보았다. 엘시는 호기심 어린 목소리로 물었다.

"저쪽에 앉아 있는 두 여자요? 헤나로 머리 염색한? 왠지 무시무시해 보이네요……. 이유는 모르겠지만요."

"동감이에요."

해럴드가 자랑스럽게 대꾸했다.

라이스 부인이 깔깔거리며 입을 열었다.

"내가 보기엔 둘 다 괜한 생각 하는 것 같네. 외모만 보고 사람을 판단 할 수는 없어요."

엘시가 웃음을 터뜨렸다.

"물론 그럴 수는 없죠. 하지만 딱 독수리처럼 보이잖아요!"

"죽은 사람의 눈을 쪼아 먹는 독수리죠!"

해럴드가 덧붙였다.

"오, 그런 말씀 마세요."

엘시가 몸서리를 치자 해럴드가 재빨리 사과했다.

"죄송합니다."

라이스 부인이 미소를 띠며 입을 열었다.

"어쨌든 우리 앞길을 방해할 것 같지는 않구나."

"우리에겐 떳떳치 못한 비밀 같은 게 없잖아요!"

엘시가 말했다.

"어쩌면 워링 씨에게는 있을 지도 모르지."

라이스 부인은 눈을 찡긋하며 말했다.

해럴드는 머리를 뒤로 제키고 웃음을 터뜨렸다.

"이 세상에 비밀이란 없습니다. 제 인생에도요."

그리고 해럴드의 머릿속엔 한 가지 생각이 스쳐 지나갔다.

'올바른 길을 가지 않는 사람들은 정말 머저리야. 정직한 양심……. 그거야말로 인생에 있어서 가장 중요한 건데. 그게 있어야 꿋꿋하게 세상을 마주하고 앞길을 방해하는 사람에게 지옥으로 꺼지라고 말할 수 있지!'

해럴드는 문득 활기가 솟아오르며 자기 운명의 주인이 된 듯한 힘찬 느낌을 받았다.


해럴드 워링은 다른 영국인들과 마찬가지로 외국어에 약했다. 불어는 어설펐으며 영어 발음이 여실히 묻어나왔다. 독일어와 이탈리아어는 아예 문외한이었다.

지금까지는 외국어를 못한다는 것에 신경 쓴 적이 단 한 번도 없었다. 유럽에 있는 어느 호텔을 가도 다들 영어를 하니, 무엇이 걱정이겠는가?

하지만 슬로바키아어가 모국어인 이 외딴 곳에서는 호텔 접수원조차도 독일어밖에 못했고, 덕분에 매번 모녀에게 통역을 부탁해야 하는 것이 분통터졌다. 외국어를 좋아하는 라이스 부인은 슬로바키아어도 조금 할 줄 알았다.

해럴드는 독일어를 배우기로 결심했다. 그는 교재를 몇 권 구입해 매일 아침 두 시간씩 공부를 해야겠다고 다짐했다.

화창한 오전에 편지를 쓴 다음, 해럴드는 손목시계를 보고 점심 식사 시간 전 한 시간 정도 산책을 할 수 있겠다고 생각했다. 그는 호숫가로 내려가 소나무 숲으로 꺾어 들어갔다. 5분 정도 걸었을 때 무슨 소리가 들렸다. 멀지 않은 어딘가에서 너무나도 구슬프게 흐느끼는 여자의 목소리가 들려 왔다.

해럴드는 잠시 걸음을 멈췄다가, 울음소리가 나는 방향으로 다가갔다. 그 여자는 바로 엘시 클레이턴이었다. 그녀는 나무 그루터기에 앉아 손에 얼굴을 파묻고는 어깨가 들썩이도록 흐니끼고 있었다.

해럴드는 잠시 망설이다 그녀에게 다가갔다.

"클레이턴 부인……. 엘시?"

그녀는 화들짝 놀라 해럴드를 올려보았다. 해럴드는 그녀의 옆에 앉았다.

해럴드는 상냥하게 이야기를 꺼냈다.

"제가 도와 드릴 일이 있습니까? 뭐라도 도와드릴 일이 있나요?"

엘시는 고개를 저었다.

"아니요……. 아니에요……. 워링 씨는 정말 상냥하시군요. 하지만 다른 사람이 도와 줄 수는 없는 일이에요."

해럴드는 약간 정색을 하고 물었다.

"혹시……. 남편 분과 관련된 문제인가요?"

엘시는 고개를 끄덕였다. 그러더니 눈물을 닦고 파우더 콤팩트를 꺼내어 얼굴에 두드리며 마음을 진정시키려 애썼다. 그녀는 떨리는 목소리로 입을 열었다.

"저는 어머니께 걱정을 끼치고 싶지 않았어요. 제 이런 모습을 보면 너무 속상해 하시거든요. 그래서 속 시원히 울려고 이리로 나온 거예요. 저도 바보 같은 짓이라는 건 알아요. 운다고 해서 해결되는 일이 아니죠. 하지만 가끔씩은……. 사는 게 너무 버거울 때가 있어요."

"정말 유감입니다."

엘시는 그에게 고맙다는 눈길을 던지고 서둘러 말했다.

"물론 다 제 잘못이에요. 전 제 의지로 필립과 결혼했으니까요. 결국 이렇게 됐지만, 다 제 탓이에요."

"그렇게 말씀하시다니 용기가 대단하시군요."

엘시는 고개를 저었다.

"아니요, 그렇지 않아요. 전 용기라고는 조금도 없는 사람이에요. 지독한 겁쟁이죠. 그것 때문에 필립과 문제가 있는 건지도 몰라요. 저는 그 사람이 무서워요……. 그 사람이 화를 낼 때면 너무 무서워요."

해럴드는 다정하게 말했다.

"남편 분과 헤어지세요!"

"제가 어떻게요? 그 사람은……. 그 사람은 절 보내주지 않을 거예요."

"말도 안 됩니다! 이혼하시면 되지 않나요?"

엘시는 천천히 고개를 저었다.

"전 아무것도 없어요."

그녀는 어깨를 폈다.

"네, 저는 그 사람과 헤어질 수 없어요. 아시다시피 저는 어머니와 꽤 많은 시간을 보내요. 필립도 거기에 반대하진 않죠. 지금처럼 여행을 다니는 것도요."

엘시는 뺨을 빨갛게 물들이며 덧붙였다.

"문제는 그가 지나치게 질투심이 많다는 거예요. 제가 그저……. 그저 다른 남자와 이야기만 해도 그 사람은 무시무시하게 화를 내죠."

해럴드의 마음속에서는 다시 분노가 솟아올랐다. 해럴드는 그 동안 남편의 질투가 심하다며 하소연하는 여자들을 많이 봤지만, 그럴때마다 여자들에게 동정을 느낌과 동시에 은밀히 남편이 그럴 만도 하다고 납득이 가던 것이 사실이었다. 하지만 엘시 클레이턴은 그런 여자가 아니었다. 그녀는 단 한 번도 해럴드에게 은밀한 눈길을 보낸 적이 없었다.

엘시는 살짝 몸을 떨며 그에게서 시선을 돌려 하늘을 바라보았다.

"해가 들어갔네요. 꽤 쌀쌀하네요. 이만 호텔로 돌아가는 게 좋겠어요. 점심 시간이 다 됐을 거예요."

둘은 자리에서 일어나 호텔 방향으로 걸었다. 걷기 시작한 지 1분도 채 안 되었을 때쯤, 같은 방향으로 걸어가고 있는 한 인물을 발견했다. 바람에 휘날리는 망토를 보고 누구인지 알아차렸다. 폴란드 자매 중 한 명이었다.

둘은 망토 입은 폴란드 여자를 앞질러가며, 해럴드는 그녀에게 살짝 고개를 숙여 인사를 건넸다. 그녀는 아무런 대답도 하지 않았지만, 두 사람에게 머문 눈길이 묘하게 평가하는 기색인 것을 보고 해럴드는 갑자기 몸이 더워지는 느낌이었다. 이 여자가 엘시와 나무 그루터기에 앉아 있는 걸 본 건지 궁금했다. 혹시 그렇다면, 이상한 생각을 하는 게…….

그 여자는 무언가를 생각하는 표정이었다……. 분노의 물결이 해럴드를 덮쳤다! 왜 일부 여자들은 그렇게 사악한 생각들을 하는 건지!

해가 들어가고, 둘은 묘하게도 같이 몸을 떨었다. 어쩌면 그 순간 그 여자가 둘을 바라보아서 일지도 몰랐다……. 왠지 해럴드는 기분이 나빴다.

그날 밤, 해럴드는 10시가 조금 넘어 방으로 들어갔다. 영국인 하녀가 편지 여러 통을 들고 찾아왔으며, 그중 몇 개는 당장 답장을 써줘야 했다.

해럴드는 파자마를 입고 가운을 걸친 다음, 책상 앞에 앉아 답장을 쓰기 시작했다. 세 통의 편지를 다 쓴 후 막 네 번째 편지를 쓰려는 순간, 방문이 활짝 열리더니 엘시 클레이턴이 비틀거리며 안으로 들어섰다.

해럴드는 깜짝 놀라 자리에서 벌떡 일어났다. 방안으로 들어온 엘시는 방문을 닫고는 서랍장에 기대어 섰다. 목을 졸린 사람처럼 숨을 헐떡거렸고 얼굴은 새파랗게 질려 있었다. 잔뜩 겁에 질린 표정이었다.

엘시는 숨을 헉헉대며 입을 열었다.

"제 남편이 찾아왔어요! 갑자기 찾아왔어요! 그 사람이……. 그 사람이 절 죽일 거예요. 화가 났어요. 아주 많이. 그래서 이리로 온 거예요. 절……. 절 좀 숨겨 주세요."

엘시는 앞으로 한 발짝을 뗐지만 너무 비틀거려 하마터면 넘어질 뻔했다. 해럴드는 재빨리 그녀를 부축했다.

그 순간 다시 방문이 활짝 열리더니 한 남자가 모습을 드러냈다. 중키에 짙은 눈썹, 윤기 나는 검은 머리카락을 한 남자였다. 손에는 묵직한 스패너를 들고 있었다. 목소리가 높아지더니 분노로 몸을 부들부들 떨었다. 그는 거의 비명을 지르듯 외쳤다.

"그 폴란드 여자 말이 맞았어! 이놈이랑 바람이 난 거야!"

엘시가 울부짖었다.

"아니에요, 아니에요, 필립. 사실이 아니에요. 당신이 잘못 안 거예요."

필립이 앞으로 다가오자 해럴드는 엘시를 뒤로 숨겼다. 필립이 다시 소리쳤다.

"내가 잘못 알았다고? 당신이 이놈 방에 있는 걸 발견했는데? 이 연놈을……. 내가 가만 안 둬!"

그는 재빨리 옆으로 비켜 해럴드가 뻗은 팔을 피해 엘시를 잡으려 했다. 엘시는 펑펑 울며 앞을 막아 선 해럴드의 반대편으로 도망갔다. 필립 클레이턴이 두 번째로 엘시를 잡으려 하자, 겁에 질린 그녀는 방을 뛰쳐나갔다. 그가 재빨리 그녀를 쫓아 나갔고, 해럴드는 지체 없이 그의 뒤를 따랐다.

엘시는 복도 끝에 있는 자신의 침실로 돌아왔다. 방문 열쇠를 돌려 잠그려는 소리가 들렸지만, 제시간에 맞추지는 못한 모양이었다. 방문이 잠기기도 전에 필립 클레이턴이 문을 비틀어 열었다. 그가 방 안으로 모습을 감추고 난 후, 겁에 질린 엘시의 울음 소리가 밖으로 세어 나왔다. 해럴드는 곧장 방 안으로 뛰어 들어갔다.

엘시는 창가에 바싹 붙어 서 있었다. 해럴드는 필립 클레이턴이 엘시에게 스패너를 휘두르며 달려드는 모습을 보았다. 엘시는 겁에 질린 비명을 지르며 옆에 있던 책상에서 묵직한 문진을 들어 남편에게 던졌다.

클레이턴은 통나무처럼 바닥으로 쓰러졌다. 엘시가 비명을 질렀다. 해럴드는 문 앞에 선 채로 굳어버렸다. 엘시는 쓰러진 남편에게 다가가 무릎을 꿇었다. 필립 클레이턴은 쓰러진 그대로 미동도 하지 않았다.

바깥의 복도에서는 방문이 삐걱거리는 소리가 났다. 엘시는 자리에서 벌떡 일어나 해럴드에게 달려갔다.

"제발……. 제발……."

숨을 죽인 듯 낮은 목소리였다.

"방으로 돌아가세요. 사람들이 오면……. 당신이 여기 있는 걸 보면……."

해럴드는 고개를 끄덕였다. 그는 재빨리 상황을 파악했다. 필립 클레이턴은 한동안 잠잠하겠지만, 엘시의 비명소리는 바깥까지 다 들렸을지도 모른다. 만약 해럴드가 여기 있는 것이 사람들에게 발견된다면 괜한 오해만 사고 난처한 상황에 처하게 될 것이다. 엘시를 위해서도, 해럴드 자신을 위해서도 쓸데 없는 스캔들은 없어야 했다.

그는 가능한 조용히 복도를 걸어 자신의 방으로 돌아왔다. 방에 도착했을 때, 밖에서 방문 열리는 소리가 났다.

해럴드는 거의 30분가량을 가만히 앉아 있기만 했다. 감히 밖에 나갈 엄두가 나지 않았다. 머지않아 엘시가 찾아올 거라는 확신이 들었다.

잠시 후, 그의 방문을 가볍게 두드리는 소리가 들렸다. 해럴드는 벌떡 일어나 문을 열었다. 그를 찾아온 것은 엘시가 아니라 그녀의 어머니였다. 해럴드는 그녀의 모습에 아연실색하고 말았다. 갑자기 10살은 더 먹은 듯 했다. 회색 머리카락은 부스스했고, 눈 밑은 시커멓게 쑥 들어가 있었다.

해럴드는 재빨리 그녀를 부축에 의자에 앉혔다. 자리에 앉은 그녀는 힘없이 숨을 내쉬었다. 해럴드가 재빨리 말을 꺼냈다.

"너무 지쳐 보이세요, 라이스 부인. 마실 것 좀 드릴까요?"

그녀는 고개를 저었다.

"아니에요. 난 신경 쓰지 말아요. 난 괜찮아요, 정말이에요. 그저 충격을 받았을 뿐이에요. 워링 씨, 끔찍한 일이 일어났어요."

"클레이턴이 많이 다쳤습니까?"

그녀는 숨을 죽이며 입을 열었다.

"그보다 더 심각해요. 죽었어요……."

방 안이 빙글빙글 도는 것 같았다. 얼음장 같은 물이 등줄기를 타고 내려가는 느낌에 해럴드는 한동안 아무 말도 하지 못했다.

그가 마침내 멍하니 중얼거렸다.

"죽었다고요?"

라이스 부인은 고개를 끄덕였다.

라이스 부인은 완전히 지친 사람처럼 무미건조한 목소리로 입을 열었다.

"대리석 문진의 모서리가 그 사람 관자놀이에 맞았고, 넘어지면서 철제 벽난로 울타리에 머리를 부딪쳤어요. 그중 무엇 때문에 죽은 건지는 모르겠어요……. 하지만 죽은 건 분명해요. 죽은 사람을 여럿 봐서 알아요."

재앙……. 해럴드의 머릿속에는 끊임없이 그 단어가 울려 퍼졌다. 재앙, 재앙, 재앙…….

해럴드는 격렬하게 말했다.

"그건 사고였어요······. 제가 봤습니다."

라이스 부인이 날카롭게 대꾸했다.

"물론 그건 사고였어요. 나도 알아요. 하지만, 하지만······. 누가 그 말을 믿겠어요? 난 솔직히······. 무서워요, 해럴드! 여긴 영국도 아니잖아요."

해럴드가 천천히 입을 열었다.

"제가 증인이 되어 드리겠습니다."

"네, 그리고 엘시는 당신의 증인이 되어 줄 수 있겠죠. 바로 그게······. 그게 문제예요!"

선천적으로 예리하고 신중한 해럴드는 라이스 부인의 말이 무슨 뜻인지 알았다. 전반적인 상황을 떠올려보고나서야 자신과 엘시가 얼마나 난처한 입장에 처했는지를 깨달았다.

해럴드와 엘시는 꽤 오랜 시간을 함께 보냈다. 게다가 소나무 숲에서 엘시와 다소 의심스러운 상황을 연출한 것을 폴란드 여자 한 명이 보지 않았던가. 폴란드 여자들이 영어를 할 줄 모른다는 건 확실했지만, 조금은 알아들었을 수도 있었다. 둘의 대화를 들었다면 '질투'나 '남편' 정도는 알아들었을 지도 몰랐다. 폴란드 여자가 한 말 때문에 클레이턴이 질투심에 불타올랐던 건 분명하니까 말이다. 그리고 이제 클레이턴은 죽었다······. 클레이턴이 죽을 때 해럴드는 엘시 클레이턴의 방에 있었다. 그가 일부러 필립 클레이턴에게 문진을 던지지 않았다는 걸 입증해 주는 증거는 아무것도 없다. 질투심에 눈 먼 남편이 아내와 해럴드가 함께 있는 장면을 목격하지 않았다는 증거도 없었다. 증거라고는 그의 말과 엘시의 말뿐이었다. 사람들이 그걸 믿으려 할까?

서늘한 공포가 밀려왔다.

해럴드는 자신이나 엘시가 저지르지도 않은 살인죄로 유죄 판결을 받게 될 거라고는 생각하지 않았다……. 아니, 절대 그렇게 생각하지 않았다. 기껏해야 과실치사 정도로 끝날 것이다. (외국에도 과실치사가 있던가?) 하지만 무죄로 방면된다 하더라도 심리는 열릴 것이고, 그 내용은 모든 신문에 실리게 될 것이다. 한 영국 남성과 여성이 법정에 서다……. 질투에 눈 먼 남편……. 전도유망한 정치가. 그렇다, 그렇게 된다면 해럴드의 정치 경력은 끝장이었다. 그런 스캔들을 딛고 재기하기란 불가능한 일이었다.

해럴드는 초조한 마음에 불쑥 입을 열었다.

"시체를 어떻게 처리할 방법이 없을까요? 다른 곳에 묻어둘 순 없을까요?"

라이스 부인의 경악스러운 표정에 해럴드의 얼굴이 달아올랐다. 라이스 부인이 신랄하게 쏘아붙였다.

"해럴드, 이건 추리 소설이 아니에요! 그런 건 미친 짓이에요."

"그렇겠죠."

해럴드는 끙끙거렸다.

"이제 어떻게 해야 하죠? 세상에, 어떻게 해야 하죠?"

라이스 부인은 절망적인 표정으로 고개를 저었다. 이맛살을 찌푸린 채 고민하고 있었다.

해럴드가 다시 물었다.

"무슨 방법이 없을까요? 이 끔찍한 재앙을 벗어날 방법이 없을까요?"

이건 정말이지……. 재앙이었다! 끔찍하고 생각지도 못한……. 피할 수 없는 재앙!

둘은 서로를 뚫어지게 바라보았다. 라이스 부인이 쉰 목소리로 입을 열었다.

"엘시……. 내 딸. 난 뭐든지 할 거예요……. 그 애는 이런 끔찍한 일을 감당할 수 없을 거예요."

그녀는 다시 덧붙였다.

"당신도요. 당신 경력이며……. 모든 것이 다 위태로워지겠죠."

해럴드는 간신히 대꾸했다.

"저는 신경 쓰지 마십시오."

하지만 결코 진심이 아니었다. 라이스 부인은 씁쓸한 목소리로 말을 이었다.

"너무 불공평해요……. 이렇게 말도 안 되는 일이 일어나다니! 엘시랑 워링 씨 사이에는 아무 일도 없었잖아요. 내가 그걸 잘 아는데."

해럴드는 한 가닥 지푸라기라도 잡는 심정으로 말을 건넸다.

"부인께서 그 말씀은 해 주실 수 있겠죠……. 절대 아무 사이도 아니라고 말입니다."

라이스 부인은 여전히 씁쓸한 목소리로 대꾸했다.

"그렇죠, 그 사람들이 내 말을 믿는다면요. 하지만 여기 사람들이 어떤 줄은 워링 씨도 잘 알잖아요!"

해럴드는 침울하게 고개를 끄덕였다. 유럽 사람들은 분명 그와 엘시가 떳떳지 못한 관계라고 생각할 것이며, 라이스 부인이 아니라고 해 봐야 그건 딸을 보호하려는 어머니의 거짓말로만 받아들이려 할 게 뻔했다.

해럴드는 우울하게 중얼거렸다.

"네, 여긴 영국이 아니죠. 운 나쁘게도요."

"아!"

라이스 부인이 고개를 벌떡 치켜들었다.

"맞아요……. 여긴 영국이 아니죠. 그렇다면 뭔가 방법이 있을 지도……."

"네?"

해럴드는 절실하게 라이스 부인을 바라보았다.

라이스 부인이 뜬금없는 질문을 던졌다.

"돈은 얼마나 가지고 있어요?"

"지금 가지고 있는 돈은 얼마 안 됩니다. 하지만 송금해 달라고 하면 됩니다."

라이스 부인은 으스스하게 말했다.

"많이 필요할 수도 있어요. 하지만 시도해 볼만한 가치는 있어요."

해럴드는 희미하지만 희망이 솟는 걸 느꼈다.

"어떤 방법입니까?"

라이스 부인은 자신 있게 대답했다.

"시체를 숨길 기회는 없었지만, 공식적으로 이 일을 은밀히 처리할 수 있는 기회는 아직 있다고 생각해요!"

"정말 그렇게 생각하세요?"

해럴드는 기대하는 동시에 약간 의심스러운 눈초리였다.

"네. 먼저 호텔 지배인이 우리 편이 되어 줄 거예요. 그 사람도 이 일을 은밀히 처리하고 싶을 테니까요. 제가 아는 대로라면 발칸 제도에 있는 이 작은 나라들에선 뇌물만 먹이면 일사천리예요……. 그리고 그 누구보다도 경찰이 가장 부패한 사람들이죠!"

해럴드는 느릿느릿 대꾸했다.

"부인 말씀이 맞는 것 같습니다."

라이스 부인이 말을 이었다.

"다행히 다른 사람들은 아무 소리도 못 들은 것 같아요."

"부인의 방 맞은편에 있는 엘시 옆방에는 누가 묵고 있죠?"

"폴란드 여자 두 명이요. 그 사람들은 아무것도 못 들었을 거예요. 들었다면 복도로 나와 봤겠죠. 필립은 이 호텔에 늦게 도착했으니, 야간 당직 직원 빼고는 아무도 그를 못 봤을 테고요. 해럴드, 모든 일을 은밀히 처리하고……. 필립의 죽음을 자연사로 처리할 수 있을 것 같아요! 얼마나 많은 뇌물을 주느냐, 누구에게 뇌물을 주느냐가 관건이 되겠죠……. 경찰 서장이나 뭐 그런 적당한 사람이요!"

해럴드는 희미하게 미소를 지으며 대꾸했다.

"마치 한 편의 희극 같네요, 그렇지 않습니까? 뭐, 그래도 해 보는 수밖에 없죠."


라이스 부인은 대단한 추진력을 보였다. 그녀는 당장에 호텔 지배인을 호출했다. 해럴드는 그 일에 끼어들지 않고 자신의 방 안에 남아 있었다. 해럴드와 라이스 부인은 남편과 아내 사이의 다툼이라고 설명하는 쪽이 낫다는 데 합의를 보았다. 엘시의 젊음과 미모는 사람들의 동정을 이끌어낼 것이다.

다음 날 아침, 수많은 경찰들이 호텔에 도착해서 라이스 부인의 방으로 들어갔다. 경찰들은 점심 때가 되어서야 호텔을 떠났다. 해럴드는 돈을 송금받기 위한 준비를 했지만, 그 외에는 아무런 일도 할 수가 없었다……. 수많은 경찰들 중 단 한 명도 영어를 할 줄 아는 사람이 없었기 때문에 어쩔 수 없는 일이었다.

12시가 되자 라이스 부인이 해럴드의 방으로 찾아왔다. 창백하게 질리고 피곤해 보였지만, 얼굴에는 안도감이 돌았다. 그녀는 간단하게 말했다.

"됐어요!"

"오, 하느님 감사합니다! 부인, 정말 놀랍습니다! 정말 대단하세요!"

"너무 쉬워서 원래 그게 정상인가 싶을 정도였어요. 바로 손을 벌리지 뭐예요. 정말……. 정말 정나미가 떨어지네요!"

해럴드는 정색했다.

"지금은 공공기관의 부패를 문제 삼을 때가 아니에요. 그래서 얼마나 필요하죠?"

"꽤 많이요."

라이스 부인이 목록을 읽었다.

"경찰 총경, 경정, 형사, 의사, 호텔 지배인, 야간 당직 직원."

"당직 직원에게는 그렇게 많이 주지 않아도 되겠죠? 금몰(금실을 가로로 견사를 세로로 하여 짠 직물 ── 옮긴이) 정도면 되지 않겠어요?"

"호텔 지배인은 필립이 이 호텔에서 죽은 게 아니라고 증언하기로 약속했어요. 공식적으로는 필립이 기차에서 심장마비로 사망한 것으로 발표하게 될 거예요. 필립이 바람을 쐬러 기차 통로를 나왔다가……. 왜 사람들은 툭하면 통로 문을 열어놓곤 하잖아요……. 그러다 선로로 떨어졌다 이거죠. 경찰들이 마음만 먹으면 뭐든 할 수 있다는 게 정말 놀라워요!"

"글쎄요, 영국 경찰이 그렇지 않다는 데 감사해야죠."

영국인이라는 자부심과 우월감에 젖은 해럴드는 점심 식사를 하러 아래층으로 내려갔다.

점심 식사를 마친 후, 해럴드는 평소처럼 모녀와 함께 커피를 마셨다. 평소와 다름없는 행동을 하기로 결심한 것이다.

엘시는 그날 밤 이후로 처음 보는 것이었다. 극도로 창백한 얼굴에 여전히 충격에서 헤어 나오지 못한 게 분명했지만, 엘시는 날씨나 풍경에 대한 소소한 이야기들을 꺼내며 평소와 다름없이 행동하려고 애썼다.

이제는 이 호텔에 방금 도착한 새 손님 이야기를 나누며, 어디 사람인지를 제각각 추측을 내놓았다. 해럴드는 그런 콧수염이라면 프랑스 인이 틀림없다는 의견이었다……. 엘시는 독일인이라고 했고, 라이스 부인은 스페인 사람일 지도 모른다고 했다. 테라스에는 이 셋과 반대편 끝에 앉아 자수를 놓고 있는 두 폴란드 자매 외에는 아무도 없었다.

폴란드 자매를 바라본 해럴드의 마음속에는 항상 그렇듯 기이한 두려움이 스물 스물 올라왔다. 저 무표정한 얼굴, 저 매부리코, 저 긴 발톱 같은 손…….

급사가 다가와 라이스 부인을 찾는 사람이 있다고 알렸다. 라이스 부인은 자리에서 일어나 급사를 따라갔다. 엘시와 해럴드는 라이스 부인이 호텔 입구에서 정복을 차려 입은 경찰과 만나는 모습을 보았다.

엘시는 숨을 죽이며 물었다.

"혹시……. 뭔가 잘못된 건 아닐까요?"

해럴드는 재빨리 그녀를 안심시켜 주었다.

"오, 아니에요, 아니에요. 그런 건 아닐 겁니다."

하지만 해럴드 또한 두려움에 마음이 덜컥 내려앉았다.

해럴드는 다시 입을 열었다.

"어머님께서 아주 잘 해내셨잖아요!"

"저도 알아요. 저희 엄마는 그야말로 전사예요. 절대 가만히 앉아 당하지는 않을 거예요."

엘시는 몸서리를 치며 덧붙였다.

"하지만 모든 게 너무 끔찍해요, 그렇지 않아요?"

"이제는 그만 잊어버리세요. 다 끝난 일이잖아요."

엘시는 낮은 목소리로 말했다.

"전 잊을 수가 없어요……. 그 사람을 죽인 게 저라는 사실을 잊을 수가 없어요."

해럴드가 다급하게 끼어들었다.

"그런 식으로 생각하지 마세요. 그건 사고였습니다. 당신도 알잖아요."

엘시의 얼굴이 조금 밝아졌다. 해럴드가 덧붙였다.

"그리고 이미 지나간 일일뿐입니다. 과거는 과거예요. 다시는 그런 생각하지 마세요."

라이스 부인이 자리로 돌아왔다. 그녀의 얼굴을 본 엘시와 해럴드는 모든 일이 다 잘 풀렸다는 걸 알 수 있었다.

"괜히 놀랐네."

라이스 부인은 유쾌한 어조로 입을 열었다.

"그저 형식적인 서류 업무 때문이었어요. 자, 이제 모든 일이 다 잘됐어요. 어둠에서 벗어난 거죠. 기념으로 한 잔 하는 게 좋겠네요."

주문한 술이 도착하자, 셋은 잔을 들어올렸다.

라이스 부인이 외쳤다.

"미래를 위하여!"

해럴드는 엘시에게 미소를 지으며 말했다.

"당신의 행복을 위하여!"

엘시는 해럴드에게 미소를 보내고 잔을 들며 말했다.

"그리고 워링 씨를 위하여…… 워링 씨의 성공을 위하여! 워링 씨는 분명 대단한 인물이 되실 거예요."

그 동안의 두려움이 사라지자 홀가분한 마음에 셋은 잔뜩 들떴다. 어둠은 걷혔다! 모든 게 다 잘 끝났다…….

그때 테라스 반대편 끝에 앉아 있던 새 같이 생긴 두 여자가 자리에서 일어섰다. 둘은 손에 들고 있던 자수를 조심스럽게 말아 쥐고는 해럴드 일행 쪽으로 다가왔다.

두 여자는 살짝 고개를 숙여 인사하고는 라이스 부인 곁에 앉았다. 그중 한 명이 이야기를 시작했다. 다른 한 명의 눈길은 엘시와 해럴드를 향해 있었다. 여자의 입술에는 희미한 미소가 감돌고 있었다. 해럴드는 기분 좋은 미소는 아니라고 생각했다…….

해럴드는 라이스 부인을 건너보았다. 그녀는 폴란드 여자의 말을 가만히 듣고 있었고, 해럴드는 한 마디도 알아들을 수 없었지만 라이스 부인의 표정만으로도 상황은 분명했다. 예전의 분노와 절망이 되돌아온 것이다. 라이스 부인은 잠자코 듣다가 간간히 간단한 말로 대꾸했다. 폴란드 자매는 자리에서 일어나 고개를 까딱하고는 호텔 안으로 들어갔다.

해럴드는 몸을 앞으로 숙이며 속삭였다.

"무슨 일이에요?"

라이스 부인은 절망적인 목소리로 대답했다.

"저 여자들이 우리를 협박했어요. 어젯밤에 다 들었대요. 이제야 다 처리했는데, 상황이 만 배는 더 복잡해지게 생겼군요……."

해럴드 워링은 호수로 내려갔다. 몸이라도 움직여 시끄러운 속을 가라앉히기 위해서였다. 그는 한 시간이 넘도록 정신없이 걸었다.

그러다 그의 인생과 엘시의 인생을 사악한 발톱에 움켜쥐고 있는 잔인한 두 여자를 처음으로 본 장소에 도달했다. 해럴드는 있는 힘껏 소리쳤다.

"지옥에나 떨어져라! 남의 피나 빨아먹는 탐욕스러운 여자들이라니, 나가 죽어!"

목에서 기침이 터져 나오고 머리가 어찔했다. 비틀거리던 해럴드는 방금 나무숲에서 나온 풍성한 콧수염의 이방인이 앞에 서 있는 걸 발견했다.

해럴드는 뭐라고 말해야 할지 몰라 쩔쩔맸다. 이 조그만 남자는 해럴드가 방금 한 말을 들은 게 분명했다.

당황한 해럴드는 불쑥 인사를 건넸다.

"아……. 저……. 안녕하세요."

조그만 남자는 완벽한 영어로 대답했다.

"하지만 당신은 안녕하지 못한 것 같군요."

"글쎄요……. 저…… 저는……."

해럴드는 다시 쩔쩔맸다.

조그만 남자가 입을 열었다.

"무슈, 제가 보기에 당신은 곤경에 처하신 것 같은데요? 제가 도움이 되어 드릴까요?"

"아, 고맙지만 됐습니다. 고맙지만 됐어요! 그저 열 좀 식히려고 한 말일 뿐입니다."

조그만 남자가 상냥하게 대꾸했다.

"하지만 제가 분명 도움이 될 겁니다. 방금 테라스에 앉아 있던 두 숙녀 분과 관련된 문제가 있으신 거죠, 제 말이 맞습니까?"

해럴드는 멍하니 그를 바라보았다.

"그 사람들에 대해 뭘 아시는 겁니까?"

해럴드는 다시 물었다.

"그나저나 당신은 누구십니까?"

마치 자신이 왕족임을 고백하듯 조그만 남자는 겸손한 태도로 말했다.

"저는 에르퀼 푸아로입니다. 잠시 숲 속을 거닐면서 무슈의 이야기를 들어 볼까요? 말씀드렸듯 제가 도움이 될 수 있을 것 같군요."

해럴드는 고작 몇 분 전에 처음 만난 이 남자에게 왜 갑자기 모든 이야기를 쏟아 붓듯 털어놓았는지 지금까지도 확실히 알지 못한다. 어쩌면 지나친 긴장감 때문이었을 지도 몰랐다. 어쨌든 이미 엎질러진 물이었다. 해럴드는 에르퀼 푸아로에게 모든 이야기를 다 털어놓았다.

에르퀼 푸아로는 조용히 해럴드의 말에 귀를 기울였다. 이따금씩 진지하게 고개를 끄덕이기도 했다. 해럴드가 말을 마치자 푸아로가 꿈을 꾸듯 말했다.

"쇠 부리가 달린 스팀팔로스의 새야. 인간의 살을 먹으며 스팀팔로스 호수 옆에 사는 새⋯⋯. 그래, 아주 딱이로군."

"무슨 말씀이십니까?"

해럴드는 푸아로를 노려봤다.

어쩌면 이 이상하게 생긴 조그만 남자는 미친 건지도 몰라!

해럴드는 생각했다.

에르퀼 푸아로는 미소를 지었다.

"아, 잠시 생각 좀 하느라. 세상을 보는 저만의 방법이 있죠. 이 문제에 대해서도 말입니다. 무슈께서는 아주 난처한 입장에 처하셨군요."

해럴드가 벌컥 화를 냈다.

"굳이 말씀해주지 않으셔도 잘 압니다!"

에르퀼 푸아로는 계속했다.

"협박이라는 건 아주 심각한 문제입니다. 그 탐욕스러운 여자들은 계속해서 돈, 돈……. 돈을 요구할 겁니다! 만약 이들의 요구를 거절한다면, 자, 어떤 일이 벌어지겠습니까?"

해럴드는 씁쓸하게 대답했다.

"모든 게 다 밝혀지겠죠. 제 경력은 끝이 나고, 나쁜 짓이라고는 한 번도 한 적 없는 불쌍한 여자는 지옥 같은 삶을 살게 될 테고, 그 끝은 하느님만이 아시겠죠!"

"그러니까……."

에르퀼 푸아로가 입을 열었다.

"조치를 취해야죠!"

해럴드는 퉁명스럽게 물었다.

"어떤 조치요?"

에르퀼 푸아로는 뒤로 몸을 제키며 눈을 지그시 내리깔았다. (그리고 다시 한 번 해럴드의 마음속에는 과연 그의 정신 상태에 대한 의문이 솟아올랐다)

"청동 목걸이가 등장할 차례죠."

"완전히 제정신이 아니시군요."

푸아로는 고개를 저었다.

"메농(천만에요)! 저는 그저 저의 위대한 선배인 헤라클레스를 본받으려 노력하는 것뿐입니다. 몇 시간만 참으세요. 내일이면 잔혹한 새들로부터 무슈를 구해드릴 수 있을 겁니다."

　다음 날 아침 아래층으로 내려온 해럴드 워링은 테라스에 홀로 앉아 있는 에르퀼 푸아로를 발견했다. 해럴드는 자신도 모르는 사이 에르퀼 푸아로의 약속에 기대를 걸고 있었다.
　해럴드는 푸아로에게 다가가 조급하게 물었다.
　"어떻게 됐습니까?
　에르퀼 푸아로는 그를 올려다보며 대답했다.
　"잘 됐습니다."
　"무슨 뜻이죠?"
　"모든 일이 만족스럽게 해결되었습니다."
　"어떻게요?"
　에르퀼 푸아로는 생각에 잠긴 채 대답했다.
　"청동 목걸이를 이용했죠. 현대적인 언어로 얘기하자면 쇠줄이 움직이게 만든 겁니다……. 즉, 저는 전보를 쳤습니다! 무슈, 당신의 스팀팔로스 새들은 당분간 사기 행각을 벌일 수 없는 곳으로 떠났습니다."
　"경찰들이 수배하고 있는 용의자였다는 건가요? 경찰에 체포된 겁니까?"
　"바로 그렇습니다."
　해럴드는 숨을 훅 들이마셨다.
　"놀랍군요! 그런 생각은 못 했습니다."
　해럴드는 자리에서 일어났다.
　"라이스 부인과 엘시에게도 전해줘야겠습니다."
　"그분들도 이미 알고 있습니다."
　"아, 다행이군요."

해럴드는 다시 자리에 앉았다.

"어떻게 아셨는지 알려……."

해럴드는 순간 말을 뚝 멈췄다.

호수와 이어진 길을 따라 망토를 휘날리며 새 같이 생긴 두 여자들이 걸어오고 있었던 것이다.

해럴드가 외쳤다.

"저 여자들이 잡혀갔다고 하시지 않았습니까?!"

에르퀼 푸아로는 해럴드의 시선을 쫓았다.

"아, 저 숙녀 분들이요? 저 분들은 아무런 죄가 없습니다. 호텔 안내인의 말 대로 훌륭한 가문의 숙녀 분들이시죠. 외모가 그리 유쾌하진 않을지 몰라도 그것뿐입니다."

"하지만 이해가 안 됩니다!"

"네, 이해하지 못 하시는 것 같군요! 경찰들이 쫓고 있던 것은 다른 숙녀 분들입니다……. 재치 있는 라이스 부인과 가엾은 클레이턴 부인 말입니다! 사나운 새들은 바로 그들입니다. 그 두 숙녀 분은 지금껏 협박을 일삼아 돈을 벌었죠."

해럴드는 갑자기 눈앞이 빙글빙글 도는 듯한 현기증을 느꼈다. 그는 다 기어들어가는 목소리로 물었다.

"하지만 그 남자는……. 죽은 그 남자는요?"

"죽은 사람은 아무도 없습니다. 남자는 없어요!"

"하지만 제가 봤습니다!"

"오, 아닙니다. 키가 크고 목소리가 저음인 라이스 부인은 남장을 하기에 적격이죠. 남편 역할을 연기한 것이 바로 라이스 부인이었습니다……. 회색 가발을 벗고 변장을 한 겁니다."

푸아로는 몸을 앞으로 숙여 해럴드의 무릎을 톡톡 두드렸다.

"그렇게 사람을 쉽게 믿어서는 안 됩니다. 경찰은 그렇게 쉽게 뇌물을 받지 않아요……. 어쩌면 절대 안 받을 지도 모르죠……. 게다가 살인 사건일 경우에는 말입니다! 이 여자들은 대다수의 영국 남자들이 외국어를 못한다는 점을 이용했습니다. 라이스 부인은 프랑스어와 독일어를 할 수 있으니 매니저와 이야기를 나누는 등의 모든 일을 도맡아 했을 겁니다. 경찰이 호텔에 도착해 라이스 부인의 방으로 갔죠, 그건 사실입니다! 하지만 거기서 무슨 말을 나누었을까요? 무슈께서는 모르시죠. 어쩌면 브로치를 잃어버렸다거나……. 뭐 그런 핑계를 댔을 겁니다. 어떻게든 경찰이 찾아와 무슈께서 경찰이 왔다는 걸 눈으로 볼 수 있도록 둘러댔겠죠. 그래서 어떻게 됐습니까? 무슈께서는 돈을 송금받고 모든 협상을 담당한 라이스 부인에게 그 돈을 건네셨죠! 그렇게 된 겁니다! 하지만 이 새들은 탐욕스러웠습니다. 무슈께서 폴란드 숙녀 분들에게 괜한 반감을 가지고 있다는 것을 알아차린 겁니다. 문제의 폴란드 숙녀들이 다가와 라이스 부인에게 별 것 아닌 말을 걸자, 라이스 부인은 그 기회를 놓칠 수가 없었던 겁니다. 라이스 부인은 무슈께서 그 말을 못 알아듣는다는 걸 알고 있었죠. 결국 라이스 부인의 말에 넘어가 더 많은 돈을 보내셨어야 했을 겁니다."

해럴드는 깊이 숨을 들이마시고 물었다.

"그리고 엘시는요, 엘시는요?"

에르퀼 푸아로는 눈길을 돌렸다.

"그녀 또한 자신의 역할을 훌륭하게 연기했죠. 언제나 그랬듯이. 이 세상에서 가장 훌륭한 여배우입니다. 너무나도 순진하고……. 순수해 보이죠. 그녀는 본능이 아닌, 기사도를 자극합니다."

에르퀼 푸아로는 한 마디 덧붙였다.

"영국 남자들에게는 언제나 먹히는 수법이죠."

해럴드 워링은 다시 한 번 깊이 숨을 들이마시고는 강한 어조로 말했다.

"지금부터 유럽의 언어들은 죄다 배울 겁니다! 두 번 다시 그런 어리석은 속임수에 넘어가지 않겠습니다!"

# 크레타의 황소

에르퀼 푸아로는 생각에 잠긴 시선으로 방문객을 바라보았다.

창백한 얼굴에 고집 있어 보이는 턱, 파란색보다는 회색에 가까운 눈동자, 보기 드문 짙은 남빛 머리카락……. 마치 고대 그리스의 히아신스가 환생한 듯 했다.

푸아로는 상대의 잘 만들어졌지만 낡은 트위드 수트와 초라한 손가방, 불안한 표정 뒤에 감춰진 무의식적인 오만함을 눈여겨보았다. 푸아로는 생각했다.

'아, 그래. 이 아가씨는 '고귀한 혈통'이야……. 하지만 돈은 없지! 분명 나에게 온 건 아주 기이한 일 때문일 거야.'

다이애나 메벌린은 살짝 떨리는 목소리로 입을 열었다.

"저……. 무슈 푸아로께서 절 도와 주실 수 있을지는 모르겠어요. 그게……. 그게 아주 이상한 일이라."

푸아로가 입을 열었다.

"뭐죠? 저에게 말씀해 보시겠어요?"

"제가 여길 찾아온 건 어떻게 해야 할지 몰라서예요. 과연 방법이 있기나 한 건지도 잘 모르겠어요!"

"제게도 판단할 기회를 주시겠습니까?"

순간 아가씨의 얼굴이 발갛게 달아올랐다. 그녀는 급하게 허겁지겁 말을 쏟아놓았다.

"제가 무슈 푸아로를 찾아온 것은 1년 전 저와 약혼한 사람이 약혼을 깨버렸기 때문이에요."

그녀는 말을 멈추고 도전적인 눈빛으로 푸아로를 바라보았다.

"제가 제정신이 아니라고 생각하시겠죠."

에르퀼 푸아로는 천천히 고개를 저었다.

"정반대입니다, 마드무아젤. 저는 마드무아젤께서 아주 지적인 분이시라고 확신합니다. 물론 마드무아젤께서도 잘 아시다시피 사랑 싸움을 중재하는 것은 제 전문이 아니긴 하지만요. 그러니까 마드무아젤께서는 갑작스러운 약혼 파기에 뭔가 이상한 점이 있다고 생각하신 거죠? 그렇지 않나요?"

다이애나 메벌린은 고개를 끄덕였다. 그녀는 또랑또랑한 목소리로 말했다.

"휴는 자신이 미쳐가고 있다고 생각해서 우리 약혼을 파기한 거예요. 미친 사람은 결혼해선 안 된다고 생각하니까요."

에르퀼 푸아로의 눈썹이 살짝 치켜 올라갔다.

"마드무아젤께서는 그렇게 생각하지 않으십니까?"

"잘 모르겠어요……. 미친다는 게 뭐겠어요? 사실 모든 사람들은 조금씩은 다 미쳐 있잖아요."

"그렇게들 말하죠."

푸아로는 조심스럽게 동의했다.

"자기가 삶은 달걀이라고 생각하거나 뭐 그런 정도는 되어야 정신병원에 가는 거잖아요."

"피앙세께서는 아직 그 단계에 도달하지는 않으셨고요?"

"저는 휴에게서 이상한 점이라곤 조금도 발견하지 못했어요. 그이는, 오, 그이는 제가 아는 사람 중에서도 가장 이성적인 사람이에요. 성실하고, 믿음직스러운……."

"그렇다면 왜 그분은 자신이 미쳐간다고 생각하시는 거죠?"

푸아로는 잠시 멈췄다가 다시 말을 이었다.

"혹시 가족 중에 그런 분이 계신가요?"

다이애나는 망설이다 고개를 끄덕였다.

"그이의 할아버지가 정신병이셨어요……. 그리고 증조모인지 또 다른 사람도요. 하지만 어느 가정에나 이상한 사람은 있기 마련이잖아요. 덜떨어진 사람도 있고, 천재도 있고 그런 거죠!"

다이애나의 눈빛은 호소하고 있었다.

에르퀼 푸아로는 안타깝다는 듯 고개를 저었다.

"정말 유감입니다, 마드무아젤."

갑자기 다이애나가 턱을 쳐들며 소리쳤다.

"동정해 주시길 바라는 게 아니에요! 어떻게 해 주길 바라는 거라고요!"

"제가 어떻게 하길 바라십니까?"

"모르겠어요……. 하지만 분명 뭔가가 이상해요."

"약혼자에 대해 자세히 말씀해 주시겠습니까, 마드무아젤?"

다이애나는 속사포처럼 정신없이 쏟아 부었다.

"이름은 휴 챈들러예요. 스물네 살이죠. 아버님은 해군 대장이셨고요. 엘리자베스 여왕 시대부터 대대로 챈들러가 사람들이 살던 라이드 매너에 살고 있어요. 외동아들이죠. 휴는 해군에 입대했어요……. 챈들러가 남자들은 전부 해군에 입대해요.

일종의 전통이죠……. 길버트 챈들러 경이 15세기쯤인지에 월터 롤리 경과 함께 항해를 나간 후부터요. 휴도 자연스럽게 해군에 입대했어요. 아버님이 다른 일은 절대 허락하지 않을 테니까요. 그런데……. 그런데 휴더러 해군을 그만두라고 고집한 게 아버님이세요!"

"그게 언제였죠?"

"거의 1년 전이에요. 아주 갑작스러웠어요."

"휴 챈들러는 자신의 직업을 좋아했나요?"

"물론이에요."

"혹시 군대에서 물의를 빚지는 않았습니까?"

"휴가요? 그런 일은 절대 없어요. 그이는 아주 잘나가고 있었어요. 그래서……. 아버님을 이해할 수 없는 거죠."

"챈들러 대장님은 그만두라는 이유가 뭐라고 하시던가요?"

다이애나는 천천히 대답했다.

"아무런 이유도 말씀해주지 않으셨어요. 오! 부동산 관리법을 배워야 한다고 하셨지만……. 그건 핑계일 뿐이었어요. 조지 프로비셔 씨도 그걸 알았죠."

"조지 프로비셔가 누군가요?"

"프로비셔 대령님이요. 아버님의 가장 오랜 친구이자 휴의 대부님이세요. 항상 아버님의 집에 내려와 계세요."

"그리고 프로비셔 대령은 챈들러 대장님이 아들이 해군을 그만두게 한 결정에 대해 뭐라고 하시던가요?"

"굉장히 놀라셨어요. 왜 그러는지 모르겠다고 하셨죠. 다들 그랬어요."

"휴 챈들러 본인도요?"

다이애나는 즉시 대답하지 않았다. 푸아로는 잠시 기다렸다가 다시 입을 열었다.

"당시에는 아마 스스로도 놀라셨겠죠. 하지만 지금은 어떻습니까? 아무 말도……. 아무 말도 하지 않으시던가요?"

다이애나는 머뭇거리며 낮은 목소리로 대답했다.

"휴는……. 한 일주일 전에 아버님의 결정이 옳았다고……. 그 방법밖에는 없었을 거라고 말했어요."

"이유를 물어보셨나요?"

"물론이에요. 하지만 저에게는 말하려 하지 않았어요."

에르퀼 푸아로는 잠시 곰곰이 생각하다 입을 열었다.

"혹시 이상한 일이 생긴 적은 없나요? 어쩌면 1년 전부터? 마을에 어떤 소문이 돌지는 않았나요?"

다이애나는 정색을 했다.

"무슨 소린지 모르겠군요!"

"저에게 말씀하시는 게 좋을 겁니다."

푸아로는 조용하면서도 단호하게 말했다.

"무슈 푸아로께서 말씀하시는……. 그런 일은 없었어요."

"그렇다면 어떤 일이 있었죠?"

"정말 집요하시군요! 시골에서는 이상한 일들이 일어나기 마련이에요. 그건 뭔가의 복수거나……. 아니면 마을의 멍청한 놈이 저지른 짓이 분명해요."

"무슨 일이 있었던 거죠?"

다이애나는 마지못한 듯 털어 놓았다.

"양 때문에 소란이 좀 있었어요……. 양 목이 잘려 나갔거든요. 오! 무시무시한 일이죠! 하지만 그 목이 잘려 나간 양들은 모두 어느 농장 주인의 양들이었는데, 그 사람이 아주 난폭한 남자였거든요. 경찰은 농장 주인에 대한 원한으로 발생한 일이라고 생각했어요."

"하지만 범인은 잡지 못했죠?"

"네."

다이애나는 다급하게 덧붙였다.

"설마 그런 생각을 하시는 건……."

푸아로는 손을 들어올렸다.

"마드무아젤께서는 제가 무슨 생각을 하는 지 조금도 모르실 겁니다. 피앙세께서는 의사와 상담을 해 보셨나요?"

"아니요, 안 했을 게 분명해요."

"의사와 상담해 보는 게 가장 간단한 방법이 아닐까요?"

다이애나는 천천히 대답했다.

"병원에 가려 하지 않을 거예요. 휴는……. 의사를 싫어해요."

"시아버님은요?"

"아버님 또한 의사를 그다지 신뢰하지 않으세요. 의사란 사기 치는 장사꾼에 불과하다고 말씀하시니까요."

"시아버님은 어떠신가요? 건강하십니까? 행복하게 살고 계신가요?"

"그분은 많이 늙으셨어요……."

다이애나는 낮은 목소리로 말했다.

"요즘 들어서요?"

"네. 몸이 많이 망가지셨죠……. 옛날 모습은 찾아보기가 힘들어요."

푸아로는 고개를 끄덕이고는 다시 질문을 던졌다.

"아드님의 약혼은 허락하셨나요?"

"오, 네. 서로 이웃이었어요. 저희 가족도 한 곳에서 수 세대

동안 살았죠. 제가 휴와 약혼했을 때 아주 기뻐하셨어요."

"지금은요? 아드님이 약혼을 파기한 것에 대해 뭐라고 하셨습니까?"

다이애나의 목소리가 살짝 떨렸다.

"어제 아침에 아버님을 뵈었어요. 송장처럼 핼쑥하시더군요. 아버님은 제 손을 잡고 이렇게 말씀하셨어요. '너에겐 아주 힘든 일일 게다. 하지만 내 아들은 옳은 일을 한 거야……. 그 애가 할 수 있는 일은 그것밖에 없어.'"

"그래서 저에게 찾아오신 건가요?"

다이애나는 고개를 끄덕이며 물었다.

"해결할 수 있으시겠어요?"

"저도 모르겠습니다. 하지만 적어도 직접 찾아가 확인해 볼 수는 있죠."


다른 무엇보다도 에르퀼 푸아로에게 깊은 인상을 준 것은 휴 챈들러의 훌륭한 체격이었다. 큰 키에 균형 잡힌 몸매, 멋지게 벌어진 가슴과 어깨, 옅은 갈색의 머리카락. 남자다운 강인한 매력이 물씬 풍겨 나오고 있었다.

다이애나는 푸아로와 함께 집에 내려오자마자 챈들러 대장에게 전화를 걸었고, 둘은 라이드 매너로 갔다. 세 남자가 차를 준비해 놓고 테라스에서 기다리고 있었다. 먼저 무거운 짐이라도 올려놓은 듯 굽은 어깨에 어둡고 그늘진 눈을 하고 있는 챈들러 대장이 있었다. 백발에 나이보다 늙어 보이는 인상이었다. 맞은편에는 그의 친구, 작고 바싹 말랐지만 튼튼한 체격에 관자놀이 부근의 붉은 머리카락이 하얗게 센 프로비셔 대령이 앉아 있었다. 성급하고 기운이 팔팔한 이 작은 남자는 꼭 테리어 같은 느낌을 주었는데, 두 눈만은 아주 날카로웠다. 그는 눈썹을 찌푸리더니 고개를 낮추고 쑥 내밀면서, 두 날카로운 눈으로 상대방을 예리하게 살펴보았다. 세 번째 남자는 휴 챈들러였다.

"훌륭한 청년이죠?"

프로비셔 대령은 푸아로가 휴를 유심히 바라보는 것을 알아채고는 소곤거렸다.

에르퀼 푸아로는 고개를 끄덕였다. 푸아로와 프로비셔는 바로 옆에 앉아 있었다. 나머지 세 명은 정반대쪽에 모여 앉아 활기차면서도 약간은 부자연스러운 태도로 이야기를 나누고 있었다.

푸아로가 작은 목소리로 수군거렸다.

"네, 정말 훌륭합니다……. 훌륭해요. 젊은 황소군요……. 네, 어쩌면 포세이돈에게 바쳐야 할 황소인지도 모르죠……. 건장한 남성의 완벽한 표본이에요. 아주 건강해 보이는데, 그렇지 않습니까?"

프로비셔는 한숨을 쉬었다. 그의 날카로운 눈으로 에르퀼 푸아로를 슬쩍 곁눈질하더니 입을 열었다.

"난 당신이 누구인지 알고 있습니다."

"아, 그거요? 그건 비밀이 아닙니다!"

푸아로는 우아하게 손을 저었다. 그 제스처는 자신이 신분을 숨기고 여행하는 게 아니라고 말하는 듯했다. 푸아로는 푸아로로서 여행을 하고 있었다.

잠시 후 프로비셔가 물었다.

"다이애나가 무슈 푸아로를……. 이 문제에 끌어들인 겁니까?"

"이 문제라뇨?"

"젊은 휴의 문제 말입니다……. 네, 무슈 푸아로께서는 다 알고 계시겠죠. 하지만 왜 다이애나가 당신에게 찾아갔는지 모르겠군요……. 이건 무슈 푸아로의 전문이 아니라고 생각합니다……. 의학적인 문제에 더 가까운 데 말이죠."

"모든 일이 다 제 전문이죠……. 아시면 아마 놀라실 겁니다."

"제 말은 왜 다이애나가 당신이 이 일을 해결할 수 있다고 생각했는지를 이해하지 못하겠다는 겁니다."

"메벌리 양은 전사랍니다."

프로비셔 대령은 미소를 지으며 고개를 끄덕였다.

"네, 저 애는 전사죠. 아주 뛰어난 아입니다. 저 애라면 포기하지 않을 겁니다. 하지만 싸워서 될 일이 있고 안 될 일이 있거늘……."

갑자기 프로비셔의 얼굴은 늙고 지쳐 보였다.

푸아로는 목소리를 한층 더 낮춰 은밀하게 속삭였다.

"이 가문에 정신병이 있다고 들었습니다만?"

프로비셔는 고개를 끄덕였다.

"가끔씩 나타납니다. 한 세대, 또는 두 세대를 뛰어넘기도 하죠. 마지막은 휴의 할아버지였습니다."

푸아로는 테이블 반대편을 흘끗 바라보았다. 다이애나는 깔깔거리며 휴를 놀리는 등 대화를 잘 이끌어나가고 있었다. 세상에 근심거리라고는 하나도 없는 사람들 같아 보였다.

"정신병이 어떤 식으로 나타났습니까?"

푸아로는 조용히 물었다.

"휴의 할아버지가 아주 폭력적인 사람으로 변해 버렸습니다. 서른 살까지는 그 누구보다도 정상적인 사람이었는데 말입니다.

그러다 조금씩 이상해지기 시작한 거죠. 얼마 지나지 않아 사람들이 눈치 채기 시작했고, 엄청난 소문들이 돌기 시작했습니다. 사람들이 수군거렸죠. 어떤 일이 있었는데 은밀히 처리했다더라 하면서 말입니다. 하지만……."

프로비셔는 어깨를 폈다.

"결국엔 아주 미쳐버렸죠, 불쌍한 양반! 살인을 저질렀어요! 그 때문에 정신 이상자로 판명이 났습니다."

프로비셔는 잠시 말을 멈췄다가 이렇게 덧붙였다.

"꽤 오래 살았습니다……. 물론 휴가 걱정하는 것도 그거죠. 그 때문에 의사를 만나지 않으려는 겁니다. 그 애는 오랜 세월을 정신병원에 갇혀 지낼까봐 두려워하고 있어요. 저는 그 애에게 뭐라고 할 수가 없습니다. 저라도 그럴 테니까요."

"챈들러 대장님은요? 그분은 어떻게 생각하십니까?"

"그 친구 꼴도 말이 아닙니다."

프로비셔는 간단하게 말했다.

"아드님을 많이 사랑하셨나보죠?"

"아주 애지중지했습니다. 그 애가 고작 10살 때 부인이 보트 사고로 익사했으니까요. 그 후로는 그 아이만을 위해 살았다고 해도 과언이 아닙니다."

"부인에게도 아주 헌신적이셨나 보죠?"

"떠받들고 살았죠. 모두들 그녀를 좋아했습니다. 그녀는……. 제가 여태까지 본 사람 중에서도 가장 사랑스러운 여자였습니다."

그는 잠시 말을 멈췄다가 불쑥 물었다.

"그녀의 초상화를 보시겠소?"

"꼭 보고 싶습니다."

프로비셔는 의자를 뒤로 빼고 자리에서 일어났다. 그리고 큰 소리로 말했다.

"찰스, 무슈 푸아로에게 뭐 좀 보여주러 가네. 무슈 푸아로는 예술품에 대한 안목이 높으셔."

대장은 멍하니 손을 들어 보였다. 프로비셔는 테라스를 따라 걸었고 푸아로도 그 뒤를 따랐다. 순간 다이애나가 쓰고 있던 쾌활함이라는 가면이 벗겨지며 잠시 고민스러운 표정이 떠올랐다. 휴 또한 고개를 들어 커다란 검은 콧수염을 가진 이 작은 남자를 뚫어져라 쳐다봤다.

푸아로는 프로비셔를 따라 집안으로 들어갔다. 햇빛이 밝은 바깥에서 안으로 들어가니 눈이 침침해 처음에는 뭐가 뭔지 잘 보이지가 않았다. 하지만 곧 이 집안에 아름다운 골동품들이 가득하다는 것을 알아차렸다.

프로비셔 대령은 그림 갤러리로 안내했다. 합판을 댄 벽에는 고인이 된 챈들러가 사람들의 초상화가 죽 걸려 있었다. 무서운 얼굴, 유쾌한 얼굴, 궁중 예복을 입은 남자, 해군 제복을 입은 남자, 새틴 드레스에 진주 목걸이를 한 여자.

마침내 프로비셔는 갤러리 끝에 걸린 초상화 아래에 멈춰 섰다.

"오르펜이 그린 겁니다."

그는 낮고 쉰 듯한 목소리로 말했다.

둘은 가만히 서서 그레이하운드의 목줄을 손에 쥔 키가 큰 여인을 올려다보았다. 적갈색의 머리카락에 생생하고 활기가 넘치는 표정을 한 여인이었다.

"휴는 제 어머니를 쏙 빼닮았죠."

프로비셔가 말했다.

"그렇게 생각하지 않으십니까?"

"네, 어떤 부분은 닮았군요."

"물론 휴는 어머니의 섬세함…… 여성스러움은 닮지 않았죠. 그 애는 남자니까요……. 하지만 본질적인 부분들은……."

프로비셔는 말을 뚝 멈췄다.

"딱 하나 닮지 않았어야 할 부분을 친가 쪽에서 물려받았다는 게 정말 안타깝습니다……."

침묵이 이어졌다. 방 안에는 우울한 분위기가 감돌았다. 마치 챈들러가의 고인들이 그들의 피 안에 있는 오점, 그리고 가끔씩 모습을 드러내는 그 오점을 애석해 하는 듯 했다…….

에르퀼 푸아로는 고개를 돌려 프로비셔를 바라보았다. 조지 프로비셔는 여전히 벽 위에 걸려 있는 아름다운 여성을 바라보고 있었다. 푸아로는 상냥하게 말했다.

"이분과 절친한 사이셨군요……."

프로비셔는 불쑥 입을 열었다.

"우린 어린 시절부터 함께였습니다. 그녀가 열여섯 때 저는 중위로 인도에 갔습니다……. 돌아와 보니……. 그녀는 찰스 챈들러와 결혼을 했더군요."

"그분과도 친하셨나요?"

"찰스는 가장 오래된 친구 중 한 명입니다. 가장 친한 친구죠……. 언제나 그랬습니다."

"두 분과 자주 만나셨나요……. 결혼한 후에도?"

"휴가 때면 거의 이집에 머물렀습니다. 제게는 이 집이 제 2의 고향 같은 곳이죠. 찰스와 캐롤린은 항상 제 방을 비워 뒀습니다……. 준비해 놓고 기다렸죠……."

프로비셔는 어깨를 펴고 갑작스럽게 고개를 홱 치켜들었다.

"그때문에 제가 지금 이 곳에 있는 겁니다. 제가 필요한 경우 옆에 있어 주려고요. 찰스가 절 필요로 한다면……. 저는 이곳에 계속 남아 있을 겁니다."

다시 한 번 비극의 그림자가 그들을 덮쳤다.

"이 모든 일에 대해……. 어떻게 생각하십니까?"

푸아로가 물었다.

프로비셔는 뻣뻣하게 서 있었다. 눈썹이 눈 위로 내려앉았다.

"저는 가능한 비밀로 하는 편이 좋다고 생각합니다. 솔직히 말해, 무슈 푸아로께서 이 문제에 관여하실 필요는 없다고 생각합니다. 왜 다이애나가 무슈 푸아로를 끌어들여 이곳까지 데려왔는지 모르겠습니다."

"다이애나 메벌리 양과 휴 챈들러의 약혼이 깨졌다는 건 알고 계시죠?"

"네, 알고 있습니다."

"그 이유도 알고 계시나요?"

프로비셔는 무뚝뚝하게 대꾸했다.

"그야 제가 뭘 알겠습니까. 젊은 사람들의 문제니 자기네가 알아서 하겠죠. 제가 끼어들 일이 아닙니다."

"휴 챈들러가 다이애나에게 자신이 미쳐가고 있기 때문에 결혼을 해서는 안 된다고 말했답니다."

푸아로는 프로비셔의 이마에 땀방울이 송글송글 맺히는 걸 보았다.

"그 빌어먹을 얘기를 꼭 해야 합니까? 당신이 뭘 할 수 있을 거라고 생각합니까? 휴, 그 불쌍한 녀석은 옳은 일을 한 겁니다. 그 애 잘못이 아니죠. 유전이니 어쩔 수가 없는 겁니다. 세포질이니 뇌세포가 그렇다고 하니……. 하지만 이미 그 사실을 알아버렸는데 약혼을 파기할 수밖에 없지 않겠습니까? 해야 할 일을 한 것뿐입니다."

"하지만 납득하기에는 좀……."

"제 말을 믿으셔도 좋습니다."

"하지만 제게 아무 말도 안 해주시지 않았습니까."

"말하기 싫다고 말씀드렸습니다."

"왜 챈들러 대장님은 아드님에게 해군을 그만두라고 하신 거죠?"

"그 방법밖에 없으니까요."

"왜죠?"

프로비셔는 고집스럽게 고개만 저었다.

푸아로는 작은 목소리로 조용히 중얼거렸다.

"양이 죽은 것과 관련이 있나요?"

프로비셔가 버럭 성을 내며 쏘아붙였다.

"그 얘길 이미 들었군요?"

"다이애나가 말해 줬습니다."

"잠자코 있는 편이 훨씬 좋았을 것을……."

"다이애나는 그게 휴 챈들러의 짓이라고는 생각하지 않습니다."

"그 애는 모릅니다."

"뭘 모른다는 거죠?"

프로비셔는 내키지 않는다는 듯 퉁명스럽게 말했다.

"아, 정 알아야겠다면 말씀드리죠……. 찰스 챈들러가 그날 밤 무슨 소리를 들었답니다. 누군가 집 안에 들어왔다고 생각해서 나가 봤다죠. 휴의 방에 불이 켜져 있었다는군요. 들어가 봤더니 휴가 침대에 잠들어 있었답니다. 죽은 듯이……, 옷을 입은 채로요. 옷에는 핏자국이 묻어 있었고, 방바닥이 피로 흥건했다고 하네요. 차마 그 애를 깨울 수가 없어 그대로 뒀는데, 다음 날 아침 양 목이 잘린 채로 발견됐다는 이야기를 들었죠. 휴에게 물어봤답니다. 하지만 그 애는 아무것도 몰랐습니다. 밖에 나갔다는 것조차 기억하지 못 했죠……. 그 애 신발이 진흙범벅이 된 채로 옆문에 놓여 있는 걸 발견되었습니다. 방 안이 왜 피 구덩이가 됐는지도, 아무것도 모르더랍니다. 그 불쌍한 녀석은 아무것도 기억하지 못했습니다.

그래서 찰스가 그 문제를 상의하기 위해 절 찾아왔습니다. 이 문제를 해결하는 최선의 방법이 뭘까 의논하려고 말이죠. 그런데 사흘 후 다시 일이 터졌습니다……. 그 후에는……. 뭐, 무슈 푸아로께서도 잘 아시죠. 해군을 그만 두게 했습니다. 이곳에 내려와 있으면, 찰스 곁에 있으면 그 아이를 지켜볼 수 있기 때문입니다. 해군에서도 그런 문제가 발생한다면 어떻게 해볼 도리가 없으니까요. 네, 그 방법밖엔 없었습니다."

"그리고 그 후에는요?"

푸아로가 물었다.

프로비셔는 쌀쌀맞게 쏘아붙였다.

"더 이상의 질문은 받지 않겠습니다. 휴의 일이라면 휴가 가장 잘 알 게 아닙니까?"

에르퀼 푸아로는 아무 말 하지 않았다. 그는 언제나 자신보다 다른 사람이 더 많은 것을 알고 있다는 사실을 인정하는 게 싫었다.


프로비셔와 푸아로는 홀로 나가다가 마침 집 안으로 들어오던 챈들러 대장과 마주쳤다. 챈들러 대장은 잠시 그 자리에 멈취 섰다. 바깥의 밝은 빛에 검은 실루엣이 드러났다.

챈들러 대장은 낮고 걸걸한 목소리로 말했다.

"아, 두 분 다 여기 계셨군요. 무슈 푸아로, 당신과 이야기를 나누고 싶습니다. 제 서재로 가시죠."

프로비셔는 열린 현관문으로 나갔고, 푸아로는 대장을 따라 갔다. 푸아로는 상관의 호출을 받고 뒷갑판으로 나가는 듯한 기분이 들었다.

대장은 푸아로에게 커다란 안락의자 중 아무데나 앉으라고 하고, 자신도 의자에 앉았다. 아까 프로비셔와 이야기를 나누는 동안 푸아로는 그의 불안감과 긴장감, 초조함 같이 극도 의 정신적 긴장에서 나오는 징후들에 깊은 인상을 받았다. 챈 들러 대장과 함께 있는 현재, 푸아로는 절망감, 조용하고 깊은 절망감을 느낄 수 있었다…….

깊은 한숨을 내쉬며 찰스 챈들러가 입을 열었다.

"다이애나가 당신을 이곳까지 데려온 게 정말 유감스럽군 요……. 그 애도 불쌍합니다. 이 일 때문에 무척이나 힘들겠죠. 하지만……. 이건 우리 집안 문제이고 외부인이 간섭하는 건 원치 않습니다. 무슈 푸아로께서도 이해해 주시리라 믿습니다."

"저도 물론 이해합니다."

"불쌍한 것, 다이애나는 아직도 믿으려 하질 않아요……. 저도 처음에는 그랬습니다. 지금까지 믿지 않았을 겁니다. 만 약……."

챈들러는 말을 멈췄다.

"만약 뭐죠?"

"그 오점이 우리 가문의 피 속에 존재한다는 걸 몰랐더라면 말입니다."

"하지만 약혼에는 찬성하셨죠?"

챈들러 대장의 얼굴이 달아올랐다.

"제가 그것마저 반대했어야 한다는 말씀이십니까? 하지만 그때는 몰랐습니다. 휴는 제 엄마를 꼭 빼닮았습니다……. 그 애에게서 챈들러가 사람들의 특징은 전혀 보이지 않았습니다. 저는 그 애가 모든 면에서 제 엄마를 닮았길 바랐습니다. 어릴 때부터 지금까지도 이상한 점은 조금도 없었죠. 젠장, 챈들러가 사람들 거의 다가 정신병 기질을 가지고 있었다는 건 당연히 알고 있었지만 말입니다!"

푸아로는 상냥하게 물었다.

"의사와는 상의해 보지 않으셨습니까?"

챈들러는 고함을 질렀다.

"아니요, 그리고 앞으로도 그런 일은 없을 겁니다! 저와 함께 있으면 그 애는 안전해요. 야생 동물처럼 네모난 우리에 가두게 두지는 않을 겁니다……."

"아드님이 이곳에 있으면 안전하다고 하셨죠. 하지만 다른 사람들은요?"

"그게 무슨 뜻입니까?"

푸아로는 대답하지 않았다. 다만 챈들러 대장의 어둡고 슬픈 눈을 가만히 들여다볼 뿐이었다.

챈들러는 씁쓸한 목소리로 다시 입을 열었다.

"사람들에게는 나름의 전문 분야가 있기 마련이죠. 무슈 푸아로는 범죄자를 찾는 분이시죠? 하지만 제 아들은 범죄자가 아닙니다."

"아직은 아니죠."

"아직은 아니라니 그게 무슨 뜻입니까?"

"이런 일은 점점 커지기 마련이죠. 양들은……."

"양 얘기는 누구에게서 들으셨습니까?"

"다이애나 메벌리. 그리고 친구 분이신 프로비셔 대령님에게서도 들었습니다."

"조지가 쓸데없이 입을 놀렸군요."

"그분과는 아주 오랜 친구 사이시죠?"

"가장 절친한 친구죠."

챈들러는 퉁명스럽게 대꾸했다.

"그분은 대장님의…… 부인과도 친하셨죠?"

챈들러가 미소를 지었다.

"네. 조지는 캐롤린을 사랑했죠. 캐롤린이 아주 어렸을 적에요. 그 친구는 단 한 번도 결혼을 하지 않았습니다. 분명 캐롤린 때문이었을 겁니다. 아, 제가 운이 좋았죠……. 아니 운이 좋다고 생각했었죠. 그녀를 차지했지만……. 잃었으니 말입니다."

그는 한숨을 쉬었고 어깨는 축 늘어졌다.

푸아로가 다시 질문을 던졌다.

"부인께서……. 익사하셨을 때도 프로비셔 대령님이 함께 계셨나요?"

챈들러는 고개를 끄덕였다.

"네, 그 일이 있을 당시 조지는 저희와 함께 콘월(영국 남서부의 주 — 옮긴이)에 내려가 있었습니다. 전 아내와 함께 보트를 타러 나갔고……. 조지는 어쩌다 보니 그날은 그냥 집에 머물렀습니다. 저는 왜 보트가 뒤집어진 건지 아직도 모르겠습니다……. 물이 새어 들어온 게 분명합니다. 만 바깥이어서 그랬는지 물살이 아주 거셌더랬어요. 저는 최대한 아내를 잡으려

했지만······."

그의 목소리가 갑자기 가라앉았다.

"이틀 후에 아내의 시체가 물살에 밀려 올라왔습니다. 어린 휴를 데려가지 않았던 게 천만다행이었지요! 적어도 그때는 그렇게 생각했습니다. 지금은 글쎄요······. 차라리 휴를 그때 데려가는 게 더 나았을 지도 모른다는 생각이 드는군요. 그때 모든 게 다 끝났더라면······."

다시 한 번 챈들러는 깊고 절망적인 한숨을 쉬었다.

"우리는 챈들러가의 마지막 후손입니다, 무슈 푸아로. 우리가 죽는다면, 이 집에는 더 이상의 챈들러가(家) 사람이 살지 않을 겁니다. 휴가 다이애나와 약혼했을 때 저는······. 뭐 이제와서 이야기해 봐야 쓸모없는 짓이죠. 아들이 결혼을 하지 않게 되어 다행입니다. 제가 할 수 있는 말은 그것뿐입니다!"

에르퀼 푸아로는 장미 정원의 벤치에 앉았다. 그의 옆에는 휴 챈들러가 앉아 있었다. 다이애나 메벌리는 방금 그 자리를 떠났다.

젊은이는 잘생기고 번민에 찬 얼굴로 푸아로를 바라보았다.

"무슈 푸아로께서 다이애나를 설득해 주셔야 합니다."

휴는 잠시 말을 멈췄다가 다시 입을 열었다.

"아시겠지만 다이애나는 전사입니다. 절대 포기하지 않을 거예요. 현실을 받아들이려 하지 않을 겁니다. 다이애나는······. 그녀는 계속해서 제가 정상이라고 믿으려 할 겁니다······."

"그렇다면 무슈께서는 본인이······. 실례입니다만 미쳤다고 확신하시나요?"

휴는 움찔했다.

"아직은 그렇게 절망적이라고 생각하지 않습니다⋯⋯. 하지만 점점 악화되고 있어요. 다이애나는 모릅니다, 다행이죠. 다이애나는 제 멀쩡한 모습만 봤으니까요."

"그렇다면 멀쩡하지 않을 때는 어떤 일이 일어나죠?"

휴 챈들러는 깊이 숨을 들이마시고 이야기를 시작했다.

"먼저⋯⋯. 저는 꿈을 꿉니다. 꿈속에서 저는 미친 사람입니다. 지난밤 꿈속에서는⋯⋯. 저는 더 이상 인간이 아니었습니다. 황소였죠⋯⋯. 미친 황소⋯⋯. 백주 대낮을 정신없이 달리며⋯⋯. 입 안에서는 흙과 피 맛을 느꼈죠⋯⋯. 흙과 피 말입니다⋯⋯. 그리고 개⋯⋯. 침을 질질 흘리는 개가 되었습니다. 광견병에 걸린. 제가 다가가면 아이들은 비명을 지르며 흩어지고⋯⋯. 남자들은 절 쏘려고 했죠⋯⋯. 누군가 제 앞에 물이 담긴 커다란 그릇을 가져다 놓았지만 전 마실 수가 없었습니다. 마실 수가 없었어요⋯⋯."

휴 챈들러는 말을 멈췄다.

"그리고 저는 잠에서 깼습니다. 그리고 그 꿈이 사실이라는 것을 알았죠. 세면대로 갔습니다. 입 안이 바싹 말라 물이 마시고 싶었지만 마실 수가 없었습니다, 무슈 푸아로, 물을 삼킬 수가 없었어요⋯⋯. 오, 세상에, 저는 물을 마실 수가 없었습니다⋯⋯."

에르퀼 푸아로는 가볍게 혀를 끌끌 찼다. 휴 챈들러는 계속했다. 무릎 위에 올려놓은 양 손은 꽉 움켜쥐고 있었다. 마치 무언가가 그를 향해 다가오는 것처럼 고개를 내밀고 눈은 반쯤 내리깐 모습이었다.

"꿈 말고도 더 있습니다. 깨어 있을 때도 무언가가 보여요. 유령, 무시무시한 형체들이요. 그들은 날 심술궂은 눈초리로 노려봅니다. 그리고 가끔씩 저는 날 수가 있습니다. 침대 위에 둥둥 떠 공중을 날아다니며 바람을 탑니다…… 악마와 함께요!"

"쯧, 쯧."

푸아로가 말도 안 된다는 듯 혀를 끌끌 찼다.

휴 챈들러는 푸아로를 바라보았다.

"오, 확실합니다. 제 피가 그렇게 시키는 겁니다. 유전으로요. 그러니 전 피할 수도 없어요. 다이애나와 결혼하기 전에 그 사실을 알아서 천만다행입니다! 우리가 결혼해서 아이를 낳고, 그 아이에게도 이 끔찍한 병이 유전된다는 생각을 하면…… 정말 소름이 끼쳐요!"

휴 챈들러는 푸아로의 팔을 잡았다.

"무슈 푸아로께서 다이애나를 설득해 주셔야 합니다. 다이애나에게 말씀해 주셔야 해요. 다이애나는 절 잊어야 합니다. 잊어야 해요. 다이애나라면 더 좋은 사람을 만날 수 있을 겁니다. 스티븐 그레이엄도 있죠…… 그 친구는 다이애나에게 푹 빠진데다가 아주 좋은 사람입니다. 그 친구와 함께라면 다이애나는 행복하고 안전하게 살 수 있을 겁니다. 저는 그녀가……. 행복하길 바래요. 물론 그레이엄은 가난하고 다이애나의 집도 가난하지만, 제가 죽는다면 다 잘 풀릴 겁니다."

에르퀼 푸아로가 끼어들었다.

"무슈께서 죽는다면 잘 풀릴 거라니 그게 무슨 뜻이죠?"

휴 챈들러는 미소를 지었다. 상냥하고 매력적인 미소였다.

"제 어머니에게 물려받은 돈이 있습니다. 어머니께서 외할아버지의 재산을 상속받으셨거든요. 그 돈을 제가 물려받았고, 저는 그 돈을 전부 다이애나 앞으로 해 두었습니다."

에르퀼 푸아로는 의자에 기대었다.

"아!"

그리고 다시 입을 열었다.

"하지만 챈들러 씨, 당신이 아주 오래 살 수도 있지 않습니까."

휴 챈들러는 고개를 저으며 날카롭게 대꾸했다.

"아닙니다, 무슈 푸아로. 저는 노인이 될 때까지 살지는 않을 겁니다."

그러고는 갑자기 부들부들 떨며 몸을 뒤로 뺐다.

"세상에! 보세요!"

휴는 푸아로의 어깨 너머를 뚫어져라 바라보았다.

"저기……. 당신 옆에 서 있어요……. 해골이……. 뼈가 흔들거리고 있어요. 손짓하면서 절 부르고 있어요……."

멍하니 풀린 눈동자로 햇살이 들어오는 쪽을 뚫어지게 바라보던 휴는 갑자기 쓰러질 것처럼 옆으로 몸을 기울였다.

그런 다음 푸아로를 바라보며 마치 아이 같은 목소리로 물었다.

"아무것도……. 보지 못하셨나요?"

에르퀼 푸아로는 천천히 고개를 저었다.

휴 챈들러는 쉰 목소리로 말했다.

"헛것이 보이는 건……. 그리 신경 쓰지 않습니다. 제가 두려운 건 피예요. 제 방에 흥건하던 피……. 제 옷에 묻어 있던 피요……. 저희 집에서는 앵무새를 한 마리 키웠습니다. 그런데 어느 날 아침에 보니 그 앵무새가 목이 잘린 채로 제 방에 놓여 있었죠……. 저는 피에 젖은 면도칼을 손에 든 채 침대에 누워 있었고요!"

226

휴 챈들러는 푸아로에게 가까이 몸을 숙였다.

"최근에도 죽어나간 것들이 많아요."

휴는 속삭였다.

"온 마을에요. 양, 어린 양…… 강아지까지요. 아버지께서 밤에 제 방 문을 잠가 두시지만, 가끔씩…… 가끔씩…… 아침이면 방문이 열려 있어요. 제가 어딘가에 열쇠를 숨겨둔 게 분명하지만 어디다 숨겼는지 전 모르겠습니다. 정말 모르겠습니다. 이런 짓을 하는 건 제가 아니에요……. 다른 누군가가 제 안에 들어와……. 절 조종해서……. 피를 원하고 물을 마시지 못하는 미치광이 괴물로 바꿔 놔요……."

갑자기 휴는 손에 얼굴을 파묻었다.

잠시 후 푸아로가 질문을 던졌다.

"왜 의사를 찾아가시지 않는지 아직도 이해가 되지 않습니다만?"

휴 챈들러는 고개를 저었다.

"정말 이해가 안 되십니까? 육체적으로 저는 건강합니다. 황소만큼이나 튼튼하죠. 저는 오래 살 겁니다. 오랫동안…… 감옥 같은 방에 갇혀 살게 되겠죠! 저는 그걸 감당할 수가 없습니다! 차라리 모두 끝내버리는 게 나을 겁니다……. 방법이 있을 겁니다. '총기 사고'나 뭐 그런 것들이요. 다이애나는 이해할 겁니다……. 차라리 스스로 끝내는 게 나아요!"

휴 챈들러는 도전적인 시선으로 푸아로를 바라보았지만, 푸아로는 맞받아치지 않았다. 대신 그는 부드럽게 질문을 던졌다.

"어떤 음식을 드시죠?"

휴 챈들러는 고개를 휙 들어 올리더니 웃음을 터뜨렸다.

"소화 불량으로 악몽을 꾸는 거라고 생각하시는 겁니까?"

푸아로는 다시 한 번 질문을 되풀이했다.

"어떤 음식을 드시죠?"

"보통 사람들이랑 똑같이 먹고 마십니다."

"특별한 약은요? 캡슐이나 알약은요?"

"세상에, 아닙니다. 약으로 제 문제를 고칠 수 있을 거라고 생각하십니까?"

휴 챈들러는 이죽거렸다.

"그렇다면 무슈 푸아로께서 정신병을 고칠 수 있으신가요?"

에르퀼 푸아로는 무뚝뚝하게 대꾸했다.

"그러려고 노력 중입니다. 이 집에 계시는 분들 중 눈병에 걸린 분이 계신가요?"

휴 챈들러는 푸아로를 뚫어지게 바라보더니 대답했다.

"아버지가 눈병으로 꽤 고생하고 계십니다. 안과에 꽤 자주 가세요."

"아!"

푸아로는 잠시 생각에 잠겼다. 그러다 다시 입을 열었다.

"프로비셔 대령님은 인도에서 꽤 오래 계셨다죠?"

"네, 인도 군대에 계셨습니다. 인도를 아주 사랑하시죠……. 인도의 전통이나 그런 것들에 대해 이야기도 많이 하십니다."

푸아로는 다시 한 번 "아!" 하며 고개를 끄덕이더니 말했다.

"턱을 베셨군요."

휴는 손을 들어올렸다.

"네. 꽤 깊이 베였죠. 면도하다가 아버지가 들어오시는 바람에 깜짝 놀랐습니다. 요즘엔 제가 신경이 좀 예민해서요. 턱이며 목에 뽀루지가 솟았죠. 덕분에 면도하기가 힘듭니다."

"면도 크림을 바르셔야죠."

"아, 바르고 있습니다. 조지 아저씨가 하나 주셨어요."

그러더니 휴 챈들러는 갑자기 웃음을 터뜨리며 덧붙였다.

"마치 여자들이 미용실에서 떠드는 것 같지 않아요? 로션이며 면도 크림이며, 약이며, 눈병이며. 이게 다 무슨 소용이죠? 무슨 생각을 하시는 겁니까, 무슈 푸아로?"

푸아로는 조용히 대답했다.

"저는 다이애나 메벌리 양을 위해 최선을 다하려는 겁니다."

휴 챈들러가 갑자기 조용해졌다. 표정이 침착해졌다. 그는 푸아로의 팔에 손을 얹으며 말했다.

"네, 그래 주세요. 절 잊어야 한다고 말해 주십시오. 괜한 희망은 가지지 말라고요. 제가 드린 말씀 그대로요…… 그녀에게…… 아, 그녀에게 제게서 멀리 떨어지라고 말해 주세요! 현재로서는 다이애나가 절 위해 할 수 있는 일은 그것뿐입니다. 제게서 멀리 떨어져…… 절 잊는 겁니다!"


"마드무아젤, 용기가 있으신가요? 용기, 그것도 어마어마한 용기가 필요할 겁니다."

"그렇다면 그게 사실이군요. 그런 거예요? 그이가 미친 건가요?"

다이애나는 날카롭게 외쳤다.

"저는 정신과 의사가 아닙니다, 마드무아젤. 이 사람이 미쳤다, 미치지 않았다는 판단은 제가 할 수 있는 게 아닙니다."

에르퀼 푸아로가 대답했다.

다이애나는 푸아로에게 가까이 다가갔다.

"아버님은 휴가 미쳤다고 생각하세요. 조지 프로비셔도 휴가 미쳤다고 생각하시죠. 휴 본인도 자신이 미쳤다고 생각해요…….”

푸아로는 다이애나를 바라보았다.

“마드무아젤께서는요?”

“저요? 제가 보기에 휴는 미치지 않았어요! 그 때문에…….”

다이애나는 말을 멈췄다.

“그 때문에 제게 찾아오신 거라고요?”

“네. 그거 말고 다른 이유가 뭐 있겠어요?”

“그게 바로 제가 스스로에게 물어보고 있던 질문입니다, 마드무아젤!”

“무슨 말씀이신지 모르겠군요.”

“스티븐 그레이엄이 누구죠?”

다이애나는 푸아로를 뚫어지게 바라보았다.

“스티븐 그레이엄이요? 오, 그 사람은……. 그 사람은 그냥 아는 사람이에요.”

다이애나는 푸아로의 팔을 잡았다.

“무슨 생각을 하고 계시는 거예요? 무슈 푸아로는 그저 그곳에 서서……. 멋진 콧수염을 하고 햇살에 눈을 깜빡이실 뿐 아무 말씀도 없으시는군요. 왜 절 이렇게 두렵게 만드시는 거예요?”

“어쩌면, 제가 두렵기 때문인지도 모릅니다.”

다이애나는 깊은 회색 눈을 커다랗게 뜨며 푸아로를 가만히 노려보았다. 그녀는 속삭이듯 말했다.

“뭘 두려워하시는 거죠?”

에르퀼 푸아로는 깊은 한숨을 내쉬었다. 그리고 입을 열었다.

“살인을 예방하는 것보다 살인자를 잡는 편이 훨씬 쉽죠.”

다이애나가 소리쳤다.

"살인이라고요? 그런 말은 하지 마세요."

"그래도 말할 수밖에 없습니다."

푸아로는 빠르고 고압적인 말투로 말했다.

"마드무아젤과 제가 라이드 매너에서 하룻밤을 묵어야겠습니다. 마드무아젤께서 약속을 잡아주셨으면 합니다. 그렇게 하실 수 있으시죠?"

"저는……. 네, 그럴 수 있을 것 같아요. 하지만 왜죠……?"

"더 이상 허비할 시간이 없기 때문입니다. 마드무아젤께서는 용기가 있다고 말씀하셨죠. 이제 그 용기를 보여 주십시오. 질문은 하지 말고 제가 시키는 대로 해 주세요."

다이애나는 아무 말 없이 고개를 끄덕이고는 집 안으로 들어갔다.

푸아로는 잠시 기다렸다 그녀의 뒤를 따랐다. 서재에서 다이애나와 세 남자의 목소리가 들려왔다. 푸아로는 넓은 층계를 올랐다. 위층에는 아무도 없었다.

푸아로는 쉽게 휴 챈들러의 방을 발견했다. 방 한 구석에는 냉온수가 나오는 세면대가 놓여 있었고, 위쪽에 달린 유리 선반에는 다양한 튜브와 통, 병들이 놓여 있었다. 에르퀼 푸아로는 재빨리 조심스럽게 작업에 착수했다…….

그 일은 그리 오래 걸리지 않았다. 다이애나가 얼굴이 빨갛게 달아올라 씩씩거리며 서재에서 나왔을 때, 푸아로는 이미 아래층으로 내려와 홀에 서 있었다.

"잘 됐어요."

다이애나가 말했다.

챈들러 대장은 푸아로를 서재 안으로 들이고는 문을 닫았다. 그가 말했다.

"이보십시오, 무슈 푸아로. 전 이런 거 싫습니다."

"뭐가 싫으시다는 거죠, 챈들러 대장님?"

"다이애나가 당신과 함께 이곳에서 하룻밤 지내겠다고 고집하더군요. 야박하게 손님을 내쫓고 싶지는 않습니다……."

"환대해 달라는 게 아닙니다."

"말씀드렸듯이 저는 손님을 내쫓고 싶지는 않습니다……. 하지만 솔직히 말해서 내키지가 않는군요, 무슈 푸아로. 저는……. 저는 내키지가 않아요. 게다가 이 집에서 묵으셔야겠다는 이유가 뭔지도 모르겠고요. 그런다고 해서 뭐가 나아지겠습니까?"

"제가 하려는 실험에 도움이 된다고 해 둘까요?"

"무슨 실험 말입니까?"

"그건, 실례입니다만 제 일이라……."

"이보십시오, 무슈 푸아로, 저는 당신께 이곳에 와 달라고 부탁하지도 않았습니다……."

푸아로가 끼어들었다.

"챈들러 대장님, 저는 대장님의 의견을 충분히 이해하고 존중하고 있습니다. 제가 이곳에 온 것은 순전히 사랑에 빠진 한 아가씨의 고집 때문입니다. 대장님께 몇 가지 이야기를 들었고, 프로비셔 대령님에게서도, 휴 본인에게서도 몇 가지 이야기를 들었습니다. 이제는……. 제 눈으로 직접 확인하고 싶군요."

"네, 하지만 뭘 확인한다는 겁니까? 여기는 확인할 게 아무것도 없습니다! 제가 매일 밤 휴의 방문을 잠가버리니까요."

"하지만……. 가끔씩……. 아침이면 방문이 열려 있다고 하던대요?"

"그게 무슨 소립니까?"

"대장님께서는 방문이 열려 있는 걸 보지 못하셨나요?"

챈들러는 얼굴을 찌푸렸다.

"언제나 조지가 문을 열어준다고 생각했습니다……. 그게 무슨 소립니까?"

"열쇠는 어디다 두시죠? 열쇠 구멍에 꽂아 두시나요?"

"아닙니다, 방 바깥의 상자에 넣어 둡니다. 저나 조지, 또는 시종인 위더스가 아침에 그곳에 있는 열쇠를 치우죠. 위더스에게는 휴에게 몽유병이 있어 그렇다고 말해 뒀습니다……. 위더스도 사실은 알고 있을 겁니다……. 하지만 아주 충직한 친구라서요. 이 집에 오래 있었어요."

"열쇠가 더 있나요?"

"제가 알기로는 없습니다."

"누군가가 열쇠를 하나 더 만들었을 수도 있죠."

"하지만 누가……."

"아드님은 본인이 어딘가에 숨겨두었다고 생각하고 있습니다. 물론 깨어 있는 상태에서는 모르지만 말이죠."

그 순간 프로비셔 대령이 방안으로 들어오며 말했다.

"찰스, 난 내키지가 않아……. 다이애나가……."

챈들러 대장이 재빨리 대꾸했다.

"나도 그렇게 생각해. 다이애나는 다시 이 집에 와서는 안 됩니다. 정 이 집에서 묵으셔야겠다면 혼자서 오십시오."

푸아로가 물었다.

"왜 메벌리 양이 오늘 밤 이 집에서 묵는 걸 반대하시는 거죠?"

프로비셔가 낮은 목소리로 대답했다.

"그건 너무 위험합니다. 혹시라도……."

프로비셔는 말을 멈췄다.

푸아로가 말했다.

"휴는 메벌리 양에게 아주 헌신적입니다……."

챈들러가 소리쳤다.

"바로 그 때문입니다! 젠장, 미치광이가 있으면 모든 게 다 엉망진창이 되죠. 휴 본인도 잘 알고 있습니다. 다이애나가 이곳에 머물러서는 안 됩니다."

"그 문제는 다이애나 본인이 결정할 일입니다."

푸아로가 말했다.

푸아로는 서재를 나섰다. 다이애나는 바깥에 세워진 차 안에서 기다리고 있었다. 그녀가 외쳤다.

"짐을 챙겨서 저녁 시간에 다시 돌아오죠."

차를 타고 달리면서, 푸아로는 방금 챈들러 대장과 프로비셔 대령과 함께 나눈 이야기를 들려주었다. 다이애나는 피식 웃었다.

"그분들은 휴가 날 해칠 거라고 생각하는 걸까요?"

대답 대신 푸아로는 마을 약국 앞에서 차를 잠깐 세워달라고 부탁했다. 칫솔을 챙겨 오는 걸 깜빡했다면서.

약국은 조용한 마을의 한 가운데에 있었다. 다이애나는 차 밖에 나와 기다렸다. 에르퀼 푸아로가 칫솔을 참 오래도 고른다는 생각을 하면서…….

에르퀼 푸아로는 육중한 엘리자베스 시대의 오크제 가구들이 놓여 있는 커다란 침실에 앉아 기다렸다. 기다리는 것 외엔 달리 할 일이 없었다. 만반의 준비가 되어 있었다.

푸아로가 활동을 개시한 것은 이른 새벽이 다된 시각이었다. 바깥에서 들리는 발자국 소리에 푸아로는 문고리를 살짝 당겨 문을 열었다. 바깥 복도에는 두 남자가 서 있었다……. 제 나이보다 훨씬 늙어 보이는 중년의 두 남자였다. 챈들러 대장은 얼굴이 잔뜩 일그러져 있었고 프로비셔 대령은 얼굴에 경련이 일고 있었다.

챈들러가 말했다.

"저희와 함께 가시겠습니까, 무슈 푸아로?"

다이애나 메벌리의 침실문 밖에는 바닥에 웅크리고 있는 인영이 하나 보였다. 불빛이 엉클어진 갈색 머리카락을 비췄다. 휴 챈들러는 그곳에 누워 색색거리며 잠에 빠져 있었다. 잠옷을 걸치고 슬리퍼를 신은 모습이었다. 그의 오른손에는 날카롭고 빛나는 칼이 들려 있었다. 빛나는 칼날 여기저기에는 붉은 자국이 묻어 있었다.

에르퀼 푸아로는 조용히 외쳤다.

"몽 디유(하느님 맙소사)!"

프로비셔가 날카롭게 말했다.

"다이애나는 괜찮아요. 휴는 그 애를 건드리지 않았습니다."

프로비셔는 목소리를 높여 외쳤다.

"다이애나! 우리야! 문 열어!"

푸아로는 챈들러 대장이 탄식하며 중얼거리는 소리를 들었다.

"내 아들. 불쌍한 내 아들."

문고리 돌리는 소리가 났다. 문이 열리며 다이애나가 모습을 드러냈다. 얼굴이 하얗게 질려 있었다.

그녀는 더듬거리며 입을 열었다.

"무슨 일이 있었던 거예요? 누군가……. 제 방으로 들어오려고 했어요……. 소리가 들렸어요……. 문고리를 돌리면서 문을 긁어대더라고요……. 오! 너무 무서웠어요……. 마치 짐승처럼……."

프로비셔가 다급하게 외쳤다.

"방문을 잠그고 있어 천만 다행이구나!"

"무슈 푸아로께서 방문을 잠가두라고 하셨어요."

푸아로가 입을 열었다.

"아드님을 들어서 안으로 데려갑시다."

두 남자는 몸을 숙여 의식을 잃은 휴를 들어올렸다. 두 남자가 앞을 지나가자 다이애나는 숨을 재빨리 들이쉬었다.

"휴? 휴예요? 손에……. 저건 뭐예요?"

휴 챈들러의 양손은 검붉은 얼룩으로 끈적거렸다.

다이애나가 숨을 죽이며 물었다.

"저거 피예요?"

푸아로가 두 남자를 쳐다보자, 챈들러 대장이 고개를 끄덕였다.

"다행히도 사람 피는 아닙니다! 고양이예요! 아래층 홀에서 발견했습니다. 목이 잘렸더군요. 그 후에 이리로 올라온 게 분명합니다……."

"이리로요?"

다이애나의 목소리가 공포로 떨렸다.

"제게요?"

그때 소파 위에 눕혀 놓은 휴 챈들러가 몸을 뒤척이며 웅얼거렸다. 다들 멍하니 그를 지켜보았다. 휴 챈들러가 정신을 차리고 일어나 앉았다. 그는 눈을 깜빡였다.

"안녕하세요."

잠에서 덜 깬 듯 멍하고 갈라진 목소리였다.

"무슨 일이죠? 왜 제가 여기에……."

236

휴 챈들러는 말을 멈췄다. 그리고 여전히 손에 쥐고 있는 칼을 뚫어지게 바라보았다.

휴는 낮고 탁한 목소리로 말했다.

"제가 무슨 짓을 한 거죠?"

휴 챈들러는 눈을 들어 사람들을 하나씩 바라보았다. 그러다 마침내 벽을 보고 돌아서 있는 다이애나의 떨리는 등에 눈길이 닿았다.

"제가 다이애나를 습격한 건가요?"

그의 아버지가 고개를 젓자, 휴가 외쳤다.

"무슨 일이 있었는지 말씀해 주세요. 전 알아야 해요!"

그들은 마지못해 더듬거리며 사실을 이야기해 주었다. 휴 챈들러는 아주 조용히 인내심을 가지고 이야기를 들었다.

창밖에서는 해가 떠오르고 있었다. 에르퀼 푸아로가 커튼을 걷자 푸른 새벽빛이 방안으로 쏟아졌다. 휴 챈들러의 얼굴은 침착했으며 목소리 또한 차분했다.

"그렇군요."

그는 자리에서 일어났다. 미소를 지으며 기지개를 켰다.

"정말 아름다운 아침이죠? 숲에 나가서 토끼나 잡아야겠어요."

아주 자연스러운 목소리였다.

쳐다보는 사람들을 뒤로한 채 휴 챈들러는 방을 나섰다.

챈들러 대장이 따라가려 하자 프로비셔가 그를 잡았다.

"아니야, 찰스, 아니야. 이게 최선이야……. 저 불쌍한 녀석에게는."

다이애나는 침대에 몸을 던져 흐느꼈다.

챈들러 대장이 입을 열었다. 목소리가 불안정하게 떨렸다.

"자네 말이 맞아, 조지……. 자네 말이 맞아. 나도 알아. 저 애는 용기가 있지……."

프로비셔 역시 떨리는 목소리로 말했다.

"휴는 진정한 남자야……."

잠시 침묵이 흐른 뒤 챈들러가 입을 열었다.

"젠장, 그 빌어먹을 외국인은 어디로 간 거지?"

휴 챈들러가 총기실 선반에 놓인 총을 집어 장전을 하고 있을 때 에르퀼 푸아로가 다가와 그의 어깨에 손을 얹었다.

에르퀼 푸아로는 단호하게 한 마디만 했다.

"안 됩니다!"

휴 챈들러는 푸아로를 노려보았다. 그러고는 거칠게 화를 냈다.

"방해하지 마시고 제 몸에서 손 떼세요. 분명히 말씀드리지만 사고사가 될 겁니다. 이 방법밖에 없어요."

다시 한 번 에르퀼 푸아로는 같은 말을 되풀이 했다.

"안 됩니다."

"다이애나의 방문이 잠겨 있지 않았더라면 제가 다이애나의 목을……. 다이애나의 목을 그었을 겁니다. 그걸 모르시겠어요?"

"그런 건 모르겠습니다. 무슈께서는 메벌리 양을 죽이지 않으셨을 겁니다."

"제가 그 고양이를 죽였잖아요, 아닌가요?"

"아니요, 무슈께서는 고양이를 죽이지 않았습니다. 앵무새도, 양도 죽이지 않았습니다."

휴는 푸아로를 뚫어지게 바라보며 물었다.

"당신이 미친 건가요? 아니면 내가 미친 건가요?"

에르퀼 푸아로가 대답했다.

"우리 둘 다 미치지 않았습니다."

그 순간 챈들러 대장과 프로비셔 대령이 총기실로 들어왔다. 그 뒤로는 다이애나의 모습이 보였다.

휴 챈들러는 멍한 목소리로 중얼거렸다.

"이 사람 말이 제가 미치지 않았다네요……."

에르퀼 푸아로가 말했다.

"무슈께서 완전히 정상적이라는 말씀을 드리게 되어 기쁘군요."

휴는 웃음을 터뜨렸다. 미치광이라면 그렇게 웃을 것 같은 그런 웃음이었다.

"빌어먹을, 정말 웃기는군요! 양과 다른 동물의 목을 베는 것이 정상적인 건가요? 아니면 내가 앵무새를 죽였을 때, 그리고 오늘 밤 고양이를 죽였을 때 정상이었다는 건가요?"

"제 말은 무슈께서는 양도, 앵무새도, 고양이도 죽이지 않았다는 겁니다."

"그렇다면 도대체 누가 그랬다는 겁니까?"

"무슈께서 미쳤다는 걸 입증하겠다는 계획을 세운 누군가가 저지른 짓이지요. 매번 사건이 일어날 때마다 무슈에게 강력한 수면제를 먹이고 손에는 핏자국이 묻은 칼이나 면도칼을 쥐어 준 겁니다. 그리고 무슈의 방 세면대에서 자신의 피 묻은 손을 씻어 냈죠."

"하지만 왜요?"

"제가 이 방에 들어오기 전에 무슈께서 하려던 그 일을 하도록 만들기 위해서죠."

휴는 푸아로를 뚫어지게 바라보았다. 푸아로는 프로비셔 대령에게 고개를 돌렸다.

"프로비셔 대령님, 인도에서 오래 사셨죠. 그곳에서 혹시 약물을 투여해 일부러 사람을 미치게 만드는 경우를 보지 못하셨나요?"

프로비셔의 얼굴이 밝아졌다.

"직접 보지는 못했지만 들은 적은 많아요. 흰독말풀이죠. 그걸 복용한 사람은 결국엔 미치광이가 됩니다."

"바로 그렇습니다. 흰독말풀의 활성 원리는 알칼로이드 아트로핀과 상당히 흡사합니다……. 벨라도나에서도 추출할 수 있는 성분이죠. 벨라도나 추출물로 만든 약은 흔히 구할 수 있는 편이며 아트로핀 자체는 눈병 약으로 쉽게 처방을 받을 수가 있습니다. 처방전을 복사하여 여러 약국을 돌면 의심을 받지 않고도 꽤 많은 양을 모을 수가 있죠. 그 약에서 알칼로이드를 추출해 낸 다음……. 그러니까 예를 들면 면도 크림 같은데 집어넣을 수도 있습니다. 피부 표면에 바르면 뾰루지가 생기게 되고, 곧 면도를 하다가 상처가 나게 되면 약물이 체내로 흡수됩니다. 이는 몇 가지 증상을 유발해요……. 입 안과 목이 마르고, 삼키기가 힘들고 환영이 보이며 시야가 흐려지는 거죠……. 이 모든 증상들은 실제로 챈들러 씨께서 경험한 증상이기도 합니다."

푸아로는 고개를 돌려 젊은 챈들러를 바라보았다.

"혹시나 의심하실까봐 말씀드리겠습니다만, 이건 제 생각이 아니라 사실입니다. 무슈의 면도 크림 안에는 많은 양의 아트로핀이 검출되었습니다. 제가 조금 가져가서 검사를 해 봤죠."

새하얗게 질린 얼굴에 몸을 부들부들 떨던 휴가 물었다.

"누가요? 왜요?"

에르퀼 푸아로가 대답했다.

"제가 이곳에 도착한 이후로 계속 고민하던 점입니다. 저는 살인의 동기를 찾아보려 했습니다. 다이애나 메벌리는 무슈의 죽음으로 경제적인 이득을 보게 되지만, 그건 심각하게……."

휴 챈들러가 불쑥 외쳤다.

"그럴 리 없어요!"

"저는 다른 동기도 생각해 봤습니다. 인류의 영원한 숙제인 삼각관계죠. 두 남자와 한 여자. 프로비셔 대령님은 무슈의 어머님을 사랑하셨지만, 그녀는 챈들러 대장님과 결혼하셨죠."

"설마 조지가? 조지가! 말도 안 됩니다."

챈들러 대장이 외쳤다.

"증오가……. 그 아들에게로 향했다는 겁니까?"

휴는 멍하니 중얼거렸다.

"특정한 상황에서는 그렇죠."

에르퀼 푸아로가 말했다.

"말도 안 되는 거짓말이야! 저 사람 말 믿지 말게, 찰스."

프로비셔가 외쳤다.

휴는 몸을 움찔하며 혼잣말을 되풀이했다.

"흰독말풀……. 인도……. 그래, 이제 알겠어……. 독일 줄은 몰랐어……. 유전된 광기인 줄……."

"메 위(물론입니다)!"

에르퀼 푸아로가 목소리를 높였다.

"유전된 광기. 복수심에 불타는 미치광이……. 교활하게 수년 동안 자신의 광기를 숨긴 남자."

에르퀼 푸아로는 몸을 빙글 돌려 프로비셔를 바라보았다.

"대령님은 분명 알고 계셨겠죠? 의심해 보셨겠죠? 휴가 당신의 아들일 지도 모른다는 걸 말입니다. 왜 그런 말씀을 하지 않으신 건가요?"

프로비셔는 침을 꿀꺽 삼키고는 더듬거리며 말했다.

"저는 몰랐습니다. 확실히 알 수가 없었어요……. 예전에 한 번 캐롤린이 절 찾아온 적이 있었습니다……. 잔뜩 겁에 질린 채로요. 왜 그랬는지는 그때도, 지금도 모릅니다. 그녀와 저는……. 우리는 제정신이 아니었어요. 저는 그 일 후에 바로 도망쳐 버렸습니다……. 그럴 수밖에 없었어요. 우리 둘 다 그래선 안 된다는 걸 잘 알고 있었으니까요. 저는……. 궁금했지만 확실히 알 수는 없었습니다. 캐롤린은 휴가 제 아들이라는 말은 한 마디도 하지 않았으니까요. 더욱이……. 휴에게 정신병 유전이 나타났을 때 저는 모든 일이 확실해 졌다고 생각했습니다."

푸아로가 말했다.

"네, 확실해 졌죠! 휴 챈들러가 얼굴을 내밀고 눈을 찡그릴 때 눈썹이 내려온다는 것……. 당신과 꼭 닮았다는 걸 모르셨 겠죠. 하지만 찰스 챈들러는 알았습니다. 몇 년 전에 그 사실을 깨닫고 부인을 추궁해 사실을 알아냈고요. 부인께서는 남편 분이 두려우셨을 겁니다……. 부인에게 광기를 드러내기 시작했겠죠……. 그래서 부인께서는 대령님께 달려가 안긴 겁니다……. 부인께서 언제나 사랑했던 대령님께요. 찰스 챈들러는 복수를 계획했습니다. 부인께서는 보트 사고로 돌아가셨죠. 당시 보트에는 찰스 챈들러와 부인만이 타고 있었고, 찰스 챈들러는 사고사를 위장한 겁니다. 부인이 죽은 후 그의 증오심은 자신의 성을 물려받았지만 자신의 핏줄은 아닌 휴 챈들러에게

242

로 향했습니다. 대령님께 들은 인도 이야기 속에 나오는 흰독말풀을 사용하자는 생각이 떠올랐겠죠. 휴는 서서히 미치광이가 되어야 하니까요. 피를 갈망했던 것은 휴가 아니라 챈들러 대장이었습니다. 황량한 들판에서 양의 목을 자른 것도 찰스 챈들러이지요. 하지만 그 죗값을 치르는 건 휴여야 했습니다!

제가 언제부터 챈들러 대장님을 의심했는지 아시나요? 챈들러 장군님이 아들이 병원에 가는 것에 대해 극도로 반감을 보였을 때였습니다. 휴가 병원에 가지 않으려는 건 충분히 이해할 수 있는 자연스러운 반응이죠. 하지만 그 아버지까지 그런다는 건 이상하죠! 어쩌면 아들을 살리는 치료법이 있을 지도 모르는데요. 챈들러 대장이 아버지로서 의사의 도움을 구해야 할 이유는 수없이 많습니다. 하지만 그는 단호하게 반대했습니다……. 의사가 휴 챈들러가 정상이라는 것을 밝혀낼까봐 그랬던 겁니다!"

"정상이라고요……. 제가 정상이라고요?"

휴는 아주 작은 목소리로 물었다.

휴는 다이애나에게 한 발짝 다가섰다.

"넌 정상이야. 우리 가문에 그런 유전병은 없으니까."

프로비셔는 거친 목소리로 말했다.

다이애나가 입을 열었다.

"휴……."

챈들러 대장은 휴의 총을 집어 들었다.

"다 말도 안 되는 헛소리야! 나가서 토끼나 잡아야겠어……."

프로비셔가 앞으로 나아가려 했지만 에르퀼 푸아로가 그를 막았다. 푸아로가 말했다.

"방금 전에 대령님께서 말씀하시지 않으셨습니까……. 이게 최선이라고……."

휴와 다이애나는 방에서 나갔다.

영국인과 벨기에 인, 이 두 남자는 창가에 서서 정원을 가로질러 숲으로 향하는 챈들러가의 마지막 후손을 지켜보았다.

잠시 후, 숲에서는 총소리가 울려 퍼졌다…….

# 디오메데스의 말

　전화벨이 울렸다.

　"여보세요, 푸아로? 푸아로 선생님 맞습니까?"

　에르퀼 푸아로는 젊은 스토다트 박사의 목소리라는 걸 금방 알아차렸다. 푸아로는 마이클 스토다트가 마음에 들었다. 상냥하면서도 쑥스러운 듯한 미소에 호감이 갔고, 범죄 문제에 보이는 순진하고 솔직한 관심이 기뻤으며, 자신이 선택한 직업에서 완벽을 기하는 점을 존경했다.

　"귀찮게 해드리고 싶지는 않지만······."

　마이클은 머뭇거리며 말을 이었다.

　"하지만 자네에게 귀찮은 일이 생긴 게로군?"

　에르퀼 푸아로가 예리하게 짚어냈다.

　"맞습니다."

　마이클 스토다트는 한시름 놓은 듯한 목소리로 대답했다.

　"제대로 맞히셨어요!"

"에 비엥(그렇다면), 어떻게 도와줄까?"

스토다트는 다시 머뭇거리며 살짝 더듬었다.

"밤늦은 시각에 와 주시길 부탁한다면 너무 뻐, 뻔뻔스러운 거겠죠……. 하, 하지만 제가 지금 좀 고……. 곤란한 상황에 처해서요."

"물론 내가 가야지. 자네 집으로 가면 되겠나?"

"아니요……. 사실 전 뒤쪽에 있는 뮤스에 있습니다. 커닝비 뮤스요. 17번지입니다. 정말 오실 수 있으세요? 그래 주신다면 정말 감사하겠습니다."

"당장 출발하지."

에르퀼 푸아로가 대답했다.


에르퀼 푸아로는 번지수를 살펴보며 어두컴컴한 뮤스를 따라 걸었다. 새벽 1시가 넘은 시각이라 대부분의 집들은 이미 불이 다 꺼져 있었지만 한두 개의 창문에서는 여전히 빛이 새어나오고 있었다.

푸아로가 17번지에 거의 도착했을 때쯤, 마침 문이 열리며 스토다트 박사가 밖을 내다보았다.

"정말 와 주셨군요! 어서 올라오세요."

작은 사다리 같은 계단이 위층으로 이어져 있었다. 오른편에는 침대 겸 소파와 융단, 삼각형 은색 쿠션들이 보였고 수많은 병과 잔이 놓인 꽤 커다란 방이 있었다.

집 안은 뒤죽박죽 그 자체였다. 사방에 담배꽁초가 떨어져 있고 깨진 잔들도 많았다.

"하!"

에르퀼 푸아로가 입을 열었다.

"몽 셰르 왓슨(친애하는 왓슨), 여기서 파티를 하셨구먼!"

"파티가 열렸던 건 사실입니다."

스토다트는 침울하게 대답했다.

"정말 대단한 파티였죠!"

"자네는 그 파티에 참석하지 않았던 겐가?"

"네, 전 순전히 일 때문에 이곳에 온 거예요."

"무슨 일이 있었나?"

"이 집은 페이션스 그레이스……. 페이션스 그레이스 부인의 소유입니다."

"아주 매력적이고 우아한 이름이군."

"그레이스 부인은 결코 매력적이거나 우아한 사람이 아닙니다. 아름답지만 억세고 강한 인상이죠. 그 동안 남편을 두 명 갈아 치우고 현재 애인이 한 명 있는데, 그레이스 부인은 그 남자가 자신을 떠나려 한다는 의심을 하고 있습니다. 이 사람들이 술 파티를 열었는데 결국에는 약……. 구체적으로 말하자면 코카인 파티가 되어 버렸습니다. 코카인을 흡입하면 자신감이 상승하고 주위에 있는 모든 것들이 다 아름답게 느껴지죠. 기운이 마구마구 솟아나 평소에는 할 수 없었던 일들도 할 수 있을 것 같은 기분이 듭니다. 한편 지나치게 많이 흡입하면 신경이 흥분하기 때문에 과대망상과 정신착란에 시달리게 되죠. 그레이스 부인은 남자친구와 격렬한 다툼을 벌였습니다. 호커라는 기분 나쁜 사람이죠. 결과적으로 그 남자가 그레이스 부인을 남겨두고 집을 떠나자, 부인은 창에 기대어 어떤 멍청이가 준 새 리볼버로 남자를 쏜 겁니다."

에르퀼 푸아로가 눈썹을 치켜 올렸다.

"그래서 맞혔나?"

"절대 맞힐 리가 없죠! 총알은 그 남자에게서 3, 4미터는 비껴나갔습니다. 하지만 길거리에서 쓰레기통을 뒤지고 다니던 불쌍한 부랑자가 맞고 말았죠. 총알이 부랑자의 팔을 관통했습니다. 물론 그 남자는 소리소리 비명을 질렀고, 사람들은 남자가 팔에서 피를 철철 흘리는 걸 보고 놀라서 저를 부른 겁니다."

"그래서?"

"제가 즉시 상처를 치료했습니다. 심각하지는 않았습니다. 그런 후에 남자 한두 명이 그 부랑자에게 다가가 협상을 했고 결국에 그 부랑자는 10파운드를 받기로 합의를 했죠. 부랑자에겐 큰돈이었을 겁니다. 갑자기 굴러들어온 행운이었겠죠."

"그리고 자네는?"

"저는 조금 더 처리할 일이 있었습니다. 때마침 그레이스 부인의 히스테리가 극에 달했거든요. 부인에게 주사를 한 대 놓고 침대에 눕혔습니다. 그리고 실신한 아가씨가 한 명 더 있었습니다…… 아주 어린 아가씨였습니다. 그 아가씨도 돌봐야 했죠. 그땐 이미 모인 손님들은 재빨리 집을 다 빠져나간 상태였습니다."

스토다트는 말을 멈췄다.

"그렇다면."

푸아로가 입을 열었다.

"자네에게는 그 상황을 재고해 볼 시간이 있었겠군."

"그렇습니다."

스토다트가 대답했다.

"그저 평범한 술주정뱅이가 벌인 짓이라면 그걸로 잊어버렸을 겁니다. 하지만 약은 다르죠."

"약이 확실한가?"

"오, 그럼요. 확실합니다. 코카인이 분명해요. 상자에 담겨 있는 걸 제가 봤습니다…… 그걸 코로 흡입하는 거죠. 문제는 그 약이 어디서 났느냐 하는 겁니다. 그리고 선생님이 일전에 마약 복용과 마약 중독자들이 늘고 있다는 이야기를 했던 게 떠올랐습니다."

에르퀼 푸아로는 고개를 끄덕였다.

"경찰이 오늘 밤의 이 파티에 흥미를 보이겠군."

"그렇겠죠……"

마이클 스토다트는 맥없이 중얼거렸다.

푸아로는 갑자기 눈을 빛내며 물었다.

"하지만 자네는……. 자네는 경찰이 관여한다 해도 걱정할 게 없지 않나?"

"무고한 사람들이 이 일에 말려들어갈 수 있으니까요……. 그건 너무 가혹하잖아요."

마이클 스토다트는 웅얼거렸다.

"자네가 염려하는 사람이 페이션스 그레이스 부인인가?"

"세상에, 아니에요. 얼마나 드센 사람인데요!"

에르퀼 푸아로는 상냥하게 물었다.

"그렇다면 그 아가씬가?"

"물론 그 아가씨도 어느 면에서는 드센 게 사실입니다. 그 아가씨는 본인 입으로 자신이 드세다고 했어요. 하지만 너무 어린 아가씹니다……. 아직 철이 없어서 제멋대로 구는 것뿐이에요. 이런 일에 휘말리게 된 건, 그 철없는 아가씨가 그런 걸 멋지고 현대적인 생활 방식이라고 착각해서입니다."

푸아로의 입가에는 희미한 미소가 떠올랐다. 푸아로는 부드러운 말투로 물었다.

"이 아가씨를 전에도 만난 적이 있나?"

마이클 스토다트는 아주 어리고 수줍은 소년 같은 얼굴로 고개를 끄덕였다.

"머튼셔에서 우연히 만난 적이 있습니다. 여우 사냥꾼들이 모인 무도회에서요. 그 아가씨의 아버지는 퇴직한 군인입니다. 다혈질에 성미가 급하고……. 뭐 그런 분이랍니다. 딸이 넷인데 아버지를 닮은 모양인지 다들 좀 제멋대로인 구석이 있어요. 그 가족이 사는 시골 마을의 단점이라면 근처에 군수공장이 있어 돈이 많다는 겁니다. 옛날 시골 분위기는 전혀 아니에요……. 다들 돈이 넘쳐나니 쉽게 나쁜 짓에 빠져듭니다. 아가씨들은 그런 놈팽이들과 어떻게든 어울려보려 노력하구요."

에르퀼 푸아로는 가만히 스토다트를 바라보다 입을 열었다.

"이제 자네가 날 보자고 한 이유를 알겠군. 내가 이 문제를 맡아줬으면 하는 게지?"

"그래 주시겠어요? 어떻게 해야 할 것 같긴 하지만……. 하지만 가능하다면 셰일라 그랜트는 이 일에서 빼 주셨으면 하는 게 제 솔직한 심정입니다."

"그건 가능할 거야. 내가 그 아가씨를 직접 만나봐야겠네."

"이리 오세요."

스토다트가 방 밖으로 안내했다. 맞은편의 방문 안에서 보채는 목소리가 새어나왔다.

"선생님……. 세상에, 선생님. 저 미칠 것 같아요."

스토다트가 방문을 열고 안으로 들어섰다. 푸아로도 뒤를 따랐다. 난장판이 된 침실이었다. 바닥에는 가루가 떨어져 있고 사방에 주전자에 옷가지들이 널려 있었다. 침대 위에는 부자연스러운 금발 머리에 얼빠지고 악랄한 얼굴을 한 여자가 누워 있었다. 여자가 소리쳤다.

"온 몸에 벌레가 기어 다녀요……. 정말이에요. 정말이에요. 전 미쳐가고 있어요……. 오, 세상에. 주사라도 좀 놔 주세요."

스토다트는 침대 옆으로 다가가 의사답게 여자를 달래주었다.

에르퀼 푸아로는 조용히 방에서 빠져나갔다. 맞은편에는 또 다른 문이 있었다. 푸아로는 그 문을 열어 보았다.

그곳은 기본적인 가구들만 갖춰진 보잘 것 없는 작은 방이었다. 침대 위에는 가냘픈 체구의 한 소녀가 미동도 없이 누워 있었다.

에르퀼 푸아로는 살금살금 침대로 다가가 소녀를 내려다보았다. 검은 머리카락, 갸름하고 창백한 얼굴……. 아주 어려 보였다.

소녀의 눈꺼풀이 움찔하는 가 싶더니, 곧 눈을 뜨고 놀라고 겁먹은 눈길로 푸아로를 바라보았다. 침대 위에 일어나 앉아 엉클어진 풍성한 암청색 머리카락을 뒤로 넘기려고 고개를 흔들면서도 푸아로를 향한 눈길은 그대로였다. 마치 겁먹은 망아지 같았다……. 낯선 사람이 주는 먹이를 의심하는 야생동물처럼 그녀는 몸을 움츠렸다.

목소리는 어리고 가늘었으며 퉁명스러웠다.

"도대체 누구세요?"

"겁 먹지 마세요, 마드무아젤."

"스토다트 선생님은 어디 있어요?"

그 순간 스토다트가 방안으로 들어왔다. 소녀는 안심한 듯 말했다.

"오! 거기 계셨군요! 이 사람은 누구에요?"

"셰일라, 이분은 제 친굽니다. 이제 기분은 좀 어때요?"

"끔찍해요. 속이 울렁거리고……. 제가 왜 그 구역질나는 걸 먹었는지 모르겠어요."

스토다트가 냉담하게 대꾸했다.

"저라면 다신 그런 짓 안 할 겁니다."

"전……. 전 다시는 안 그럴 거예요."

에르퀼 푸아로가 입을 열었다.

"누가 그걸 아가씨에게 주었죠?"

소녀의 눈이 커다래지더니 윗입술을 살짝 비틀어 올렸다.

"파티 때……. 있었어요. 다들 했죠. 처음에는 기분이 좋았어요."

에르퀼 푸아로가 상냥하게 다시 물었다.

"누가 그 약을 파티에 가져왔죠?"

소녀는 고개를 저었다.

"모르겠어요……. 토니……. 토니 호커일 수도 있고. 하지만 전 정말 아무것도 몰라요."

푸아로는 상냥하게 물었다.

"마드무아젤, 코카인을 한 건 이번이 처음인가요?"

소녀는 고개를 끄덕였다.

"이번이 마지막이어야 해요."

스토다트가 퉁명스럽게 말했다.

"네……. 그래야겠죠……. 하지만 정말 신기했어요."

"이봐요, 셰일라 그랜트 양."

스토다트가 말했다.

"전 의사고 그 문제는 제가 잘 압니다. 마약은 한 번 빠지기 시작하면 결국엔 이루 말할 수 없이 비참한 신세로 전락하고 말아요. 그런 경우를 많이 봐 와서 잘 압니다. 마약은 사람들의 육체와 정신을 파괴해요. 마약에 비하면 술은 작은 유흥거리에 불과하죠. 지금 이 순간부터 당장 끊어요. 농담 아닙니다! 오늘 밤 일을 알면 아버지께서 뭐라고 하시겠어요?"

"아버지요?"

셰일라 그랜트의 목소리가 높아졌다.

"아버지요?"

그녀는 웃음을 터뜨렸다.

"아버지 얼굴은 안 봐도 훤하죠! 아버지는 절대 모르셔야 해요. 노발대발하실 테니까요!"

"화를 내시는 게 당연하죠."

스토다트가 말했다.

"선생님……. 선생님……."

그레이스 부인의 긴 통곡소리가 맞은편 방에서 새어나왔다.

스토다트는 구시렁거리며 방을 나섰다.

셰일라 그랜트는 당혹스러운 표정으로 다시 푸아로를 뚫어지게 쳐다보았다.

"정말 누구세요? 파티에서는 못 뵈었는데요."

"네, 저는 파티에 참석했던 사람이 아닙니다. 스토다트 박사의 친구죠."

"그럼 의사 선생님이세요? 의사처럼 보이지 않는데요."

"제 이름은,"

푸아로는 평소처럼 연극의 1막 커튼을 젖힐 때의 효과를 내기 위해 간단하게 말했다.

"제 이름은 에르퀼 푸아로입니다……."

이 말은 다시 한 번 효과를 발휘했다. 가끔씩 멋모르는 젊은

이들이 그를 못 알아봐 푸아로에게 상심을 안겨준 적도 있었지만, 셰일라 그랜트는 그를 아는 것이 분명했다. 깜짝 놀라 어리둥절한 표정이었다. 그녀는 계속해서……. 계속해서 푸아로를 뚫어지게 바라보았다.

믿거나 말거나이지만, 다들 토키에 사는 고모가 하나씩은 있다는 말이 있다. 또한 다들 머튼셔에 사는 친척 한 명은 있다는 말도 있다. 머튼셔는 아주 그림 같이 아름답지만 약간은 겉치레가 심한 마을로, 사냥과 낚시를 즐길 수 있으며 런던에서 적당히 먼 거리에 철도망과 도로망이 잘 갖춰져 있는 곳이다.

그 결과 실질적으로 네 자리 숫자의 수입을 벌지 않는 한 머튼셔에 사는 것은 불가능한 일이었으며, 세금이나 이러 저러한 비용을 생각하면 연수입이 다섯 자리 숫자가 되는 사람이나 살 수 있었다.

외국인인 에르퀼 푸아로는 이 시골 마을에 친척이 한 명도 없었지만, 그 동안 친분을 쌓아둔 사람들 덕에 어렵지 않게 이 마을 사람의 집에 초대를 받을 수 있었다. 게다가 그는 이웃에 관해 이야기하는 걸 인생의 낙으로 삼는 친절한 노부인 댁을 선택했다……. 단 한 가지 푸아로에게 꺼려지는 것은 그가 관심 있는 사람들의 이야기 이전에 전혀 관심도 없는 사람들의 이야기를 수도 없이 들어야 한다는 점이었다.

"그랜트요? 오, 네. 자식이 넷이죠. 다 딸이에요. 불쌍한 그랜트 대장님이 애들에게 큰소리 한 번 제대로 못 치는 것도 당연한 일이죠. 남자 한 명이 여자 넷을 상대로 뭘 할 수 있겠어요?"

레이디 카마이클은 우아하게 손을 저었다. 푸아로가 "네, 정말 뭘 할 수 있겠습니까?"라며 맞장구를 치자 레이디는 말을 이었다.

"군대에 있을 때는 아주 엄격했대요, 그 사람이 그렇게 말했어요. 하지만 딸내미들에게는 두 손 들었죠. 요즘 아가씨들은 내가 어렸을 때와 달라요. 샌디스 대령님도 옛날에는 아주 깐깐하고 엄격한 사람이어서 그 딸들이 얼마나……"

(샌디스 가문의 딸들이 고생한 이야기가 구구절절 이어졌고, 레이디 카마이클의 젊은 시절 다른 친구들의 이야기도 이어졌다.)

한참 삼천포에 빠져 있던 레이디 카마이클은 다시 본론으로 돌아왔다.

"잘 들으세요. 그 아가씨들은 잘못한 게 없어요. 그저 어리고 혈기왕성하고……. 바람직하지 못한 사람들과 어울리는 것뿐이에요. 이곳도 예전과 많이 달라졌어요. 아주 이상한 사람들이 몰려 들어와서. 더 이상 '시골'이라고 부를 수 없게 되어 버렸죠. 요즘에는 그저 돈, 돈, 돈뿐이죠. 그리고 아주 이상한 얘기들도 들려와요! 누구라고 하셨죠? 앤터니 호커요? 오, 네. 누군지 알죠. 제가 보기에는 아주 불쾌한 젊은이예요. 돈을 꽤 굴리는 건 분명하죠. 이 마을에 내려와 사냥을 하고……. 파티, 아주 사치스러운……. 그리고 좀 이상한 파티도 연대요. 물론 사람들 말을 다 믿을 순 없죠……. 사람들은 아주 심술궂은 데가 있어서 항상 안 좋은 소문을 더 부풀리려 하잖아요. 요즘 들어서는 누가 술을 마시고, 누가 약을 한다는 소문이 꽤 퍼지고 있어요. 한 번은 어떤 사람이 제게 와서 젊은 아가씨들은 전부 타고난 술꾼이라고 말했지만, 전 그런 말을 하는 게 옳은 일은 아니라고 생각해요. 누가 좀 이상하거나 얼빠지게 굴기만 하면 다들 '마약'을 한 거라고 수군대는데 그것도 옳지 않아요.

그리고 라킨 부인에 대해서도 말이 많죠. 물론 전 그 여자에게 관심도 없지만, 어쨌든 그저 정신이 없는 여자일 뿐이라고 생각해요. 그 여자는 앤터니 호커와도 대단히 절친한 사이이고, 궁금하실 것 같아서 드리는 말씀인데 그랜트 집안 딸들을 아주 미워하고 있어요. 그 애들이 남자라면 사족을 못 쓴다나 뭐라나 하면서요! 물론 그 애들이 남자 뒤를 쫓아다니긴 하지만 그게 뭐 어때서요? 그건 자연스러운 거잖아요. 게다가 다들 아주 예쁘다고요."

푸아로가 끼어들어 질문을 던졌다.

"라킨 부인이요? 친애하는 무슈 푸아로, 나에게 물어봐야 무슨 소용이 있겠어요? 뭐 딱히 중요한 사람도 아니잖아요? 사람들 말로는 그 여자가 꽤 돈이 많다고 하던데. 부자인 건 분명해요. 남편이 도시에서 꽤 잘 나갔대요. 이혼한 건 아니고 사별했다죠. 그 여자가 이 동네에 온지는 얼마 안 됐어요. 그랜트가가 이사 온지 얼마 안 돼서 왔죠. 난 항상 그 여자가……."

레이디 카마이클이 말을 멈췄다. 그녀는 입을 벌린 채로 눈을 크게 떴다. 앞으로 몸을 숙이며 손에 들고 있던 종이칼로 푸아로의 손등을 날카롭게 쳤다. 푸아로의 고통은 신경도 쓰지 않은 채 레이디 카마이클은 잔뜩 흥분해 소리쳤다.

"그래요! 그래서 당신이 이 마을에 온 거군요! 이 음흉한 양반 같으니, 어서 털어놔 봐요."

"제가 드릴 말씀이 뭐 있겠습니까?"

레이디 카마이클이 또 한 번 장난스럽게 푸아로를 치려 하자, 푸아로는 재빨리 피했다.

"조개처럼 입 꾹 다물고 있지 말아요, 에르퀼 푸아로! 당신 콧수염이 떨리는 거 다 보인다구요. 물론 당신이 이곳에 온 건

256

범죄 사건 때문이겠죠……. 그런데 뻔뻔스럽게 날 떠보기만 하다니! 어디 보자, 살인 사건인가? 요즘 죽은 사람이 누구지? 루이자 길모어는 여든 다섯에다 수종까지 있었으니 아닐 테고. 불쌍한 리오 스태버턴은 사냥하다 목이 부러져서 석고 붕대를 둘둘 감고 있었죠……. 그 사람도 아닐 테고. 살인 사건이 아닐 수도 있겠군요. 아아! 근래에 보석을 도둑맞은 일이 있었는지 기억이 안 나네요……. 혹시 범인을 쫓아서 이곳으로 온 거예요? 혹시 베릴 라킨이 범인이에요? 그 여자가 남편을 독살했대요? 죄책감 때문에 그 여자가 그렇게 얼이 빠져 있는 건지도 모르겠네요."

"마담, 마담."

에르퀼 푸아로가 외쳤다.

"너무 앞서나가시는군요."

"집어치워요. 당신은 무슨 사건을 조사하러 내려온 게 틀림없어요, 에르퀼 푸아로."

"마담께서는 고전 문학을 잘 아시나요?"

"이 일과 고전 문학이 무슨 상관이에요?"

"고전 문학과 상관이 있습니다. 저는 제 위대한 선배인 헤라클레스를 모방하고 있죠. 헤라클레스의 모험 중 한 가지가 디오메데스의 야생마를 길들이는 것이었습니다."

"설마 말을 길들이러 이 마을에 내려왔다는 건 아니겠죠? 그 나이에……. 게다가 항상 고급 에나멜 구두만 신으시잖아요! 당신은 평생 단 한 번도 말을 타보지 않았을 것 같아요!"

"마담, 말이란 건 상징입니다. 디오메데스의 야생마는 인간의 살을 먹었죠."

"정말 불쾌하군요. 난 정말이지 고대 그리스인과 로마인들이 너무 불쾌해요. 왜 성직자들이 툭 하면 고전 문학을 인용하는지 정말 모르겠어요……. 자기네도 그게 무슨 소린지 모르는 같은데. 성직자들에게는 고전 문학이라는 게 전혀 어울리지 않잖아요. 근친상간이 횡행하고 아무것도 걸치지 않은 동상들 하며……. 난 상관없지만 성직자들이 어떤지 잘 아시죠? 아가씨들이 스타킹을 신지 않고 맨다리로 교회에 오면 노발대발하죠. 어디보자……. 내가 어디까지 했더라?"

"저도 잘 모르겠네요."

"이 나쁜 사람, 당신은 라킨 부인이 남편을 살해한 사실을 말해주지 않으려고 했었죠? 아니면 앤터니 호커가 브라이튼의 트렁크 살인범인가요?"

레이디 카마이클이 눈을 반짝이며 푸아로를 바라보았지만, 푸아로는 여전히 아무것도 모르겠다는 태연한 표정을 짓고 있었다.

"지폐 위조일 수도 있겠네요."

레이디 카마이클은 다시 한 번 상상의 나래를 펼쳤다.

"지난 번 아침에 라킨 부인이 은행에서 50파운드짜리 수표를 현금으로 바꾸는 걸 봤어요……. 그때도 현금으로 찾기에는 꽤 많은 돈이라고 생각했죠. 오, 아니에요. 그건 아닐 거예요……. 그 여자가 지폐를 위조했다면 그걸로 은행에 입금을 했겠죠, 그렇죠? 에르퀼 푸아로, 그렇게 시치미 뚝 떼고 앉아 있지만 말고 말 좀 해 봐요. 안 그럼 당신에게 뭘 집어 던질지도 몰라요."

"인내심을 좀 기르셔야겠습니다."

에르퀼 푸아로가 대답했다.

그랜트 장군이 사는 애슐리 로지는 큰 저택이 아니었다. 언덕의 중턱에 위치한 저택에는 훌륭한 마구간이 딸려 있었으며 정원은 손질을 하지 않았는지 어수선했다.

집 안은 부동산 업자라면 '가구가 완비된 집'이라고 표현할 만한 곳이었다. 벽감 안에 가부좌를 틀고 앉은 불상이 아래를 응시하고 있었으며, 바닥은 베나레스 산 서랍장과 테이블들로 꽉 들어차 있었다. 벽난로 위에는 코끼리 상이 일렬로 놓여 있었고, 벽은 놋쇠 장식이 되어 있어 더 정신없이 산만했다.

영국풍과 인도풍이 뒤섞인 이 집 한가운데에, 그랜트 장군은 안락의자에 편안하게 앉아 붕대를 감은 한 쪽 다리를 다른 의자에 올려놓고 있었다.

"통풍(痛風)이죠."

그랜트 장군이 설명했다.

"통풍에 걸려보신 적이 있습니까, 미스터……. 푸아로? 이게 사람 성질을 아주 고약하게 만들죠! 다 우리 아버지 잘못입니다. 아버지는 평생을 술독에 빠져 살았고, 할아버지도 마찬가지였어요. 그게 절 망쳐버린 겁니다. 한 잔 하시겠습니까? 거기 그 벨을 좀 눌러주시죠."

벨을 누르자 터번을 두른 하인이 등장했다. 그랜트 장군은 그를 압둘이라 부르며 위스키와 소다를 가져오라고 명령했다. 술이 도착하자 그랜트 장군이 관대하게도 술을 넘치게 따라주는 바람에 푸아로는 그만하면 됐다고 사양해야 했다.

"안타깝게도 전 마실 수가 없습니다, 푸아로 씨."

장군은 처량한 눈으로 굳게 잠긴 술병 진열대를 바라보았다.

"제 주치의 말로는 저에겐 술이 독약이라더군요. 의사가 뭘 알겠습니까? 무식한 인간들이에요. 남의 흥이나 깨고. 툭하면

이거 먹지 말라, 술 마시지 말라 잔소리 하면서 찐 생선 같이 어린애들이나 먹을 법한 음식을 권하니까요. 찐 생선이라니……. 허!"

화를 내던 장군은 자기도 모르게 아픈 다리를 움직였고, 그 통증에 소리를 질렀다. 그러고는 상스러운 소리를 해서 미안하다고 사과했다.

"성난 곰 같죠, 제가 딱 그 꼴입니다. 통풍 발작이 올 때면 딸들도 절 피합니다. 그 애들을 탓할 수는 없죠. 제 딸아이 중 한 명을 만나보셨다고요?"

"네, 따님을 만나 뵈는 영광을 누렸습니다. 따님이 여럿이죠?"

"네 명입니다."

장군은 우울하게 대답했다.

"아들은 단 한 명도 없죠. 딸이 네 명이라니 어처구니없는 일입니다. 요즘 들어 슬슬 걱정도 되고요."

"네 분 다 아주 매력적인 분들이라고 들었습니다만?"

"뭐 못생기지는 않았어요……. 못생기지는 않았습니다. 분명히 말씀드리지만 저는 그 애들이 뭘 하고 싸돌아다니는지 모릅니다. 요즘에는 여자애들을 단속할 수가 없어요. 늦게까지……. 너무 제멋대로 돌아다니죠. 그러니 남자가 뭘 할 수 있겠어요? 가둘 수도 없고, 이거야 원."

"동네에서 인기가 많다고 들었습니다."

"몇몇 노부인들은 그 애들을 싫어하죠. 이곳에는 나이에 맞지 않게 꾸미고 다니는 중년 여자들이 많아요. 남자라면 조심해야죠. 한 번은 나도 푸른 눈의 과부한테 넘어갈 뻔 했습니다……. 내 근처에 와서 새끼고양이처럼 교태를 부리더군요. '불쌍한 그랜트 장군님……. 장군님은 정말 흥미진진한 인생을 사셨겠죠?' 이러면서 말입니다."

장군은 눈을 깜빡거리며 손가락 하나를 코에 올려놓았다.

"너무 노골적이잖습니까, 푸아로 씨. 뭐, 전반적으로 보면 여기가 그리 나쁜 곳은 아니라고 생각합니다. 제 취향보다는 좀 더 번화하고 번잡스럽긴 합니다만. 전 시골다운 시골이 좋아요. 시끄러운 자동차 소리에 사람 소리, 끊임없이 지껄이는 라디오 소리가 없는 시골이요. 이 집에는 절대 라디오를 들여놓지 않을 테고, 그건 애들도 잘 알고 있습니다. 최소한 자기 집에서만큼은 작은 평화를 누릴 권리가 있지 않습니까."

푸아로는 서서히 대화의 방향을 앤터니 호커에게 돌렸다.

"호커? 호커요? 잘 모릅니다. 네, 물론 누군지는 알죠. 미간이 좁고 비열하게 생긴 놈 아닙니까. 상대방 얼굴을 제대로 쳐다보지도 못하는 사람은 절대 믿을 수가 없어요."

"그 사람이 따님이신 셰일라의 친구 분이시죠, 아닌가요?"

"셰일라의 친구라고요? 그런 소리는 처음 듣습니다. 애들은 제게 아무 얘기도 안 하니까요."

장군의 미간이 잔뜩 찌푸려졌다……. 벌건 얼굴에 날카롭고 푸른 눈으로 에르퀼 푸아로를 똑바로 바라보았다.

"이보시오, 푸아로 씨. 이게 다 무슨 일입니까? 무슨 일로 절 찾아왔는지 얘기해 주시겠습니까?"

푸아로가 천천히 입을 열었다.

"그건 어렵습니다……. 사실 저도 잘 모르니까요. 이거 하나만은 말씀드릴 수 있습니다. 따님이신 셰일라 양……, 아니 어쩌면 따님 모두가 바람직하지 못한 친구와 사귀고 있다는 겁니다."

"나쁜 놈들과 사귀고 있다는 겁니까? 그럴까봐 좀 걱정하긴 했었죠. 여기저기서 듣는 말이 있으니까요."

그는 애처롭게 푸아로를 바라보았다.

"하지만 제가 어떻게 해야 합니까, 푸아로 씨? 제가 어떻게 해야 합니까?"

푸아로는 난처한 듯 고개를 설레설레 저었다.

그랜트 장군이 계속했다.

"그 애들이 만나는 사람들에게 무슨 문제가 있습니까?"

푸아로는 질문으로 대답을 대신했다.

"그랜트 장군님, 혹시 따님들 중에 침울하다가도 곧 흥분하고, 또 다시 우울해 하거나……. 혹은 신경질적으로 기분이 변덕스럽게 변하는 분이 있나요?"

"젠장, 우리 딸들이 무슨 약이라도 먹는답니까? 아니요. 그런 애는 없습니다."

"그것 참 다행이군요."

푸아로가 진지하게 대답했다.

"이게 다 무슨 일입니까?"

"마약입니다!"

"뭐라구요!"

장군이 포효하듯 외쳤다.

푸아로가 입을 열었다.

"누군가 셰일라 아가씨를 마약 중독자로 만들려 했습니다. 코카인 중독자가 되는 건 눈 깜빡할 사이입니다. 1, 2주면 충분하죠. 그리고 한 번 중독된 사람은 코카인을 손에 넣기 위해서라면 뭐든 합니다. 마약 밀매업자들이 벼락부자가 되는 것도 다 그 때문이에요."

푸아로는 이 나이든 남자가 광분하며 침을 튀길 듯 쏟아놓는 욕설을 가만히 듣기만 했다. 이윽고 불길이 가라앉으며 이럴 때 자신을 이해해 줄 아들이 있어야 했다며 그가 중얼거리는 사이 에르퀼 푸아로가 다시 입을 열었다.

"존경하는 비턴 부인의 말씀처럼, 먼저 토끼를 잡고 봐야죠. 마약 밀매범을 잡는다면 기쁜 마음으로 장군님께 넘겨드리겠습니다."

푸아로는 자리에서 일어서다 빽빽하게 조각이 새겨진 작은 테이블에 걸려 비틀거렸고, 장군을 붙잡은 덕에 제대로 설 수 있었다.

"이거 정말 죄송합니다, 장군님. 뭐라고 사과를 드려야 할지……. 그리고 한 가지 부탁을……. 따님들껜 아무 말 말아 달라는 부탁을 드려도 될까요?"

"뭐라고요? 난 그 애들에게 사실대로 다 말해줄 겁니다."

"그렇게 하시면 절대 안 됩니다. 그래봐야 돌아오는 건 거짓말뿐일 테니까요."

"하지만……."

"그랜트 장군님, 제가 확실히 말씀드리죠. 반드시 입단속을 하셔야 합니다. 반드시 그러셔야 합니다……. 아시겠습니까? 반드시요!"

"뭐, 좋을 대로 하시죠."

노병은 못마땅한 듯 툭 내뱉었다. 푸아로의 말을 따르겠지만 납득은 하지 못하겠다는 태도였다.

에르퀼 푸아로는 조심스럽게 테이블 사이를 지나 집을 빠져 나갔다.


라킨 부인의 방은 사람들로 한 가득이었다.

라킨 부인은 사이드 테이블에서 칵테일을 만드느라 분주했
다. 키가 큰 라킨 부인은 옅은 적갈색 머리를 목 뒤로 말아 올
리고 있었다. 눈은 녹색 빛이 도는 회색이었으며 커다란 눈동
자는 검은색이었다. 음흉함을 숨긴 채 우아한 자태로 여기 저
기 돌아다니며 손님들을 대접하는 그녀는 마치 30대 초반처럼
보였다. 가까이서 자세히 들여다봐야 눈가의 주름으로부터 그
녀가 겉보기보다 10살은 더 많다는 것을 알 수 있을 정도였다.

에르퀼 푸아로는 레이디 카마이클의 친구인 활발한 중년 여
성을 따라 이곳에 왔다. 칵테일 잔을 받아 들고 창가에 앉아
있던 한 소녀를 소개받았다. 그 소녀는 자그마한 체구에 피부
가 희었다…… 하얀 얼굴에는 발그레한 혈색이 도는 것이 마
치 천사를 연상케 했다. 푸아로는 소녀의 눈에 경계심과 의심
이 서려 있는 것을 알아챘다.

푸아로가 입을 열었다.

"언제나 건강하시길 바랍니다, 마드무아젤."

소녀는 고개를 끄덕이고는 칵테일을 마셨다. 그리고 갑작스
럽게 말을 꺼냈다.

"제 언니를 아신다고요."

"언니라뇨? 아, 마드무아젤께서도 그랜트 가의 따님이시군
요?"

"저는 팸 그랜트예요."

"언니는 오늘 어디 계시나요?"

"사냥을 하러 나갔어요. 곧 돌아올 거예요."

"마드무아젤의 언니와는 런던에서 만났습니다."

"알아요."

"언니가 말해주던가요?"

팸 그랜트는 고개를 끄덕였다. 그리고 갑작스럽게 물었다.

"언니가 곤란한 상황에 처했었나요?"

"그렇다면 언니가 다 얘기해 주진 않았군요?"

팸 그랜트는 고개를 저으며 질문을 던졌다.

"토니 호커도 거기 있었어요?"

푸아로가 대답하기도 전에 문이 열리며 호커와 셰일라 그랜트가 들어왔다. 둘은 사냥복 차림이었는데, 셰일라의 뺨에는 진흙이 조금 묻어 있었다.

"안녕하세요, 여러분. 한잔 하러 왔어요. 토니가 가져온 보온병에 물이 다 떨어졌네요."

푸아로가 중얼거렸다.

"천사도 제 말하면……."

팸 그랜트가 끼어들었다.

"호랑이겠죠."

푸아로가 날카롭게 물었다.

"그런가요?"

베릴 라킨이 앞으로 나서며 두 사람을 맞았다.

"왔어요, 토니? 사냥은 어땠어요? 겔러트(13세기 영국의 왕자가 가장 아끼던 사냥개. 겔러트는 왕자의 어린 아들을 보호하기 위해 늑대와 싸워 죽이지만, 오해한 왕자는 겔러트를 죽인다 ── 옮긴이)의 시체라도 끌고 왔어요?"

라킨 부인은 교묘하게 벽난로 근처의 소파로 토니 호커를 데려 갔다. 푸아로는 그가 라킨 부인을 따라 가기 전 고개를 돌려 셰일라에게 언뜻 눈길을 보내는 걸 봤다.

셰일라는 푸아로를 보았다. 그녀는 잠시 망설이다 창가에 서 있는 푸아로와 팸에게 다가와 불쑥 물었다.

"어제 우리 집에 찾아 오셨었죠?"

"아버님께서 말씀해 주셨나요?"

셰일라는 고개를 저었다.

"압둘이 생김새를 설명해 줬어요. 그래서…… 추측한 거죠."

순간 팸이 외쳤다.

"아버지를 만나셨다고요?"

푸아로가 대답했다.

"아……. 네. 건너 건너……. 아는 사이랍니다."

"말도 안 돼요."

팸이 날카롭게 대꾸했다.

"뭐가 말이 안 된다는 거죠? 아가씨의 아버님과 제가 건너 건너 아는 사이라는 거요?"

팸의 얼굴이 빨개졌다.

"모르는 척 하지 마세요. 제 말은……. 뭔가 다른 이유가 있어서……."

팸은 언니에게 고개를 돌렸다.

"무슨 말 좀 해 봐, 언니."

셰일라는 흠칫 놀라더니 입을 열었다.

"토니 호커와는……. 아무런 상관없는 이유였겠죠?"

"그래야 할 이유가 있나요?"

푸아로의 말에 셰일라는 얼굴이 빨개지더니 다른 사람들의 무리로 갔다.

팸이 갑작스레 격렬하게, 하지만 조용한 목소리로 말했다.

"전 토니 호커가 싫어요. 저 사람은 왠지…… 불길해요……. 그리고 라킨 부인도요. 저 사람들 하는 짓 좀 보세요."

푸아로는 팸이 눈길이 닿는 곳을 따라갔다. 호커와 라킨 부인이 서로 머리를 가까이 맞댄 채 앉아 있었다. 호커가 라킨 부인을 달래는 듯 보였다. 순간 라킨 부인의 목소리가 높아졌다.

"……하지만 난 기다릴 수 없어. 지금 당장 필요하단 말이야!"

푸아로는 슬며시 미소를 지으며 말했다.

"레 팜므(여자들이란) 뭐든지……. 지금 당장 손에 넣고 싶어 하죠, 그렇지 않나요?"

팸 그랜트는 아무런 대꾸도 하지 않았다. 고개를 푹 숙인 채 초조하게 트위드 스커트 자락만을 만지작거렸다.

푸아로는 유쾌하게 속삭였다.

"마드무아젤께서는 언니와 많이 다르시군요."

팸 그랜트는 그런 말은 됐다는 듯 고개를 치켜들고 물었다.

"무슈 푸아로. 토니가 언니에게 뭘 준 거죠? 뭘 주었길래 언니가 그렇게……. 달라진 거죠?"

푸아로는 팸의 눈을 똑바로 바라보며 물었다.

"그랜트 양, 코카인을 복용한 적이 있습니까?"

팸은 고개를 저었다.

"오, 설마! 그거예요? 코카인이에요? 하지만 그건 아주 위험한 거 아닌가요?"

순간 칵테일 잔을 손에 든 셰일라 그랜트가 다가오며 물었다.

"뭐가 위험하다는 거죠?"

푸아로가 대답했다.

"우리는 마약의 폐해에 대해 이야기를 나누고 있었습니다. 서서히 이성과 영혼을 죽음으로 몰아넣으며……. 인간의 본질과 선함을 모두 파괴한다는 것 말이죠."

셰일라 그랜트가 급히 숨을 들이마셨다. 손에 든 술잔이 떨리면서 술이 바닥으로 쏟아졌다. 푸아로가 계속 말을 이었다.

"스토다트 박사가 마드무아젤에게도 자세히 말씀해 주신 걸로 알고 있는데요. 너무나도 쉽게 중독이 될 수 있고…… 한 번 중독되면 빠져나오기가 아주 힘들죠. 다른 사람들의 타락과 불행으로 이득을 보는 사람들은 인간의 피를 빠는 흡혈귀라고 할 수 있어요."

푸아로는 말을 마치고 뒤를 돌았다. 등 뒤에서 팸 그랜트의 목소리가 들려 왔다.

"셰일라!"

그리고 숨을 죽이며……. 아주 희미하게 속삭이는 셰일라 그랜트의 목소리도 들렸다. 너무나도 작은 목소리라 푸아로는 듣지 못했다.

"보온병……."

에르퀼 푸아로는 라킨 부인에게 작별인사를 한 다음 홀로 나왔다. 홀의 테이블 위에는 채찍, 모자와 함께 휴대용 보온병이 놓여 있었다. 푸아로는 그 보온병을 집어 들었다. A. H.라는 이니셜이 새겨져 있었다.

푸아로는 혼잣말로 중얼거렸다.

"토니의 보온병에 물이 떨어졌다?"

푸아로는 조심스럽게 보온병을 흔들었다. 물소리는 전혀 나지 않았다. 푸아로는 뚜껑을 열었다.

토니 호커의 보온병은 비어 있지 않았다. 그 속은 하얀 가루로 가득했다…….


에르퀼 푸아로는 레이디 카마이클 집의 테라스에 서서 한 소녀에게 간청을 했다.

"마드무아젤, 당신은 아직 너무 어렵습니다. 그 동안 마드무아

268

젤과 마드무아젤의 자매들은 정확히 자신이 무슨 일을 하는 건지 모르셨을 겁니다. 그 동안 마드무아젤께서는 디오메데스의 말처럼 인간의 살을 먹고 살아온 겁니다.”

셰일라는 어깨를 떨며 흐느꼈다.

“그렇게 말씀하시니까 정말 끔찍하네요. 물론 그건 사실이에요! 그날 밤 런던에서 스토다트 박사님이 제게 말씀해 주시기 전까지는 몰랐어요. 그분은 너무나도 진지하고…… 진심에서 우러나온 말씀을 해 주셨죠. 그제서야 제가 그 동안 한 짓이 얼마나 끔찍한 것인지 알았어요…… 그 전에는…… 오! 그저 술 마시는 것 정도로 생각했어요…… 사람들이 돈을 내고 살 만한 물건이라고만 생각했지. 그렇게 큰 문제인 줄은 몰랐어요!”

“지금은요?”

“무슈 푸아로의 말씀대로 할 게요. 사람들에게…… 전부 말할 게요.”

그리고 셰일라는 잠시 후 덧붙였다.

“스토다트 박사님은 다시는 절 안 보려고 하시겠죠…….”

“정반대일 겁니다.”

푸아로가 대답했다.

“스토다트 박사나 저나 모두 힘이 닿는 데까지 마드무아젤을 도와드릴 겁니다. 우리를 믿으세요. 그 전에 한 가지 할 일이 있죠. 죗값을 치러야 할 사람…… 철저히 자신의 죗값을 치러야 할 사람이 있습니다. 그리고 그 사람이 죗값을 치르게 할 수 있는 사람은 마드무아젤과 마드무아젤의 자매 분들밖에 없습니다. 마드무아젤께서 증언을 해 주셔야 그 사람의 유죄를 입증할 수 있죠.”

"제 아버지……. 말씀이신가요?"

"마드무아젤의 아버지가 아니죠. 이 에르퀼 푸아로가 모든 걸 다 알고 있다고 말씀드리지 않았나요? 마드무아젤의 사진을 경찰서에서 쉽게 찾아냈습니다. 마드무아젤의 이름은 셰일라 켈리……. 상습 절도로 몇 년 전 소년원에 가신 적이 있죠? 소년원에서 나오자, 한 남자가 접근에 자신이 그랜트 장군이라며 어떤 역할 그러니까 '딸' 역할을 해 달라고 제안했고요. 풍족하고 재미있게 살 수 있다고 했을 겁니다. 마드무아젤은 그저 다른 누군가가 준 것처럼 가장해, 친구들에게 '코담배'를 소개하기만 하면 됐죠. 마드무아젤의 '자매 분'들도 같은 경우고요."

푸아로는 잠시 말을 멈췄다가 다시 입을 열었다.

"자, 마드무아젤……. 이 남자는 반드시 처벌을 받아야 합니다. 그 후에……."

"네, 그 후엔요?"

푸아로는 헛기침을 한 후, 미소를 지으며 말했다.

"마드무아젤께서는 하느님의 뜻을 섬기게 될 겁니다……."


마이클 스토다트는 눈을 동그랗게 뜨고 푸아로를 바라보았다.

"그랜트 장군이요? 그랜트 장군이라고요?"

"그렇다네. 모든 게 다 '가짜'였던 거야. 불상, 베나레스 산 테이블, 인도인 하인까지! 그리고 통풍도 말일세! 통풍은 나이가 아주 많은 노인들이 걸리는 병이야. 19살 먹은 어린 딸을 둔 아버지가 걸릴 병은 아니지.

게다가 난 증거도 확보했다네. 그 집을 나가면서 일부러 비틀거리다가 통풍에 걸린 다리를 붙잡았거든. 내가 한 말에 정신이 팔려서 내가 그 다리를 잡은 것도 모르더군. 오, 그래. 그 사람은 모든 게 다 가짜야! 투 드 멤(그래도) 아주 영리해. 인도에서 복무하다가 퇴직한, 성질이 울컥하는 퇴직 군인이 대부분의 퇴직 군인들이 묵는 마을이 아니라 (오, 당연하잖나.) 퇴직 군인에게는 너무 비싼 동네에 정착한다……. 그 동네에는 런던에서 온 사람들이며 부자들이 많으니 물건을 팔기에는 훌륭한 장소지. 그리고 그 누가 저 활기차고 매력적인 아가씨 넷을 의심할 수 있겠나? 만약 발각이 된다 하더라도 그 아가씨들은 오히려 피해자라고 생각하겠지……. 그건 확실해!"

"무슨 생각으로 그랜트 장군을 찾아가신 거예요? 겁주려고요?"

"그래. 난 어떤 반응이 나올지가 궁금했어. 오래 기다릴 수도 없었거든. 이미 아가씨들이 명령을 받았으니까 말이야. 희생자 중 하나인 앤터니 호커를 희생양으로 만들 작정이었던 거야. 셰일라는 나에게 홀에 있는 보온병 얘기를 하려 했지. 거의 그럴 뻔 했지만……. 또 다른 아가씨가 화를 내며 이름을 부르는 바람에 미처 하지 못한 거야."

마이클 스토다트는 정신없이 방안을 서성였다.

"저는 그 아가씨를 계속 만날 겁니다. 청소년 범죄에 대해 확실한 이론을 세워둔 게 있어요. 그 아이들 가정 환경을 들여다 보면, 대부분이……."

푸아로가 끼어들었다.

"몽 셰르(이봐), 자네의 의학 지식에는 깊은 존경을 표하네. 난 자네 이론이 셰일라 켈리 양에게도 완벽하게 효과를 발휘할 거라 믿어 의심치 않아."

"다른 아가씨들도요."

"그래, 어쩌면 그럴 수도 있지. 내가 확신할 수 있는 건 셰일라 아가씨 뿐이야. 자네가 그 아가씨를 올바른 길로 이끌 거라는 건 의심의 여지가 없네! 이미 자네 말이라면 껌뻑 죽지 않나……."

마이클 스토다트의 얼굴은 홍당무가 되었다.

"말도 안 되는 소리 마세요, 푸아로."

# 히폴리테의 띠

세상 모든 일은 연결되어 있다. 다른 사람들과 마찬가지로 에르퀼 푸아로도 툭하면 이 말을 입에 올렸다. 그러면서 도둑맞은 루벤스 사건만큼 증거가 명확한 사건도 없었다고 덧붙였다.

푸아로는 루벤스 사건에 별다른 관심이 없었다. 먼저 루벤스는 그가 존경하는 화가가 아닌데다, 그림이 도둑맞은 정황도 지극히 평범했기 때문이다. 그럼에도 그 사건을 맡은 것은 의뢰자인 알렉산더 심슨이 그의 친구였기 때문이며, 또 한 가지 이유는 고전 문학과의 연관성이라는 푸아로의 개인적인 사정 때문이었다!

그림이 도난당한 후, 알렉산더 심슨은 푸아로를 찾아와 넋두리를 한바탕 늘어놓았다. 그것은 최근 발견된 루벤스 작품으로 여태까지 잘 알려진 작품은 아니었지만 진품 여부는 확실했다. 심슨의 갤러리에 전시되어 있던 그 그림이 백주대낮에 도둑을 맞은 것이다.

그날은 실업자들이 교차로에 드러누워 시위를 하다가 부유층의 집에 침입하는 사태가 벌어졌다고 한다. 한 무리가 심슨의 갤러리에 침입, 바닥에 드러누워 '예술은 사치다. 가난한 자에게 먹을 것을!'이라는 구호를 외쳤다. 경찰이 출동하고 호기심으로 사람들이 몰려들었으며, 경찰이 시위자들을 강제로 갤러리에서 쫓아낸 후에야 루벤스의 새 작품이 액자만 덩그러니 남은 채 사라져 버렸다는 사실이 발견되었다!

　"아주 작은 그림이야."

　심슨이 설명했다.

　"사람들이 전부 이 빌어먹을 실업자들을 구경하는 사이에 겨드랑이에 끼워서 가져나갈 수 있을 정도라네."

　곧 문제의 그 실업자들이 그림을 훔친 사람으로부터 돈을 받고 연극을 한 것이라는 사실이 밝혀졌다. 심슨의 갤러리에서 시위를 하는 대가로 돈을 받은 것이다. 하지만 그들 역시 그 이유는 전혀 모르고 있었다.

　에르퀼 푸아로는 꽤 재미있는 속임수라고 생각했지만, 어떻게 이 사건을 해결할 수 있을지에 대해서는 떠오르는 게 없었다. 푸아로는 도난 사건은 경찰에게 맡기는 편이 좋다고 충고했다.

　알렉산더 심슨이 말했다.

　"푸아로, 난 누가 그 그림을 훔쳤는지, 그 그림이 어디로 가고 있는지 안다네."

　심슨의 말에 따르면 놀라울 정도로 싼 가격에 미술품을 구입하는 뻔뻔스러운 백만장자가 있는데, 그의 의뢰로 국제적인 도둑이 그림을 훔친 거라는 설명이었다. 그는 확실하다는 것을 강조했다. 루벤스가 프랑스로 밀반입되어 백만장자의 수중에 들어가게 될 것이다. 영국과 프랑스 경찰들이 감시를 하고 있지만, 경찰은 그 그림을 찾아내지 못하리라는 말이었다.

"일단 그 비열한 작자들 수중에 그림이 들어가고 나면 문제가 더 복잡해질 거야. 부자들은 신중하게 다뤄야 하잖나. 그래서 자네의 도움이 필요한 걸세. 상황이 복잡해질 거야. 푸아로, 자네가 그런 일엔 적임자지."

마침내 별다른 열의 없이 그 일을 받아들인 에르퀼 푸아로는 즉시 프랑스로 떠나달라는 부탁을 수락했다. 루벤스 사건에는 별다른 흥미가 없었지만, 그 덕분에 그가 큰 관심을 가지고 있던 한 여학생의 실종 사건을 소개받을 수 있었다.

그 이야기는 푸아로가 대리 주차를 부탁하고 있을 때 마침 들른 재프 경감이 들려 주었다.

"하! 프랑스로 간다고?"

재프 경감이 말했다.

"런던 경시청은 참 정보가 빠르군 그래."

재프는 킬킬 웃었다.

"우리도 정보원이 있다네. 심슨이 자네를 루벤스 사건에 끌어들였지? 우릴 믿지 않는 모양이야. 뭐, 그건 그렇고 내가 자네에게 이야기하고 싶은 건 전혀 다른 문젠데…… 자네가 파리에 가는 김에 이 일도 해결하면 일석이조겠다 싶어서 말이야. 헌 형사가 파리에서 프랑스 경찰들과 공동으로 수사를 펼치고 있다네…… 자네 헌을 아나? 좋은 친구지. 하지만 상상력이 좀 부족해. 자네가 이 일에 도움을 줬으면 하네."

"무슨 일인가?"

"아이가 사라졌어. 오늘 석간 신문에 실리게 될 거야. 아무래도 납치당한 것 같아. 크랜체스터 교구 참사회원의 딸이지. 그 애 이름은 위니 킹이라네."

재프 경감이 이야기를 계속했다.

위니는 영국과 미국의 뛰어난 여학생들만을 선발하는 명문 포프 학교에 입학하기위해 파리로 가는 길이었다. 위니는 크랜체스터에서 아침 일찍 기차를 타고 출발했으며, 기차 여행하는 소녀들을 돌보는 일을 맡은 대행 업체 직원이 런던까지 따라가 포프 학교의 교감에게 인도했다. 그 후에 다른 소녀들 열여덟 명과 합류해 임항 열차(선박과 연결되는 기차 — 옮긴이)를 타고 빅토리아 역을 출발했다. 열아홉 명의 소녀들은 해협을 건너 칼레의 세관을 통과한 다음, 파리에서 열차를 타 식당 칸에서 점심 식사를 했다. 하지만 열차가 파리 외곽을 지날 때 버쇼 양이 아이들의 숫자를 세어보니 전부 열여덟밖에 되지 않았던 것이다!

"아하."

푸아로가 고개를 끄덕였다.

"기차가 어디서 멈췄었나?"

"아미앵에서 한 번 섰지만, 당시에 소녀들은 전부 식당 칸에 있었고 다들 그때 위니와 함께 있었던 게 확실하다고 증언했다네. 그러니까 말하자면, 식당 칸에서 돌아오는 길에 위니를 잃어버린 거지. 즉, 위니는 같은 칸에 있던 다섯 명의 소녀들과 함께 돌아가지 않은 거야. 다들 심각하게는 생각하지 않더군. 그저 다른 객차에 있던 거겠거니 생각하는 것 같았어."

푸아로는 고개를 끄덕였다.

"그렇다면 그 소녀를 마지막으로 본 게……. 정확히 언제라던가?"

"열차가 아미앵을 떠나고 약 10분 정도 후라네."

재프는 점잖게 헛기침을 하고 덧붙였다.

"마지막을 그 소녀를 본 건……. 그러니까……. 그 애가 화장실에 들어가는 모습이었어."

푸아로는 중얼거렸다.

"아주 자연스러운 행동이지. 뭐 다른 건 없나?"

"한 가지가 있네."

재프의 얼굴이 험상궂었다.

"그 소녀의 모자가 선로 옆에서 발견되었어……. 아미앵에서 대략 22킬로미터 정도 떨어진 곳이지."

"하지만 시신은 없었고?"

"그렇다네."

푸아로가 다시 물었다.

"자네는 어떻게 생각하나?"

"뭐라 생각하기도 어렵다네! 아이의 시체가 발견된 것도 아니고……. 그 애가 기차에서 떨어졌을 리도 없으니 말이야."

"아미앵을 출발한 다음에는 열차가 한 번도 멈춘 적이 없었나?"

"없어. 신호 때문에 한 번 속력을 낮춘 적이 있지만 멈춰 서지는 않았어. 물론 사람이 상처 하나 없이 뛰어내릴 수 있을 정도로 속력을 낮췄는지는 나도 의문이야. 혹시 그 아이가 겁에 질려 도망갔다고 생각하나? 이번이 프랑스에서의 첫 학기이니 두렵고 집에 돌아가고 싶은 마음이 들었을 지도 모르지. 하지만 그 애는 열다섯 살이야……. 어느 정도 지각이 있는 나이지. 게다가 여행하는 내내 아주 기운이 넘치고 재잘재잘 떠들기도 했다는군."

푸아로가 질문을 던졌다.

"열차 안은 수색해 봤나?"

"아, 그럼. 열차가 파리 북역에 도착하기 전에 샅샅이 뒤져 봤다고 하네. 그 애가 열차 안에 없는 건 확실해."

재프는 격분하며 말을 이었다.

"그냥 사라져 버렸어……. 증발해 버렸다고! 말도 안 되는 일일세, 푸아로. 말도 안 되는 일이야!"

"위니는 어떤 아이였나?"

"내가 알아낸 바로는 지극히 평범한 아이였다더군."

"내 말은……. 어떻게 생겼냐는 거야."

"여기 그 애 사진을 가져 왔네. 미인이라고는 하기는 힘들어."

푸아로는 재프가 건넨 사진을 가만히 들여다보았다.

사진 속의 소녀는 호리호리한 체격에 머리를 양 갈래로 묶고 있었다. 제대로 포즈를 취하고 찍은 사진은 아니었으며, 사진의 주제가 뭔지도 불분명했다. 막 사과를 먹으려는 듯 벌린 입 사이로 교정기를 낀 뻐드렁니가 살짝 보였다. 소녀는 안경을 끼고 있었다.

재프가 다시 입을 열었다.

"아주 평범해 보이는 아이지……. 하지만 그 나이에는 다들 평범하잖나! 어제 치과에 갔다가《스케치》에서 이번 미인 대회에 입상한 마샤 건트의 사진을 봤네. 왕년에 내가 도난 사건을 조사하러 캐슬에 내려갔을 때 열다섯 살 때의 그 마샤 건트를 본 적이 있어. 말도 안 듣고, 주근깨투성이에 뻐드렁니인데다 머리카락은 떡이 져서 어찌나 볼품없던지. 그랬던 소녀가 하루 아침에 미인으로 탈바꿈하다니……. 정말 신기하지! 마치 기적 같아."

푸아로는 미소를 지었다.

"원래 여자들이란 기적 같은 존재일세! 아이의 가족은 어떤가? 단서가 될 만한 건 있던가?"

재프는 고개를 저었다.

"전혀. 애 어머니는 아픈데다, 불쌍한 아버지는 놀라서 제정
신이 아니야. 딸이 파리에 가고 싶어 아주 안달이 났었다고 하
더군…… 파리에 갈 날만 손꼽아 기다리고 있었다고 말일세.
미술과 음악을 공부하고 싶었다나? 뭐 그랬다는군. 포프 학교
는 예술 방면으로 첫손가락에 꼽히는 곳이야. 자네도 알지 모
르겠지만 아주 유명한 학교라네. 사교계의 소녀들이 많이 다니
지. 교칙이 아주 엄격하고 학비도 아주 비싼데다 학생들을 선
별하는 기준도 극도로 까다로워."

푸아로는 한숨을 쉬었다.

"그런 학교라면 잘 알지. 그리고 버쇼 양이 학생들을 영국에
서 데려간 인솔 책임자였고?"

"버쇼 양도 안절부절 못하고 있어. 포프 교장이 자기에게 책
임을 물을까봐 전전긍긍하고 있지."

푸아로는 곰곰이 생각하며 질문을 던졌다.

"이 사건에 젊은 남자는 개입되어 있지 않나?"

재프는 소녀의 사진을 가리키며 고갯짓을 했다.

"이 아이가 그래 보이나?"

"아니, 그래 보이진 않아. 하지만 외모야 어떻다 하더라도 마
음속에는 로맨스에 대한 열망으로 가득 차 있을지도 모르지.
열다섯이면 그리 어린 나이는 아니잖나."

"글쎄. 만약 로맨스 때문에 열차에서 뛰어내린 거라면, 여성
작가들의 소설을 좀 읽어봐야겠군."

재프는 기대하는 눈빛으로 푸아로를 바라보았다.

"뭔가 떠오르는 게 없나? 응?"

푸아로는 천천히 고개를 저었다.

"혹시 선로 옆에서 그 아이의 신발이 발견되지는 않았나?"

"신발? 아니. 갑자기 웬 신발?"

푸아로는 중얼거렸다.

"그냥 혹시나 해서……."


에르퀼 푸아로가 택시를 타기 위해 아래층으로 내려가려는 순간 전화벨이 울렸다. 푸아로는 수화기를 들었다.

"네?"

재프의 목소리가 들려왔다.

"자네가 전화를 받아서 다행이야. 이 친구야, 다 끝났어. 자네와 헤어지고 경시청에 돌아갔는데 메시지가 와 있더군. 그 아이가 나타났대. 아미앵에서 23킬로미터 정도 떨어진 주도로 옆에서 발견됐다나봐. 애가 정신이 없어서 도대체 무슨 말을 하는지 알아들을 수가 없었다고 하네. 의사 말로는 약에 취한 모양이라던데……. 어쨌든 애는 괜찮아. 멀쩡해."

푸아로가 천천히 물었다.

"그래서, 이제 내 도움은 필요 없는 겐가?"

"아무래도 그런 것 같아! 자네를 귀이이찮게 해서 저어엉말 미안하이."

재프는 자신의 익살에 낄낄거리며 전화를 끊었다.

에르퀼 푸아로는 웃지 않았다. 그는 천천히 수화기를 내려놓았다. 얼굴에는 걱정스러운 표정이 가득했다.


헌 경위는 흥미로운 듯 푸아로를 바라보았다.

"선생님께서 왜 이 일에 그렇게 관심을 가지는지 전혀 모르겠습니다."

"제가 이 문제로 경위님과 의논을 하러 올 거라고 재프 경
감이 말하지 않던가요?"

헌은 고개를 끄덕였다.

"재프 경감님은 선생님께서 저를 찾아와 이 수수께끼를 푸
는 데 도움을 주실 거라고 하셨습니다. 하지만 이미 문제가 다
해결되었으니 오지 않으실 줄 알았죠. 선생님께서도 일 때문에
바쁘실 테니까요."

"제 일은 급하지 않습니다. 제가 흥미를 느끼는 건 이 사건
입니다. 경위님께서는 이 사건을 수수께끼라고 하셨죠? 그리고
이미 해결된 사건이라고요. 하지만 제가 볼 때 이 수수께끼는
아직 풀리지 않은 것 같습니다."

"글쎄요. 없어진 아이를 찾았고, 그 아이는 무사합니다. 그
게 중요하죠."

"하지만 어떻게 그 아이를 찾게 된 건지는 모르지 않습니까?
그 아이는 뭐라고 하던가요? 의사가 그 아이를 진찰했겠죠, 그
렇죠? 의사는 뭐라고 하던가요?"

"그 아이가 약에 취해 있다고 했습니다. 아직도 약이 깨지
않아 멍한 상태입니다. 그 애는 크랜체스터에서 출발한 이후의
일을 거의 기억하지 못하는 것 같습니다. 그 다음의 일이 기억
에서 지워진 것 같아요. 의사는 약한 뇌진탕이 있었을 가능성
도 있다고 하더군요. 아이의 머리 뒤에 멍이 들어 있는 걸 보면
요. 그 때문에 기억이 사라졌을 거라고 했습니다."

"그것 참……. 누구에게는 아주 편리하겠군요!"

헌 경위는 의아한 목소리로 물었다.

"선생님께서는 그 아이가 연기를 하고 있다고 생각하십니

까?"

"경위님은 그렇게 생각하시나요?"

"아니요, 아닌 게 확실합니다. 착한 아이예요……. 나이에 비해서 좀 어립니다."

"네, 그 애는 연기를 하고 있는 게 아니죠."

푸아로는 고개를 저었다.

"하지만 저는 그 애가 열차에서 어떻게 내렸는지 알고 싶습니다. 누가 관련이 있는지……. 그 이유는 뭔지가 알고 싶군요."

"이유라면 저는 유괴라고 생각합니다. 그 애를 잡아두어 몸값을 요구하려 했겠죠."

"하지만 그러지 않았지 않습니까!"

"애가 소리를 지르며 법석을 피우는 바람에 짜증이 났을 겁니다……. 그래서 길가에 내버렸겠죠."

푸아로는 고개를 갸우뚱하며 입을 열었다.

"크렌체스터 교구의 참사회원에게서 얼마나 많은 몸값을 받아낼 수 있을까요? 영국 교회의 성직자들은 백만장자가 아니잖아요."

헌 경위는 씩씩하게 대답했다.

"제가 보기에는 서투른 유괴범 같습니다."

"아, 그건 경위님 생각이시죠."

얼굴이 살짝 붉어진 헌이 물었다.

"선생님 생각은 어떠십니까?"

"저는 그 애가 어떻게 그 열차에서 내렸는지를 알고 싶습니다."

헌 경위의 얼굴이 어두워졌다.

"그게 정말 미스터리입니다. 열차 안에서 식당 칸에 앉아 다른 아이들과 떠들고 있던 애가 5분 후에는 감쪽같이 사라졌으니까요……. '짠' 하고 마치 마술처럼 말입니다."

"그래요, 정말 마술 같죠! 포프 학교에서 예약한 칸막이 객실 안에는 또 누가 있었죠?"

헌 경위가 고개를 끄덕였다.

"좋은 지적이십니다. 중요한 부분이죠. 위니가 타고 있던 곳이 열차의 마지막 객차였고, 식당 칸에서 모두가 돌아오자마자 객차 사이의 문을 잠갔다는 점이 특히 중요합니다. 사실 점심 식사 준비가 되기도 전에 사람들이 식당 칸에 와서 북적거리며 차를 달라고 할까봐 잠가둔 것이었습니다. 위니 킹은 다른 학생들과 함께 객차로 돌아왔습니다……. 학교 측에서는 그 객차에 세 개의 칸막이 객실을 예약해 두었죠."

"그렇다면 그 객차의 다른 객실에는 어떤 사람들이 타고 있었나요?"

헌은 수첩을 꺼냈다.

"먼저 조던 양과 버터스 양입니다……. 스위스에 가는 중년의 미혼 여성들이죠. 수상한 점은 없어요. 고향인 햄프셔에서는 아주 유명하고 존경받는 사람들입니다. 그리고 사업차 여행을 하고 있던 프랑스 인이 두 명 있었는데, 한 사람은 리옹 출신이고 한 사람은 파리 출신이지요. 둘 다 훌륭한 중년 신사분입니다. 그리고 제임스 엘리엇이라는 젊은이와 그 아내가 함께 타고 있었습니다……. 아내는 차림새가 아주 화려하던데요. 제임스 엘리엇은 평판이 아주 나쁘고, 경찰에게서 불법 거래 의혹까지 받고 있지만……. 납치를 한 적은 없습니다. 어쨌든 그자가 타고 있던 객실을 수색해 보아도 이 일과의 연관성은 찾을 수 없었습니다. 유괴를 저지를 사람으로 보이지도 않고요.

혼자서 탄 사람은 파리를 여행하던 미국인 밴 사이더 부인밖에 없습니다. 그 여자에 대해서는 알려진 것이 없지만, 별 문제는 없어 보입니다. 이상입니다."

에르퀼 푸아로가 입을 열었다.

"그 열차가 아미앵를 출발한 후에 한 번도 멈추지 않은 게 확실한가요?"

"확실합니다. 한 번 속력을 늦추긴 했지만, 사람이 뛰어내릴 수 있을 정도는 아니었습니다…… 자칫하면 심하게 부상을 입거나 목숨을 잃을 겁니다."

에르퀼 푸아로가 혼잣말을 하듯 중얼거렸다.

"바로 그것 때문이 이 사건이 특별히 흥미로운 겁니다. 한 여학생이 아미앵 외곽에서 느닷없이 사라졌다가…… 아미앵 외곽에서 갑자기 다시 나타나다니. 그 동안 그 애는 어디에 있었던 걸까요?"

헌 경위는 고개를 설레설레 저었다.

"그렇게 말씀하시니까 이번 사건이 정말 이상한 것 같군요. 아! 경감님 말씀이 그 여학생의 신발에 대해 물으셨다면서요? 그 애가 발견됐을 때는 신발을 제대로 신고 있었습니다. 헌데 그와는 별개로 철도 신호원이 선로에서 신발 한 켤레를 발견한 일이 있다는 군요. 상태가 좋아 보여 집으로 가져갔다고 합니다. 튼튼한 검은색 운동화였다는데요."

"아!"

푸아로는 만족스러운 듯 탄성을 질렀다.

헌 경위는 궁금한 듯 물었다.

"신발에 무슨 의미라도 있습니까?"

"신발은 이론을 뒷받침해 주지요. 마술의 비법에 대한 이론을 말입니다."

포프 학교는 비슷한 종류의 학교들과 마찬가지로 뇌이(파리 서쪽 인근의 부촌 — 옮긴이)에 위치하고 있었다. 훌륭한 학교 건물의 외관을 올려다보던 에르퀼 푸아로의 눈에 갑자기 정문에서 빠져나오는 한 무리의 여학생들이 비쳤다.

세어보니 전부 스물다섯 명이었으며, 모두들 파란빛이 도는 검은 색 재킷과 스커트를 입고 머리에는 딱딱하고 불편해 보이는 흑청색 벨벳 모자를 쓰고 있었으며, 모자 테두리에는 눈에 확 띄는 보라색과 금색의 리본이 묶여 있었다. 학생들은 14살에서 18살까지였는데, 뚱뚱한 소녀, 날씬한 소녀, 피부가 하얀 소녀, 까무잡잡한 소녀, 촌스러운 소녀, 세련된 소녀까지 다양했다. 마지막으로 어린 소녀들과 함께 걸어 나오는 깐깐한 인상의 회색 머리 여성이 버쇼 양인 것 같았다.

푸아로는 가만히 서서 학생들을 바라보다가, 현관문으로 다가가 벨을 누르고 포프 양을 만나러 왔다고 전했다.

라비니아 포프 양은 학교의 2인자인 버쇼 양과는 전혀 다른 타입이었다. 포프 양은 품위가 있었으며, 보는 사람에게 경외심을 불러일으켰다. 학부모들에게 상냥하고 공손하게 대할 때조차도 위엄을 잃지 않는 그녀의 능력은 학교장으로서 뛰어난 자산이었다.

회색 머리카락은 기품 있게 정돈되어 있었으며, 옷은 수수했지만 세련되었다. 포프 양은 자신만만하고 당당했다. 그녀는 푸아로를 교양 있는 여성의 분위기가 물씬 풍기는 방으로 안내했다. 우아한 가구와 꽃, 이제 유명 인사가 된 포프 양의 옛 제자들의 서명이 담긴 사진 액자…… 대부분은 가운에 깃털 달린 모자를 쓰고 있었다. 벽에는 세계의 명화 복제품과 훌륭한 수채화도 보였다. 방 안 전체가 극도로 깔끔하게 정리정돈 되어 있었다. 먼지조차 한 톨 없는 이런 성스러운 곳에 앉는다는 것 자체가 불경한 짓처럼 느껴질 정도였다.

포프 양은 자신의 예상이 절대 틀리지 않을 거라는 자신감을 내보이며 푸아로를 맞이했다.

"무슈 에르퀼 푸아로? 귀하에 대해선 잘 알고 있습니다. 위니 킹에게 일어난 아주 불행한 사건 때문에 오셨겠죠. 정말 괴로운 일이었어요."

포프 양은 전혀 괴로워 보이지 않았다. 그녀는 재앙을 그대로 받아들인 다음, 유능하게 처리하여 아무것도 아닌 사소한 일로 만들어 버렸다.

"그런 일은 이전까진 한 번도 없었어요."

포프 양이 말했다.

태도와 말투는 마치 '앞으로도 절대 없을 거예요!'라고 말하는 듯 했다.

에르퀼 푸아로가 입을 열었다.

"위니 킹 양은 이번 학기에 처음 입학한 거죠, 그렇지 않나요?"

"맞습니다."

"위니…… 그리고 그 학생의 부모님과 사전 면담을 하셨나요?"

"최근에는 하지 않았답니다. 2년 전에 제가 크랜체스터 근처에 머물고 있을 때 면담을 했죠……. 사실 주교님과 함께였어요."

포프 양의 태도는 이렇게 말하는 것 같았다.

286

'이 점 명심해 둬요. 난 주교님과 허물없이 만날 수 있는 그런 사람이에요!'

"그곳에 머무는 동안 참사회원인 킹 씨와 안타깝게도 몸이 아픈 킹 부인을 알게 되었죠. 위니를 처음 만난 것도 그때였어요. 훌륭하게 자란데다 예술에 대한 안목도 남다른 학생이었습니다. 그래서 전 킹 부인에게 위니가 1, 2년 후쯤 일반 교과 과정을 마치면 기꺼이 우리 학교에 받아주겠다고 했죠. 무슈 푸아로, 우리 학교에서는 예술과 음악을 전문적으로 가르친답니다. 학생들과 오페라 단체관람을 하거나 국립극장에 데려가고, 루브르에서 열리는 강연에도 데려가죠. 이 학교에서 음악과 노래, 그림을 강의하시는 분들은 최고의 대가들이세요. 교양을 쌓는 것, 그것이 우리 학교의 목표지요."

문득 푸아로가 학부모가 아니라는 것을 깨달은 포프 양은 질문을 던졌다.

"제가 무얼 도와 드릴까요, 무슈 푸아로?"

"현재 위니가 어디에 있는지 알려주시면 감사하겠습니다."

"위니의 아버님께서 아미앵으로 오셔서 위니를 다시 집으로 데려가셨어요. 충격을 입은 아이에게는 그게 가장 현명한 방법이죠."

포프 양은 계속 말을 이었다.

"우리는 신경이 예민한 학생들은 받지 않습니다. 이 학교에는 환자를 돌보는 특별 시설은 없으니까요. 제가 위니의 아버님께 아이를 집에 데리고 가 돌보는 편이 낫겠다고 말씀드렸어요."

에르퀼 푸아로가 뜬금없는 질문을 던졌다.

"포프 양께서는 이번 사건이 어떻게 된 일이라고 생각하시나요?”

“저는 조금도 모르겠어요, 무슈 푸아로. 저도 보고를 들었지만 정말 말도 안 되는 일이더군요. 학생들을 맡은 저희 직원의 잘못이라고는 볼 수 없어요……. 물론 저희 직원이 그 아이가 사라진 걸 더 빨리 알아차리지 못한 건 사실이지만요.”

“혹시 경찰에서 사람이 찾아왔었나요?”

포프 양의 귀족적이고 거만한 자세가 희미하게 흔들렸다. 그녀는 냉랭하게 대꾸했다.

“무슈 르파르주께서 제가 도움이 될 수 있을지도 모른다며 만나자는 전화를 하셨죠. 물론 전 그럴 수 없었어요. 그러자 다른 학생들의 가방과 함께 이곳에 도착한 위니의 트렁크를 조사해봐야겠다고 말씀하시더군요. 저는 이미 다른 경찰관이 와서 가져갔다고 했어요. 아무래도 경찰들의 업무가 겹친 것 같더라구요. 그 직후에 위니의 소지품을 전부 다 넘겨받지 못했다는 전화를 한 통 더 받았죠. 그 전화는 긴말 할 것 없이 끊어버렸습니다. 관료들의 횡포를 그냥 참아서는 안 되잖아요.”

푸아로는 길게 숨을 들이마셨다.

“아주 대담하신 분이시군요. 그 점에서는 마드무아젤을 존경합니다. 위니의 트렁크는 이 학교에 도착하자마자 열어보셨겠죠?”

포프 양은 좀 당황한 표정이었다.

“절차입니다. 이 학교에서는 철저하게 절차를 따라야 하죠. 학생들이 도착하자마자 트렁크를 연 다음, 물건을 어떻게 정리해야 하는지를 제가 지시합니다. 위니의 짐은 다른 학생들 짐과 같이 풀어 봤어요. 물론 그 후에는 처음에 도착했을 때와 똑같이 싸서 넘겨줬고요.”

"똑같이요?"

푸아로는 벽을 훑어보며 방 안을 거닐었다.

"이건 멀리 성당이 보이는 유명한 크랜체스터 다리 그림이군요."

"맞아요, 무슈 푸아로. 위니가 제게 깜짝 선물을 주려고 그린 게 분명해요. 저 그림이 포장지에 쌓인 채 그 애 트렁크 안에 있었고, 포장지 위에는 '포프 선생님에게, 위니로부터'라고 쓰여 있었어요. 참 배려심이 깊은 아이죠."

"아! 저 그림에 대해서는…….어떻게 생각하십니까?"

푸아로는 크랜체스터 다리를 그린 그림을 수도 없이 많이 봤다. 그건 전시회에 빠지지 않고 늘 등장하는 주제였다. 어떤 사람은 유화, 또 어떤 사람은 수채화였다. 뛰어나게 잘 그린 그림도, 평범한 그림도, 지루하기만 한 그림도 있었다. 하지만 지금 눈앞에 있는 것만큼 조잡하고 거친 그림은 처음이었다.

포프 양은 부드럽게 미소를 지었다.

"학생을 기죽일 수는 없죠, 무슈 푸아로. 물론 위니는 더 나은 작품을 그릴 수 있도록 자극을 받아야겠지만요."

푸아로는 곰곰이 생각에 잠긴 채 질문을 던졌다.

"아이들은 대부분 수채화를 그리지 않나요?"

"네. 위니가 유화를 그릴 줄은 몰랐어요."

"아, 괜찮겠습니까, 마드무아젤?"

푸아로는 그림을 벽에서 떼어 창가로 가져갔다. 그는 가만히 그림을 살펴보다가 포프 양을 보며 말했다.

"마드무아젤, 이 그림을 제게 주셔야겠습니다."

"네? 무슈 푸아로……."

"설마 이 그림이 그 정도로 마음에 든다고 말하실 작정은 아니시죠? 끔찍한 그림이잖습니까."

"오, 물론 예술적인 감각은 없는 그림이죠. 하지만 학생의 작품이고……."

"마드무아젤, 확실히 말씀드리지만 마드무아젤의 방과는 전혀 어울리지 않는 그림이에요."

"왜 이러시는지 모르겠네요, 무슈 푸아로."

"곧 알려 드리죠."

푸아로는 주머니에서 작은 병과 스펀지, 헝겊조각을 꺼냈다.

"먼저 제가 이야기를 하나 해 드리겠습니다, 마드무아젤. 백조로 변한 미운 오리새끼 이야기와 비슷한 이야기죠."

푸아로는 이야기를 계속하며 바쁘게 작업을 진행했다. 테레빈유(油) 냄새가 방안에 온통 퍼졌다.

"레뷔(뮤지컬의 한 종류로 춤과 노래, 시사풍자 등을 엮어 구성한 가벼운 촌극 ── 옮긴이)를 본 적이 별로 없으시죠?"

"네, 맞아요. 제가 보기에는 좀 진부한 것 같아서……."

"네, 진부하죠. 하지만 때로는 교훈을 주기도 한답니다. 한번은 아주 영리한 레뷔 배우가 정말 마법처럼 모습을 바꾸는 걸 본 적이 있습니다. 한 작품에서는 카바레 스타로 아름답고 육감적인 모습을 보이더니, 10분 후에는 편도선을 앓고 있는 작은 어린아이를 연기하더군요. 그것도 체육복을 입고요……. 그러더니 또 10분 후에는 누더기 옷을 걸친 집시 점쟁이로 변신하지 뭡니까."

"네, 배우들은 그렇겠죠. 하지만 무슨 말씀을 하시려는 건지……."

"저는 마드무아젤에게 그 열차 안에서 일어난 마술의 비밀을 알려드리려는 겁니다. 두 갈래머리에 안경을 쓰고 치아 교정기를 낀 위니라는 여학생이 화장실로 들어갔습니다. 그로부터 15분 후 위니는……. 헌 경위의 말을 빌리자면, '화려한 여자'로 탈바꿈해 화장실에서 나온 겁니다. 얇은 실크 스타킹에 하이힐……. 교복을 감춰줄 밍크코트, 곱슬머리 위에 얹은 작고 과감한 벨벳 모자……. 그리고 얼굴은? 네, 얼굴은 립스틱과 파우더, 마스카라로 화장을 했고요! 그 예술적인 변장 아래 감춰진 진짜 얼굴이 어떤지 누가 알겠습니까? 오직 하느님만이 아시겠죠! 하지만 마드무아젤, 마드무아젤께서는 촌스러운 여학생들이 마치 마법처럼 매력적이고 세련된 여성으로 변하는 걸 많이 보셨겠지요."

포프 양이 숨을 들이마셨다.

"그렇다면 위니 킹이 변장을 했다는 말씀……."

"위니 킹이 아닙니다……. 아니죠. 위니는 런던으로 가던 길에 납치되었습니다. 예술적인 바꿔치기가 이루어진 거죠. 버쇼 양은 위니 킹을 한 번도 본 적이 없었습니다……. 그러니 갈래 머리에 교정기를 낀 여학생이 위니 킹이 아니라는 걸 어떻게 알겠습니까? 그때까지는 좋았지만 이 사기꾼은 이곳까지 올 수는 없었습니다. 마드무아젤께서는 진짜 위니를 본 적이 있으니까요. 자, 그래서 위니는 화장실에서 사라진 후 어엿한 여권까지 가지고서 짐 엘리엇이라는 남자의 아내로 나타난 겁니다! 머리끈, 안경, 면 스타킹, 교정기……. 이런 것들은 쉽게 숨길 수가 있죠. 하지만 커다랗고 볼품없는 신발과 모자……. 부피가 크고 단단한 모자는 어딘가에 버려야 했습니다. 그래서 창밖으로 던져버렸죠. 후에 일당이 진짜 위니를 프랑스로 데려옵니다……. 영국에서 프랑스로 건너오는 아이, 병약하고 약에 반쯤 취한 아이는 아무도 관심을 두지 않을 테니까요……. 그리고 조용히 주 도로 옆에 그 아이를 두고 갑니다. 그 아이는 프랑스까지 오는 내내 스코폴라민(수면제 ── 옮긴이)에 취해 무슨 일이 있었는지는 거의 기억하지 못하겠지요."

포프 양은 푸아로를 뚫어지게 바라보았다.

"하지만 왜요? 왜 굳이 위니로 변장을 한 거죠?"

푸아로는 진지하게 대답했다.

"위니의 짐 때문입니다! 이 사기꾼 일당은 영국에서 프랑스로 무언가를 밀반입하려 했습니다…… 모든 세관원들이 눈에 불을 켜고 찾고 있는 무언가를요…… 사실 그건 도난당한 물건입니다. 그러니 여학생의 트렁크보다 더 안전한 장소가 어디 있겠습니까? 포프 양께서는 유명한 분이시고, 이 학교도 그만큼 잘 알려져 있죠. 파리 북역에서 학생들의 짐은 그냥 통과되었습니다. 포프 씨가 세운 유명한 학교의 학생들이니까요! 납치를 한 후, 아이의 트렁크를 가져가는 자연스러운 방법이 뭐겠습니까…… 경찰을 사칭하는 거겠죠?"

에르퀼 푸아로는 빙그레 미소를 지었다.

"하지만 다행스럽게도 이 학교에는 도착하자마자 짐을 푸는 관습이 있었습니다…… 그리고 위니가 마드무아젤께 보내는 선물도요. 하지만 그건 위니가 크랜체스터에서 트렁크에 넣은 그 선물이 아닙니다."

푸아로는 포프 양에게 다가갔다.

"마드무아젤께서는 제게 이 그림을 주셨습니다. 자, 이제 보시죠. 이 그림이 이 방에 어울리지 않는다는 걸 인정하셔야 할 겁니다!"

푸아로는 캔버스를 들어보였다.

크랜체스터 다리는 마치 마법처럼 사라지고 없었다. 그 대신 풍부하고 부드러운 색체의 고전적인 풍경 그림이 있었다.

푸아로는 상냥하게 말했다.

"히폴리테의 띠입니다. 히폴리테가 자신의 띠를 헤라클레스에게 주는 장면이죠…… 루벤스가 그린 작품, 위대한 예술 작품이고요…… 투 드 멤(그래도), 마드무아젤의 방에는 어울리지 않습니다."

포프 양은 살짝 얼굴을 붉혔다.

히폴리테의 손은 자신의 띠에 가 있었다…… 그녀는 아무 것도 입지 않았다. 헤라클레스는 한쪽 어깨에 사자 가죽을 얹고 있었다. 루벤스의 그림은 색체가 풍부하고 관능적이었다…….

포프 양은 다시 우아한 태도로 입을 열었다.

"정말 훌륭한 작품이군요…… 그래도…… 무슈 푸아로의 말씀이 맞아요. 학부모님들의 감정을 고려해야 하죠. 일부 학부모들이 속 좁게 굴 수도 있으니까요…… 무슨 말인지 아시겠죠?"


푸아로가 학교를 나서는 순간 공습이 시작됐다. 푸아로는 뚱뚱한 소녀, 마른 소녀, 까무잡잡한 소녀, 하얀 소녀 등 한 무리의 소녀들에게 둘러싸였다.

"몽 디유(하느님 맙소사)!"

푸아로는 중얼거렸다.

"이거야 말로 아마존 전사들의 공격이군!"

키가 크고 피부가 하얀 소녀가 외쳤다.

"소문은 들었어요!"

소녀들은 점점 더 포위망을 좁혀왔다. 에르퀼 푸아로는 소녀

들에게 온통 둘러싸였다. 푸아로는 극성스러운 어린 소녀들의
물결에서 재빨리 빠져나왔다.

　스물다섯 명의 소녀들은 제각기 다른 목소리로 똑같은 말을
외쳤다.

　"무슈 푸아로, 제 책에 사인 좀 해 주시겠어요……?"

# 게리온의 무리들

"이렇게 갑자기 쳐들어와서 정말 죄송해요, 무슈 푸아로."

카너비 양은 핸드백을 꽉 움켜쥐고는 푸아로의 얼굴을 초조
하게 응시하며 앞으로 나왔다. 언제나처럼 숨을 헐떡였다.

에르퀼 푸아로가 눈썹을 치켜 올리자, 카너비 양은 초조하
게 물었다.

"저 기억하시죠? 그렇죠?"

에르퀼 푸아로가 눈을 찡끗하며 대답했다.

"제가 그 동안 만난 중에서도 가장 위대한 범죄자를 어떻게
잊겠습니까!"

"오, 이런. 무슈 푸아로, 꼭 그렇게 말씀하셔야겠어요? 선생
님께선 제게 아주 친절하게 대해 주셨어요. 언니와 저는 가끔
씩 선생님 이야기를 나누기도 하고, 신문에 선생님 기사가 실
린 걸 보면 바로 오려서 스크랩도 해요. 오거스터스에게는 새
로운 기술도 가르쳤어요. 우리가 '셜록 홈즈를 위해 죽는다, 포

춘 씨를 위해 죽는다, 헨리 메리베일 경을 위해 죽는다, 그리고 무슈 에르퀼 푸아로를 위해 죽는다.'라고 말하면, 오거스터스는 바닥에 내려가 누워 통나무처럼 꼼짝도 안 한답니다…….
우리가 다시 말할 때까지는 꼼짝도 안 해요!"

"그것 참 기특하군요. 우리 오거스터스는 잘 지내고 있나요?"

카너비 양은 두 손을 꼭 움켜쥐고는 입이 마르게 페키니즈의 칭찬을 늘어놓았다.

"오, 무슈 푸아로. 오거스터스는 예전보다 더 똑똑해졌어요. 모르는 게 없다니까요. 글쎄 말이죠, 지난번에 제가 유모차에 탄 아기가 귀여워 들여다보고 있었는데요, 뭔가가 자꾸 줄을 잡아당기는 것 같아 내려다보니 오거스터스가 줄을 끊으려고 애쓰고 있지 뭐예요. 정말 영리하죠?"

푸아로는 눈을 찡끗하며 대답했다.

"오거스터스가 범죄 성향을 가지고 있나 보군요!"

카너비 양은 웃지 않았다. 오히려 사람 좋고 토실토실한 얼굴은 걱정과 근심으로 가득했다. 카너비 양은 숨을 헐떡이며 말했다.

"오, 무슈 푸아로. 전 정말 걱정돼요."

푸아로가 상냥하게 물었다.

"뭐가 걱정되시죠?"

"무슈 푸아로, 저는 두려워요……. 너무 두려워요……. 제가……. 이렇게 말해도 될지 모르겠지만……. 상습적인 범죄자가 될까 봐요. 이런 저런 생각이 마구 떠올라요!"

"어떤 생각이죠?"

"정말 기가 막힌 생각이요! 이를 테면 어제는 은행을 털 수 있는 구체적인 방법이 떠올랐어요. 일부러 그런 생각을 하려던

296

건 아닌데……. 그냥 떠오르지 뭐예요! 그리고 세관을 몰래 통과하는 기발한 방법도요……. 저는……. 그 방법이 효과가 있을 거라는 확신이……. 확신이 들어요."

"그럴지도 모르죠."

푸아로는 냉랭하게 대꾸했다.

"그게 바로 위험한 점입니다."

"정말 걱정돼요, 무슈 푸아로, 정말로요. 저는 그 동안 엄격한 신념을 가지고 살았기 때문에……. 그렇게 사악하고 불법적인 생각이 떠오른다는 게 너무 괴로워요. 아무래도 제가 지금 노는 시간이 너무 많아서 그런 것 같아요. 저는 지금 레이디 호긴의 집을 나와서 어떤 노부인께 고용되어 책을 읽어주고 편지를 써주는 일을 하고 있답니다. 하지만 편지 쓰는 일은 금세 끝나 버리고, 책을 읽어주는 것도 시작하자마자 노부인께서 꾸벅 아떨어지시기 때문에……. 그저 멍하니 앉아있기만 할 뿐이에요……. 나태는 악의 근원이라잖아요."

"쯧쯧."

푸아로가 혀를 끌끌 찼다.

"최근에 책을 한 권 읽었어요……. 독일어 책을 번역한 신간이죠. 범죄 성향에 대해 아주 흥미로운 시각을 보여 주더군요. 요는 충동을 승화시켜야 한다는 내용이었어요! 그래서……. 제가 선생님을 찾아온 거예요."

"네?"

"무슈 푸아로, 전 자극을 열망하는 것이 그렇게 사악한 것은 아니라고 생각해요! 불행히도 그 동안의 제 인생은 아주 단조로웠어요. 그……. 페키니즈 작전을 수행하는 동안만큼은 제가 정말로 살아있다는 걸 느꼈더랬죠. 물론 정말 괘씸한 짓이긴 하지만……. 제가 읽은 책에서도 그렇게 써 있듯이 진실에서 등을 돌리면 안 되는 거잖아요. 무슈 푸아로, 제가 선생님께 찾아온 것은 혹시나……. 자극에 대한 이런 욕망을 승화시킬 방법이……. 그러니까 정의의 편에서 사용할 수 있는 방법이 있을까 해서예요."

"아하. 저와 함께 일하고 싶으시다는 거군요?"

카너비 양이 얼굴을 붉혔다.

"물론 주제 넘는 부탁이라는 건 저도 알아요. 하지만 선생님께서는 아주 친절하신 분이니까……."

카너비 양은 말을 멈췄다. 그녀의 기운 없는 푸른 눈은 혹시나 주인님이 산책을 데리고 나가주지 않을까 하는 요행을 바라는 강아지의 눈과 같았다.

"좋은 방법이군요."

에르퀼 푸아로는 천천히 대답했다.

"물론 전 똑똑한 사람은 절대 아니에요."

카너비 양이 설명했다.

"하지만 시치미를 뚝 떼는 것만큼은……. 자신 있어요. 그렇지 않으면 동업을 할 수가 없죠. 그리고 멍청한 척을 하는 게 가끔은 더 좋은 결과를 낸다는 것도 잘 알고 있어요."

푸아로는 웃음을 터뜨렸다.

"절 설득하는 데 성공하셨습니다, 마드무아젤."

"오, 이런. 무슈 푸아로, 선생님은 정말 친절한 분이세요. 그렇다면 제가 희망을 가져도 되는 건가요? 저는 얼마 전에 유산을 조금 받았어요……. 아주 조금이지만 제 동생과 검소하게 생활을 꾸려 나갈 수 있을 정도라 굳이 일을 하지 않아도 돼죠."

"마드무아젤의 재능을 제대로 활용할 수 있는 방법을 고려해 봐야겠군요. 마드무아젤께서 생각하고 계시는 게 있나요?"

"무슈 푸아로께서는 정말 사람 마음을 잘 읽으시네요. 저는 최근에 친구 때문에 걱정이 많았어요. 선생님께 의논을 드리려고 했었죠. 물론 그저 늙은 하녀의 공상…… 망상이라고 생각하실 지도 모르지만요. 사람들은 그저 우연일 뿐인 것을 과장하고 거기서 의미를 찾아내려는 경향이 있잖아요."

"카너비 양께서 과장을 하리라고는 생각하지 않습니다. 무슨 일인지 어서 말씀해 보세요."

"저에게 친구가 한 명 있어요. 아주 친한 친구지만 최근 몇 년 동안은 자주 만나지 못했지요. 이름은 에멀린 클레그예요. 그 친구가 영국 북부에 사는 남자와 결혼을 했는데, 몇 년 전에 남편이 죽고 친구에게 꽤 많은 재산을 남겨 줬어요. 그렇지만 친구는 남편이 죽은 후 몹시 우울해하고 외로워했죠. 그 친구가 좀 바보 같고 남의 말에 잘 속아서 걱정이에요. 무슈 푸아로, 종교는 여러 도움과 위로를 줄 수 있지만…… 그것도 정통 종교나 그렇죠."

"그리스 정교 말씀이신가요?"

푸아로가 물었다.

카너비 양은 그 말에 충격을 받은 표정이었다.

"오, 아니에요. 영국 국교회 말이에요. 저는 로마 가톨릭을 인정하지 않지만, 적어도 로마 가톨릭은 공식적인 승인을 받은 종교잖아요. 그리고 웨슬리 교와 조합 교회도…… 다 유명하고 존경을 받는 단체들이죠. 제가 말씀드리는 것은 사이비 종교들이에요. 여기저기서 막 생겨나고 있는. 사람들의 감정을 끌어당기는 뭔가가 있는 것 같긴 하지만, 진정한 신앙심이 있는지는 의문이에요."

"친구 분께서 사이비 종교의 피해를 당하고 계시다고 생각하시나요?"

"그럼요. 오! 확실해요. '목자들의 회'라는 이름을 걸고 있더군요. 본부는 데번셔에 있어요⋯⋯. 데번셔는 바다 옆에 있는 아주 아름다운 곳이죠. 신도들은 '묵상회'라는 걸 하기 위해 거기로 간다고 하네요. 2주 정도 기간으로요. 그 동안 예배를 드리는 거죠. 올해에는 커다란 연례행사가 세 번 열리는데 '목장의 도래, 목장의 성장, 목장의 추수'예요."

푸아로가 끼어들었다.

"마지막 축제는 어리석네요. 목장은 수확을 하는 곳이 아니 잖습니까."

"모든 게 다 어리석어요."

카너비 양이 온화하게 말했다.

"그 단체는 위대한 목자라는 우두머리를 중심으로 돌아가고 있어요. 앤더슨 박사죠. 아주 기품 있고 잘 생긴 남자예요."

"그게 여성들의 마음을 끌어당겼나 보죠?"

"아무래도 그런 것 같아요."

카너비 양은 한숨을 쉬었다.

"우리 아버지도 아주 잘생긴 분이셨죠. 교구 목사셨기 때문에 가끔은 난처한 상황이 발생하기도 했어요. 여자들이 옷에 서로 자수를 놓아 주겠다, 교회 일을 서로 도와 주겠다 하며 경쟁이 벌어졌었죠⋯⋯."

카너비 양은 추억에 잠겨 고개를 설레설레 저었다.

"목자들의 회 소속 신도들은 대부분이 여성 분들이신가요?"

"적어도 사분의 삼은 여자들인 것 같아요. 남자들은 전부 괴짜들뿐이죠! 종교 단체가 성공하는 지의 여부는 여자들에게 달려 있어요……. 기금을 꼬박꼬박 내는 것도 여자들이죠."

"아, 이제야 알겠군요. 그 종교단체가 사기를 치는 거라고 생각하시죠?"

"솔직히 말하자면 그래요, 무슈 푸아로. 그리고 한 가지 더 걱정되는 점이 있어요. 불쌍한 제 친구가 이 종교단체에 푹 빠져, 최근에 유산을 전부 이 단체에 기부하겠다는 유언장을 만들었다는 소식을 우연히 들었거든요."

푸아로가 날카롭게 질문을 던졌다.

"친구 분께서……. 그런 제안을 받으신 건가요?"

"솔직히 말씀드리자면 아니에요. 전적으로 제 친구가 생각해 낸 거죠. 위대한 목자가 그녀에게 인생의 새로운 길을 보여주었대요……. 그래서 자기가 해 줄 수 있는 일은 단체에 공헌을 하고 죽는 것밖에 없다고 말이죠. 정말 걱정되는 건……."

"네, 계속 하세요."

"제 친구 외에도 그 단체에 푹 빠진 부유한 여자들이 몇 명 더 있었는데, 작년에 그중 세 명이 죽었어요."

"돈은 전부 이 단체에 남기고요?"

"네."

"친척들이 항의를 하지 않았답니까? 소송을 걸만한 일이었을 텐데요."

"무슈 푸아로, 이 단체에 빠지는 사람들은 대부분이 외로운 여성들이에요. 가까운 친척이나 친구가 전혀 없는 여자들이죠."

푸아로는 진지하게 고개를 끄덕였다. 카너비 양이 서둘러 말을 이었다.

"물론 제가 이러쿵저러쿵 할 권리는 없죠. 제가 그동안 알아낸 바로는 그 여자들의 죽음에는 이상한 점이 전혀 없었어요.

한 명은 감기에 걸린 후에 폐렴이 와서 죽었고, 또 한 명은 웨 궤양으로 죽은 게 분명해요. 의심스러운 정황도 없는 데다, 그 린힐 신전이 아니라 자신들의 집에서 죽었다고요. 의심할 여지가 없는 건 분명하지만, 그래도 전……. 글쎄요……. 에미에게는 아무 일도 없었으면 좋겠어요.”

카너비 양은 두 손을 꼭 잡고 애원하듯 푸아로를 바라보았다.

푸아로는 한동안 아무 말도 하지 않았다. 잠시 후, 그는 아 까와는 달리 진지하고 깊은 목소리로 입을 열었다.

“그 종교 단체의 신자들 중 최근 죽은 사람들의 이름과 주 소를 알아 봐 주시겠습니까?”

“네, 물론이에요, 무슈 푸아로.”

푸아로는 천천히 입을 열었다.

“마드무아젤께서는 대단한 용기와 결단력을 지닌 여성이라 고 생각합니다. 연기력도 뛰어나시죠. 커다란 위험이 따를 수 있는 일인데 받아들이시겠습니까?”

“그게 바로 제가 바라던 거예요.”

모험을 좋아하는 카너비 양은 선뜻 대답했다.

푸아로는 진지한 말투로 경고했다.

“위험이 존재한다면 아주 심각한 위험일 겁니다. 이 점을 명 심하셔야 해요……. 별 것 아닌 것 같아 보이든 심각해 보이든 말입니다. 뭐가 문제인지를 알아내려면 마드무아젤께서 직접 그 ‘위대한 목자’의 포로가 되어야 할 겁니다. 최근에 엄청난 액수의 유산을 받으셨다고 말씀하는 편이 좋겠군요. 이제 부 유하지만 삶에 아무런 희망도 없는 여자가 되시는 거예요. 친 구 에멀린 씨와 이 종교 문제로 말다툼을 하셨다고 했죠? 친 구 분에게 생각이 바뀌었다고 말씀하세요. 그분은 곧 마드무아젤을 끌어들이려고 애쓸 겁니다. 그러면 친구 분을 따라 그린힐 신전으로 가세요. 그곳에서 당신은 앤더슨 박사의 마력과 설득력에 푹 빠진 희생자가 되시는 거고요. 충분히 알아서 하실 수 있겠죠?"

카너비 양은 쑥스러운 듯 미소를 지으며 말했다.

"잘 해낼 수 있을 거예요!"


"그래, 뭘 좀 알아냈나, 친구?"

재프 경감은 질문을 던진 자그마한 남자를 가만히 바라보고는, 애처로운 목소리로 대답했다.

"별로 알아내고 싶지 않았어, 푸아로. 난 머리를 치렁치렁 기르고 종교에 푹 빠진 괴짜들이 정말 싫다네. 여자들 머릿속에 쓸데없는 것들을 잔뜩 채워 놓지. 하지만 이 친구는 아주 신중해. 딱히 들쑤실 거리가 없어. 제정신들이 아닌 것 같긴 하지만 별다른 해는 안 되는 것 같아."

"교주 앤더슨 박사에 대해서는?"

"박사의 과거 기록을 좀 살펴봤지. 촉망받는 약사였는데 독일의 무슨 대학에서 해고를 당했다는군. 어머니가 유대인이었던 것 같아. 항상 동양의 신화와 종교에 관심이 많아 휴일이면 매일 그 공부만 했고, 그것을 주제로 기사도 여러 개 썼다는데……. 내가 보기에는 말도 안 되는 엉터리야."

"그렇다면 앤더슨 박사가 종교 광신도일 가능성도 있는 건가?"

"아주 높다고 해야겠네!"

"내가 자네에게 준 명단은 어떤가?"

"별 것 없던데. 에버릿 양은 궤양으로 죽었고, 의사도 미심

적은 구석은 전혀 없었다고 확신했네. 로이드 부인은 기관지 폐렴으로 죽었고, 레이디 웨스턴은 결핵으로 죽었는데 이 작자를 만나기 오래전부터 앓아 왔어. 리 부인은 영국 북부 어딘가에서 먹은 샐러드 때문에 장티푸스로 죽었다네. 이 중 세 명은 병에 걸려 자신의 집에서 죽었고, 로이드 부인은 프랑스 남부의 호텔에서 죽었다지. 이 사람들의 죽음만 놓고 본다면 위대한 목자, 아니 앤더슨 박사와의 연관성을 조금도 찾아볼 수가 없어. 그저 우연인 게지. 한마디로 말해 티끌 하나 없이 깨끗하다는 거야."

에르퀼 푸아로는 한숨을 쉬었다.

"몽 셰르(이봐), 하지만 난 이번 사건이 헤라클레스의 열 번째 모험이고, 앤더슨 박사가 내가 없애야 할 게리온의 괴물이라는 느낌이 들어."

재프는 걱정스럽게 푸아로를 바라보았다.

"이봐, 푸아로, 자네 최근에 무슨 이상한 책이라도 읽었나?"

푸아로는 고개를 치켜들고 점잖을 떨며 말했다.

"내 말은 항상 그렇듯 적절하고 건전하며 핵심을 찌른다네."

"자네도 새로운 종교를 하나 창시한 모양이군."

재프가 말했다.

"에르퀼 푸아로만큼 똑똑한 사람은 아무도 없다, 아멘. 모두들 따라하세요. 이런 신조를 가진 종교 말이야!"


"정말 근사한 것은 이곳의 평화로운 분위기야."

카너비 양은 천천히 숨을 몰아쉬며 황홀경에 빠진 듯 말했다.

"내가 그럴 거라고 했잖아, 에이미."

에멀린 클레그가 맞장구를 쳤다.

둘은 깊고 푸르른 바다가 내려다보이는 언덕의 중턱에 앉아 있었다. 잔디는 선명하고 푸르렀으며, 땅과 절벽은 불타오르는 듯 붉었다. 그린힐 신전으로 알려진 이곳은 2만5000제곱미터에 달하는 곳이었다. 좁은 목 부분만이 본토와 연결이 되어 있어 섬이나 다름없었다.

클레그 부인은 감상에 젖은 듯 중얼거렸다.

"붉은 땅⋯⋯. 불꽃과 약속의 땅⋯⋯. 세 가지 운명이 이루어지는 곳."

카너비 양은 깊이 한숨을 내쉬며 입을 열었다.

"교주님이 어젯밤 예배를 정말 훌륭하게 진행하신 것 같아."

"오늘 밤에 열릴 축제도 기대해. 목장의 성장!"

"기대하고 있어."

카너비 양이 말했다.

"정말 근사한 영적 체험을 하게 될 거야."

클레그 부인이 친구에게 장담했다.

카너비 양은 일주일 전 그린힐 신전에 도착했다. 도착하자마자 카너비 양은 이런 말을 쏟아 놓았다.

"이게 다 무슨 말도 안 되는 헛소리야? 에미, 너처럼 분별력 있는 애가⋯⋯."

앤더슨 박사와의 사전 면담에서도 카너비 양은 일부러 자신의 주장을 확고히 펼쳤다.

"앤더슨 박사님, 제가 혹해서 여기에 온 거라고는 생각하지 마세요. 제 아버지는 영국 국교회의 목사님이셨고 제 신념은 한 번도 흔들린 적이 없어요. 저는 사이비 종교 같은 건 믿지 않아요."

체구가 커다랗고 금빛 머리카락을 한 그 남자는 카너비 양에게 미소를 지었다. 아주 상냥하고 다정한 미소였다. 그는 의자에 꼿꼿이 앉아 있는 통통하고 호전적인 여인을 관대한 눈빛으로 바라보았다.

"친애하는 카너비 양. 클레그 부인의 친구이시라고요. 환영합니다. 그리고 저희 종교는 사이비가 아닙니다. 이곳에서는 모든 종교를 환영하고 동등하게 대접하죠."

"그래서는 안 되죠."

고(故) 토머스 카너비 목사의 충직한 딸이 맞받아쳤다.

교주는 의자의 등받이에 기대며 깊고 풍부한 목소리로 중얼거렸다.

"아버지의 집에는 방이 아주 많습니다……. 그걸 명심하세요, 카너비 양."

면접이 끝난 후, 카너비 양은 친구에게 속삭였다.

"정말 잘생긴 남자네."

"그래."

에멀린 클레그가 대답했다.

"그리고 정말 영적인 분이셔."

카너비 양은 친구의 말에 고개를 끄덕였다. 그건 사실이었다. 카너비 양은 앤더슨 박사에게서 영성과 초연함을 느꼈다……. 카너비 양은 마음을 다잡았다. 그녀는 위대한 목자의 매력과 영성, 또는 다른 무엇에 홀리기 위해 이곳에 온 게 아니었다. 그녀는 에르퀼 푸아로의 얼굴을 떠올렸다. 하지만 그 세계는 너무나도 멀고, 이상하게도 세속적인 것처럼 느껴졌다…….

"에이미."

카너비 양은 스스로를 꾸짖었다.

"정신 차려. 네가 무엇 때문에 여기에 온 건지 명심하라고……."

하지만 하루하루 지나면서, 카너비 양은 그린힐의 마법에 너무나도 쉽게 빠져들고 말았다. 평화로운 분위기와 검소함, 소박하지만 맛있는 음식, 찬송가를 부르는 아름다운 예배, 교주의 간단하면서도 감동적인 연설, 인간의 가장 선하고 숭고한 면에 호소하는 매력……. 이곳은 바깥세상의 다툼이나 추악함과 격리되어 있었다. 이곳에는 평화와 사랑뿐이었다…….

그리고 오늘은 '완전한 목장'이라는 커다란 규모의 여름 축제가 열리는 날이었다. 그 축제에서 에이미 카너비는 신도로 입회하기로……. 이 무리의 일원이 될 예정이었다.

축제는 그들이 '성스러운 우리'라고 부르는 순백색 콘크리트 건물 안에서 열렸다. 신도들이 모인 것은 해가 지기 직전이었다. 그들은 양가죽으로 만든 망토를 걸치고 샌들을 신었으며, 팔은 맨살이 그대로 드러나 있었다. 우리의 중간에 솟아있는 연단 위에 앤더슨 박사가 서 있었다. 커다란 체구, 황금빛 머리카락과 턱수염, 푸른 눈, 잘생긴 얼굴은 신도들의 마음을 사로잡기에 충분했다. 앤더슨 박사는 녹색 예복을 입고 손에는 목자의 금색 지팡이를 들고 있었다.

그가 이 지팡이를 높이 들어 올리자, 신도들은 쥐 죽은 듯 숨을 죽였다.

"내 양들은 어디 있느냐?"

신도들에게서 대답이 터져 나왔다.

"저희는 여기 있습니다, 목자시여."

"기쁨과 감사의 기도를 올려라. 이는 기쁨의 축제이니."

"기쁜 마음으로 기쁨의 축제를!"

"너희에게는 더 이상의 슬픔도, 더 이상의 고통도 없을 것이다. 모든 것은 다 기쁨이다!"

"모든 것은 다 기쁨입니다……."

"목자의 머리가 몇인가?"

"세 개입니다. 금의 머리, 은의 머리, 동의 머리."

"양의 몸이 몇인가?"

"세 개입니다. 살의 몸, 타락의 몸, 빛의 몸."

"신자가 되기 위해서는 어떤 세례를 받아야 하겠느냐?"

"피의 세례입니다."

"피의 세례를 받을 준비가 되었느냐?"

"예."

"눈을 가리고 오른 팔을 앞으로 내밀라."

신도들은 교주의 말에 따라 준비된 녹색 스카프로 눈을 가렸다. 카너비 양도 다른 신도들과 마찬가지로 오른팔을 앞으로 내밀었다.

위대한 목자는 줄지어 늘어선 신도들의 무리 사이를 따라 걸었다. 울음소리, 고통 또는 환희에 찬 신음소리가 여기저기서 터져 나왔다.

카너비 양은 마음을 굳게 다잡았다.

'전부 불경스러운 짓이야! 이런 사교적인 집단 광란은 비판받아 마땅해. 차분히 마음을 다잡고 다른 사람들의 반응을 지켜보겠어. 나는 이런 데 휩쓸리지 않을 거야……. 난 절대…….'

위대한 목자가 카너비 양에게 다가왔다. 그가 팔을 붙잡는 순간, 마치 바늘로 찌르는 것처럼 따끔한 통증이 느껴졌다. 목자가 작은 목소리로 속삭였다.

"피의 세례는 기쁨을 주나니……."

목자가 카너비 양을 지나쳐 갔다.

그리고 잠시 후, 목자가 큰 소리로 외쳤다.

"눈가리개를 풀고 영혼의 기쁨을 누려라!"

해가 막 저물고 있었다. 카너비 양은 주위를 둘러봤다. 다른 신도들과 함께 그녀는 천천히 우리 밖으로 나갔다. 갑작스럽게 마음이 들뜨고 기분이 좋아졌다. 그녀는 잔디가 무성한 부드러운 언덕에 앉았다. 왜 그 동안 자신을 외롭고 쓸모없는 아줌마라고 생각했던 걸까? 인생은 아름다웠고……. 그녀도 아름다웠다! 뭐든 해낼 수 있을 것 같은 자신감이 생겨났다. 이 세상에서 해내지 못할 것은 아무것도 없었다!

갑자기 유쾌한 기분이 물밀듯 밀려왔다. 그녀는 주위에 앉아 있는 신자들을 바라보았다……. 그 사람들이 갑자기 어마어마하게 커 보였다.

"마치 나무들이 걷는 것 같아……."

카너비 양은 멍하니 경외심에 사로잡혀 중얼거렸다.

그녀는 자신의 손을 들어 보았다. 강한 손이었다……. 마치 전 세계를 호령할 수 있을 것만 같았다. 시저, 나폴레옹, 히틀러……. 불쌍하고 가련한 사람들! 에이미 카너비가 어떤 인물인지 전혀 몰랐을 테니 그럴 수밖에! 내일이면 그녀는 세계의 평화, 국제적인 형제애를 위한 조직을 세울 것이다. 이 세상에는 더 이상의 전쟁도, 더 이상의 가난도, 더 이상의 질병도 존재하지 않을 것이다. 바로 에이미 카너비가 새로운 세상을 건설할 테니까!

하지만 서두를 필요는 없다. 시간은 무한하니까. 1분이 지나면 또 1분이 오고, 1시간이 지나면 또 다른 1시간이 온다! 카너비 양은 팔다리가 무거웠지만, 머릿속만큼은 상쾌하고 자유로웠다. 그녀의 생각은 전 우주를 누비고 다닐 수 있었다. 그녀는 곧 잠이 들었다……. 하지만 꿈속에서도 그녀는 위대한 우주……, 거대한 건물……, 멋진 신세계……를 꿈꿨다.

서서히 그 세계가 쪼그라들었다. 카너비 양은 하품을 하며 잠에서 깼다. 뻣뻣한 팔다리를 움직였다. 어제 무슨 일이 일어났던 거지? 어젯밤 꿈은…….

하늘에 달이 떠 있었다. 카너비 양은 달빛에 의지해 주위에 누워 있는 사람들을 볼 수 있었다. 깜짝 놀라 손목시계를 보자 10시 15분 전이었다. 해는 분명 8시 10분에 졌다. 그게 고작 한 시간 35분 전이었다고? 말도 안 돼. 하지만…….

"정말 이상해."

카너비 양은 혼자 중얼거렸다.


"제 지시 사항을 아주 신중하게 따라야 합니다. 제 말 아시겠죠?"

"오, 네. 무슈 푸아로. 절 믿으세요."

"단체에 기부를 하겠다는 뜻은 전하셨나요?"

"네, 무슈 푸아로. 교주님께……. 아, 죄송해요. 앤더슨 박사님에게 제가 직접 말씀드렸어요. 얼마나 근사한 계시였는지……. 처음에는 비웃었지만 어떻게 믿게 되었는지 아주 열성적으로 이야기했죠. 저는……. 아주 자연스럽게 털어놨던 것 같아요. 아시겠지만 앤더슨 박사는 아주 매력적이거든요."

"그런 것 같군요."

에르퀼 푸아로는 무뚝뚝하게 대꾸했다.

"사람을 홀리는 뭔가가 있어요. 그 사람이 돈에는 조금도 관심이 없는 것 같다는 생각이 들 정도예요. 아주 근사하게 미소를 지으면서 이렇게 말하던데요. '주실 수 있는 만큼만 주세요.

아무것도 줄 것이 없다 해도 상관없습니다. 그래도 당신은 여전히 우리 신도이시죠.' 그래서 전 이렇게 말했죠. '오, 앤더슨 박사님. 제가 그 정도로 가난하지는 않아요. 얼마 전에 먼 친척에게서 꽤 많은 돈을 물려받았어요. 물론 법률상의 절차가 끝날 때까지는 한 푼도 건드릴 수 없지만 한 가지는 지금 당장 할 수 있어요.' 그런 다음에 제가 작성하고 있는 유언장에 유산을 전부 단체에 기증하겠다는 뜻을 밝혔지요. 가까운 친척이 하나도 없다고 하면서요."

"유산을 기꺼이 받던가요?"

"아주 초연한 태도를 보였어요. 저더러 살 날이 아직 오래 남았다며, 앞으로도 오랫동안 기쁨과 영성이 충만한 삶을 살게 될 거라고 말씀하셨어요. 정말 감동적인 말이었죠."

"그런 것 같군요."

푸아로의 목소리는 여전히 무뚝뚝했다.

"건강에 대한 말씀도 하셨나요?"

"네, 무슈 푸아로. 앤더슨 박사님께는 제가 폐병을 앓은 적이 있고 여러 번 재발했었지만, 몇 년 전 요양소에서 마지막으로 치료를 받았고 그 치료로 완전히 낫길 희망한다고 말씀드렸어요."

"훌륭합니다!"

"하지만 제 폐가 이렇게 건강한데 왜 폐병이 있다고 말해야 하는지 그 이유를 잘 모르겠어요."

"반드시 필요하다는 것만 명심해 두세요. 친구 분 이야기도 하셨나요?"

"네, 아주 은밀하게요. 에멀린은 남편에게서 받은 유산도 있지만 그녀를 아주 예뻐하던 고모님이 곧 돌아가시면 그보다 더 많은 유산을 물려받게 될 거라고 말씀드렸어요."

"에 비엥(그렇다면), 클레그 부인은 한동안은 안전할 겁니다!"

"오, 무슈 푸아로, 정말 뭔가 문제가 있다고 생각하세요?"

"그게 바로 제가 찾아내야 할 부분이죠. 그린힐에서 콜 씨를 만나보셨나요?"

"제가 지난번에 내려갔을 때도 콜 씨가 있었어요. 정말 이상한 사람이에요. 잔디색 반바지를 입고 다니는 데다 매일 양배추만 먹는다니까요. 아주 열렬한 신도죠."

"에 비엥(그럼) 모든 일이 잘 진행되고 있는 거군요. 정말 잘해내셨습니다……. 이제 가을 축제를 준비해야죠."


"카너비 양……. 잠시만요."

콜 씨가 카너비 양을 붙잡았다. 그의 눈은 광적으로 빛나고 있었다.

"제가 계시를 봤습니다……. 정말 놀라운 계시예요. 카너비 양께 꼭 말씀 드릴 일이 있습니다."

카너비 양은 한숨을 쉬었다. 그녀는 콜 씨와 그가 본다는 계시가 좀 무서웠다. 그가 완전히 미친 게 분명하다는 생각이 들 때도 많았다.

게다가 그가 본다는 계시의 내용은 가끔씩 당황스러웠다. 데번에 내려오기 전 읽었던 무의식에 관한 독일 서적의 구절을 소리 내어 읽는 것 같았다.

콜은 눈을 번들번들 빛내고 입술을 실룩거리며 정신없이 이야기를 쏟아내기 시작했다.

"저는 명상을 하고 있었습니다……. 그러니까 충만한 인생, 조화의 기쁨에 대해서 명상하던 중에, 갑자기 눈이 떠지더니 그것이 보였습니다……."

카너비는 잔뜩 긴장해, 콜 씨가 지난번과 똑같은 걸 보지 않았길 바랐다……. 지난번에 그가 본 건 분명 고대 수메르의 신과 여신의 종교적 결혼이었다.

"제가 본 건……."

콜이 카너비 양에게 몸을 가까이 기울이며 숨을 거칠게 몰아쉬었고, 그의 눈은 (농담이 아니라 정말로) 미친 사람의 눈 같았다…….

"예언자 엘리야가 불타는 이륜마차를 타고 하늘에서 내려오는 모습이었어요."

카너비 양은 안도의 한숨을 쉬었다. 엘리야는 훨씬 나았다. 엘리야는 괜찮았다.

"그 아래에는,"

콜이 말을 이었다.

"바알 신의 제단이 수백, 수천 개가 있었죠. 어떤 목소리가 나에게 외쳤어요. '네 눈앞에 있는 것을 보고, 적고, 증언하라…….'"

그가 말을 멈추자 카너비 양이 예의 바르게 질문을 던졌다.

"그래서요?"

"제단 위에는 꽁꽁 묶여 무기력하게 칼날이 떨어지기를 기다리는 제물들이 있어요. 처녀들……. 수백 명의 처녀들……. 젊고 아름답고, 벌거벗은 처녀들……."

콜 씨는 입맛을 다셨고, 카너비 양은 얼굴이 빨개졌다.

"그리고 갈가마귀, 오딘의 갈가마귀가 북쪽에서 날아왔어요. 엘리야의 갈가마귀들과 만나……. 하늘에서 함께 원을 그렸죠……. 제단으로 내리 덮쳐 제물들의 눈을 쪼아 먹습니다…….

이를 가는 소리, 울부짖는 소리가 울려 퍼졌습니다……. 그리고 목소리가 외쳤어요. '제물들을 보라……. 오늘부터 야훼와 오딘은 피의 의형제를 맺을 것이다!' 그러자 사제들이 제물에게 다가가 칼을 높이 쳐들고……. 제물들을 난도질했어요……."

카너비 양은 사디스트 같은 말까지 늘어놓는 콜에게서 다급하게 도망쳤다.

"잠시만 실례할게요."

마침 그린힐의 문지기인 립스컴이 지나가는 것을 본 카너비 양은 서둘러 그에게 말을 걸었다.

"혹시 제 브로치 못 보셨나요? 이 근처 어딘가에 떨어뜨린 것 같아서요."

그린힐의 상냥함과 빛에 면역이 된 이 남자는 퉁명스럽게 브로치는 보지 못했다고 대꾸했다. 물건을 찾아주는 것은 그의 일이 아니었다. 립스컴은 카너비 양을 따돌리려 했지만, 그녀는 콜 씨와 어느 정도 안전거리를 유지할 때까지 브로치 얘기를 주절거리며 계속 그의 옆에 붙어 있었다.

그 순간, 교주가 인자한 미소를 띤 채 '위대한 우리' 안에서 나오자, 카너비 양은 대담하게 자신의 생각을 이야기했다. 저 사람도 콜 씨가 미쳤다고……. 미쳤다고 생각할까?

교주는 카너비 양의 어깨에 손을 얹었다.

"두려움은 버리셔야 합니다. 완전한 사랑은 두려움이 없죠……."

"하지만 제가 보기에 콜 씨는 미친 것 같아요. 그 사람이 본다는 계시도……."

"그분은 불완전하게 보시는 겁니다……. 육체의 눈을 통해서 말입니다. 하지만 언젠가는 그분도 영성의 눈으로 보게 되는 날이 올 겁니다……. 정면으로요."

카너비 양은 부끄러웠다. 물론 그런 식으로 말한다면야……. 그녀는 아까보다 소박한 항의를 했다.

"그리고 참, 립스컴은 왜 그렇게 무례한 거예요?"

다시 한 번 교주는 거룩한 미소를 지었다.

"립스컴은 충성스러운 감시인입니다. 그는 미숙하고 정제되지 않은 영혼이지만……. 충성스럽답니다. 지극히 충성스럽죠."

교주는 카너비 양을 지나쳐 걸어갔다. 카너비 양은 그가 콜 씨 앞에 멈춰 서 콜 씨의 어깨에 손을 얹는 걸 보았다. 교주의 영향력으로 앞으로의 계시가 달라질 지도 모른다고 생각했다. 어쨌든 가을 축제는 이제 일주일 후였다.

축제 전날 오후, 카너비 양은 뉴턴 우즈베리라는 작고 한적한 마을에 있는 작은 찻집에서 에르퀼 푸아로를 만났다. 카너비 양은 평소보다 더 얼굴이 빨개졌고 더 숨을 헐떡거리기는 기색이었다. 그녀는 앉아서 차를 홀짝이며 손가락으로 딱딱한 빵을 부스러뜨렸다.

푸아로가 던진 몇 가지 질문에 그녀는 무뚝뚝하게 단답형으로 대답했다.

푸아로가 다시 물었다.

"축제에 몇 명이나 참석하죠?"

"120명 정도 될 거예요. 에멀린도 참석할 테고, 콜 씨도……. 콜 씨는 요새 정말 이상해요. 글쎄 계시를 본다나요. 그중 몇 가지를 제게 설명해 주는데 정말 어찌나 기괴하던지……. 정말……. 정말 그 사람이 미친 게 아니었으면 좋겠어요. 그리고 새 신도들이 꽤 많이 들어왔어요……. 거의 스무 명이나요."

"좋습니다. 어떻게 해야 하는지 아시죠?"

잠시 침묵이 흐른 뒤, 카너비 양이 좀 이상한 목소리로 대답했다.

"무슈 푸아로께서 하신 말씀은 잘 알아요……."

"트레 비엥(아주 좋습니다)!"

그러자 에이미 카너비는 아주 분명하고 또렷한 목소리로 말했다.

"하지만 전 그렇게 하지 않을 거예요."

에르퀼 푸아로는 그녀를 뚫어지게 바라보았다. 카너비 양은 자리에서 일어섰다. 그녀의 목소리는 빠르고 히스테리컬했다.

"무슈 푸아로께서는 앤더슨 박사님을 염탐하라고 절 보내셨죠. 무슈께서는 그분을 여러 모로 의심하고 계시지만, 그분은 훌륭한 분이세요……. 위대한 스승님이시죠. 저는 진심으로 그분을 믿어요! 그리고 이제 더 이상 염탐하는 짓은 하지 않을 거예요, 무슈 푸아로! 저는 목자가 돌보는 양의 일원이에요. 교주님께서는 세상을 위한 새로운 메시지를 전해주시는 분이고, 제 몸과 마음은 지금부터 그분의 것이에요. 제 찻값은 제가 내죠."

싱거운 말로 끝을 맺은 카너비 양은 1실링 3펜스를 테이블 위에 쿵 올려놓고 찻집을 뛰쳐나갔다.

"농 덩 농 덩 농(이거야 원, 이런 일이)."

푸아로는 웨이트리스가 두 번이나 다가와 계산서를 주려 하는 것도 모른 채 멍하니 생각에 잠겨 있었다. 그러다 옆 테이블에서 희한한 듯 그를 쳐다보는 남자의 시선과 마주치자, 그는 얼굴이 달아올라 계산을 하고 재빨리 밖으로 나왔다. 푸아로는 정신없이 생각에 빠져 있었다.

다시 한 번, 양들은 위대한 우리 안에 모였다. 예배의 질문과 답변이 울려 퍼졌다.

"세례를 받을 준비가 되었느냐?"

"예."

"눈을 가리고 오른팔을 앞으로 내밀라."

녹색 로브를 훌륭하게 차려입은 위대한 목자는 줄 선 신도들을 따라 걸었다. 양배추를 먹고 계시를 보는 콜 씨, 그 옆에 서 있던 카너비 양은 따끔한 바늘이 살갗을 뚫자 황홀경에 찬 고통스러운 신음을 내뱉었다.

위대한 목자는 카너비 양 옆에 섰다. 그가 그녀의 팔을 잡았다…….

"안 돼, 그러면 안 돼. 그러면……."

위대한 목자의 입에서는 전례 없던……. 믿어지지 않는 말이 튀어나왔다. 분노에 찬 고함소리였다. 이 믿어지지 않는 광경을 보기 위해 신도들은 눈을 가리고 있던 녹색 스카프를 풀었다. 위대한 목자가 양가죽을 뒤집어 쓴 콜 씨와 또 다른 신자에게 붙잡혀 발버둥을 치는 모습이 보였다. 그리고 방금 전까지 콜 씨였던 이가 빠르고 능숙한 목소리로 말하고 있었다.

"……그리고 난 당신을 체포할 영장을 가져왔어. 당신이 한 말은 재판에서 증거로 사용될 수 있다는 걸 경고한다."

양 우리의 문을 열고 또 다른 사람들이 들어왔다……. 파란색 제복을 입은 사람들이었다.

누군가가 외쳤다.

"경찰이야. 우리 교주님을 데려가려는 거야. 우리 교주님을 데려가려는 거야……."

모두들 충격과 공포에 휩싸였다. 그들에게 위대한 목자는 바깥세상의 무지와 박해에 고통 받았던 위대한 스승들과 마찬가지로 고통 받는 순교자였다…….

한편 콜 형사는 위대한 목자의 손에서 떨어진 주사기를 조심스럽게 주워들었다.


"내 용감한 동료라네!"

푸아로는 카너비 양의 손을 따뜻하게 잡으며 재프 경감에게 그녀를 소개시켜 주었다.

"정말 멋지게 해내셨습니다, 카너비 양."

재프 경감이 말했다.

"카너비 양이 아니었더라면 성공하지 못했을 겁니다. 정말이에요."

"오, 이런!"

카너비 양은 쑥스러워 어쩔 줄 몰랐다.

"그렇게 말씀하시니 정말 몸 둘 바를 모르겠네요. 저는 제가 너무 이 일을 즐기는 건 아닌가 걱정스러웠어요. 제가 맡은 역할을 하면서 너무 흥분하는 것 아닌가 해서요. 가끔씩 분위기에 휩쓸리기도 했어요. 제가 정말 그 어리석은 여자들 중 하나가 된 것 같은 기분이 들더라니까요."

"그게 바로 카너비 양이 성공한 비결입니다."

재프가 말했다.

"진실함 말이죠. 그렇지 않았더라면 그 남자를 잡아넣지 못했을 겁니다! 아주 교활한 악당이니까요."

카너비 양은 푸아로에게 고개를 돌렸다.

"그 찻집에선 정말 아슬아슬했어요. 어떻게 해야 할지 모르겠더라고요. 빨리 어떻게든 해야 했어요."

"정말 훌륭하셨습니다."

푸아로는 따뜻하게 말했다.

"순간 마드무아젤이나 저나 둘 중에 한 명이 정신이 나간 건 아닌가 생각할 정도였답니다. 잠깐은 그게 마드무아젤의 진심인가 하는 생각도 들었지요."

"저도 정말 놀랐어요."

카너비 양이 말했다.

"무슈 푸아로와 은밀히 이야기를 나누고 있는데, 우리 찻잔에 그린힐 신전의 수위인 립스컴이 제 뒤 테이블에 앉아 있는 모습이 비치지 않겠어요. 지금도 그게 우연이었는지, 그 사람이 일부러 절 미행한 건지는 모르겠어요. 아까도 말씀드렸듯이 빨리 어떻게든 해야 했고, 무슈 푸아로께서 이해하실 거라 믿을 수 밖에 없었죠."

푸아로가 미소를 지었다.

"이해했습니다. 우리가 하는 이야기를 엿들을 수 있을 정도로 가까이 앉아 있던 사람은 딱 한 사람밖에 없었고, 전 찻집을 나오자마자 그 사람에게 미행을 붙였습니다. 그 사람이 그린힐 신전으로 곧장 돌아갔다는 보고를 받았을 때, 저는 마드무아젤을 믿어도 됨을, 마드무아젤께서 절 실망시키지 않으리란 걸 알았죠……. 하지만 마드무아젤께서 더 큰 위험에 처하시게 될까봐 걱정이었습니다."

"정말 큰 위험이 있었나요? 주사기 안에 든 건 뭐였어요?"

재프가 푸아로에게 말을 건넸다.

"자네가 설명할 텐가, 아님 내가 할까?"

푸아로는 진지하게 대답했다.

"마드무아젤, 이 앤더슨 박사는 완벽한 착취와 살인……. 과학적인 살인을 모의했습니다……. 거의 평생을 박테리아 연구에 바쳤죠. 그는 가명을 써서 셰필드의 약학 연구실에서 일했습니다. 그곳에서 다양한 균을 배양했죠. 축제 때 작지만 효과적인 양의 마리화나……. 하시시 또는 대마라는 이름으로도 불리는 마리화나를 주입함으로써 사람들을 현혹했고요. 마리화나는 과대망상과 환각, 쾌락을 유발합니다. 이를 이용해 신자들을 묶어둔 겁니다. 이것이 바로 그가 신자들에게 약속한 영적 기쁨이었습니다."

"정말 놀라워요."

카너비 양이 말했다.

"정말 놀라운 일이에요."

에르퀼 푸아로는 고개를 끄덕였다.

"이것이 바로 그의 수법이었습니다……. 마리화나로 신자들을 지배하고 집단적인 광기를 유발하는 것. 하지만 그는 두 번째 목표를 품고 있었습니다.

그에게 푹 빠진 외로운 여성들이 재산을 단체에 기부하는 유언장을 만들었죠. 그리고 그러한 유언장을 작성한 여성들은 차례로 죽었습니다. 다들 자신의 집에서 탈없이 죽은 자연사가 분명했습니다. 쉽게 설명해 보도록 하죠. 특정 박테리아의 배양을 진하게 만들 수가 있습니다. 예를 들어 콜리 커뮤니스 균은 궤양성 대장염을 유발하죠. 티푸스 균은 면역계에 침투할 수 있고요. 폐렴연쇄구균도 마찬가지죠. 또한 건강한 사람에게는 아무런 해가 없지만 오래된 결핵 병변을 활성화시키는 재래식 투베르쿨린이라는 박테리아도 있습니다. 이 남자가 얼마나 영리한지 아시겠죠? 유언장을 작성한 여성들은 서로 다른 장소에서 죽었고, 서로 다른 의사가 그 죽음을 확인했으며 의심스러운 상황은 전혀 없었습니다. 게다가 그는 병세를 지연시키면서도 특정 균의 활성을 증대시키는 물질을 배양했던 것 같습니다."

"그자는 악마가 분명해요!"

재프 경감이 말했다.

푸아로는 말을 이었다.

"하지만 마드무아젤께서는 제 말대로 그에게 폐결핵을 앓은 적이 있다는 말씀을 하셨죠. 그가 체포되었을 때 주사기 안에 들어있던 건 재래식 투베르쿨린이었습니다. 마드무아젤께서는 건강하시니 그 성분은 아무런 해도 되지 않았을 겁니다. 바로 그 때문에 제가 폐결핵 이야기를 하라고 당부 드린 겁니다. 그래도 혹시 그 사람이 다른 병균을 선택할 가능성이 두려웠지만, 마드무아젤의 용기를 존중했고 마드무아젤께서 위험을 감수하도록 두는 수밖에 없었습니다."

"오, 괜찮아요."

카너비 양이 쾌활하게 말했다.

"저는 위험을 감수하는 것 따위는 아무렇지 않아요. 제가 무서운 것은 들판의 황소나 뭐 그런 것들이에요. 이 끔찍한 사람을 기소할 만큼 충분한 증거는 얻으셨어요?"

재프는 씩 웃었다.

"차고 넘칠 만큼 많습니다. 그의 연구실이며 배양균, 실험도구들을 모두 압수했습니다!"

푸아로가 다시 입을 열었다.

"어쩌면 그 사람이 오랫동안 살인을 저질러 왔을 가능성도 있습니다. 어머니가 유대인이라 독일 대학에서 쫓겨났다는 건 사실이 아닐 겁니다. 그저 이곳에 온 이유를 설명하고 동정을 얻기 위해 꾸며낸 이야기일 거예요. 오히려 순수한 아리아 혈통일 거라는 생각이 듭니다."

카너비 양이 한숨을 쉬었다.

"케스 킬리아(왜 그러시나요)?"

푸아로가 물었다.

"첫 번째 축제 때……. 아무래도 하시시 때문이겠죠? 그때 꾸었던 멋진 꿈이 생각나서요. 모든 세상이 다 아름다워 보였어요! 전쟁도, 가난도, 질병도, 추악함도 없는……."

"정말 멋진 꿈이었겠군요."

재프가 부러운 듯 말했다.

카너비 양이 갑자기 펄쩍 자리에서 뛰어오르듯 일어났다.

"집에 가야겠어요. 에밀리 언니가 걱정할 텐데. 그리고 우리 사랑스러운 오거스터스도 절 너무너무 보고 싶어한대요."

에르퀼 푸아로는 미소를 지으며 말했다.

"어쩌면 오거스터스가 마드무아젤께서도 에르퀼 푸아로를 위해 죽을까봐 두려워했을 지도 모르겠군요!"

# 헤스페리데스의 사과

에르퀼 푸아로는 커다란 마호가니 책상 뒤에 앉아 있는 남자의 얼굴을 유심히 바라보았다. 짙은 눈썹, 심술궂어 보이는 입술, 탐욕스러워 보이는 턱선과 강렬하고 꿈꾸는 듯한 눈. 푸아로는 에머리 파워를 보는 순간 왜 이 남자가 경제계의 거물이 되었는지를 알아챘다.

책상 위에 올려진 길고 섬세하며 완벽한 모양의 손을 보면 왜 에머리 파워가 위대한 수집가라는 명성을 얻게 되었는지 그 이유도 알 수 있었다. 그는 대서양 양쪽에서 미술품 감정가로 잘 알려져 있었다. 예술에 대한 그의 열정은 역사에 대한 열정과 상통했다. 그에게 있어 아름답기만 한 것은 성에 차지 않았다……. 그는 아름다움 뒤에 전통과 역사적 의미가 있는 것을 좋아했다.

에머리 파워가 말을 하고 있었다. 조용하게 작고 명확한 그의 목소리는 그 어떤 소리보다도 더 효과적이었다.

"요즘에는 사건 의뢰를 많이 받지 않으신다고 들었습니다. 하지만 이번 사건만은 꼭 맡아주실 걸로 생각합니다."

"그렇다면 중대한 사건인가요?"

"나에게는 중대한 사건입니다."

푸아로는 계속해서 탐색하는 듯한 태도를 유지했으며, 고개는 살짝 한쪽으로 기울이고 있었다. 마치 명상에 잠긴 울새 같았다.

에머리 파워가 말을 계속했다.

"예술 작품의 복원과 관련한 문젭니다. 정확히 말하자면 르네상스 시대의 금잔이죠. 교황 알렉산더 6세인 로데리고 보르자가 사용했던 술잔이라고 합니다. 가끔씩 친한 손님들이 올 때 그 잔을 내놨다더군요. 그리고 그 잔으로 술을 마신 손님들은 대부분 죽었다고 하죠, 무슈 푸아로."

"굉장한 역사가 깃든 잔이군요."

푸아로가 중얼거렸다.

"그 잔의 역사는 항상 폭력과 연관된 것이었습니다. 도난당한 것도 여러 번이었죠. 그 잔을 손에 넣기 위해 살인도 일어났습니다. 수백 년간 그 잔을 둘러싸고 유혈 사태가 이어졌지요."

"그 잔의 내적 가치나 다른 이유 때문인가요?"

"물론 그 잔의 내적 가치도 어마어마합니다. 잔을 만든 장인의 솜씨가 빼어나죠. 이 잔을 만든 장인이 벤베누토 첼리니라는 말이 있습니다. 잔에는 뱀이 또아리를 틀고 있는 모습이 보석으로, 나무 위의 능금들은 아주 아름다운 에메랄드로 장식되어 있습니다."

푸아로는 갑자기 구미가 당긴 듯 중얼거렸다.

"능금이요?"

"특히 에메랄드가 아주 근사하고, 뱀을 표현하고 있는 루비도 그렇죠. 하지만 이 잔의 진정한 가치는 그 역사적인 배경에 있습니다. 1929년에 마르케세 디 산 베라트리노가 그 잔을 경매에 붙였습니다. 수집가들이 정신없이 달려들었지만, 마침내 제가 당시 환율로 3만 파운드에 그 잔을 손에 넣었습니다."

푸아로는 눈썹을 치켜 올리며 중얼거렸다.

"정말 대단한 액수입니다! 그 마르케세 디 산 베라트리노란 친구는 운이 좋았군요."

"정말로 원하는 것이라면 전 얼마든지 지불할 수 있습니다, 무슈 푸아로."

에르퀼 푸아로는 상냥하게 말했다.

"'원하는 걸 가져라……. 그리고 그에 대한 대가를 지불하라고 하느님은 말씀하셨다.'라는 스페인 속담은 물론 들어보셨겠죠?"

한 순간 이 금융업자는 인상을 찌푸렸다……. 그의 눈에 빠르게 분노가 스쳐지나갔다. 그는 무뚝뚝하게 말했다.

"마치 철학자 같으시군요, 무슈 푸아로."

"깊이 생각해 볼만한 나이가 되었으니까요, 무슈."

"그렇겠죠. 하지만 깊이 생각해 본다고 해서 제 잔이 돌아오진 않습니다."

"그렇게 생각하시나요?"

"행동이 필요하다고 생각합니다."

에르퀼 푸아로는 차분하게 고개를 끄덕였다.

"많은 사람들이 그런 실수를 저지르곤 하지요. 죄송합니다, 파워 씨. 이야기가 옆길로 샜네요. 마르케세 디 산 베라트리노에게서 그 술잔을 구입하셨다고 말씀하셨죠?"

"그렇습니다. 그리고 그 술잔은 제가 건네 받기도 전에 도난 당했습니다."

"어떻게 된 거죠?"

"그 잔을 구입하던 날 밤 마르케세의 성에 도둑이 침입해 술잔을 포함해 여덟 개에서 열 개 가량의 귀중품을 훔쳐 갔다 고 합니다."

"그래서 어떻게 됐죠?"

파워는 어깨를 으쓱했다.

"물론 경찰을 불렀습니다. 유명한 국제 범죄단의 소행이라 는 게 밝혀졌지요. 그 범죄단 중 뒤블레라는 프랑스 인과 리코 베티라는 이탈리아 인 두 명이 경찰에 잡혀 재판을 받았습니 다……. 그들의 은신처에서 도난당한 물건 중 몇 개가 발견되 었고요."

"하지만 보르자의 술잔은 없었군요?"

"네, 보르자의 술잔은 없었습니다. 경찰이 확인한 바에 의하 면, 이번 일에 연루된 사람은 세 명이었다고 합니다……. 방금 말씀 드린 사람이 그중 두 명이고, 세 번째 인물은 패트릭 케 이시라는 아일랜드 인입니다. 이 세 번째 남자는 전문적인 밤 도둑이죠. 실제로 물건을 훔친 자는 이 남자라고 합니다. 뒤블 레는 머리를 써서 계획을 짰고, 리코베티는 차를 운전해 물건 을 가지고 내려오길 기다리고 있었답니다."

"그리고 훔친 물건은요? 세 사람이서 나눠 가졌나요?"

"그럴 수도 있죠. 하지만 발견된 물건은 가치가 제일 낮은 것들뿐이었습니다. 훨씬 더 가치가 크고 높은 것들은 서둘러 국외로 반출했을 가능성도 있는 것 같습니다."

"세 번째 남자 케이시는 어떻습니까? 그 남자는 법의 처벌을 받지 않았나요?"

"법의 처벌은 받지 않았습니다. 케이시는 그리 젊은 나이가 아니었습니다. 몸놀림도 옛날만큼 민첩하지 못했죠. 그는 2주 전, 건물 5층에서 떨어져 즉사했습니다."

"어디에서요?"

"파리에서요. 백만장자 은행가인 뒤보글리에의 집을 털려다가 그렇게 됐습니다."

"그 후에도 그 술잔은 발견되지 않았고요?"

"그렇습니다."

"암시장에 나오지도 않았나요?"

"그건 잘 모르겠습니다. 하지만 경찰들뿐 아니라 사립 탐정들까지 그 술잔의 소재를 찾고 있습니다."

"술잔 값으로 지불한 돈은 어떻게 되셨나요?"

"마르케세는 계산이 정확한 사람이라 자신의 집에서 도난당한 술잔의 값을 제게 되돌려 주겠다고 제안했습니다."

"하지만 파워 씨께서는 그 제안을 수락하지 않으셨지요?"

"네."

"왜 그러셨죠?"

"그 잔을 제 수중에서 벗어나게 하고 싶지 않았기 때문이라고 할까요?"

"마르케세의 제안을 받아들인다면, 현재 법적으로 파워 씨의 소유인 그 술잔이 다시 마르케세의 소유가 될까봐 그러셨다는 말씀이신가요?"

"그렇습니다."

"사실대로 말씀해 보시죠?"

에머리 파워는 씩 웃으며 입을 열었다.

"정확히 짚어내시는군요, 무슈 푸아로. 아주 간단합니다. 저는 누가 그 술잔을 가지고 있는지 알고 있습니다."

"아주 흥미롭군요. 그게 누구죠?"

"루벤 로젠탈 경입니다. 수집가 동료지만, 당시에는 적수였습니다. 서너 번 경매에서 라이벌이 된 적이 있죠……. 그리고 대부분은 제가 이겼습니다. 이 보르자의 술잔을 사이에 둔 경쟁 덕에 서로에 대한 증오심이 생겨났습니다. 그 친구도 저도 그 술잔을 갖고자 하는 열망이 대단했죠. 그건 명예가 달린 문제였습니다. 술잔 경매 당시 우리 대리인들의 입찰 경쟁은 대단했습니다."

"그리고 파워 씨의 대리인이 마지막으로 입찰한 액수가 낙찰을 받았고요?"

"그렇지는 않습니다. 저는 사전 대비책으로 두 번째 대리인을 심어 두었습니다……. 표면상으로는 파리의 다른 딜러의 대리인이었죠. 그 친구나 저나 서로에게 양보할 생각은 없었지만, 만약 제3자가 그 술잔을 손에 넣는다면 나중에 조용히 그 제3자에게 접근할 수 있는 가능성이 있는 셈이니까요……. 그건 전혀 다른 문제죠."

"윈느 프티트 데셉시옹(작은 속임수를 쓰셨군요)."

"그렇습니다."

"대비책이 성공을 거둔 거로군요……. 그리고 경매가 끝나는 즉시, 루벤 경은 자신이 속았다는 걸 알았겠죠?"

파워는 미소를 지었다. 푸아로의 말을 인정하는 미소였다.

푸아로가 다시 입을 열었다.

"이제 어떤 상황인지 알겠습니다. 경매에서 진 루벤 경이 도둑을 시켜 그 술잔을 훔쳤다고 생각하시는 거죠?"

에머리 파워는 손을 저었다.

"오, 아닙니다, 아니에요! 그렇게 노골적인 행동을 하지는 않을 겁니다. 그저……. 경매에서 패배한 직후 루벤 경이 어디선가 '출처가 불확실한' 르네상스 시대 술잔을 하나 구입한 건 아닌가 합니다."

"경찰이 그 술잔의 사진을 배포하지 않았나요?"

"그 술잔은 공개된 적이 없습니다."

"루벤 경이 그 술잔을 소유하는 것만으로 만족할 거라고 생각하시나요?"

"네, 게다가 제가 마르케세의 제안을 받아들인다면……. 루벤 경이 나중에 마르케세와 은밀히 만날 가능성이 있고, 그렇게 된다면 결국에 그 술잔은 법적으로도 루벤 경의 소유가 될지도 모르니까 말입니다."

파워는 잠시 말을 멈췄다가 다시 입을 열었다.

"하지만 제가 법적 권리를 가지고 있다면, 제 소유물을 되찾을 가능성도 남아 있는 게 아니겠습니까."

"그렇게 된다면."

푸아로가 노골적으로 말했다.

"루벤 경에게서 그 술잔을 다시 훔쳐오실 계획이었겠군요."

"훔치는 게 아닙니다, 무슈 푸아로. 그저 제 소유물을 되찾아오려 했던 거죠."

"하지만 성공하지는 못하셨지요?"

"그럴 수밖에 없었습니다. 루벤 로젠탈은 그 잔을 가지고 있지 않았으니까 말입니다!"

"그걸 어떻게 아셨죠?"

"최근에 석유 이권을 합병하는 일이 있었습니다. 로젠탈의 이권과 제 이권이 일치했죠. 이제 우리는 적이 아니라 동지입니다. 그래서 그 문제를 툭 터놓고 솔직히 말했더니, 그 친구는 즉시 그 잔을 구입한 적은 없다고 단언했습니다."

"그의 말을 믿으십니까?"

"네."

푸아로는 곰곰이 생각해보더니 입을 열었다.

"그렇다면 근 10년 동안, 속된 말로 헛다리만 짚으셨던 거군요?"

파워는 씁쓸하게 말했다.

"네, 그렇습니다!"

"그렇다면……. 이제 모든 걸 처음부터 다시 시작하시려는 건가요?"

파워는 고개를 끄덕였다.

"그래서 절 찾아오셨군요? 전 희미한 냄새……. 아주 희미한 냄새를 쫓아가는 사냥개가 되어야 하겠군요."

에머리 파워는 무뚝뚝하게 대꾸했다.

"쉬운 일이었다면 당신을 찾아올 필요는 없었을 겁니다. 물론, 무슈 푸아로께서 불가능하다고 생각하신다면……."

파워는 적당한 단어를 찾느라 말을 멈췄다. 에르퀼 푸아로는 몸을 똑바로 세우며 무뚝뚝하게 대꾸했다.

"저에게 '불가능'이란 없습니다, 무슈! 제게 중요한 건……. 이 사건이 제가 맡을 정도로 흥미로운 사건인가 하는 것이 전부입니다."

에머리 파워는 다시 한 번 미소를 지으며 입을 열었다.

"이 사건은 흥미로울 겁니다……. 보수는 무슈 푸아로께서 마음대로 정하셔도 좋습니다."

자그마한 체구의 푸아로는 커다란 체구의 에머리 파워를 바라보았다. 그러고는 상냥한 말투로 물었다.

"그렇게나 그 예술 작품을 원하십니까? 그렇진 않으실 텐데요!"

"저도 무슈 푸아로와 마찬가지로 패배를 싫어한다고 말해두죠."

에르퀼 푸아로는 고개를 살짝 숙이며 말했다.

"네, 그렇게 말씀하신다면 이해가 되는군요……."


와그스태프 경위는 흥미로운 눈초리로 물었다.

"베라티노의 술잔이요? 네, 잘 알죠. 제가 그 사건 담당이었습니다. 제가 이탈리아어를 조금 할 줄 알기 때문에 직접 가서 마카로니(이탈리아인을 지칭 — 옮긴이)들과 이야기를 나눠 봤습니다. 하지만 오늘날까지도 아무것도 밝혀내지 못했어요. 아주 이상한 사건이었죠."

"경위님은 어떻게 생각하십니까? 몰래 팔아 넘긴 걸까요?"

와그스태프는 고개를 저었다.

"그렇지는 않을 겁니다. 물론 그럴 가능성을 완전히 배제할 수는 없겠지만……. 아닙니다, 제 생각은 더 간단합니다. 그 물건이 어딘가에 은닉되어 있고……. 그 장소를 아는 유일한 사람은 죽었다고 생각합니다."

"케이시 말인가요?"

"네. 그 사람이 이탈리아 어딘가에 그 술잔을 숨겨뒀을 수도 있고, 아니면 국외로 밀반출했을 수도 있습니다. 어디에 숨겼는지는 몰라도 숨긴 것은 확실하고, 아직도 그곳에 있을 겁니다."

에르퀼 푸아로는 한숨을 쉬었다.

"그것 참 로맨틱한 가설이군요. 석고상 안에 숨겨진 진주……. 그게 무슨 소설이었더라……. 「여섯 점의 나폴레옹 상(『셜록 홈즈의 귀환』에 수록된 단편 ─ 옮긴이)」이던가요? 하지만 이번에는 작은 보석이 아닙니다. 크고 단단한 금잔이란 말입니다. 그런 걸 숨기긴 힘들죠."

와그스태프는 애매하게 대꾸했다.

"오, 전 모르겠습니다. 숨길 수도 있겠죠. 마룻바닥 밑이나……. 뭐 그런 곳에요."

"케이시 소유로 등록된 집이 있습니까?"

"네……. 리버풀에 있습니다."

와그스태프는 씩 웃으며 말을 이었다.

"그 집 마룻바닥 밑에는 없습니다. 이미 확인해 봤으니까요."

"그 사람의 가족은요?"

"케이시의 아내는 점잖은 여성이었습니다……. 결핵을 앓고 있었죠. 남편 때문에 속 꽤나 썩었을 겁니다. 신앙심이 깊고……. 헌신적인 가톨릭이었지만 차마 남편과 헤어질 생각은 하지 못했습니다. 이삼 년 전에 죽었죠. 어머니를 닮았던 딸은 수녀가 되었습니다. 하지만 아들은 달랐죠……. 아버지를 쏙 빼닮았습니다. 마지막으로 들은 소식은 미국에 머물고 있다는 거였네요."

에르퀼 푸아로는 경위의 말을 작은 수첩에 받아 적었다. 미국이라. 푸아로가 질문을 던졌다.

"케이시의 아들이 숨긴 장소를 알 가능성은 있을까요?"

"그렇지는 않을 것 같습니다. 그랬다면 예전에 벌써 장물아비의 손에 들어갔겠죠."

"어쩌면 그 금잔을 녹였을 수도 있죠."

332

"그럴 수도 있습니다. 꽤 가능성이 높죠. 하지만 전 모르겠습니다……. 수집가들에게나 가치가 높은 것이니까요……. 수집가들 사이에는 아주 희한한 일이 많이 벌어집니다……. 들으면 놀라실 거예요! 가끔씩은……."

와그스태프는 고결한 척하며 말을 이었다.

"수집가들에게는 도덕심이라곤 조금도 없는 것 같다는 생각이 듭니다."

"아! 예를 들어 루벤 로젠탈 경이 경위님 말대로 '희한한 일'에 연루되어 있다면 놀라시겠습니까?"

와그스태프는 씩 웃었다.

"그 사람이라면 그럴 거라고 생각했습니다. 예술 작품과 관련된 문제에는 아주 양심적이지 못하니까요."

"그 도둑 무리의 다른 사람들은 어떻게 됐죠?"

"리코베티와 뒤블레 모두 엄중한 법의 심판을 받았습니다. 지금쯤이면 출소했을 것 같군요."

"뒤블레는 프랑스 인이죠, 그렇지 않나요?"

"네, 그가 그 일당의 두뇌 역할을 했습니다."

"그 도둑 무리에 다른 사람도 있었나요?"

"여자가 한 명 있었습니다……. 레드 케이트라고 불렸죠. 그 여자는 귀족 집의 하녀로 들어가 금고며 보물이 숨겨져 있는 장소를 알아내는 역할을 담당했습니다. 도둑 무리가 해체된 다음에는 호주로 갔다고 하더군요."

"또 다른 사람이 있나요?"

"유구이언이라는 녀석이 도둑 무리와 한패라는 의심을 받았었죠. 그쪽 상품 취급업자입니다. 이스탄불에 본부가 있지만 가게는 파리에 있습니다. 하지만 한 패거리라는 증거는 전혀 없었어요……. 하지만 교활하고 뻔뻔스러운 놈입니다."

푸아로는 한숨을 쉬며 작은 수첩을 바라보았다. 수첩에는 이렇게 적혀 있었다. 미국, 호주, 이탈리아, 프랑스, 터키…….

푸아로는 중얼거렸다.

"지구를 한 바퀴 돌아야겠군,……."

"네?"

와그스태프 경위가 물었다.

"아무래도 세계 일주를 해야 할 것 같아요."

푸아로가 대답했다.


유능한 하인인 조지와 함께 사건에 대해 토론을 하는 것이 에르퀼 푸아로의 습관이었다. 즉, 에르퀼 푸아로가 사건에 대한 소견을 내놓으면 조지는 그동안 하인으로 일하며 익힌 지혜로 답변을 하는 식이었다.

"조르주, 만약 전 세계의 다섯 국가에서 사건 조사를 해야 하는 상황에 직면한다면 자네는 어떻게 하겠나?"

"글쎄요, 주인님. 멀미가 난다는 사람도 있지만 비행기가 아주 빠르긴 합니다. 제가 뭐라고 말씀드리긴 힘듭니다."

"그래, 내가 결정해야 할 문제지. 헤라클레스라면 어떻게 할까?"

"헤라클레스라니, 자전거 상표 말씀이십니까, 주인님?"

"아니면,"

에르퀼 푸아로는 계속 말을 이었다.

"좀 더 간단하게 말해 헤라클레스는 어떻게 했을까? 조르주, 그에 대한 답은 말이야, 헤라클레스는 아주 정열적으로 여행을 했다는 거야. 하지만 결국엔 헤라클레스도 프로메테우스……,

또는 네레우스에게서 정보를 얻어야 했지."

"정말입니까, 주인님? 말씀하신 신사 분들의 이름은 처음 들어봅니다. 여행사에 근무하는 분들이십니까?"

에르퀼 푸아로는 자신의 목소리를 음미하며 계속 말을 이었다.

"이번의 내 고객 에머리 파워는 하나밖에 몰라……. 무조건 행동을 하라니! 불필요한 행동에 에너지를 낭비하는 건 쓸모없는 짓이야. 조르주, 인생에는 황금률이 있다네. 다른 사람이 대신 해 줄 수 있는 일을 절대 직접 하지 말라는 거지. 특히……."

에르퀼 푸아로는 자리에서 일어나 책꽂이로 다가가며 덧붙였다.

"비용 문제가 걸리지 않을 때는 말이야!"

푸아로는 책꽂이에서 파일 하나를 꺼내 펼쳤다.

'탐정 사무실……. 신뢰할 수 있는 탐정 사무실.'

"현대판 프로메테우스지."

푸아로는 중얼거렸다.

"조르주, 내가 부르는 이름과 주소를 정확히 받아 적게. 뉴욕의 무슈 행커턴, 시드니의 무슈 라덴과 무슈 보셔, 로마의 시뇨르 지오반니 메치, 이스탄불의 무슈 나훔, 파리의 무슈 로제와 무슈 프랑코나르."

조지가 다 받아 적는 동안 푸아로는 입을 다물었다가 다시 입을 열었다.

"그리고 리버풀행 열차를 알아봐 주면 고맙겠네."

"네, 주인님. 리버풀로 가십니까?"

"아무래도 그래야 할 것 같아. 조르주, 어쩌면 더 멀리 가야 할 지도 모르겠어. 하지만 아직은 아니지."

에르퀼 푸아로가 대서양이 내려다보이는 높은 절벽 위에 서
게 된 건 그로부터 3개월 후였다. 갈매기들이 길고 구슬픈 울
음을 울며 하늘 높이 솟아올랐다가, 바다에 빠져들듯 급격히
내리 덮쳤다. 공기는 부드럽고 축축했다.

이니시골렌에 처음 온 사람은 누구나 그러하듯, 에르퀼 푸아
로는 세상의 끝에 선 듯한 느낌이 들었다. 이렇게 외지고, 이렇
게 황량하며, 이렇게 쓸쓸한 곳이 있으리라고는 평생 단 한 번
도 짐작해 본 적이 없었다. 이곳은 음울하고 불안한 아름다움,
아주 먼 태초의 아름다움을 간직한 곳이었다. 아일랜드의 서
쪽인 이곳은 로마군조차도 침범하지 못한 곳으로, 요새가 세워
진 적도, 편리한 도로가 닦인 적도 없었다. 상식과 질서정연한
삶을 겪어 보지 않은 땅이었다.

에르퀼 푸아로는 에나멜 구두코를 내려다보며 한숨을 쉬었다.
쓸쓸하고 아주 외로운 기분이 들었다. 그가 살아오면서 지켰던
기준이 이곳에서는 아무런 쓸모가 없었다.

푸아로는 눈을 들어 황량한 해안선을 스윽 훑어보다가, 다
시 한 번 바다 먼 곳을 응시했다. 전설에 의하면 저기 어딘가
에 젊음의 땅, 축복의 섬이 있다고 했다…….

푸아로는 혼잣말로 중얼댔다.

"사과나무, 노래와 황금……."

그러다 갑자기 마법이 깨지며, 에르퀼 푸아로는 다시 한 번
에나멜 구두와 말쑥한 진회색의 양복과 어울리는 평소의 태도
로 돌아왔다.

그리 멀지 않은 곳에서 종소리가 들렸다. 푸아로는 그게 어

떤 종소린지를 알아차렸다. 어릴 적 자주 듣던 종소리였다.

푸아로는 절벽을 따라 경쾌하게 걸었다. 약 10분 정도 걷자, 절벽 끝에 있는 건물이 눈에 들어왔다. 건물은 높은 벽에 둘러싸여 있었고, 벽에 못으로 연결된 거대한 나무문이 있었다. 그는 다가가 문을 두드렸다. 문 위에는 커다란 놋쇠 고리쇠가 달려 있었다. 그런 다음 조심스럽게 녹슨 쇠줄을 잡아당기자 문 안쪽에서 작은 종이 경쾌하게 울렸다.

문에 달린 작은 창이 옆으로 열리더니 얼굴이 나타났다. 빳빳한 하얀 두건에 둘러싸인, 의심이 가득한 얼굴이었다. 코 밑에 뚜렷하게 콧수염이 나 있었지만 목소리만은 여자의 목소리였다. 에르퀼 푸아로가 '팜므 포르미다블(놀라운 여자)'이라 칭하는 부류였다.

여자는 푸아로에게 용건을 물었다.

"이곳이 성모 마리아와 천사들의 수녀원인가요?"

무시무시한 여자는 쌀쌀맞게 대꾸했다.

"그게 아니면 뭐겠어요?"

에르퀼 푸아로는 그 질문에 대답하지 않았다. 다만 이 사나운 여자에게 이렇게 말했다.

"원장 수녀님을 뵙고 싶습니다."

사나운 여자는 내키지 않는 듯 했지만, 결국엔 물러섰다.

빗장과 문이 열린 다음, 에르퀼 푸아로는 수녀원의 방문객들을 접대하는 작고 소박한 방으로 안내를 받았다.

곧 한 수녀가 방으로 들어왔다. 그녀의 허리춤에서 묵주가 흔들렸다.

가톨릭 집안에서 태어난 에르퀼 푸아로는 이런 분위기가 익숙했다.

"번거롭게 해 드려 죄송합니다, 마 메르(수녀님). 제가 이곳에 찾아온 것은 케이트 케이시라는 종교심 깊은 분이 여기 계시다는 소리를 들어서입니다."

원장 수녀는 고개를 숙이며 대답했다.

"그렇습니다. 세례명으로 메리 어슐러 자매님이시죠."

"바로잡아야 할 문제가 하나 있는데, 메리 어슐러 자매님께서 절 도와주실 수 있을 것 같습니다. 그분께서 아주 소중한 정보를 가지고 계시니까요."

원장 수녀는 고개를 저었다. 평화로운 얼굴에 차분한 목소리였다. 원장 수녀가 입을 열었다.

"메리 어슐러 자매님은 도움을 드릴 수가 없습니다."

"하지만 분명……."

원장 수녀가 하는 말에 푸아로는 말을 멈췄다.

"메리 어슐러 자매님은 두 달 전에 돌아가셨습니다."


에르퀼 푸아로는 지미 도노반 호텔의 술집에서 우울한 표정으로 벽에 기대어 앉았다. 호텔은 그가 생각하던 그런 호텔이 아니었다. 침대는 망가져 삐걱거렸고, 방에 있는 두 개의 창유리도 마찬가지였다. 밤이면 푸아로가 끔찍이도 싫어하는 밤바람이 술술 들어왔다. 온수는 미지근해 씻는 것 같지가 않았고, 식사를 하기만 하면 뱃속이 부글거렸다.

술집 안에는 푸아로 외에도 다섯 명의 남자가 더 있었는데, 다들 정치 이야기로 열을 올리고 있었다. 에르퀼 푸아로는 그들이 하는 이야기를 대부분 이해할 수 없었다. 아니, 그들의 말에 거의 신경을 쓰지 않았다.

그러다 한 남자가 푸아로의 옆에 와 앉았다. 이 남자는 주위

사람들과 좀 다른 부류인 것 같았다. 초라한 서민이라는 인상
이 훤히 보이는 그 남자는 아주 의기양양해서 푸아로에게 말
을 걸었다.

"선생님, 그거 아십니까……? 페깅즈 프라이드는 승산이 없
어요, 승산이……. 출발하자마자……. 출발하자마자 기진맥진
할 게 분명해요. 제 말 믿으세요. 다들 제 말을 들어야 한다니
까요. 제가 누군지 아십니까? 선생님, 내가 누군지 알아요? 아
틀라스, 그게 바로 접니다……. '더블린 선'의 아틀라스요…….
매 시즌 승리할 말을 찍을 수가 있죠. 내가 래리즈 걸 얘기를
안 해 드렸나? 배당금이 스물 다섯 배나 됐어요……. 스물 다
섯 배나……. 이 아틀라스의 말을 따르면 반드시 돈을 벌게 될
겁니다."

에르퀼 푸아로는 기이하게 감탄하는 듯한 눈길로 그 남자를
바라보았다. 그리고 떨리는 목소리로 외쳤다.

"몽 디유(하느님), 제게 계시를 내려 주셨군요!"

그로부터 몇 시간 후였다. 구름 뒤에 가린 달이 요염하게 살
짝살짝 모습을 드러냈다. 푸아로와 그의 새 친구는 몇 킬로미
터를 걸었다. 앞서 가던 푸아로는 발을 절뚝거렸다. 에나멜 구
두 말고 시골길을 걷기에 더 적당한 다른 신발을 신을 걸 그랬
다는 후회가 머릿속을 스쳤다. 실제로도 조지는 그런 뜻을 충
분히 전달했었다.

"쓸 만한 생가죽 구두가 있습니다."

조지의 말이었다.

하지만 에르퀼 푸아로는 그의 말에 신경도 쓰지 않았다. 푸
아로는 발이 깔끔하고 말쑥해 보이길 원했다. 하지만 울퉁불퉁

한 자갈길을 걷자니 다른 신발을 신을걸 하는 후회가 밀려 왔던 것이다.

푸아로의 새 친구가 불쑥 입을 열었다.

"이 일로 신부님이 제 뒤라도 쫓아오면 어쩝니까? 양심에 찔리는 짓은 하지 않을 겁니다."

에르퀼 푸아로가 대꾸했다.

"자넨 그저 시저의 것을 시저에게 돌려주는 것뿐일세."

이제 둘은 수녀원의 담장에 도달했다. 아틀라스는 자신이 맡은 역할을 수행할 준비를 했다. 잠시 후, 아틀라스는 낮고 다급한 목소리로 찌그러지겠다며 신음을 내뱉었다!

에르퀼 푸아로는 엄한 목소리로 그를 나무랐다.

"조용히 하게. 자네가 떠받치고 있는 건 지구가 아니야……. 이 에르퀼 푸아로뿐이라고."

아틀라스는 5파운드짜리 지폐 두 장을 받아들며, 기분 좋은 목소리로 말했다.

"내일 아침이면 제가 이 돈을 어떻게 벌었는지 잊어버릴 지도 모릅니다. 오라일리 신부님이 제가 저지른 일을 절대 눈치채지 못하셨으면 좋겠는데요."

"다 잊어버려, 친구. 내일이면 세상은 자네 것이 될 테니까."

아틀라스는 작은 목소리로 중얼거렸다.

"그나저나 이걸 어디에 걸지? 워킹 래드가 좋겠지. 정말 대단한 말이잖아! 그리고 셰일라 보인도 빼놓을 수 없지. 일곱 배는 문제없겠어."

그는 말을 멈췄다가 다시 입을 열었다.

"그런데 아까 이교도 신의 이름을 말하지 않으셨나요? 아님 제가 꿈을 꾼 건가요? 분명 헤라클레스라고 하셨어요……. 오, 하느님 감사합니다. 내일 3시 30분에 헤라클레스라는 말이 경기에 출전하거든요."

"이보게 친구."

에르퀼 푸아로가 말했다.

"그렇다면 그 말에 돈을 걸게. 헤라클레스는 절대 지는 법이 없거든."

그 다음 날, 에르퀼 푸아로가 장담한 대로 로슬린 씨의 말인 헤라클레스는 뭇사람들의 예상을 깨고 보이넌 경마에서 배당금 60배를 올리며 우승했다.


에르퀼 푸아로는 완벽하게 포장된 소포를 능숙하게 풀었다. 처음에는 갈색 종이를, 그 다음에는 완충제로 넣은 솜을, 마지막으로 화장지를 풀어냈다.

그는 에머리 파워 앞의 책상 위에 빛나는 금잔을 올려놓았다. 금잔의 표면에는 녹색 에메랄드의 능금이 달린 나무가 조각되어 있었다.

에머리 파워는 깊이 숨을 들이마셨다.

"정말 대단하십니다, 무슈 푸아로."

에르퀼 푸아로가 살짝 고개를 숙이자 에머리 파워는 한 손을 앞으로 뻗어 잔의 가장자리를 어루만졌다. 그가 감격한 목소리로 외쳤다.

"내 겁니다!"

에르퀼 푸아로도 그 말에 동의했다.

"당신 것이지요!"

파워는 한숨을 쉬며 의자의 등받이에 기댔다. 그리고 사무적인 목소리로 물었다.

"저걸 어디서 찾았습니까?"

"제단 위에서 찾았지요."

에머리 파워는 푸아로를 뚫어지게 바라보았다. 그러자 푸아로가 말을 이었다.

"케이시의 딸은 수녀였습니다. 아버지가 사망할 당시 그녀는 종신 서원을 하기 직전이었죠. 그녀는 아무것도 모르는 독실한 아가씨였습니다. 잔은 리버풀에 있는 아버지의 집에 숨겨져 있었는데, 아마도 그 아가씨가 아버지의 죄를 속죄하기 위해 그 잔을 수녀원에 가져갔을 겁니다. 하느님께 예배를 올리는 데 사용하도록 수녀원에 기증한 거죠. 수녀들은 그 잔의 가치를 몰랐을 겁니다. 그저 집안에 대대로 전해져오던 가보 정도로 생각했겠죠. 수녀들 눈에 그 잔은 마치 성배처럼 보였고, 그래서 그런 용도로 사용한 겁니다."

"정말 놀라운 일이군요!"

에머리 파워는 이렇게 외치고 다시 질문을 던졌다.

"어떻게 수녀원에 가 볼 생각을 하셨습니까?"

푸아로는 어깨를 으쓱했다.

"글쎄요……. 여러 가지 가능성을 하나씩 제거해 봤습니다. 그리고 아무도 그 잔을 처분할 생각을 하지 않았다는 점도 염두에 두었죠. 따라서 그 잔은 평범한 물질적 가치가 적용되지 않는 곳에 있을 것 같았습니다. 그리고 패트릭 케이시의 딸이 수녀였다는 걸 떠올렸죠."

파워는 진심에서 우러난 목소리로 다시 한 번 감사의 말을 전했다.

"이미 말씀드리긴 했지만, 정말 대단하십니다. 액수를 말씀해 주시면 제가 수표를 써 드리겠습니다."

"돈은 필요 없습니다."

에르퀼 푸아로의 말에 파워는 그를 빤히 쳐다보았다.

"그게 무슨 뜻입니까?"

"어릴 때 동화책을 읽어보지 않으셨나요? 동화책에 나오는 왕은 이렇게들 말하죠. '네가 원하는 것을 말해 보라.'"

"다른 것을 부탁하려는 겁니까?"

"네, 하지만 돈은 아닙니다. 간단한 부탁이죠."

"자, 뭐죠? 주식 투자에 대한 조언을 원하십니까?"

"그것 또한 다른 형태의 돈일 뿐입니다. 제 부탁은 그보다 훨씬 간단한 것입니다."

"그게 뭡니까?"

에르퀼 푸아로는 두 손을 잔 위에 얹었다.

"이 잔을 수녀원에 되돌려 주세요."

순간 침묵이 흘렀다. 마침내 에머리 파워가 입을 열었다.

"당신 미친 거요?"

에르퀼 푸아로는 고개를 저었다.

"아니요, 전 미치지 않았습니다. 제가 뭘 하나 보여드리죠."

푸아로는 잔을 집어 들었다. 손끝으로 나무 주위에 또아리를 틀고 있는 뱀의 크게 벌린 입 사이를 강하게 눌렀다. 그러자 금으로 조각된 잔의 아주 작은 일부가 옆으로 밀리며 텅 빈 손잡이 부분이 드러났다.

푸아로가 다시 말을 꺼냈다.

"보이시죠? 이 잔은 보르자 교황이 사용하던 잔입니다. 이 작은 구멍을 통해 독을 넣으면, 그 독이 잔에 든 액체로 스며드는 겁니다. 무슈께서도 이 잔은 사악한 과거를 지니고 있다고 말씀하셨죠. 이 잔을 소유한 사람에게는 폭력과 유혈, 악의가 따라다녔다고요. 어쩌면 이번에는 무슈의 차례가 올지도 모릅니다."

"그건 미신입니다!"

"그럴 수도 있겠죠. 하지만 왜 그렇게 이 잔을 손에 넣고 싶어 하시는 거죠? 이 잔의 아름다움 때문은 아니죠. 가치 때문도 아니고요. 무슈께서는 수백 점……, 아니 수천 점의 아름답고 희귀한 예술 작품들을 소유하고 계십니다. 이 잔을 탐내는 것은 그저 무슈의 자존심을 세우기 위해서죠. 지기 싫어서 말입니다. 에 비엥(그렇다면), 무슈께서는 진 게 아닙니다. 이기셨어요! 이 잔이 무슈의 소유가 되었으니 말입니다. 하지만 이제 커다란……. 커다란 아량을 베풀어 주시는 게 어떻겠습니까? 거의 10년 간 있었던 곳으로 되돌려 주십시오. 잔에 깃든 사악함이 그곳에서 정화되게 말입니다. 한때 그 잔을 소유했었던 곳, 교회로요. 우리가 모든 사람의 영혼이 죄를 씻고 정화되길 바라는 것처럼, 그 잔이 다시 한 번 제단 위에 올라 정화되도록 해 주십시오."

푸아로는 몸을 앞으로 숙이며 말을 이었다.

"제가 이 잔을 발견한 곳이 어떤 곳인지 말씀드리죠……. 평화로운 정원입니다. 지금은 잊혀진, 영원한 젊음과 아름다움의 낙원을 향해 뻗은 서해가 내려다보이는 곳이죠."

푸아로는 이니시골렌의 쓸쓸한 매력을 쉽게 설명해 주었다.

에머리 파워는 의자 등받이에 기대어 앉아 두 눈 위로 한 손을 올렸다. 마침내 파워는 입을 열었다.

"나는 아일랜드 서부 해안에서 태어났습니다. 어릴 적 그곳을 떠나 미국으로 왔죠."

푸아로가 상냥하게 대꾸했다.

"저도 알고 있습니다."

파워는 자리에서 일어났다. 눈은 다시 날카롭게 빛났다. 그는 입가에 희미한 미소를 띤 채 말했다.

"당신은 정말 이상한 사람입니다, 무슈 푸아로. 당신에게는 당신만의 방식이 있겠죠. 제 이름으로 그 잔을 수녀원에 기증해 주십시오. 꽤 값비싼 기증품이군요. 3만 달러나 하니……. 그 대가로 전 뭘 얻을 수 있을까요?"

푸아로는 진지하게 대답했다.

"수녀님들께서 무슈의 영혼을 위한 기도를 드릴 겁니다."

파워는 활짝 미소를 지었다……. 탐욕스럽고 굶주린 듯한 미소였다.

"그렇다면, 그것 또한 투자가 되겠군요! 어쩌면 그 동안 제가 한 투자 중에서도 최고일지도 모르겠습니다……."


에르퀼 푸아로는 수녀원의 작은 응접실에 앉아 원장 수녀에게 그 동안의 이야기를 하고 잔을 돌려주었다.

푸아로의 말을 다 들은 원장 수녀가 말했다.

"그분께 저희가 감사를 표한다고, 그분을 위해 기도를 드리겠다고 전해주세요."

에르퀼 푸아로는 조용히 말했다.

"그분께는 수녀님들의 기도가 절실히 필요합니다."

"불행한 분이신가요?"

"너무나도 불행해서 행복이라는 게 어떤 건지도 잊고 계시죠. 너무나도 불행해서 자신이 불행하다는 것조차 모르고 있습니다."

"아, 그렇게 부유한 사람이……."

에르퀼 푸아로는 아무런 말도 하지 않았다. 아무런 말도 필요없다는 걸 알기 때문이었다.

# 케르베로스를 잡아라

지하철 안에서 사람들에게 부대끼며 이리저리 흔들리던 에르퀼 푸아로는, 이 세상에 사람들이 너무 많다는 생각을 했다! 저녁 이 시간(6시 30분)이면 런던의 지하에는 정말이지 사람들이 넘쳐났다. 후끈한 열기와 소음, 넘치는 사람들, 양손과 팔, 몸, 어깨에 와 닿는 불쾌한 접촉! 낯선 사람들……. 그것도 지극히 무표정한 얼굴을 한 수많은 낯선 사람들에게 둘러싸여 한껏 짓눌리는 것이다! 아무리 마음을 넓게 가지려 해도 이렇게 수많은 군중들이 떼거리로 몰려 있는 것은 마음에 들지가 않았다.

이런 곳에서는 지혜로 반짝이는 얼굴을 한 여자도, 팜므 비엥 미즈(잘 차려 입은 여자)도 볼 수가 없다! 게다가 이렇게 혼잡한 상황에서 뜨개질을 하는 여자들은 도대체 무슨 생각인 걸까? 여자들은 뜨개질에 빠져 있는 자신의 모습이 어떤지 모를 것이다. 뜨개질에 푹 빠져 눈은 게슴츠레하게 뜨고 손가락은 정신없이 움직여 대는 저 모습! 정신없이 붐비는 지하철 안에서 뜨개질을 하려면 들고양이 같은 민첩함과 나폴레옹 못지 않은 의지력이 필요하지만, 여자들은 능숙하게 해낸다! 자리만 하나 차지하고 나면 끔찍한 분홍색 털실을 꺼내 딸깍거리며 뜨개질을 해대는 여자들이라니…….

여기엔 평화도, 여성스러운 우아함도 없다고 푸아로는 생각 했다. 나이가 지긋한 푸아로는 정신없이 빠르고 복잡하게 돌아 가는 현대 사회가 불쾌했다. 푸아로를 둘러싸고 있는 젊은 여 성들은 전부 똑같은 모습인데다 여성적인 매력과 우아함이 부 족했다! 푸아로는 화려한 매력을 뿜내는 여성들이 좋았다. 아! 팜므 뒤 몽드(사교계의 여성), 세련되고 매력적이며 품위 있는 여성이여……. 풍만한 곡선을 가진 여성, 우스꽝스럽더라도 사 치스럽게 차려 입은 여성을 볼 수만 있다면! 한때 거리는 그런 여성들로 넘쳐났지만 지금은, 지금은…….

지하철이 역에서 멈춰 섰다. 한꺼번에 쏟아져 내리는 사람들, 여자들은 뜨개바늘로 푸아로의 등을 사정없이 찔러댔고, 올라 타는 사람들이 쏟아져 들어오며 푸아로를 통조림 속의 정어리 처럼 구석으로 꾹꾹 밀어댔다. 지하철이 덜컹거리며 다시 출발 하는 순간 푸아로는 울퉁불퉁한 꾸러미를 짊어진 뚱뚱한 여자 에게 부딪쳤다. 푸아로는 재빨리 "죄송합니다!"라고 외쳤지만 곧 등에 서류 가방을 맨 호리호리한 남자에게 다시 부딪히고 말았다. 푸아로는 다시 한 번 "죄송합니다!"라고 말했다. 푸아 로는 콧수염이 점점 축 늘어지는 걸 느꼈다. 켈 앙페르(정말 지 옥이었다)! 다행히도 다음 역이 푸아로가 내릴 역이었다.

한편 역사 내부는 피카딜리 서커스의 공연 때문인지 족히 150여명은 되어 보이는 사람들로 북적였다. 마치 거대한 물결 처럼 사람들이 승강장으로 쏟아져 내렸다. 푸아로는 사람들 사이에 끼어 어렵사리 에스컬레이터에 올라 지상으로 나왔다.

'이제야 지옥에서 빠져 나왔군……'

그는 생각했다. 아까 에스컬레이터에서 뒷사람이 든 트렁크에 무릎을 맞았던 때는 얼마나 끔찍하게 아프던지!

순간 푸아로의 이름을 외치는 목소리가 들렸다. 깜짝 놀란 푸아로는 눈을 들어 올렸다. 맞은편의 아래로 내려가는 에스컬레이터에서 과거의 환상이 펼쳐지고 있었다. 풍성하고 화려한 옷차림, 헤나로 빨갛게 염색한 화려한 머리카락 위에 작은 새의 깃털이 화려하게 장식된 작은 모자를 왕관처럼 쓰고 있는 여자. 어깨에는 이국적인 모피를 두르고 있었다.

그녀는 빨간색 립스틱을 바른 입을 크게 벌려 크고 이국적인 목소리로 외쳤다. 폐활량이 좋은지 목소리가 크게 울려 퍼졌다.

"여기예요! 여기예요! 몽 셰르(친애하는) 에르퀼 푸아로! 꼭 다시 만나요! 꼭이요!"

하지만 서로 반대 방향으로 움직이는 에스컬레이터는 운명보다 더 가혹했다. 에르퀼 푸아로가 탄 에스컬레이터는 묵묵히 위로 올라갔고, 베라 로샤코프 백작 부인이 탄 에스컬레이터는 아래로 내려가고 있었다.

푸아로는 몸을 틀어 난간에 기대고는 절박하게 외쳤다.

"셰르 마담(친애하는 마담)……. 어디로 가야 만날 수 있죠?"

그녀의 대답은 깊숙한 저 아래에서 희미하게 들려왔다. 예기치 못한 대답이었지만, 기이하게도 지금 상황과 딱 맞아떨어지는 대답이었다.

"지옥이요……."

에르퀼 푸아로는 눈을 깜빡였다. 다시 한 번 눈을 깜빡였고,

갑자기 발을 흔들었다. 이미 꼭대기에 도착했다는 것도 모른 채였다. 발을 제때 내딛지도 않았다. 푸아로의 주위로 사람들이 쏟아져 나갔다. 한쪽으로 약간 몰린 사람들이 아래로 향하는 에스컬레이터에 빽빽이 올라타고 있었다. 나도 여기에 다시 올라타야 하나? 백작 부인이 그런 의미로 말했던 걸까? 사람들이 붐비는 시각에 지하를 여행하는 것은 지옥임이 분명했다. 만약 백작 부인이 그런 의미로 말한 거라면, 푸아로도 그 말에 전적으로 동의했다…….

결심한 푸아로는 아래로 내려가는 에스컬레이터에 비집고 올라타 지하로 향했다. 아래에 도달했지만 백작 부인의 모습은 보이지 않았다. 푸아로는 파란색과 노란색 중 하나를 선택해야 했다.

백작 부인이 베이커루 호선을 탔을까? 아니면 피카딜리 호선을 탔을까? 푸아로는 승강장을 차례로 가 봤다. 푸아로는 지하철을 타고 내리는 사람들 사이에 끼여 휩쓸려 다녔지만, 그 어디에서도 화려한 러시아 여성 베라 로샤코프 백작 부인의 모습은 찾아볼 수가 없었다.

인파에 완전히 지쳐 분한 마음이 든 에르퀼 푸아로는 다시 한 번 지상으로 올라가 왁자지껄한 피카딜리 서커스 공연장 쪽으로 발걸음을 옮겼다. 푸아로는 잔뜩 들뜬 마음을 안고 집으로 돌아갔다.

작달막하고 깐깐한 남자가 커다랗고 화려한 여자를 동경하는 것은 불행한 일이다. 푸아로는 자신을 사로잡은 백작 부인의 치명적인 매력을 한 번도 잊은 적이 없었다. 백작 부인을 마지막으로 만난 건 20년도 더 전의 일이었지만, 그녀는 여전히 예전의 매력을 간직하고 있었다. (푸아로가 동경하는 여성 베라 로샤코프 부인은 『빅 포(1927)』, 『푸아로의 초기 사건집(1974)』에서 그 모습을 찾아 볼 수 있다. — 옮긴이) 풍경화가가 그린 해넘이처럼 짙고 두꺼운 화장을 했을 때에도, 에르퀼 푸아로에게 그녀는 여전히 화려하고 매력적으로 비쳤다. 부르주아인 푸아로에게 귀족은 여전히 동경의 대상이었다. 과거에 백작 부인이 보석을 훔친 교묘한 수법에 얼마나 감탄했던가. 그리고 그녀는 심문 중에도 얼마나 침착하게 그 사실을 인정했던가. 천 명에 한 명, 아니 백만 명에 한 명 있을까 말까한 여성이었다! 그리고 20년 만에 다시 만난 그녀를……. 또 다시 놓치다니!

'지옥이요.'

백작 부인은 이렇게 말했다. 푸아로가 잘못 들은 게 아닐까? 백작 부인이 정말 그렇게 말했던 걸까? 하지만 그게 도대체 무슨 뜻일까? 런던의 지하철을 의미한 걸까? 아니면 종교적 의미가 있는 말일까? 물론 백작 부인이 살아온 방식을 보면 죽은 후 지옥에 가는 것도 무리는 없어 보였지만……. 이 러시아 백작 부인이 에르퀼 푸아로도 마찬가지일 거라고 생각하는 건 아니겠지?

아니, 백작 부인은 다른 의미를 전달하려던 게 분명했다. 그녀는……. 에르퀼 푸아로는 당황한 마음에 그 자리에 우뚝 멈춰 섰다. 이 얼마나 흥미롭고, 얼마나 예측할 수 없는 여성이란 말인가! 다른 여자들이라면 "리츠로 오세요." 혹은 "클래리지에서 만나요."라고 말했을 것이다. 하지만 베라 로샤코프는 정말 당황스럽게도 "지옥이요!"라고 외쳤다.

푸아로는 한숨을 쉬었다. 하지만 아직은 진 게 아니었다. 푸아로는 다음 날 아침, 이 난관을 아주 간단하고 직접적인 방식으로 해결하기로 했다. 비서인 레몬 양에게 묻기로 한 것이다.

레몬 양은 믿을 수 없을 정도로 못생겼지만, 놀라울 정도로 유능한 여자였다. 그녀에게 푸아로는 특별한 사람이 아니었다……. 그저 고용주일 뿐이었다. 그녀는 성심성의를 다해 푸아로를 위해 일했다. 그녀는 개인적인 꿈이나 생각에 잠기는 법이 일절 없이 그저 새로운 서류 정리법에 대해 고심하고 있었다.

"레몬 양, 질문 하나 해도 될까요?"

"물론이에요, 무슈 푸아로."

레몬 양은 타자기에 올려놓았던 손을 내리며 상냥하게도 푸아로가 질문하길 기다렸다.

"만약 친구 한 명이 레몬 양에게 ……. 지옥에서 만나자고 한다면 어떻게 하겠어요?"

레몬 양은 평소와 마찬가지로 조금도 머뭇거리지 않았다. 그녀는 모든 질문에 대한 답을 알고 있었다.

"그렇다면 전화로 미리 테이블을 예약해 두는 게 좋을 것 같은데요."

에르퀼 푸아로는 레몬 양의 말에 놀라 멍하니 그녀를 바라보았다. 그러고는 드문드문 그녀의 말을 확인했다.

"전화로 미리……. 테이블을……. 예약해……. 두다니?"

레몬 양은 고개를 끄덕이며 전화번호부를 꺼내 펼쳤다.

"오늘 밤에 가실 건가요?"

레몬 양은 푸아로의 침묵을 긍정으로 받아들이고는 기운차게 다이얼을 돌렸다.

"템플 바 14578인가요? '지옥'이죠? 두 사람인데 테이블을 하나 예약하려고 합니다. 무슈 에르퀼 푸아로요……. 11시요."

수화기를 내려놓은 레몬 양은 다시 타자기에 손을 올렸다.

레몬 양의 얼굴에서는 약간……. 아주 약간 조급함이 묻어나 왔다. 그 표정은 자신이 도와 줄 수 있는 일은 다 했으니 그만 하던 일을 마저 하게 내버려 달라는 말을 하고 있는 것 같았다.

하지만 에르큅 푸아로는 다시 질문을 던졌다.

"그 '지옥'이라는 게 뭐죠?"

레몬 양은 약간 놀란 표정이었다.

"오, 모르셨어요, 무슈 푸아로? 클럽이에요……. 새로 생겼는 데 요즘 큰 인기를 끌고 있죠. 어떤 러시아 여자가 운영하고 있 대요. 오늘 저녁 이전에 회원으로 가입시켜 드릴 수 있어요."

그리고 레몬양은 더 이상의 시간낭비는 하고 싶지 않다는 듯 (태도에서 분명히 드러났다.) 타닥거리며 빠르게 타자를 치기 시작했다.


그날 밤 11시, 에르큅 푸아로는 한 번에 한 글자씩 네온사인 에 불이 들어오는 간판이 붙은 건물 안으로 들어섰다. 붉은 색 연미복을 입은 한 신사가 입구에서 그를 맞이하며 코트를 받 아 들었다.

신사는 아래층으로 향하는 넓고 단이 얕은 층계로 푸아로 를 안내했다. 각 계단에는 한 문장씩 글귀가 써 있었다. 첫 번 째 계단의 문구는 다음과 같았다.

'나는 선의를 품고 있었다……'

두 번째 계단에는,

'과거를 깨끗이 잊고 새로이 시작하라…….'

세 번째 계단에는,

"나는 언제든 멈출 수 있다……."였다.

"지옥으로 가는 길에 아주 걸맞는 문구들이군."

에르퀼 푸아로는 문구들을 감상하며 중얼거렸다.

"세 비엥 이마지네 싸(그것 참 기발하네)!"

푸아로는 계단을 따라 내려갔다. 계단의 끝에는 자줏빛 백합이 꽂힌 인공 연못이 있었다. 연못 위에는 보트 모양의 다리가 놓여 있어 푸아로는 그 다리를 건넜다.

왼쪽에 대리석으로 만든 작은 동굴이 보였다. 그 안에는 그가 여태껏 본 중 가장 추하고 사악하게 생긴 개 한 마리가 앉아 있었다! 개는 아주 꼿꼿하게 앉아 으스스한 모습으로 꼼짝하지 않고 있었다. 푸아로는 그 개가 진짜 살아 있는 개가 아닐지도 모른다는 생각이 들었다. (진정 그러길 바랐다!) 하지만 그 순간 개가 새카만 몸에서 흉악한 고개를 들어올리며 낮게 으르렁거렸다. 무시무시한 소리였다.

그때 작고 둥근 강아지용 비스킷이 들어 있는 바구니가 푸아로의 눈에 띄었다. 바구니에는 이렇게 적혀 있었다.

'케르베로스에게 뇌물을!'

개의 눈이 향해 있는 곳은 바로 그 바구니였다. 그리고 다시 한 번 낮게 으르렁거리는 소리가 들렸다. 푸아로는 서둘러 비스킷 하나를 집은 다음 거대한 사냥개에게 던졌다.

개는 심연과 같이 붉은 입을 크게 벌려 비스킷을 잡아채고 다시 억센 입을 닫았다. 케르베로스가 푸아로의 뇌물을 받아들였다! 푸아로는 복도를 따라 걸어 들어갔다.

방은 그리 크지 않았다. 여기 저기 작은 테이블이 놓여 있었으며, 중간에는 춤을 출 수 있는 공간이 마련되어 있었다. 방 안은 조그마한 빨간 램프들로 불을 밝히고 있었으며, 벽에는 프레스코 벽화가 그려져 있었고, 방 저쪽 끝에는 꼬리와 뿔이 달린 악마 차림을 한 요리사들이 요리를 하는 거대한 그릴이 놓여 있었다.

푸아로가 방 안 풍경을 둘러보고 있을 때였다. 충동적인 러
시아 기질을 타고난 베라 로샤코프 백작 부인이 진분홍색 이브
닝드레스를 입고 한걸음에 달려 나와 푸아로에게 손을 뻗었다.

"아. 오셨군요! 너무……. 너무 너무 보고 싶었어요! 당신을
다시 만나 얼마나 기쁜지 몰라요! 이게 몇 년 만인지……. 몇
년 만이죠? 아니, 그런 얘기는 하지 말죠! 저에겐 마치 어제 일
같으니까. 어쩌면 그대로세요……. 하나도 안 변하셨어요!"

"당신도 마찬가집니다, 셰르 아미(친애하는 부인)."

푸아로는 백작 부인의 손을 잡고 고개를 숙였다.

그럼에도 푸아로는 정말 20년이라는 세월이 지났음을 절실
히 깨달았다. 로샤코프 백작 부인은 아주 망가졌다고 할 정도
는 아닐지 몰라도, 적어도 예전 같지는 않았다. 하지만 그녀는
여전히 인생을 완전하게 마음껏 즐기고 있었으며, 남자의 체면
을 세워 주는 법도 잘 알고 있었다.

백작 부인은 두 남자가 앉아 있는 테이블로 푸아로를 데려
갔다.

"여러분, 이분은 제 유명한 친구인 무슈 에르퀼 푸아로세요."

백작 부인은 자랑스럽게 선언했다.

"악인에게는 공포의 대상이시죠! 저도 한때는 무슈·푸아로
를 두려워한 적이 있지만, 이제 저는 아주 착실하면서도 따분
하게 살고 있지요. 그렇죠?"

호리호리하고 나이가 많은 남자가 대답했다.

"따분하다는 말은 하지 마세요, 백작 부인."

"이분은 리스커드 교수님이세요."

백작 부인이 푸아로에게 설명해 주었다.

"제 과거에 대한 모든 걸 알고 계시고, 이곳의 인테리어에 대한 귀중한 조언도 해 주셨죠."

고고학자인 리스커드 교수는 어깨를 으쓱했다.

"백작 부인께서 무얼 할 작정인지도 몰랐는걸요! 그 결과는 아주 무시무시하군요."

리스커드 교수가 중얼거렸다.

푸아로는 벽의 프레스코 벽화를 좀 더 가까이 들여다보았다. 그가 마주보고 있는 벽에는 오르페우스와 그의 악단이 연주를 하고 있었고, 에우리디케가 희망에 찬 표정으로 그릴 방향을 바라보고 있었다. 그 맞은편 벽의 그림은 오시리스와 이시스가 이집트의 사후 세계로 향하는 배에 사람을 집어던지는 장면 같았다. 세 번째 벽에는 빛나는 젊은이들이 한데 뒤엉켜 자연의 상태로 목욕을 하고 있는 장면이 그려져 있었다.

"젊음의 나라죠."

백작 부인은 이렇게 설명하고는 곧바로 남은 한 명을 소개시켜 주었다.

"이쪽은 우리 앨리스예요."

푸아로는 테이블에 앉아 있던 두 번째 사람이자, 체크 코트에 스커트를 입은 수수한 아가씨에게 고개를 숙여 인사했다. 그 아가씨는 뿔테 안경을 쓰고 있었다.

"이 아가씨는 아주, 아주 똑똑하답니다."

로샤코프 백작 부인이 말했다.

"대학도 마친데다 벌써 정식 심리학자예요. 미치광이들이 왜 미치광이인지 그 이유를 전부 아는 인재죠! 일반 사람들이 생각하는 것처럼 아무 이유 없이 맛이 간 게 아니라는 거예요! 그럼요, 그 외에도 얼마나 많은 이유들이 있는지! 정말 별난 이유들이 많아요."

앨리스라는 이름의 아가씨는 상냥하면서도 약간 깔보는 듯한 미소를 지었다. 앨리스는 단호한 목소리로 리스커드 교수에게 춤을 청했다. 리스커드 교수는 우쭐하면서도 난처해하는 표정이었다.

"아가씨, 전 왈츠밖에 못 춰요."

"이건 왈츠 곡이잖아요."

앨리스가 독촉했다.

둘은 자리에서 일어나 함께 춤을 췄다. 둘 다 잘 추는 솜씨는 아니었다.

그 광경을 보고 로샤코프 백작 부인은 한숨을 쉬었다. 혼자 생각에 잠겨 있던 그녀가 중얼거렸다.

"하지만 저 애는 그리 못생긴 편은 아니니까……."

"저 아가씨는 꾸밀 줄을 모르는 모양입니다."

푸아로가 분석하듯 말했다.

"맞는 말씀이에요."

백작 부인이 맞장구를 쳤다.

"요즘 젊은 아가씨들은 이해할 수가 없어요. 요즘 여자들은 남의 마음에 들기 위한 노력을 하지 않지요. 제가 젊을 때는 무던히도 노력했죠……. 저에게 어울리는 색을 고르고, 원피스에 솜을 채워 넣어 볼륨을 살리고……. 허리에 딱 붙는 코르셋을 입었죠. 머리카락도 매력적인 색으로 물들였어요."

백작 부인은 이마로 흘러내린 치렁치렁한 금갈색 머리카락을 뒤로 쓸어 넘겼다……. 백작 부인은 아직까지도 열심히, 아주 열심히 노력하고 있는 게 분명했다!

"부모님이 물려준 그대로에 만족한다는 것……. 그건 어리석은 거예요! 그리고 오만한 거죠! 우리 어린 앨리스는 섹스에 관한 논문을 수없이 썼지만, 그 애가 남자에게서 주말에 브라이튼에 가자는 제의를 받은 적이 있기나 하겠어요? 논문을 쓰고 노동자들의 복지와 세계의 미래를 걱정하는 것뿐이죠. 물론 가치 있는 일이지만, 그게 즐거울까요? 그리고 이런 아가씨들 때문에 세상이 얼마나 단조로워졌는지 보세요! 모든 게 다 규제고 금지잖아요! 제가 젊을 때와는 전혀 다르죠."

"그 말씀을 들으니 마담의 아드님이 생각나는군요. 아드님은 어떻게 지내나요?"

푸아로는 '어린 아들'이라고 하려다 막판에 '아드님'으로 말을 바꿨다. 이미 20년이란 세월이 흘렀다는 걸 기억해 냈기 때문이었다.

백작 부인의 얼굴은 열정적인 모성애로 환해졌다.

"정말 사랑스러운 천사죠! 지금은 많이 컸어요. 어깨도 딱 벌어지고 아주 잘생겼답니다! 지금은 미국에 있어요. 그곳에서 다리며, 은행, 호텔, 백화점, 철도까지 미국이 요청하는 건 뭐든지 만들어 주죠!"

푸아로는 약간 어리둥절한 표정을 지었다.

"그렇다면 아드님께선 기술자이신가요? 아니면 건축가?"

"그게 무슨 상관이에요?

백작 부인이 힐난하듯 쏘아붙였다.

"그 애는 너무 사랑스러워요! 그 애는 철강이며 기계에 둘러싸여 일하느라 정신없이 바빠요. 전 절대 이해할 수가 없는 생활이죠. 하지만 우린 서로를 아주 아낀답니다……. 언제나 서로를 아꼈죠! 그리고 그 애 때문에 앨리스도 아끼고 있죠. 네, 그 애들은 약혼한 사이랍니다. 비행기인지 보트인지 열차인지에서 만나 사랑에 빠졌대요. 노동자들의 복지에 대해 이야기를 나누다가요. 그러다가 앨리스가 런던에 올 일이 있어 절 만나러 왔고, 전 진심으로 그 애를 환영했지요."

백작 부인은 양손으로 가슴을 껴안았다.

"전 이렇게 말했죠. '아가씨와 니키는 서로 사랑하는 사이니까. 나도 아가씨를 많이 사랑해요……. 하지만 그 애를 사랑한다면 왜 그 애를 미국에 남겨두고 왔죠?' 그 말에 앨리스는 '일'과 지금 쓰고 있는 책, 그리고 경력 때문에 그랬다고 하더군요. 솔직히 저로서는 이해할 수가 없지만, 제가 항상 말하듯 사람은 아량이 넓어야 하잖아요."

백작 부인은 쉬지도 않고 단숨에 덧붙였다.

"무슈 푸아로, 제가 꾸민 이곳은 마음에 드세요?"

"아주 훌륭합니다."

푸아로는 주변을 감상하듯 둘러보며 대답했다.

"세련됐어요!"

사람들로 가득 찬 이곳엔 대성황이라고밖에 말할 수 없는 분위기가 흘렀다. 이브닝드레스를 완벽하게 차려입은 우울한 커플과 코듀로이 바지를 입은 보헤미안, 양복을 차려입은 땅딸막한 신사들이 이곳의 주 고객이었다. 악마 차림을 한 밴드가 재즈를 연주했다. '지옥'이 인기 있는 클럽임에는 의심의 여지가 없었다.

"여긴 다양한 손님들이 오죠. 당연히 그래야 하는 게 아닐까요? 지옥의 문은 모든 사람들에게 열려 있잖아요."

백작 부인이 말했다.

"가난한 사람들은 예외겠죠?"

푸아로의 말에 백작 부인이 웃음을 터뜨렸다.

"부자는 하늘나라에 들어가기 힘들다고들 하잖아요? 그러니 지옥에 들어갈 우선권이라도 가져야죠."

교수와 앨리스가 테이블로 돌아오자 백작 부인이 자리에서 일어났다.

"전 앨리스와 할 얘기가 있어요."

백작 부인은 메피스토펠레스 복장의 호리호리한 지배인과 몇 마디를 나누고는, 테이블을 돌아다니며 손님들에게 일일이 말을 걸었다.

교수는 이마의 땀을 닦고 와인을 홀짝이며 말했다.

"정말 매력적인 여자죠, 그렇지 않습니까? 다들 그렇게 생각한답니다."

교수는 다른 테이블에 앉아 있는 사람과 이야기를 나누기 위해 잠시 자리를 비웠다. 앨리스와 단 둘이 테이블에 남게 된 푸아로는, 자신을 바라보는 차가운 푸른 눈에 살짝 당황했다. 꽤 아름다운 외모였지만 경계하고 싶은 여자였다.

"당신의 성이 뭔지 제가 아직 모르는군요."

푸아로가 중얼거렸다.

"커닝엄이에요. 앨리스 커닝엄 박사요. 과거에 베라와 알고 지낸 사이시라고요?"

"20년 전입니다."

"베라는 아주 흥미로운 연구 대상이에요."

앨리스 커닝엄 박사가 말했다.

"물론 처음에는 제가 결혼할 남자의 어머니로서 관심을 가졌지만, 제 직업적인 측면에서도 흥미를 느낄 만한 점이 있더군요."

"그런가요?"

"네. 저는 범죄 심리학에 대한 책을 쓰고 있어요. 자료 조사를 하기엔 이곳의 유흥가가 딱이더라고요. 이곳의 단골 중에도 범죄자 타입이 몇 명 있어요. 그 사람들에게서 어린 시절의 이야기를 들어 보았죠. 선생님께서도 물론 베라의 범죄 성향에 대해 다 알고 계시겠죠?……. 그러니까 절도 말이에요."

"그럼요……. 알고 있죠."

푸아로는 흠칫하며 대답했다.

"전 그걸 수집가 콤플렉스라고 불러요. 아시겠지만 베라는 언제나 값비싼 물건들만 훔치죠. 절대 돈에는 손대지 않아요. 항상 보석들이죠. 전 베라가 어릴 적 응석받이로 버릇 없이 자란데다 과보호를 받았다는 걸 알아냈어요. 베라에게 인생이란 지긋지긋할 정도로 지루한 대상이죠……. 지루하고 안전한 반면 천성적으로 요란스러운 걸 좋아한 베라는 그에 대한 대가를 치러야 했어요. 그러한 방종함 중에서도 으뜸은 절도였고요. 베라는 중요한 인물이 되길, 그러니까 법의 처벌을 받을 만큼 악명을 떨치길 바랐죠!"

푸아로는 그녀의 말을 이의를 제기했다.

"러시아 혁명 당시 귀족이었으니 그리 안전하고 지루한 삶을 살지는 않았을 것 같은데요?"

커닝엄 양의 창백한 푸른 눈에 희미하게 즐거운 표정이 떠올랐다.

"아, 귀족이었다고요? 베라가 무슈 푸아로께 그렇게 말하던 가요?"

"그녀는 귀족이 분명합니다."

푸아로는 백작 부인에게 직접 들은 꺼림칙한 어린 시절 이야기들이 스물스물 떠오르는 걸 억누르며 단호하게 대답했다.

"사람들은 자신이 믿고 싶은 걸 믿죠."

커닝엄 양은 전문가다운 눈길을 던지며 대꾸했다.

푸아로는 불안했다. 한 순간, 그녀가 자신의 콤플렉스를 건드렸다는 느낌을 받았다. 푸아로는 적진으로 쳐들어가기로 결심했다. 푸아로가 백작 부인과 어울리는 것을 좋아하는 이유 중 하나는 그녀가 귀족 출신이기 때문이었다. 심리학 학위를 받고 싶은 구즈베리 같은 눈에 안경을 쓴 이 조그만 아가씨 때문에 즐거움을 망치고 싶지는 않았다!

"제가 아주 흥미로운 점을 발견했는데, 그게 뭔지 아십니까?"

푸아로가 물었다.

앨리스 커닝엄은 자신이 모르는 게 있다는 것을 절대 받아들이지 않았다. 그녀는 자신이 다른 사람들에게 따분하고 제멋대로인 사람으로 비춰지는 데 만족하고 있었다.

푸아로가 말을 이었다.

"당신이……. 젊고, 조금만 신경 쓴다면 얼마든지 아름다워질 수 있는 당신이……. 전혀 외모에 신경 쓰지 않는다는 점입니다! 마치 골프라도 치러 나가는 사람처럼 커다란 주머니가 달린 두꺼운 재킷과 스커트를 입고 계시죠. 하지만 여기는 골프장이 아닙니다. 기온이 22도나 되는 지하실이에요. 게다가 콧등에 땀이 나 번들거리고 있는데 파우더도 바르지 않고, 립스틱은 입술의 곡선도 무시한 채 아무렇게나 바르셨잖아요! 당신은 여성입니다. 그런데도 여성스러움을 강조하는 데 조금도 관심이 없으시군요. 도대체 왜죠? 정말 안타깝군요!"

그리고 잠시 동안 푸아로는 앨리스 커닝엄의 인간적인 면모를 확인하고 만족해했다. 하지만 곧 앨리스 커닝엄은 예의 깔보는 듯한 미소를 지었다.

"친애하는 무슈 푸아로. 아무래도 현대 사회의 이데올로기에 대해 잘 모르시나보군요. 중요한 건 내면이죠⋯⋯. 겉모습이 아니라."

까무잡잡한 피부에 아주 잘생긴 청년이 다가오자 앨리스는 그를 올려보았다.

"아주 흥미로운 타입이군요."

앨리스는 호기심어린 목소리로 중얼거렸다.

"폴 바레스코예요! 이 여자 저 여자에게 얹혀사는데다 병적인 중독 증상도 있죠! 세 살 때 그를 돌봐줬다는 유모 얘기를 더 듣고 싶네요."

잠시 후, 앨리스는 그 청년과 춤을 추었다. 청년은 춤 솜씨가 훌륭했다. 둘이 푸아로가 앉아 있는 테이블 근처를 돌며 춤추는 순간, 푸아로는 앨리스가 하는 말을 들었다.

"보그녀에서 여름 휴가를 보낸 후에 유모가 당신에게 장난감 크레인을 줬다고요? 크레인이라⋯⋯. 네, 아주 흥미롭네요."

푸아로는 잠시 동안 범죄자 성향을 가진 사람에 대한 관심 때문에 커닝엄 양이 언젠가는 외진 숲에서 시체로 발견될지도 모른다는 상상에 잠겼다. 그는 앨리스 커닝엄이 싫었지만, 그 이유가 그녀가 에르퀼 푸아로에게 감탄하지 않았기 때문이라는 것을 인정할 수 밖에 없었다. 푸아로는 자존심에 상처를 입은 것이다!

푸아로는 잠시 앨리스 커닝엄에 대한 생각을 멈출 만한 무언가를 발견했다. 맞은 편 테이블에 금발머리를 한 청년이 앉아 있었다. 예복을 입고 있었으며, 전체적인 표정이나 몸짓을 보면 무사태평하게 인생의 쾌락을 추구하며 사는 유형이라는 것을 알 수 있었다. 그 청년의 앞자리에는 청년과 어울리는 사치스러운 아가씨가 앉아 있었다. 청년은 얼빠진 듯 멍하니 그 아가씨를 바라보았다. 그 둘을 본 사람이라면 이렇게 말할 지도·모른다. "머저리 같은 부자들!" 하지만 푸아로는 그 청년이 부자도 머저리도 아니라는 걸 아주 잘 알고 있었다. 그 청년은 사실 찰스 스티븐스 경위였으며, 푸아로의 눈에 찰스 스티븐스 경위는 업무상 목적으로 이곳에 있는 것처럼 보였다…….

다음 날 아침, 푸아로는 오랜 친구인 재프 경감을 만나기 위해 런던 경시청을 방문했다. 푸아로가 은근슬쩍 떠보자 재프는 예기치 못한 반응을 보였다.
"이 능청스러운 친구 같으니!"
재프는 애정을 담은 목소리로 받아쳤다.
"나도 모르는 정보를 어떻게 알아냈나?"
"나도 아무것도 모른다네……. 아무것도! 그저 호기심에서 해 본 말이야."
재프는 말도 안 되는 소리 말라며 받아쳤다!
"자네 '지옥'이라는 곳에 대해 알고 싶은 게지? 뭐, 표면상으로는 다른 클럽들과 다를 바 없네. 요즘 아주 선풍적인 인기를 끌고 있어! 물론 꽤 비싼 클럽이라고 하니 돈도 많이 벌었을 거야. 표면상으로는 어떤 러시아 여자가 운영하고 있는데, 자기가 백작 부인이라나 뭐라나 하고 주장하더군."
푸아로가 쌀쌀맞게 대꾸했다.
"난 로샤코프 백작 부인과 아는 사이일세. 우린 오랜 친구 지간이지."
"하지만 그 여자는 꼭두각시일 뿐이야."
재프가 말을 이었다.

"그 여자에겐 그럴 만한 돈이 없어. 어쩌면 지배인인 아리스티드 포퓰러스가 실제 주인인지도 모르지. 그 친구는 그런 데관심이 많으니까……. 하지만 그 친구가 꾸민 일 같지는 않아. 사실 우리도 누가 꾸민 일인지는 모른다네!"

"그래서 스티븐스 경위가 알아내러 그곳에 잠입한 겐가?"

"아, 자네 스티븐스를 알아봤군, 그런 거지? 국민들이 낸 세금으로 그렇게 호사스러운 임무를 맡다니 운 좋은 친구야! 게다가 그 친구 지금까지 꽤 많은 걸 알아냈다네!"

"그곳에 뭔가 수상쩍은 게 있다고 생각하는 건가?"

"마약이야! 대규모 마약 밀매. 게다가 마약 대금은 돈이 아니라 보석으로 치러지고 있지."

"아하?"

"이렇게 된 걸세. 이를테면 무슨무슨 백작 부인……. 그냥 레이디 블랭크라고 하지. 그 여자는 마약을 원하지만 약값을 낼 현금을 갖고 있지 않은 거야. 하지만 어떤 경우에도 은행에서 막대한 액수의 현금을 인출하는 일은 피해야 하겠고. 그러나 그녀에게는 보석이 있었네……. 유산으로 물려받은 보석들도 있었지! 그 보석들을 어딘가로 가져가 '세탁', 또는 '재가공'한 걸세……. 그곳에서 해당 물품을 넘기고 납유리로 된 가짜 보석으로 바꾸는 거지. 재가공을 통해 탈바꿈한 보석은 영국 또는 유럽 다른 국가에서 매매되네. 아주 손쉬운 장사야……. 도둑도 없고, 도둑맞았다는 사람도 없으니까. 그러다 어느 날 그녀의 티아러(신부가 머리에 쓰는 작은 왕관 모양의 장식 — 옮긴이)나 목걸이가 가짜라는 게 밝혀진다면 어떻게 되겠나? 레이디 블랭크는 아무것도 모른다며 깜짝 놀라는 척 하겠지……. 언제 어디서 보석이 바꿔치기 됐는지 전혀 모르겠다면서 말이야. 목걸이는 한 번도 잃어버린 적이 없다면서! 그러면 당황한 경찰들은 해고된 하녀나 집사, 또는 창문 닦는 청소부들을 의심하며 엉뚱한 사람들 뒤나 쫓게 되는 거라네.

하지만 우리 경찰은 그들 사교계 작자들이 생각하는 것만큼 어리석지 않아! 그 동안 여러 가지 제보가 있었고, 우리는 그 중에서 공통점을 찾아냈지……. 사건에 등장한 모든 여성들이 마약 중독 증상을 보였어. 초조해하고 짜증을 내는가 하면 경련을 일으키고 동공이 확장되는 등의 증세 말이네. 문제는 이거야. 도대체 이들이 어디서 마약을 손에 넣었느냐, 그리고 마약밀매범이 누구냐 하는 거지."

"그리고 그에 대한 해답이 '지옥'에 있다고 생각하나?"

"우린 그곳이 마약 밀매 본부라고 생각하네. 보석 바꿔치기가 이루어진 장소도 알아냈어. 골콘다라는 곳일세. 표면상으로는 고급 모조 보석을 만드는 명망 있는 회사야. 그 회사 직원 중 폴 바레스코라는 비열한 인간이 있지……. 아, 자네 그 사람을 아나 보군?"

"본 적이 있네……. '지옥'에서."

"나도 바로 그곳에서……. 진짜 본거지에서 그 인간을 직접 보고 싶어! 보석이나 바꿔치기하는 형편없는 인간 같으니……. 하지만 여자들은. 아무리 고상한 여자들이라도 그런 자에게 한 번 푹 빠지면 그저 시키는 대로 다 하고 말거든! 그 인간은 골콘다 사와 연관이 있어. 나는 그 인간이 '지옥'의 실세라고 확신하네. 목적을 성취하기에는 이상적인 곳이지. 사교계 여성부터 전문적인 사기꾼까지 모든 사람들이 그곳에 가니까……. 사람을 만나기에는 완벽한 장소야."

"자네는 거래……. 보석을 지불하고 마약을 사는 거래가 그곳에서 이루어진다고 생각하나?"

"그렇다네. 이미 골콘다는 밝혀냈으니……. 마약 쪽을 알아내야지. 우린 누가 마약을 공급하는지, 그 마약의 출처가 어딘지를 알아내려 하네."

"지금까지는 누군지 전혀 짐작이 가지 않나?"

"내 생각에는 그 러시아 여자인 것 같아……. 하지만 증거는 없어. 몇 주 전에는 뭔가 발견했다고 생각했지. 바레스코가 골콘다에서 보석 몇 가지를 가지고는 곧장 '지옥'으로 향하는 걸 포착했거든. 스티븐스가 바레스코를 주시했지만 그 인간이 마약을 건네는 장면은 보지 못했어. '지옥'을 나오는 바레스코를 붙잡아 조사도 해 봤지만……. 그자에게 보석은 없었단 말일세. 우린 그 클럽을 급습해 모든 사람들을 조사했지! 하지만 보석도, 마약도 전혀 발견되지 않았어!"

"대실패로 끝났군, 그렇지?"

재프의 기가 한풀 꺾였다.

"자네가 그렇게 말하지 않아도 다 알아! 꼼짝 없이 궁지에 빠질 뻔 했지만, 운 좋게도 피버렐(자네도 알지? 배터시 사건의 살인범 말이야.)을 잡았다네. 순전한 운이었지. 스코틀랜드로 이미 도망간 줄 알았거든. 똑똑한 부하 하나가 사진으로 본 피버렐의 얼굴을 기억해낸 거야. 그래서 다 잘 끝났지. 경찰의 위신도 서고……. 덕분에 클럽은 한층 더 유명세를 타고……. 지금은 예전보다 훨씬 더 북적댄다네!"

"하지만 마약 조사에는 진전이 없지 않나. 건물 내 어딘가에 은닉처가 있는 건 아닐까?"

"있는 게 분명해. 하지만 찾아내지 못했지. 샅샅이 뒤져 봤는데 말이야. 자네와 나 사이니까 하는 말이네만, 비공식적인 수사도 해 보았다네……."

재프는 눈을 찡긋하며 말을 이었다.

"몰래 잠입해서 살펴봤지만 결과는 마찬가지였네. 우리의 '비밀 요원'이 하마터면 그 무시무시한 개한테 물려 갈갈이 찢길 뻔 했지 뭐야! 그 개가 건물 안에서 자고 있었거든."

"아하, 케르베로스 말인가?

"그래. 개한테 그런 이름을 지어주다니 웃기지……. 소금 상표를 따서 이름을 짓다니."

"케르베로스라."

푸아로는 생각에 잠긴 채 중얼거렸다.

"자네가 이번 사건에 손을 대 보는 건 어떻겠나, 푸아로?"

재프가 제안했다.

"해 볼만 한 사건이야. 난 마약이 정말 싫다네. 마약은 사람들의 육체와 영혼을 파괴하지. 사람들을 지옥에 떨어뜨린단 말일세!"

푸아로는 조용히 중얼거렸다.

"이걸로 마무리를 지을 수 있을 거야……. 그래. 헤라클레스의 열두 번째 모험이 뭐였는지 아나?"

"모른다네."

"케르베로스를 잡는 거지. 딱이지 않나?"

"무슨 말을 하는 건지 모르겠군. 하지만 이거 하나는 명심해 두게, 푸아로. '개가 사람을 잡아먹다.' 이건 정말 뉴스거리가 될 거야."

재프는 고개를 뒤로 젖히며 호탕하게 웃음을 터뜨렸다.


"마담과 진지하게 이야기를 나눠보고 싶습니다."

푸아로가 말했다.

이른 시각이라 클럽 안은 텅 비어있었다. 백작 부인과 푸아로는 복도 근처에 있는 작은 테이블에 앉아 있었다.

"하지만 전 진지한 건 싫어요."

백작 부인이 항의했다.

"라 프티트 앨리스(우리 어린 앨리스), 그 애는 항상 진지하기만 한데 저는 그런 건 지루해서 싫어요. 우리 불쌍한 니키는 도대체 무슨 재미로 앨리스와 함께 살려는 걸까. 재미라곤 조금도 없을 거예요."

"저는 마담께 깊은 호의와 애정을 갖고 있습니다."

푸아로가 꾸준히 말을 이었다.

"그렇기 때문에 마담께서 소위 말하는 곤란한 상황에 처하게 되는 건 보고 싶지 않아요."

"이상한 말씀을 하시네요! 저는 남부럽지 않은 성공을 거뒀어요. 돈이 쏟아져 들어온다고요!"

"이 클럽이 마담의 소유인가요?"

백작 부인의 눈에 살짝 곤란한 표정이 떠올랐다.

"물론이죠."

백작 부인이 대답했다.

"하지만 동업자가 있으시죠?"

"어디서 들으셨어요?"

백작 부인은 날카롭게 물었다.

"마담의 동업자가 폴 바레스코인가요?"

"오! 폴 바레스코라뇨? 말도 안 돼요!"

"그 남자는……. 극악무도한 전과를 가지고 있습니다. 이곳에 범죄자들이 자주 드나든다는 건 잘 알고 계시죠?"

백작 부인은 웃음을 터뜨렸다.

"봉 부르주아(잘난 부르주아)들이 떠들고 다니죠! 물론 저도 잘 알아요! 그게 바로 이곳의 매력이잖아요? 메이페어에서 온 젊은이들은 웨스트엔드에서 비슷한 부류와 어울리는 데 질력이 났죠. 그래서 이곳에 범죄자들을 만나러 오는 거예요. 도둑이나 협박범, 사기꾼……. 어쩌면 다음 주 일요일자 신문에 대문짝만하게 실릴 살인범을요! 그러면서 자기네들이 흥미진진한 인생을 사는 거라고 생각한답니다! 일주일 내내 속옷이며 양말, 코르셋을 파는 부유한 상인들 역시 마찬가지예요! 평소의 점잖은 생활과 점잖은 친구들에게서 벗어나 보자는 거죠! 더 많은 스릴을 원하는 사람들도 있어요……. 저기 콧수염을 쓰다듬으며 앉아 있는 사람 보이시죠? 런던 경시청의 경찰이에요……. 얼굴에 경찰이라고 쓰여 있잖아요!"

"알고 계셨군요?"

푸아로가 조용히 물었다.

백작 부인은 푸아로와 눈을 마주치며 미소를 지었다.

"몽 셰르 아미(친애하는 내 친구), 전 당신이 생각하는 것처럼 순진하지 않답니다!"

"이곳에서 마약도 거래하시나요?"

"오, 절대요!"

백작 부인은 날카롭게 쏘아붙였다.

"그런 혐오스러운 짓은 하지 않아요!"

푸아로는 그녀를 잠시 쳐다보고는 한숨을 쉬었다.

"저는 마담의 말을 믿습니다. 하지만 그렇다면 이 클럽의 실제 소유주가 누구인지 제게 말씀해 주셔야 해요."

"이 클럽은 제 소유예요."

백작 부인이 낚아채듯 말했다.

"서류상으로는, 그렇죠. 하지만 배후 인물이 있지요."

"당신이 그렇게 호기심이 많은 줄은 처음 알았어요. 하지만 저 애는 호기심이 그리 많지 않아요. 두두?"

백작 부인은 마치 비둘기가 구구 우는 것 같은 소리를 내더니, 접시 위에서 오리 뼈를 집어 커다랗고 새까만 사냥개에게 던져 주었다. 개는 맹렬히 입을 벌려 뼈를 잡아챘다.

"저 녀석을 그렇게 부르시는군요."

푸아로가 화제를 돌렸다.

"쎄 몽 프티 두두(내 사랑 두두)!"

"하지만 저 녀석에서는 정말 터무니없는 이름이에요!"

"얼마나 사랑스러운데요! 원래는 경찰견이었어요! 못 하는 게 없다고요, 못하는 게…… 잠깐만요!"

백작 부인은 자리에서 일어나 주위를 둘러보고는, 갑자기 근처 테이블 위에 놓여 있던 육즙이 풍부한 스테이크가 담긴 접시를 잡아챘다. 그러고는 대리석 동굴로 다가가 개 앞에 접시를 내려놓으며, 러시아 어로 몇 마디를 중얼거렸다.

케르베로스는 정면만을 바라보았다. 스테이크에는 관심도 없는 것 같았다.

"보셨죠? 몇 분만 이러는 게 아니에요! 몇 시간이고 이러고 있을 거예요!"

그리고 백작 부인이 한 마디를 속삭이자 케르베로스는 번개처럼 순식간에 긴 목을 구부려 스테이크를 집어삼켰다.

베라 로샤코프는 발끝으로 서서 개의 목을 열정적으로 끌어안았다.

"얼마나 얌전한지 아시겠죠!"

백작 부인이 외쳤다.

"저나 앨리스, 제 친구들에게는 얼마나 얌전하게 구는데요……. 마음 내키는 대로 해도 가만히 있는 답니다! 하지만 한 사람에게만은 두두에게 명령을 내려 뒀죠! 그 사람은……. 예를 들어 경찰관 같은 사람은 갈갈이 찢길 거예요! 네, 아주 갈기갈기 말이에요!"

백작 부인은 웃음을 터뜨렸다.

"말씀드리기 좀 무엇합니다만……."

푸아로가 재빨리 끼어들었다. 푸아로는 백작 부인이 농담을 하는 게 아니라고 생각했다. 어쩌면 스티븐스가 정말 위험해 처할지도 모르는 일이었다.

"리스커드 교수님이 하실 말씀이 있는 모양입니다."

리스커드가 백작 부인에게 바싹 다가가 서 있었다.

"제 스테이크를 가져가셨죠."

교수가 투덜거렸다.

"왜 하필이면 제 스테이크를 가져가셨습니까? 정말 맛 좋은 스테이크였단 말입니다!"


"목요일 밤일세, 푸아로."

재프가 말했다.

"그때 거사를 치를 거야. 물론 덮치는 것은 앤드류의 마약 단속반이겠지만……. 자네가 함께한다면 앤드류 그 친구도 기뻐할 걸세. 아니, 고맙지만 사양하겠네. 자네가 마시는 그 초콜릿 차는 됐어. 내 위를 보호해야 한단 말이야. 저기 보이는 저거 위스키인가? 저게 좋겠네!"

재프는 잔에 위스키를 따르며 말을 이었다.

"문제를 해결한 것 같아. 그 클럽에는 비밀 통로가 있더군……. 우리가 그걸 찾아냈어!"

"어디에?"

"그릴 뒤편에 있었다네. 그릴의 일부가 돌아가더군."

"그렇다면 왜 전에는……."

"아닐세, 친구. 전에 급습을 했을 때는 바로 불이 나갔으니까……. 누군가 메인 스위치를 꺼버렸어. 불을 다시 켜는 데 1, 2분은 걸렸지. 우리가 지키고 있는 정면 출입구로 나간 사람은 아무도 없었지만, 그 사이에 누군가 물건을 들고 비밀 통로로 나간 게 분명해. 당시에는 비밀 통로의 존재를 몰랐으니 우리는 헛다리만 짚었던 거지."

"그래서 어떻게 할……. 작정인가?"

재프는 눈을 찡긋했다.

"계획에 따라야지……. 우리가 출동하면 불이 또 꺼질 거야. 그럼 우린 미리 비밀 통로 맞은편에 경찰을 배치해 뒀다가 그 통로를 통해 나오는 놈을 잡는 걸세. 이번에는 범인을 잡을 수 있어!"

"그런데 왜 목요일인가?"

다시 한 번 재프는 눈을 찡긋했다.

"우리가 그 동안 골콘다를 철저히 도청해 왔다네. 목요일에 그곳에서 물건이 나올 거라는 이야기를 들었어. 레이디 캐링턴의 에메랄드라더군."

"내가 한두 가지 준비를 해도 되겠나?"

푸아로가 물었다.

목요일 밤, 푸아로는 평소처럼 입구 근처에 있는 테이블에 앉아 주위를 살펴보았다. '지옥'은 평소처럼 활기찼다!

백작 부인은 평소보다 화장이 한층 더 화려했다. 오늘 밤 그
녀는 아주 러시아인답게 손뼉을 치고 깔깔거리며 요란하게 웃
어대고 있었다. 폴 바레스코가 클럽에 들어왔다. 그는 가끔씩
은 완벽한 예복 차림을 하기도 했고, 가끔씩은 오늘 밤처럼 단
추를 꼭 잠근 재킷에 목에 스카프를 두른 건달 차림을 했다.
그는 다이아몬드를 잔뜩 두른 땅딸막한 중년 여성에게서 떨어
지더니, 테이블에 앉아 정신없이 작은 수첩에 무언가를 적고
있는 앨리스 커닝엄에게 다가가 춤을 청했다. 땅딸막한 중년
여성은 눈을 잔뜩 찌푸린 채 앨리스를 흘겨보고는, 바레스코에
게 사랑스러운 눈길을 보냈다.

바레스코를 바라보는 커닝엄 양의 눈길에는 애정이 조금도
깃들어 있지 않았다. 커닝엄 양의 눈은 순수한 학문적 흥미로
빛나고 있었다. 푸아로는 그 둘이 춤을 추러 가면서 나누는 대
화를 조금 들었는데, 커닝엄 양은 이제 유모 이야기를 넘어서
폴의 초등학교 시절 보모에 대한 정보를 캐내려 하고 있었다.

음악이 끝나자, 커닝엄 양은 행복하고 들뜬 표정으로 푸아
로 옆에 앉았다.

"정말 흥미로워요."

커닝엄 양이 말했다.

"바레스코는 제 책에 실리게 될 사례 연구 중에서도 가장
중요한 사례가 될 거예요. 상징은 틀리는 일이 없어요. 이를
테면 셔츠요. 셔츠에는 스스로를 벌준다는 그런 의미가 있어
요……. 그러니 모든 것을 간단명료하게 파악할 수 있는 거죠.
무슈 푸아로께서는 바레스코가 어쩔 수 없는 범죄자 유형이라
고 생각하실지 모르겠지만, 치료법이 효과를 볼 수도 있겠어

요······."

"나라면 난봉꾼을 새사람으로 만들 수 있다? 그게 여성들이 쉽게 빠지는 환상이죠!"

푸아로가 말했다.

앨리스 커닝엄은 푸아로를 차갑게 쏘아보았다.

"이 일에 사적인 감정은 조금도 없어요, 무슈 푸아로."

"그러시겠죠."

푸아로가 말했다.

"사심 없는 순수한 이타주의도 존재하기 마련이니까요······. 하지만 그 이면에는 역시 이성에 대한 끌림이 존재한다는 것 또한 사실입니다. 혹시 커닝엄 양께서는 제가 어느 학교를 나왔는지, 제 유모가 제게 어떻게 대했는지에 관심이 있으신가요?"

"무슈 푸아로께서는 범죄자 유형이 아니시잖아요."

"사람을 보면 범죄자 유형인지 아닌지 바로 알 수가 있나요?"

"물론이죠."

그때 리스커드 교수가 다가와 푸아로의 옆자리에 앉았다.

"범죄자에 대한 이야기를 나누고 계셨습니까? 그렇다면 무슈 푸아로, 기원전 1800년의 함무라비 법전을 공부하셔야죠. 정말 흥미롭습니다. 가량 불이 난 집의 물건을 훔치다가 잡힌 자는 불 속으로 던져 넣는다는 내용이 있답니다."

교수는 전기 그릴을 즐거운 표정으로 바라보았다.

"그보다 더 오래 된 수메르 법전도 있지요. 만약 아내가 남편을 증오해 남편에게 '당신은 내 남편이 아니오.' 라고 말한다면 그 아내를 강물에 집어 던지라는 내용이 있어요. 이혼 법정에 서는 것보다 비용도 안 들고 쉬운 방법이죠. 하지만 남편이 아내에게 똑같은 말을 했을 경우, 남편은 일정한 액수의 은을 지불하기만 하면 됩니다. 아무도 남편을 강물에 집어 던지지는 않아요."

"뻔한 얘기예요. 남자를 위한 법률과 여자를 위한 법률이 다르다는 거죠."

앨리스 커닝엄이 말했다.

"물론 여성은 금전적 가치에 대한 안목이 훨씬 높습니다."

교수가 생각에 잠긴 채 말했다.

"저는 이곳이 마음에 듭니다. 거의 매일 밤 이곳에 오죠. 돈을 낼 필요도 없으니까요. 백작 부인께선 친절하게도 절 무료로 받아 주신다고 하셨죠……. 제가 이곳의 실내 장식에 조언을 해 준 것 때문이라고 하더군요. 물론 제가 여기 실내 장식에 직접 관여했다는 건 아닙니다. 백작 부인께서 제게 어떤 질문을 했었는지도 기억이 나지 않거든요. 헌데 백작 부인과 예술가들이 모든 것을 엉망으로 만들어 놨지 뭡니까. 제발 제가 이 끔찍한 실내 장식에 관여했다는 걸 아무도 눈치 채지 못했으면 좋겠습니다. 눈치 채는 사람이 있다면 그 오명을 어떻게 안고 살아가야 할지……. 하지만 백작 부인은 훌륭한 여성입니다. 마치 바빌로니아 인 같아요, 항상 그런 생각이 들었습니다. 바빌로니아 여성은 사업 수완이 뛰어났거든요……."

갑작스러운 고함 소리에 교수의 말이 묻혔다. '경찰'들의 고함 소리였다……. 여자들은 자리에서 일어났고 클럽 안은 한바탕 소동이 벌어졌다. 전깃불이 나갔고, 전기 그릴도 나갔다. 그 와중에서도 교수는 함무라비 법전의 인용문들을 줄줄이 암송하고 있었다.

다시 불이 들어왔을 때 에르퀼 푸아로는 넓고 얕은 계단을 반쯤 올라가 있었다. 문 앞에 있던 경찰들이 푸아로에게 경례를 했다. 푸아로는 길거리로 나가 건물 모퉁이 쪽으로 발걸음을 옮겼다. 푸아로가 모퉁이를 막 돌자, 작은 키에 코가 빨간데다 요상한 냄새를 풍기는 남자 한 명이 건물 외벽에 바싹 붙어있었다. 남자는 초조하고 허스키한 목소리를 물었다.

"접니다, 나리. 제가 장기를 발휘할 시간은 있겠습죠?"

"물론일세. 어서 가지."

"경찰들이 쫙 깔렸을 텐뎁쇼!"

"괜찮네. 내가 자네에 대해 말해 뒀어."

"경찰들이 방해하지 말아야 할 텐뎁쇼, 그죠?"

"경찰들은 방해하지 않을 걸세. 자네가 그 일을 제대로 해낼 수 있겠나? 문제의 그 괴물은 거대한 데다 사납기까지 하다네."

"저한테는 사납게 굴지 못할 겁니다요."

조그만 남자는 자신 있게 대답했다.

"제가 가져가는 이걸 보면 어림도 없습죠! 그 어떤 개라도 이것만 있으면 절 지옥까지 따라오려 할 겁니다요!"

"이번 경우에는 개가 자네를 따라 지옥을 빠져나와야 할 걸세!"

에르퀼 푸아로가 속삭였다.


다음 날 아침 일찍, 전화벨이 울렸다. 푸아로는 수화기를 집어 들었다. 재프였다.

"자네가 전화하라고 했었잖나."

"그래, 그랬지. 에 비엥(자, 어떤가)?"

"마약은 없었어……. 하지만 에메랄드는 발견했지."

"어디서?"

"리스커드 교수의 주머니에서."

"리스커드 교수?"

"자네도 놀랐지? 솔직히 어떻게 된 일인지 나도 잘 모르겠다네! 교수는 어린 아이처럼 깜짝 놀란 표정으로 에메랄드를 바라보지 뭐겠나. 그러면서 어떻게 그 에메랄드가 자신의 호주머니에 들어 있는지 조금도 모르겠다고 하더군. 젠장, 아무래도 거짓말을 하는 것 같지는 않아! 불이 나갔을 때 폴 바레스코가 에메랄드를 슬쩍 교수의 호주머니에 집어넣었을 수도 있지. 리스커드 교수가 그런 일에 연루되었다고는 생각하지 않아. 교수는 상류 계급 출신인 데다 대영 박물관과도 친밀한 관계가 아닌가. 돈을 쓰는 데라곤 책밖에 없고, 그나마도 곰팡내 나는 오래된 중고 책뿐이야. 아니야, 분명 그 사람은 아니야. 아무래도 우리가 잘못 짚은 것 같다는 생각이 들어……. 그 클럽은 마약 소굴이 아니었나봐."

"오, 아닐세, 친구. 그곳에 마약이 있던 게 분명해. 그런데 자네가 찾아낸 그 비밀 통로에선 아무도 나오지 않던가?"

"나오긴 했지. 바로 어제 영국에 도착한 스캔덴베르크의 헨리 왕자와 그 시종 무관이 나왔어. 그리고 장관인 비타미언 에반스도! 노동부 장관이라는 것도 참 애먹는 직업이지. 자네도 조심하는 게 좋을 거야! 사람들은 보수당의 당원이 방탕한 생활에 돈을 낭비한다 해도 전혀 개의치 않네. 납세자들은 그가 자기 돈으로 사치를 부리는 거라고 생각하거든. 하지만 노동당 당원일 경우에는 문제가 다르지. 노동당 당원이 그런 생활을 한다면 국민들은 자신이 낸 세금을 낭비하는 거라고 생각할 걸세! 원래 그런 거라네. 맨 나중에 나온 사람은 레이디 비어트리스 비너였어……. 내일 모레면 깐깐하기 이를 데 없는 리오민스터 공작과 결혼식을 올리기로 되어 있지. 그 클럽 안에 그런 신분을 가진 사람들까지 있었다니 믿기지 않는 노릇이지 뭔가?"

"자네 생각이 옳네. 그래도 그 클럽 안에는 마약이 있었고 누군가 클럽 밖으로 빼냈지."

"그게 누군가?"

"나라네, 몬 아미(친구)."

푸아로는 조용히 대답했다.

재프가 흥분하여 소리치는 걸 무시하고 푸아로가 수화기를 내려놓는 순간, 초인종이 울렸다. 푸아로가 현관문을 열자 로샤코프 백작 부인이 기세등등하게 안으로 들어섰다.

"오, 우리가 이렇게 나이가 들지 않았더라면, 제가 이 집에 드나드는 걸 보고 사람들이 얼마나 쑥덕거렸겠어요!"

백작 부인이 외쳤다.

"전 무슈 푸아로의 메모대로 이곳에 왔어요. 아무래도 경찰이 제 뒤를 미행하는 것 같더군요. 아직도 길거리에서 기다리고 있을 거예요. 자, 이게 다 무슨 일이죠?"

푸아로는 친절하게 그녀의 여우 모피를 받아들었다.

"왜 그 에메랄드를 리스커드 교수의 주머니에 넣으셨죠?"

푸아로가 물었다.

"쓰 네 파 장티, 쓰 크 부자베 페 라(그런 점잖지 못한 일을. 너무 하셨어요)!"

푸아로의 말에 백작 부인의 눈이 커다래졌다.

"어머나, 제가 에메랄드를 넣으려던 건 무슈 푸아로의 주머니였어요!"

"예? 제 주머니에 넣으려 하셨다고요?"

"물론이죠. 저는 무슈 푸아로께서 평소 앉던 테이블로 서둘러 다가갔지만……. 불이 나가는 바람에 실수로 교수님의 주머니에 넣은 모양이네요."

"왜 제 주머니에 도둑맞은 에메랄드를 넣으려 하셨죠?"

"그게……. 최선인 것 같았어요! 너무 순식간에 일어난 일이라 재빨리 머리를 굴려야 했으니까요……. 이해해 주시겠죠?"

"베라, 당신은 정말 놀랍군요!"

"하지만 생각해 보세요! 경찰은 들이닥쳤지, 불은 나갔지(물론 그건 외부에 노출 되서는 안 될 클럽의 고객들을 보호해 주기 위한 방책이었어요), 게다가 누군가 테이블 위에 있던 제 가방을 가져가지 뭐예요. 저는 재빨리 가방을 낚아챘지만, 벨벳 가방 안에 뭔가 딱딱한 게 들어있다는 걸 알겠더라고요. 가방 안에 손을 집어넣어 봤더니 보석의 감촉이 느껴졌고, 누가 그랬는지는 금방 알았어요!"

"아, 알고 계셨나요?"

"물론이죠! 그 비열한 녀석이었어요! 도마뱀, 괴물, 이중인격자에 배신자, 돼지 새끼에 꿈틀대는 살모사 같은 폴 바레스코의 짓이었어요."

"마담의 동업자였던 폴 바레스코 말인가요?"

"네, 네. 그 인간이 클럽의 소유주이자 자금을 댄 사람이죠. 전 이제껏 단 한 번도 그 인간을 배신하지 않았어요……. 신의를 지켰다고요! 그런데 그 인간이 날 배신하고 나에게 누명을 씌우려 하다니……. 아! 이젠 그 인간을 저주할 거예요. 네, 저주하고 말 거예요!"

"진정하세요, 마담."

푸아로가 말했다.

"저 옆방으로 들어가시죠."

푸아로가 방문을 열자 작은 방이 하나 모습을 드러냈는데, 순간 그 방이 개로 가득 들어찬 느낌이 들었다. 케르베로스는 '지옥'의 넓은 실내에 있을 때보다 훨씬 거대해 보였다. 푸아로가 살고 있는 현대식 아파트의 조그만 식당엔 케르베로스 외에 아무것도 없는 것 같았다. 그러나 잘 살펴 보니 케르베로스 옆에 작달막하고 요상한 냄새를 풍기는 남자가 한 명 더 있었다.

"나리, 예정대로 이곳에 왔습니다요."

남자는 허스키한 목소리로 말했다.

"두두!"

백작 부인이 외쳤다.

"나의 천사, 두두!"

케르베로스는 꼬리로 바닥을 쳤지만…… 움직이지는 않았다.

"윌리엄 힉스 씨를 소개해 드리죠."

케르베로스가 꼬리를 내리치는 무시무시한 천둥 소리 때문에 푸아로는 크게 소리를 쳐야 했다.

"전문 사육가입니다. 그 소란한 틈을 타 케르베로스를 '지옥' 밖으로 끌고 나온 게 바로 힉스 씨죠."

"케르베로스를 데리고 나왔다고요?"

백작 부인은 믿을 수 없다는 듯 쥐처럼 생긴 조그만 남자를 멍하나 바라보았다.

"하지만 어떻게요? 무슨 수로요?"

힉스는 부끄러운 듯 시선을 내리깔았다.

"숙녀 분 앞이라 말씀드리기가 쑥스럽습니다요. 하지만 저에게는 그 어떤 개도 얌전하게 만드는 어떤 물건이 있습죠. 세상 그 어디에 있는 개라 해도 절 따라오게 만들 수 있습니다. 물론 암캐를 이용해서 유인하는 그런 방법은 아닙니다……. 네, 전혀 다른 방법입지요."

로샤코프 백작 부인은 푸아로에게 몸을 돌렸다.

"하지만 왜요? 이유가 뭐죠?"

푸아로가 천천히 입을 열었다.

"어떤 목적을 위해 훈련시킨 개는 그 물건을 버려도 좋다는 명령이 내려지기 전까지는 계속해서 그 물건을 입에 물고 있는 법입니다. 필요하다면 몇 시간이고 그렇게 하고 있겠지요. 자, 이제 마담께서 이 개에게 물고 있는 물건을 떨어뜨리라고 말씀해 주시겠습니까?"

베라 로샤코프는 멍하니 푸아로를 바라보다 고개를 돌려 또렷또렷하게 두 마디를 내뱉었다.

그러자 케르베로스의 커다란 턱이 쩍 벌어졌다. 순간 놀랍게도 케르베로스이 혀가 입 밖으로 떨어져 나오는 것처럼 보이는 게 아닌가……!

푸아로가 앞으로 한 발짝 나섰다. 푸아로는 분홍색 주머니를 집어 들었다. 그 속에서는 하얀 가루가 들어 있는 꾸러미가 하나 나왔다.

"그게 뭐예요?"

백작 부인이 날카롭게 물었다.

푸아로는 조용히 대답했다.

"코카인입니다. 보기에는 적은 양 같지만……. 이걸 사고 싶어 안달이 난 사람들은 수천 파운드라도 기꺼이 지불할 겁니다. 이 정도의 양이라면 수백 명의 사람들을 파멸로 이끌기에 충분하죠."

백작 부인은 숨을 죽이더니 이렇게 외쳤다.

"설마 무슈 푸아로께서는 제가……. 하지만 아니에요! 맹세해요. 제가 그런 게 아니에요! 물론 과거에 보석이나 골동품, 진귀한 물건에 관심이 많았던 건 사실이지만, 무슈 푸아로께서도 알다시피 그런 것들은 살아가는 데 도움이 되잖아요. 전 저라고 왜 그런 걸 가지면 안 되겠냐는 생각을 한 거예요. 왜 한 사람이 다른 사람보다 더 많은 걸 소유하고 있어야 하죠?"

"제 경우에는 개가 그렇습죠."

힉스가 끼어들었다.

"마담께서는 옳고 그름에 대한 판단력이 전혀 없으십니다."

푸아로는 우울한 목소리로 말했다.

백작 부인이 입을 열었다.

"하지만 마약은……. 마약은 아니에요! 마약은 사람을 불행하게 만들고 고통에 빠뜨리고 타락시키잖아요! 저는 몰랐어요……. 전혀 몰랐어요……. 그렇게 매력적이고 순결하고 즐거운 '지옥'이 그런 용도로 쓰이는 줄은 전혀 몰랐어요!"

힉스가 끼어들었다.

"저도 마약에 대한 부인의 생각에 동의합니다요. 그레이하운드(경주용 견종 — 옮긴이)에게 마약을 투여하는 건 비열한 짓이에요! 전 절대 마약 같은 것은 근처에도 가지 않을 겁니다요. 전에도 그랬지만 말입죠!"

"제발 절 믿는다고 말씀해 주세요, 무슈 푸아로."

백작 부인이 애절하게 간청했다.

"물론 저는 마담을 믿습니다! 설마 제가 진짜 마약범을 잡기 위한 노력을 하지 않았을까요? 헤라클레스의 열두 번째 모험을 수행할 생각도 없었다면 왜 케르베로스를 지옥에서 끌어내 왔겠습니까! 저는 마담께 이 이야기를 해 주고 싶었던 겁니다. 즉, 저는 제 친구들이 무고한 죄를 뒤집어쓰는 걸 두고 볼 수는 없었습니다. 네, 무고한 죄죠. 만약 일이 잘못될 경우, 바로 부인께서 모든 죄를 뒤집어 쓰셨을 테니까요. 범인은 에메랄드를 부인의 가방에 넣었고, 또 누구든 (저만큼) 영리한 사람이라면 그 사나운 개의 입 안 어딘가 은닉처가 있을 거라고 추측해 내기가 그리 어려운 일이 아니지요. 게다가 그 개는 마담의 소유지 않습니까. 설사 그 개가 앨리스의 명령에 복종할 정도로 그 귀여운 앨리스를 따랐다 해도 말입니다! 그렇습니다. 저는 처음부터 학술용어를 남발하는 그 젊은 아가씨와, 그 아가씨가 입고 있던 코트, 커다란 주머니가 달린 스커트가 마음에 들지 않았습니다. 어떤 여성이든 그런 차림을 하고 있다는 건 부자연스러운 일이죠! 그리고 그 아가씨가 제게 했던 말……. 그게 아주 중요한 말이었고요! 아하, 그래요! 중요한 것은 그 주머니였습니다. 그 아가씨가 마약을 넣어오고, 또 보석을 몰래 빼내 가기에 안성맞춤인 그 주머니 말입니다. 그래서 그 아가씨는 자기가 범죄자 유형이라고 하던 그 공범자와 춤을 출 때 쉽게 물건의 교환을 할 수 있었던 겁니다. 참 그럴듯한 구실이었지요! 그 누구도 심리학 학위를 가지고 있는 그렇게 진지하고 학구적인 아가씨를 의심하지 않을 테니까요. 그 아가씨는 마약을 밀수하여 자신의 부유한 환자들을 중독자로 만들었고, 또 클럽에 자본금을 대어 다른 사람이 그 클럽을 운영하도록 손을 썼던 겁니다. 그 아가씨도 과거 어느 시점에 약점을 가지고 있을 겁니다! 그 아가씨는 저를 얕본 나머지 폴 바레스코의 보모나 셔츠에 대한 이야기를 늘어놓아 이 에르퀼 푸아로를 속일 수 있다고 생각했습니다! 그래서 저도 그 아가씨의 도전에 대처할 대비책을 마련해 놓았지요. 경찰이 들어오고 불이 나가는 순간, 저는 재빨리 테이블에서 일어나 케르베로스의 옆에 가 섰습니다. 어둠 속에서 그 아가씨가 다가오는 소리가 들리더군요. 그 아가씨는 개의 입을 열고 그 꾸러미를 속에 집어넣었습니다. 저는 그 아가씨가 눈치 채지 못하도록 조심스럽게 작은 손가위를 꺼내 그 아가씨의 옷자락을 조금 잘라냈지요……."

마치 마술이라도 펼치듯 추아로는 은색 천을 꺼내들었다.

"마담께서도 아실 겁니다. 그 아가씨가 입고 있던 옷과 똑같은 체크무늬 트위드 천이지요. 저는 재프 경감에게 이 천 조각을 넘겨주어 원래 이 천이 붙어 있던 옷과 비교해 보라고 할 겁니다. 그리고 그 아가씨를 체포하라고 할 거예요. 그렇게 된다면 세상 사람들은 런던 경시청이 얼마나 우수한지를 새삼 깨닫게 되겠죠."

로샤코프 백작 부인은 멍하니 푸아로를 바라보았다. 그러더니 갑자기 울음 섞인 목소리로 외쳤다.

"하지만 우리 니키는요? 우리 니키는……. 그 애가 큰 충격을 받을 텐데요."

백작 부인이 말을 멈추었다가 다시 물었다.

"무슈 푸아로께서는 그렇게 생각하지 않으세요?"

"미국에는 다른 아가씨들이 얼마든지 있답니다."

에르퀼 푸아로가 말했다.

"무슈 푸아로가 아니었다면 제가 감옥에 갔겠죠. 감옥에요! 오, 무슈 푸아로는 역시 대단하세요. 정말 대단한 분이에요.

백작 부인은 앞으로 뛰쳐나와 푸아로를 꼭 껴안고는 슬라브인답게 열정적으로 키스를 퍼부었다. 힉스는 감탄한 표정으로 가만히 그 모습을 지켜보았다. 케르베로스는 다시 한 번 꼬리로 바닥을 내리쳤다.

감격적인 장면이 한창 펼쳐지고 있을 때 초인종 소리가 울렸다.

"재프 경감일 겁니다!"

푸아로가 백작 부인의 포옹에서 벗어나며 외쳤다.

"아무래도 저는 피해 있는 게 좋겠죠?"

백작 부인은 이렇게 말하며 옆방과 연결되어 있는 문을 열고 사라졌다.

푸아로는 홀로 걸음을 옮겼다.

"나리……."

힉스가 근심스러운 목소리로 씨근거리며 말했다.

"먼저 거울을 좀 보시는 편이 좋겠는뎁쇼."

거울을 본 푸아로는 놀라 뒷걸음질을 쳤다. 립스틱과 마스카라로 얼굴이 온통 얼룩덜룩했다.

"만일 문밖에 계신 분이 런던 경시청에서 오신 재프 경감님이라면, 이상하게 여기실 겁니다. 틀림없습니다요."

힉스가 말했다.

초인종이 다시 울렸고, 푸아로는 콧수염 끝에 묻어 있는 빨간 립스틱 자국을 지우려 애썼다.

"저는 어떻게 해야 합니까요? 저도 경감님을 같이 만나 뵈야 합니까요? 그리고 지옥에서 끌어낸 이 개는 또 어떻게 해야 합니까요?"

"내 기억이 정확하다면……."

푸아로가 말했다.

"전설 속에서 케르베로스는 지옥으로 다시 돌아갔다네."

"좋으실 대로 하십쇼."

힉스가 말했다.

"사실 제가 좋아하는 개는……. 어쨌든 이 개는 제가 잡아 두고 싶은 그런 개는 아닙니다요! 이 녀석을 눈에 너무 잘 띄잖습니까. 제 말이 무슨 뜻인지 아시죠? 그리고 이 녀석을 먹여 키우는 것도 큰 문제입니다. 아마 못 먹어도 어린 사자만큼은 먹어치울 겁니다요."

"'네메아의 사자'부터 '케르베로스를 잡아라'까지……."

푸아로는 중얼거렸다.

"완벽해."

그로부터 일주일 뒤, 레몬 양은 자신의 고용주에게 계산서 한 장을 내밀었다.

"실례합니다, 무슈 푸아로. 제게 이 계산서를 처리하라는 말씀이신가요? 플로리스트 레오노라에게서 붉은 장미꽃 구입. 11파운드 8실링 6펜스. 받는 사람은 엔드 가 13번지 WC1, '지옥'의 베라 로샤코프 백작 부인 앞으로 되어 있네요."

푸아로의 얼굴이 빨간 장밋빛으로 물들었고, 곧 귀까지 벌게졌다.

"계산서는 정확하네요, 레몬 양. 그건 특별한 일에 대한 조그만……. 선물이오. 백작 부인의 아드님이 철강 업계의 거물급 회사 사장 딸과……. 곧 미국에서 약혼식을 올린다고 하네요. 붉은 장미꽃은, 내가 기억하기로……. 백작 부인께서 가장 좋아하는 꽃이라……."

"그렇군요."

레몬 양이 말했다.

"하지만 매년 이맘때쯤이면 꽃값이 얼마나 비싼 줄 아세요?"

에르퀼 푸아로는 자세를 고쳐 앉았다.

"때로는……. 돈을 아끼지 말아야 할 때가 있소."

푸아로는 나지막하게 콧노래를 흥얼거리며 방을 나섰다. 그의 발걸음은 날아갈 듯 가볍고 아주 활기차 보였다.

레몬 양은 푸아로의 뒷모습을 멍하니 바라보았다. 서류 정리법 따위는 잊은 지 오래였다. 오로지 여자의 직감만이 떠올랐다.

"오, 맙소사!"

레몬 양은 중얼거렸다.

"세상에……. 설마 저 나이에? 아닐 거야……. 설마."


〈끝〉

**옮긴이 |** 원은주

충북대학교에서 고고미술사학을 전공했으며 영어강사로 활동했다. 현재 인트랜스 번역원 소속 전문번역가로 활동 중이다. 옮긴 책으로는 『주스테라피』, 『멘토: 지식 경영 시대의 새로운 리더』, 『벙어리 목격자』, 『다섯 마리 아기 돼지』, 『할로 저택의 비극』, 『장례식을 마치고』, 『헤라클레스의 모험』, 『시계들』, 『비즈니스맨을 위한 아티스트 웨이』 등이 있다.

애거서 크리스티 전집 51

# 헤라클레스의 모험

2판 1쇄 찍음  2013년 5월 20일
2판 1쇄 펴냄  2013년 5월 27일

**지은이 |** 애거서 크리스티
**발행인 |** 김세희
**펴낸곳 |** 황금가지

**출판등록 |** 2009. 10. 8 (제2009-000273호)
**주소 |** 135-887 서울 강남구 신사동 506 강남출판문화센터 5층
**전화 | 영업부** 515-2000  **편집부** 3446-8774  **팩시밀리** 515-2007
**홈페이지 |** www.goldenbough.co.kr

© ㈜민음인, 2013. Printed in Seoul, Korea

ISBN 978-89-8273-751-0 04840 (1권)
ISBN 978-89-8273-700-8 (set)

㈜민음인은 민음사 출판 그룹의 자회사입니다.
황금가지는 ㈜민음인의 픽션 전문 출간 브랜드입니다.